대한에
멈춘
시간

대한에 멈춘 시간

새벽출판사

어느 날의 미래

자살의 조건　　　　　　　　　　7

자살의 시작　　　　　　　　　　49

자살의 내막　　　　　　　　　　80

자살의 정당성　　　　　　　　　122

자살의 9원칙　　　　　　　　　 157

자살의 탄원서　　　　　　　　　195

자살의 조력자　　　　　　　　　241

자살의 종식　　　　　　　　　　317

과거의 발자취

시간 역설　　　　　　　　　　　　26

테세우스의 배　　　　　　　　　　61

펜로즈의 계단　　　　　　　　　　95

Ten of Swords　　　　　　　　　138

죽음의 경계　　　　　　　　　　　182

사라진 시간　　　　　　　　　　　222

내가 바꾼 세상　　　　　　　　　307

나의 오랜 바람　　　　　　　　　343

어느 날의 미래

자살의 조건

 심장이 미친듯이 뛰기 시작했다. 오한이 들어 입술이 떨리고 온몸에서는 식은땀이 쉴 새 없이 흘렀다. 당장이라도 질식할 것 같은 느낌에 땅을 짚고 숨을 몰아 쉬었다. 걷잡을 수 없는 공포가 내 정신을 쥐어짰다.
 누군가 문을 벌컥 열고 들어와 내 목을 조르는 모습이 머릿속에 펼쳐졌다. 끊임없이 몰아치는 비이성적인 두려움이 내 호흡을 더욱 가빠지게 만들었다. 현관문은 수많은 잠금장치로 굳게 잠겨있었지만 불안감을 해소하기에는 역부족이었다.
 나는 이불을 뒤집어쓴 채로 네발로 기어 현관으로 향했다. 다섯 걸음도 채 되지 않는 거리가 아득하게 느껴졌다.
 등반용 로프를 손잡이에 묶고 줄을 팽팽히 당긴 뒤 신발장에 빙 둘러 감았다. 이 정도면 밖에서 아무리 세게 당겨도 절대 열리지 않을 것이라며 애써 마음을 진정시켰다. 나는 그 자리에서 바닥에 머리를 박고 신음했다. 감당할 수 없을 만큼 공기가 무거웠다.
 얼마 뒤, 정신을 지배하던 공황이 잦아들자 이성도 서서히 되돌아왔다. 요동치던 심장이 고요해지고 호흡도 차츰 가벼워졌지만 몸에 남아있는 발작의 여운으로 손이 미세하게 떨렸다. 괴한으로부터 가까스로 도망친 사람처럼 마음이 쉽사리 진정되지 않았다.

침대에 걸터앉아 냉수를 들이켰다. 땀을 얼마나 많이 흘렸는지 옷이 흥건하게 젖어 있었다.

 괜히 분노가 치밀어 올라 찌그러뜨린 생수통을 바닥에 집어던졌다. 내 인생이 방에 널브러진 페트병처럼 초라하게 느껴졌다. 갈수록 심해지는 증상과 침울한 공기는 내 모습을 더 비참하게 만들었다. 비친 유리창 너머에서도 살 이유를 찾지 못한 공황장애 환자가 경멸하는 눈빛으로 나를 쳐다보고 있었다.

 매일 같은 패턴이었다. 불안하고 초조한 상태로 지내다 보면, 어느 순간 공황이 불쑥 찾아와 내 정신을 찢어발기고 유유히 사라졌다. 불안감이 떠난 뒤에는 이 모든 상황에 분노가 밀려오며 삶에 대한 회의감이 뒤따랐다. 그리고는 다시 찾아올 공황을 두려워하며 초조한 삶으로 되돌아갔다. 가시로 뒤덮인 뫼비우스의 띠를 맨발로 걷는 듯, 지독하고 무의미한 일상의 반복이었다.

 공황발작은 늘 아무 이유 없이 나타났다. 발작이 시작되면 무형의 공포가 찾아오며 호흡 곤란, 가슴 통증, 오한, 빈맥*을 동반했다. 공황장애는 이러한 공황발작을 반복적으로 일으키는 병이었다.

 공황발작은 시기와 장소를 불문하고 발생하는 탓에 예측이 불가능했다. 그렇기에 공황발작이 언제 시작될지 모른다는 두려움에 항상 시달려야 했다. 설상가상으로 공황장애에 범불안장애*가 더해져, 일상이 살얼음 위를 걷는 순간의 연속이었다. 그 기분은 마치 뱀 두 마리가 내 집 방바닥을 기어다니는 느낌과 같았다. 아무것도 없는 것을 알면서도 자꾸 뒤를 돌아보게 되고, 갑자기 날카로운 무언가가 내 살을 파고들 것 같은 기분에 하루에도 몇 번씩

빈맥: 분당 심장 박동수가 100회를 초과하는 비정상적으로 빠른 맥박.
범불안장애: 과도한 불안과 긴장을 지속적으로 느끼는 정신 질환.

목덜미가 오싹해졌다. 단 한순간도 긴장감을 놓을 수가 없었다.
 나도 그게 아무 근거 없는 불안감이라는 사실을 알고 있었지만 감정은 내가 통제할 수 있는 영역을 벗어난 지 오래였다. 그 상황에서 내가 할 수 있는 유일한 대응은 불안 요소를 차단하여 공황 발작을 피하는 것뿐이었다.
 중증 공황장애 환자의 빈약한 정신은 작은 외력에도 쉽게 균열이 갔다. 특히 밝은 곳, 넓은 곳, 시끄러운 곳에서 공황발작이 더 두드러지게 나타났다. 나를 조금이라도 자극하는 환경을 피하다 보니 외출을 병적으로 기피하게 되었고 이제는 병원마저 가지 않게 되었으니 사실상 집 밖으로 나가는 일이 없었다. 이 안전지대 너머의 통제 불가능한 모든 요소가 무서웠기 때문에 어쩔 수 없는 선택이었다.
 만에 하나 집 밖에서 패닉에 빠지기라도 하면 내 정신은 걷잡을 수 없는 속도로 무너져 내렸다. 현실감이 사라지고 의식은 발이 닿지 않는 물 위를 표류했다. 망망대해에 고립된 것처럼 혼란에 빠졌고 빙해에 잠긴 듯 온몸이 떨려왔다. 뒤이어 내 심장을 쥐어짜는 듯한 고통이 밀려왔다. 주변 소음은 기괴한 웃음소리만큼 나를 무섭게 만들었다.
 그럴 때마다 실재하지 않는 악마와 목숨을 걸고 싸웠다. 나는 혈투를 벌이고 있지만, 남들에게는 길바닥에 주저앉아 머리를 쥐어뜯는 정신병자로 비칠 뿐이었다. 사람들은 걱정과 동정이 뒤섞인 눈빛으로 나를 쳐다보며 지나갔지만 이마저도 내게는 적대심을 가진 불쾌한 시선으로 느껴졌다. 이 때문에 선뜻 문 밖을 나설 수 없게 되었다. 밖에서 공황발작을 일으키는 것만큼은 피하고 싶었으니까.
 더 큰 문제는 공황발작을 일으키지 않는 순간에도 다른 사람들에게서 적대감을 느낀다는 점이었다. 심지어는 사랑하는 이들마저도 나의 불안을 가중시켰다. 때문에 대인 관계를 단절하고 사람들을 멀리할 수밖에 없었다. 불안감을 조금이라도 줄이기 위해서는 철저히 혼자가 되어야만 했다. 이건 내게 불가피한 선택이었다. 알량한 외로움이나 고독함보다도 나를 옥죄는 불안감이 훨씬 큰 고통이었기 때문에.
 언제 발현될지 모르는 불안 증세와 이에 대한 두려움은 나를 억압하며 모든 행동에 제약을 걸었다. 그 규제가 너무나도 까다로워서 사실상 자유의지를 완전히 박탈당한 상태였다. 그렇게 내 삶은 공황장애에 철저하게 구속되었다.
 나는 5평 남짓한 방에 갇혔다. 밖에 나갈 수 없고 사람을 만날 수 없으니 재소자와 다를 게 없었다. 내 모든 의견이 묵살되고 병이 지시하는 대로 끌려다녀야만 했다. 공황은 간수로서 나를 통제하는 것도 모자라, 판사를 자처하며 내게 무시무시한 형량을 선고했다. 그건 바로 무기한이었다. 희망의 여지를 주면서도 무한한 좌절을 안기는 최악의 판결이었다. 희망을 품기에는 너무 절망스러웠고, 단념하기에는 미래의 행복이 눈에 아른거렸다. 결국 나를 가장 괴롭게 만든 것은 발작도, 불안감도, 외로움도 아니었다. 이 상황이 얼마나 지속될지 모른다는 불확실함이었다. 이건 형량을 알 수 없는 수감 생활이나 마찬가지였다.
 "이렇게 버티는 게 무슨 의미가 있다고."
 어두운 방 안에 음산한 목소리가 희미하게 울렸다. 나는 담배에 불을 붙이고 깊게 한 모금 들이마셨다. 깊은 한숨소리와 함께 내뱉은 매캐한 연기가 전등을 휘감고 온 방으로 퍼졌다.

 창밖에서 어두운 기운이 느껴졌다. 담배를 문 채로 손등으로 커튼을 들춰 밖을 내다보니 해가 난운 뒤로 모습을 완전히 감춘 채 그림자를 내리쏟고 있었다. 내 마음을 대변하듯 검게 그늘진 세상이 한없이 우울하게 느껴졌다.

 어쩌다 이렇게 되었을까.

 언제부턴가 나의 세상은 온통 잿빛이 되었다. 아무리 기다려도 내 마음을 뒤덮은 먹구름이 가실 기미가 보이지 않았다. 소나기인 줄 알았던 공황장애는 어느새 기나긴 장마가 되었고, 그 비구름은 점차 몸집을 불리더니 순식간에 폭풍우로 격화되었다. 날이 개기를 하염없이 고대하지만 언제나 기다림 뿐이었다. 바깥의 날씨도, 이 방의 공기도, 내 마음속도 한결같은 칠흑으로 나를 에워싸고 있었다.

 내 삶은 어느 날 이후로 모든 게 무너지기 시작했다. 예고 없이 찾아온 불행은 오랜 시간에 걸쳐 내 몸과 정신을 황폐화했다. 과거의 행복을 되찾을 날을 꿈꾸며 견뎌왔지만 그 꿈을 비웃기라도 하듯 상황은 갈수록 악화되기만 했다. 이보다 더 나빠질 수는 없다고 생각했지만 공황은 나를 붙잡고 더 깊은 바닥으로 끌고 왔다. 이제는 내가 빠진 수렁의 깊이를 가늠할 수조차 없는 지경에 이르렀다.

 이렇게 오래 지속될 줄 몰랐다. 또한 이 정도로 심해질 것이라고는 전혀 예상하지 못했다. 감내하는 시간이 길어질수록 희망은 점차 줄어들고 매 하루를 견뎌내는 것은 더욱 버거워졌다.

이대로 얼마나 버틸 수 있을지 모르겠다. 내가 감당할 수 있는 고통의 크기에는 한계가 존재하고, 이미 그 지점을 아득히 넘어섰다는 생각이 든 이후로는 투병 의지마저도 사라지고 있다. 더 이상의 감내가 무의미한 객기처럼 느껴지기 시작했다. 견뎌낼 수 있는지 여부를 떠나서, 그래야 할 이유를 모르겠다.

 자살이 필요한 인생이 있다면 그건 내 삶을 두고 하는 말일 것이다. 삶에 정답은 없다지만 적어도 이렇게 사는 게 오답이라는 것만큼은 분명하니까.

 흔히 안락사법이라 불리는 조력자살법. 이 법이 시행되며 합법적이고 안락한 자살이 가능해진 것은 내게 주어진 기회인지도 모른다. 미래를 꿈꿀 수 없는 내 삶에, 자살이 최선인 나에게 유일한 희망이 있다면 그건 바로 조력자살일 테니까.

* * *

 말기 암 환자, 식물인간 상태에 빠져 병상에 누워있는 환자, 루게릭병이나 파킨슨병 같은 퇴행성 질환을 앓는 환자. 이들의 공통점은 완치가 사실상 불가능하다는 점이다. 치료 방법이 매우 제한적이기에 환자의 고통을 줄여주고 증상을 조금이나마 완화하는 게 최선의 조치다. 기적적으로 회생할 가능성도 매우 희박한 탓에, 안타까운 말이지만 미래의 불행을 피할 수 없는 인생들이다.

 시한부 인생을 선고받은 환자들 중 상당수가 의료 기기에 의지하며 살아간다. 그리고 그런 식으로 삶을 연장하는 것은 환자와 가족 모두에게 큰 고통이 되기도 한다. 그러나 환자가 원치 않더라도 치료를 임의로 중단할 수 없는 게 대한민국의 상황이었다. 의료법상 이 환자들의 생명 유지 장치를 제거하는 것이 불가능했기 때문이다. 이는 오래전부터 논의되어 온 문제였지만 이렇다 할 법안이 마련되지는 않은 실정이었다. 그만큼 무의미한 연명치료를 중단하는 법의 필요성이 지속적으로 제기되어 왔다.

 관련 법률 제정의 필요성이 대두되자 국회는 오랜 논의를 거쳐 '연명의료결정법'을 통과시켰다. 연명의료결정법은 회복 가능성이 없는 환자의 치료를 중단할 수 있도록 허용하는 법이었다. 환자의 뜻에 따라 인공호흡기와 같은 생명 유지 장치를 해제하는 게 가능해진 것이다.

 회복이 불가능한 환자가 연명 치료를 원하지 않는 경우, 환자는 담당 의사와 함께 연명의료계획서를 작성했다. 고통을 연장하지 않겠다는 의지가 표출된 일종의 유언장이었다. 그러나 갑작스러운 사고로 혼수상태에 빠진 환자는 연명의료에 대한 의사를 드러낼 방법이 없었다. 따라서 정부는 이 제도를 시행하면서 '사전연명의료의향서'를 마련했다.

 사전연명의료의향서는 연명치료를 거부하겠다고 그 뜻을 미리 밝히는 서류였다. 이는 의식을 잃고 중태에 빠지거나 식물인간이 되는 경우를 대비한 치료 포기 각서였다. 이로써 임종 기간만 늘리는 불상사를 피할 수 있는 길이 생겼다. 죽음을 앞당김으로써 삶의 끝자락에서 느끼는 고통을 조금이나마 줄일 수 있게 되었다.

 사전연명의료의향서에 서명한 사람들의 수는 1년 만에 10만 명을 넘기더니 그 수가 빠르게 증가하여 현재에는 누적 270만 명에 이르렀다. 그리고 실제로 연명치료를 중단한 환자는 무려 40만 명에 육박했다.

 통계를 접했을 당시 나는 많은 생각이 들었다. 40만이라는 숫자가, 가족들에게 부담을 안기기 싫어서 내린 결정이 집약된 수로 보인 탓이었다. 동시에 나는 이 통계에 드러나지 않은 슬픈 인생들을 보았다. 과거에 선택권마저 없었던 사람들은 얼마나 힘들게 삶을 연장했을까? 고통을 끝내고 싶은 마음과, 자신을 살리려는 연명치료 사이에서 얼마나 혼란스러웠을까? 그리고 지금 이 순간에는 얼마나 많은 사람들이 치료를 중단한 채 죽음을 기다리고 있을까?

 연명의료결정법을 시행하기 전, 진보한 현대 의학은 죽음이 임박한 불치병 환자들에게 오히려 독이었는지도 모른다. 의지와 무관하게 삶을 연장하는 것은 자신의 고통만 가중시키는 일이었을 테니까. 희망이 없는 것도 알고 그 치료가 결코 자신을 위한 일이 아니라는 것을 알고 있음에도 별다른 방도가 없는 상황이었을 테니까. 자신의 고통을 무기한 연장하는 의사에게 의지하며 살아간다는 게 얼마나 모순되는 일이었을지 가늠이 되지 않았다.

 생각이 꼬리를 물고 세상에 드러나지 않은 비참한 삶을 뒤쫓다 보니, 그 종착지에는 내가 서 있었다. 그리고 그 옆에는 나처럼 곤궁에 처한 사람들이 갈피를 잡지 못한 채 갈등하는 게 보였다. 살아도 사는 게 아니고, 살지도 죽지도 못하는 이들. 가령 말기 암 환자만큼 고통스럽지만 자신을 죽이지는 못하는 병에 걸린 사람들. 그들도 고통을 끝내고 싶은 마음은 같을 것이고, 가족들에게 짐이 되기 싫은 마음은 다름없을 게 분명했지만, 애써 매 하루를 견뎌내는 것 외에는 아무것도 할 수 없는 처지였다. 그렇게 시한부 인생보다 더 힘든 시간을 보내는 안타까운 영혼들이 나와 어깨를 나란히 하며 이 순간이 지나가기만을 기다리고 있었다.

 대한민국은 연명의료결정법을 시행하면서 비로소 '소극적 안락사' 시대의 시작을 알렸다. 표면적으로는 무의미한 연명치료를 중단한다는 취지였지만, 다르게 말하면 죽음을 통해 환자와 가족들의 고통을 줄여준다는 의미가 다분했다. 고통받으며 죽음을 유예하는 삶이 무의미하다는 사실을 국가 차원에서 인정한 셈이었다. 그 의견에 동의하는 여론을 단적으로 드러내는 게 바로 사전연명의료의향서에 기재된 270만의 서명이었다.

 그동안 대한민국은 생명과 직결되는 윤리적 문제에 대해 매우 보수적인 태도를 취해 왔다. 그만큼 연명의료결정법의 시행은 새로운 가치를 향해 도약했다는 점에서 큰 의미가 있었다. 그러나 변화의 보람도 잠시, 제도의 한계가 하나둘 드러나며 갖가지 문제점이 지적되기 시작했다.

 연명의료결정법은 그 한계가 분명했다. 수많은 문제가 제기되었지만 그중 가장 대두된 논점은 바로 대상이 지나치게 한정적이라는 것이었다.

 임종기에 있거나 회생이 불가능한 환자의 연명치료를 멈추는 것. 이처럼 치료를 중단하는 방식의 소극적인 대처는 정작 가장 괴로운 삶을 사는 사람들에게는 아무런 도움이 되지 않았다.

 자가 면역 질환이나 만성 피부병을 앓는 환자. 그리고 나처럼 오랫동안 중증 정신 질환에 시달리는 사람들. 그 고통은 이루 말할 수가 없지만 엄밀히 따지면 시한부 인생을 선고받은 것도, 생명이 위독한 것도 아니었다. 또한 치료할 수 없다는 의학적 근거를 제시하는 것도 불가능에 가까웠다. 죽음이 가장 절실한 사람들이지만 생리학적으로는 죽음과 거리가 먼 사람들이기에, 법의 테두리 안에서 방치된 채 아픔을 그대로 견뎌내는 수밖에 없었다. 이런 상황에 놓인 이들에게 연명의료결정법은 허울뿐인 반쪽짜리 법이나 마찬가지였다.

 이러한 문제점을 지적하며 일각에서는 이른바 안락사법이라고도 불리는 '조력자살법'의 입법을 요구했다. 이는 많은 사람들의 지지를 얻어 삽시간에 범국민적인 논쟁으로 번졌다. 대한민국의 가장 큰 쟁점으로 떠올랐고, 그중 조력자살에 대해 긍정적으로 평가하는 의견이 대다수였다. 그러나 이러한 움직임에도 정부에서는 이렇다 할 공식 입장을 내놓지 않았다. 결국에는 언론도 가세하여 해외의 조력자살 제도를 보도하며 대한민국에도 변화가 필요하다는 입장을 밝혔다. 입법을 촉구하는 움직임은 사그라들지 않고 시간이 지날수록 격렬해졌다. 그 열기가 얼마나 강했는지 반대 의견을 모조리 뒤덮고도 남을 정도였다.

 연명치료를 중단하는 게 소극적인 안락사라면, 조력자살은 약물을 이용한 적극적인 방식의 안락사를 의미했다. 그러나 조력자살은 안락사와 엄연히 다른 개념이었다. 약물을 사용해서 죽음에 이르도록 한다는 점은 동일하나, 약물을 투여하는 주체가 누군지에 따라 달라졌다. 의사가 직접 환자에게 약물을 주입한다면 안락사에 해당하지만, 환자가 스스로 약물을 복용한다면 이는 조력자살로 분류되었다. 그 과정에서 의료진이 약물을 제공하며 자살에 도움을 주기에 조력자살이라는 이름이 붙은 것이었다. 그러나 이에 대한 사회적 인식이 부족한 탓에 사람들은 안락사, 존엄사, 조력자살, 조력 존엄사 등 제각기 다른 명칭으로 불렀다. 그래도 안락하고 존엄한 죽음을 바라는 마음만큼은 하나로 통했다.

 당시 기사를 접했을 때에도 나는 적극 찬성하는 입장이었다. 연명의료결정법이 정말 국민의 존엄성과 죽을 권리를 보장하는 이른바 '웰다잉'을 위해 제정된 법이라면, 가장 큰 고통 속에 사는 사람들을 외면하는 건 어불성설이라고 생각했으니까.

 이러한 문제가 공론화되며 조력자살법에 대한 국민적 요구가 강해지자 정부에서도 더 이상 외면할 수 없는 문제라고 판단한 듯했다. 결국 국가생명윤리심의위원회*는 별도의 위원회를 편성하여 조력자살 기준에 대해 심도 있게 토론하였다. 예상 외로 논의는 빠르게 진행되었고, 얼마 지나지 않아 국회에서 조력자살 법안이 발의되었다. 수많은 사람들이 입을 모아 요구하기는 했지만 상임위원회*와 법사위원회*를 연달아 통과하자 모두가 놀랐다. 그 시기가 바로 연명의료결정법이 본격적으로 시행되던 바로 다음 해였기 때문에 더욱 이목이 집중될 수밖에 없었다.

 조력자살법이 본회의에 상정된 것은 격렬한 논쟁의 신호탄이었다. 관심이 집중되면서 이를 둘러싸고 상당한 마찰이 빚어졌다. 모두가 예상한 것처럼, 가장 큰 논쟁거리가 된 것은 조력자살 대상을 특정하는 부분이었다. 이에 대한 견해는 크게 둘로 나뉘었다. 조력자살 기준을 엄격하게 규제해야 한다는 의견과, 많은 사람들을 그 대상에 포함시켜야 한다는 입장이 대치 구도를 이뤘다.

국가생명윤리심의위원회: 생명윤리 관련 국가 정책을 심의하고 조정하는 대통령 소속 자문 기구.
상임위원회: 발의된 법안의 내용과 정책의 타당성을 검토하는 첫 심사 단계.
법사위원회: 상임위원회 통과 후 본회의에 가기 전, 반드시 거쳐야 하는 법안 심사 관문.

조력자살 대상을 확대해야 한다는 주장. 그 의견을 내세운 진영에서는 연명의료결정법의 사각지대에 있는 환자들의 고충을 그대로 대변했다.
 "연명치료를 중단하는 것은 소극적 안락사로 분류되지만, 만성질환으로 안락사를 희망하는 이들에게는 아무런 도움이 되지 못하고 있습니다. 따라서 조력자살 대상을 특정할 때에는 단순히 질병만 가지고 판단해서는 안 됩니다. 투병 기간, 중증도, 치료와 수술 이력 등을 종합적으로 고려하여 결정해야 합니다. 목숨이 위협받는 병이 아니더라도 그 병이 만성화되고 고통이 극심한 환자라면 조력자살 대상에 포함시킬 필요가 있습니다."
 조력자살 대상을 확대하는 만큼, 법이 악용되거나 남용될 위험성이 증가하는 건 사실이었다. 그러나 회복 가능성이 없는 환자에만 국한하더라도 문제가 될 여지는 존재했다. 회복이 불가능하다는 진단 자체가 의사의 주관이 크게 개입하기 때문이었다. 문제를 방지하기 위해 하나둘 제한하다 보면 결국에는 시한부 인생을 선고받은 일부 환자만이 조력자살 요건을 충족할 것이 분명했다. 조력자살 대상을 말기 환자에 한정한다면 조력자살법은 보여주기식 제도가 될 뿐이었다. 조력자살을 통해 고통을 끝내기를 절실히 바라는 사람들에게는 결국 아무런 의미가 없는 일이나 마찬가지였다.
 이에 맞서는 반대 여론도 만만치 않았다.
 "조력자살을 시행 중인 대부분의 국가에서는 회생이 불가능한 환자에 한해서만 조력자살을 이행하고 있습니다. 이는 조력자살의 오남용을 막기 위해 불가피한 제재입니다. 따라서 조력자살은 오로지 불치병 환자와 말기 환자에 국한하여 시행되어야 하며 그 외의 환자에게는 엄격하게 제한해야 합니다. 개선될 여지가 있는 환자에게 자격을 부여할 수는 없습니다. 무엇보다 조력자살 대상을 확대하는 것은 형평성 문제를 더욱 심화할 여지가 있습니다."

인정하고 싶지 않지만 이 또한 타당한 주장이었다. 대상을 확대한다면 정신 질환자부터 시작해서 수술에 실패한 환자, 만성 환자, 중증 환자, 차도가 없는 환자 모두를 포괄해야 할 것이 분명했다. 이 중 한쪽의 손만 들어주는 것은 형평성에 더 큰 문제가 생길 수 있었다.

조력자살법을 두고 찬반 공방이 벌어진 2년 동안 약 10만 명이 생명 유지 장치를 제거하거나 치료를 중단했다. 그리고 무려 2만 명 넘는 사람들이 제각기 다른 방법으로 스스로 목숨을 끊었다. 이처럼 세상에 드러나지 않은 아픈 인생들에게 희망이라도 주듯 국회는 몇 차례의 재발의 끝에 마침내 조력자살법을 통과시켰다. 대한민국에서 벌어진 일이라고는 믿기지 않을 만큼 급진적인 행보였다. 일부 유럽 국가에서는 조력자살을 조건부 시행하고 있었지만 아시아 국가에서는 최초의 사례였다. 드디어 대한민국에도 자의로 죽을 권리가 생겨난 것이었다.

조력자살법이 통과된 배경에는, 자살 공화국이란 오명이 주요하게 작용했다는 분석이 있었다.

실제로 대한민국에서 자살하는 사람은 하루 평균 서른 명 이상이었다. 그들 중 상당수가 자살을 결심하고 행동으로 옮기는 과정이 매우 단기간에 이루어졌다. 반면 조력자살을 신청하면 시행까지 약 두 달의 기간이 소요되었다. 따라서 조력자살을 합법화하는 것은 자살을 결심한 이들에게 시간을 벌어주는 것과 같았다. 감정적이고 성급한 자살을 방지한다는 점에서도 충분히 시도할 가치가 있었다. 또한 자살을 결심한 이들이 선택을 바꿀 가능성도 높았다. 실제로 해외에서는, 조력자살 심사에서 최종 승인된 이들 중 상당수가 조력자살을 포기했고 그로 인해 전체적인 자살률도 하락했다는 통계를 발표한 바 있었다.

 자살을 막기 위해 자살을 합법화한다는 것은 생각지도 못한 접근 방식이었다. 사람을 살리기 위해 죽을 권리를 준다는 게 역설적인 말처럼 들렸지만, 한편으로는 충분히 가능성 있는 추측이라 느껴지기도 했다. 왜냐하면 조력자살 대상이 믿을 수 없을 만큼 포괄적이었기 때문이다.

 조력자살법이 통과되었을 때만 하더라도 그 기준을 엄격히 제한하며 소극적인 태도를 취할 것이라 생각했다. 그러나 정부는 조력자살 대상을 불치병 환자나 말기 환자에 국한하지 않았다.

 보건복지부는 조력자살 심사위원회를 설립하고 의사와 교수, 연구원 등 전문가를 불러모았다. 이후 모든 질환을 총 26개 진료 과목으로 구분 짓고, 해당 진료과의 전문가들에게 각자 맡은 질병들의 조력자살 기준을 만들 것을 요청했다. 이에 따라 각 질병의 중증도, 만성화 정도, 호전 가능성을 판단할 수 있는 구체적인 지표가 만들어졌다. 가능한 한 많은 대상을 수용해야 한다는 주장이 큰 지지를 얻은 탓인지, 전문가들은 꽤나 파격적인 기준을 내세웠다.

 조력자살을 하기 위해 필요한 일차적인 조건은 긴 투병 기간이었다. 병원에 기록된 진료 내역을 통해 투병 기간을 계산했고, 투병 기간을 근거로 만성화 정도를 가늠했다. 그 다음에는 중증도를 판단했다. 이때에는 CT와 MRI 등 각종 검사 결과, 복용 중인 약과 그 약의 용량, 합병증 유무 등을 기준으로 삼았다. 그리고 최종적으로는 그동안의 치료 및 수술 이력을 통해 그 환자의 개선 가능성을 판단했다. 어떠한 약물이나 수술도 효과가 없다는 것이 확인되어야만 비로소 조력자살의 최소 조건이 갖춰지는 셈이었다. 이 조건을 모두 충족한다면 조력자살 심사위원회에서 적합성을 승인받음으로써 비로소 조력자살을 할 수 있는 자격이 주어졌다.

 가장 놀라웠던 부분은, 어떤 질병이든 조건만 충족한다면 조력자살이 가능하다는 점이었다. 같은 질병이더라도 중증도에 따라 병세가 천차만별이라는 점을 고려한 것이었다. 따라서 질병의 만성화 정도, 심각성, 난치성이 증명되기만 한다면 안락한 자살의 기회를 얻을 수 있었다. 증상이 심각하고 만성화되었으며 차도가 없으므로 조력자살 대상으로서 적합하다는 공식 판정이었다.

* * *

 조력자살법이 도입되고 상당한 시간이 흘렀다. 과거 대한민국에서는 매년 만 명 초반대의 사람들이 자살했는데 이는 세계 최고 수준의 자살률이었다. 그리고 이 수치를 무려 20년이 넘도록 유지하고 있었다. 그러나 조력자살법의 시행과 함께 이 수치는 빠르게 내려가기 시작했고 마침내 자살률 세계 1위라는 악명을 떨쳐내게 되었다.

 어쩌면 목을 매거나 다리 위에서 뛰어내리는 등 고통스러운 방식으로 생을 마감할 수도 있었던 사람들. 그 사람들이 조력자살을 통해 합법적이고 안락하게 세상을 떠났다. 대부분의 말기 환자, 상당수의 불치병 환자, 일부 중증 환자들이 삶을 연장하지 않고 스스로 죽음을 택했다.

 조력자살자들은 조력자살이 최종 승인된 이후, 죽음에 대한 두려움보다는 남은 삶의 소중함이 더 크게 느껴졌다고 말했다. 그만큼 조력자살 예정일까지의 시간을 더욱 의미 있게 보냈고, 그로 인해 그들이 머물던 자리에는 더 이상 연명의 아픔이 남지 않았다. 삶의 막바지에서 남긴 추억들만이 남아서 그 빈자리를 메웠다.

 대한민국의 자살률은 크게 감소했지만 조력자살자 수가 세계 최고 수준에 이르는 아이러니한 상황이 벌어졌다. 이는 사실 조력자살법이 막 들어섰을 당시에도 우려한 부분이었다. 이처럼 계속해서 증가하는 조력자살자 수를 문제삼는 의견이 많았지만 나는 긍정적인 변화라 생각했다. 조력자살 조건을 충족하고 심사까지 모두 통과한 사람이라면 그 죽음이 틀린 선택이 될 가능성은 매우 낮다고 생각했으니까. 애초에 병세가 심각한 경우가 아니라면 가차없이 기각되었을뿐더러, 차도가 없거나 개선 가능성이 희박한 환자에 한해서만 조력자살을 시행했기에 잘못된 자살은 없다고 봐도 무방했다.

 조력자살은 질병에 제한을 두지 않았지만, 조력자살을 위해 충족해야 하는 조건이 매우 까다로웠다. 그렇기에 엄격한 조력자살

기준을 충족했다는 것은, 윤리나 생명의 가치를 논하는 이들마저도 자살을 용인할 만큼 그 상황이 암울하다는 것을 의미했다.
 그래서 새삼 궁금해졌다. 조력자살이 최종 승인된 사람들은 대체 어떤 삶을 살아온 것일까?
 처음부터 큰 재앙이 찾아온 사람은 그리 많지 않을 것이다. 작은 불행에서 시작된 불길이 삶을 잠식하는 경우가 대부분이니까. 몸과 정신에 병이 퍼지기 시작하면서 문제가 걷잡을 수 없이 커졌을 가능성이 높다.
 투병 생활을 이어갈수록 그 고통은 겹겹이 쌓여 두터운 층을 형성했을 것이다. 그리고 삶을 직시했을 때, 비로소 자신이 얼마나 깊은 수렁에 빠져 있는지 깨달았을 것이다. 돌아가기에는 너무나도 멀리 왔다는 사실에 좌절했을 것이고, 자신을 기다리는 미래의 고통을 보며 절망했을 것이다. 희망과 멀어지는 게 보이자 차츰 죽음을 갈망하게 되었을 것이다. 그렇게 처절한 고뇌를 거쳐 마침내 자살을 결심했을 게 틀림없다.
 조력자살이 승인된 이후에도 그들은 끊임없이 망설였을 게 분명하다. 매일이 갈등 속에서 잠 못 드는 날이었을 것이다. 비록 작은 확률일지라도 이에 기대어 행복한 미래를 꿈꾸고 싶었을 테지만, 더 이상의 시련을 견뎌낼 의지가 바닥났기에 미래를 포기하는 결정을 내렸을 것이다.
 나는 그들의 판단이 옳다고 생각했다. 기적을 바라며 기약 없는 투병을 지속해야 하는 삶이라면 그 인생을 조기에 마무리 짓는 게 어쩌면 가장 합리적인 선택일 테니까.
 그들을 떠올리다 문득, 너무 진부하다는 생각이 들었다. 조력자살 하는 인생은 왜 이리도 닮아 있는 것일까?

 희망 고문에 농락당하며 죽지도 못한 채 하루 이틀 버티다 보면 몇 년이 흐르고, 할 만큼 했다며 포기하려 하지만 자살이 최선이라는 확신이 없어 또다시 삶을 이어가고, 그렇게 오랜 시간이 흐른 뒤에야 희망이 자신의 주적이었다는 사실을 깨달으며 자살을 결심하게 되는 뻔한 이야기. 병든 인생들은 대체 왜 그 진부한 레퍼토리를 벗어나지 못할까?

 사실 이건 의문이 아니라 내 기구한 인생을 돌이키며 느끼는 설움이었다. 내가 상상한 조력자살자들의 비참한 인생이 내 투병 생활과 완벽하게 일치했기에. 내 머릿속을 들여다본 것처럼, 내 삶을 그대로 옮겨놓은 것처럼 너무나도 똑 닮아 있었으니까. 거기서 느낀 울분일 뿐이었다.

 한 가지 분명한 건, 나도 그들처럼 자살이 필요하다는 사실이었다. 과거의 나를 떠올려서라도, 지금의 고통을 멈추기 위해서라도, 미래의 내게 고통을 전가하지 않기 위해서라도 나는 죽어야만 했다. 이제는 내가 그 진부한 서사의 중심에 있다는 사실을 받아들이는 수밖에 없었다.

과거의 발자취

시간 역설*

"낙장불입이야. 무르는 건 없어."

비숍을 옮긴 나는 실수를 직감했다. 수아는 나를 약 올리듯 흑색 나이트를 c4로 옮겨 내 퀸을 쓰러뜨렸다. 나는 실수를 만회하려 애썼지만 내 병력이 하나둘 사라지는 것을 도저히 막을 수가 없었다. 체스판 위는 이미 흑색 기물들이 지배하고 있었다.

수아는 전장을 휘저으며 킹을 사각으로 몰았다. 나에게는 아직 기물이 남아있었지만 애써 도망 다니는 것 외에는 할 수 있는 게 없었다.

"이번 판은 내가 졌네."

나는 이미 진 경기에 매달릴 필요가 없다고 판단하여 기권을 선언했다. 수아는 장난기 가득한 눈으로 나를 쳐다보았다.

"포기하기엔 너무 이른 거 아니야?"

"글쎄, 아무리 봐도 못 이기는 게임인데."

수아가 체스판에 얼굴을 가까이 가져갔다. 전황을 다시 한번 살피며 흘러내리는 검은 머리를 쓸어넘겼다.

"그래도 혹시 모르잖아."

승부가 판가름난 것을 눈치챘는지 루나가 다가와 털을 비비며 수아의 무릎 위로 올라탔다. 체스판에 코를 들이밀더니 나와 수

시간 역설: 타임 패러독스(Time Paradox)를 직역한 것. 시간 여행으로 인해 생기는 논리적 모순을 의미한다.

아를 번갈아 쳐다보았다.

 이른 아침, 유리창과 쉬폰 커튼에 부딪힌 햇빛이 거실에 옅은 그림자를 만들어내고 있었다. 그 사이로 바람이 불어오자 루나가 반응하듯 고개를 들고 코를 킁킁거렸다.

"밖에 나가고 싶어?"

 말이 끝나기가 무섭게 루나는 방으로 뛰어들어가 원반을 물고 와 현관문 앞에 서서 나를 기다렸다. 준비를 마치고 문을 열자 루나가 앞장서서 나와 수아를 재촉했다.

 집 앞 해변까지는 걸어서 3분 거리였지만 루나는 이마저도 기다리기 힘들다는 듯, 곁눈질로 나를 슬쩍 쳐다보더니 바닷가를 향해 내달리기 시작했다.

 나는 루나를 뒤쫓아가며 시원한 바다 내음을 만끽했다. 사람 한 명 보이지 않는 한적한 풍경이 마치 나만을 위한 세상인 듯 평화롭게 느껴졌다. 모래사장에 다다르자 루나는 내 발밑에 원반을 내려놓고는 멀찍이 가서 받을 준비를 하고 있었다. 뒤이어 수아도 하네스와 물 한 병을 가지고 도착했다.

 원반을 힘껏 내던지자 루나는 모래를 박차고 앞으로 뛰어나갔다. 해변을 질주하는 보더콜리의 움직임은 개보다 늑대를 연상시킬 만큼 역동적이었다. 이내 목표물을 공중에서 낚아채고 내게 달려와 원반을 앞에 내려놓았다.

 나는 던지는 시늉을 하고 그대로 뒤를 돌아 전력으로 도망쳤다. 미리 달려나간 루나는 원반이 여전히 내 손에 들려있는 것을 확인하고 곧바로 뒤쫓아오기 시작했다. 루나는 무서운 속도로 달려와 나를 순식간에 따라잡고는 높이 뛰어올라 내 등에 발길질을 날렸다. 예상치 못한 공격에 나는 앞으로 고꾸라져 온통 모래를 뒤집어쓰고 말았다.

 멀리서 수아의 웃음소리가 들렸다. 그녀가 있는 방향으로 원반을 던지자 수아는 곧바로 주워 들고 반대편으로 도망가기 시작했다. 그녀가 루나에게 따라잡히기 직전, 또다시 나에게 원반이 날아왔다. 루나가 나를 쫓아오는 속도는 살벌했지만 약이 잔뜩 오른 표정은 놀림당하는 어린아이처럼 순박했다.

 목양견의 위엄을 보여주듯 루나는 검은 털을 휘날리며 쉬지 않고 달렸다. 그렇게 한참을 뛰어놀다 결국에는 수아가 먼저 뻗어 버렸다. 나는 그녀와 그늘막에 돗자리를 깔고 바다를 향해 나란히 앉았다.

 해는 내 시야에서 수평선 위로 한 뼘 정도 높은 곳에 떠 있었다. 바다 위에 흩뿌려지는 햇빛과 이상하리만치 따뜻한 겨울 날씨가 완벽하게 조화를 이루고 있었다.

 함께 바다 너머를 바라보다 수아의 휴대폰이 울렸다. 그녀가 잠시 통화를 나누더니 이내 전화를 끊고 내게 말했다.

"연구소에 급한 일이 생겨서 지금 내가 필요하대. 원래 내일까지 쉬는 건데…."

"그래? 그러면 같이 가자. 내가 바래다 줄게."

 루나는 엉덩이를 치켜들고 머리를 파묻은 채로 모래를 열심히 파헤치고 있었다.

"루나도 드라이브 갈래?"

 내 말에 루나는 귀를 쫑긋 세우고 모래 범벅이 된 얼굴로 나를 쳐다보았다. 내가 자리에서 일어나자 루나는 신이 나서 또다시 앞장서서 집으로 향했다.

* * *

"오늘은 절기상으로 가장 추운 날이지만, 북태평양 고기압이 강하게 확장되면서 평년보다 포근한 기온이 유지되고 있습니다. 기상청은 올해 1월이 관측 이래 가장 따뜻한 달로 기록될 것으로 전망하고 있는데요. 봄처럼 온화한 날씨는 이달 하순에도 한동안 이어질 것으로 보입니다."

 소프트톱* 지붕을 열고 해안 도로를 따라 달리는 느낌이 더없이 상쾌했다. 루나도 기분 좋은 듯 하늘과 바다가 맞닿은 경치를 구경하며 혀를 날름거렸다. 제 덩치를 모르는지, 수아의 무릎에서 내려가지 않겠다고 고집을 피우는 바람에 수아가 조수석에서 루나를 꼭 끌어안고 있었다.

 30분쯤 달려 KIST 강릉분원*을 지나자 멀리 연구소가 보이기 시작했다. 수아가 일하는 곳은 국내 최초로 임사체험만을 연구하기 위해 설립된 연구소였다. 임사체험은 죽음의 경계에서 벌어지는 신비로운 경험을 의미했는데, 유체이탈이나 사후 세계에 대한 경험담이 그 대표적인 사례였다.

 임사체험에 대한 연구는 현실적인 어려움이 많기에 언제나 외면받는 분야 중 하나였다. 그러나 심장이 멈춘 환자에게서 강력한 감마파*가 활성화된 게 포착되자 신경 과학자들이 주목하기 시작했다. 그렇게 임사체험에 대한 관심이 높아지며 대한민국에서도 본격적인 연구가 진행되고 있었다.

소프트톱: 오픈카의 한 형태로, 천 재질의 지붕을 가진 승용차를 의미한다.
KIST 강릉분원: 한국과학기술연구원(KIST)의 지역 연구기관. 강릉과학산업단지 내에 위치한다.
감마파: 30헤르츠 이상의 높은 진동수를 가진 뇌파로, 극도로 긴장하거나 복잡한 정신 활동을 수행할 때 활성화된다.

임사체험 연구를 주도적으로 이끄는 단체는 한국임사연구협회 '캔즈(KANDS. Korean Association for Near-Death Studies.)' 였다. 수아가 소속된 한국임사연구소도 캔즈가 설립한 기관으로, 캔즈와 연구소가 한 울타리 안에서 건물만 둘로 나뉘어 있었다.

 수아는 차에서 내려 루나의 리드줄을 시트의 안전고리에 연결했다.

"한두 시간 정도 걸릴 것 같은데."

"그러면 루나랑 근처에 있을게. 끝나면 연락해."

 수아는 루나의 머리를 쓰다듬고 연구소 정문을 향해 걸어갔다. 차가 출발하자 루나는 아쉬운 듯 그녀의 뒷모습을 바라보며 창밖으로 고개를 내밀었다.

"어디 가고 싶어?"

 루나가 고개를 살짝 갸웃거렸다.

 주변을 배회하다 작은 산과 그 입구를 발견하여 차를 세웠다. 사람의 왕래가 없는 듯 수풀이 길게 자라서 등산로의 흔적이 사라져 가고 있었다.

"아무도 없으니 괜찮겠지."

 하네스를 풀어주며 달려도 된다고 손짓하자 루나는 곧장 앞으로 튀어나갔다. 나를 배려하는 것인지, 한 번씩 뒤를 돌아보며 내가 뒤따라오는 것을 확인하고는 다시 앞으로 달려갔다. 그렇게 몇 번을 반복하다 보니 여기가 등산로인지 아닌지 구분조차 되지 않는 지점에 이르렀다. 하지만 작은 산이었기에 개의치 않고 계속해서 잔가지를 헤치며 산을 올랐다.

 방향을 잘못 든 듯, 어느 순간부터 위를 향하던 시야가 아래로 바뀌었다. 되돌아가는 것보다는 다른 출구로 나가는 게 낫겠다 싶어서 하는 수 없이 한동안 산을 내려갔다. 그러다 어느 순간, 시야를 방해하던 우거진 나무들이 사라지고 눈앞에 넓은 공터가 나타났다.

 가장 먼저 눈에 들어온 것은 거대한 철제 구조물이었다. 공장으로 보이는 그 건물은 상당히 녹슬어 있었다. 건물 외벽은 햇빛이 오랜 시간에 걸쳐 도색을 반쯤 벗겨낸 상태였고, 공터에는 기계 몇 대가 방치된 채 썩어가고 있었다. 깨진 창문의 빈자리는 투명한 거미줄이 메꾸고 있었다. 버려진 지 상당한 시간이 흐른 것으로 보였다.

 발을 내디딜 때마다 마른 나뭇가지가 부서지는 소리가 작게 울렸다. 갈라진 아스팔트 사이로는 풀들이 죽은 가지를 밀어내며 올라오고 있었다.

 휴대폰으로 현재 위치를 확인하니 산을 가로질러 반대쪽으로 나온 상태였다. 나는 산을 빙 둘러서 차로 돌아가기 위해 루나에게 다시 하네스를 채우고 출구를 찾아 걸었다.

 사람의 손때보다 세월의 흔적이 더 짙게 자리잡은 폐공장. 방치된 흔적 때문인지 스산하고 우울한 분위기를 강하게 풍기고 있었다.

 공터를 가로질러 건물 뒤편으로 돌아가자 넓은 주차장이 나타났다. 주차장에는 버려진 수십대의 자동차가 흙먼지를 뒤집어쓴 상태로 너저분하게 흩어져 있었다. 하나같이 타이어에 공기가 빠진 채 낡은 휠로 차체를 힘겹게 지탱하는 모습이었다.

 루나와 함께 그 옆을 지나가며 자동차를 하나씩 살폈다. 이곳에 유기된 자동차는 대부분 출시된 지 오래된 모델이었다. 차종도 색상도 제각각이었지만 회생이 불가능하다는 점만큼은 예외가 없었다. 그렇게 출구를 향해 걸어가던 중 나는 어느 차 앞에서 발걸음을 멈췄다.

6세대 머스탱 컨버터블. 내 차와 동일한 모델인데다 새빨간 색깔마저 같았다. 도로에서 흔히 볼 수 없을뿐더러 저렴한 차도 아니었기에 왜 이렇게 방치되어 있는지 의문이 들었다. 물론 출시된 지 10년이 넘었기에 버려지고 부식되기에는 충분한 시간이었을 테지만, 이 차에 쌓인 세월의 흔적은 그보다 훨씬 더 짙어 보였다.

유리창 사이로 내부를 살폈지만 특이한 점은 없었다. 차 주변을 한 바퀴 둘러보고 발걸음을 옮기려던 찰나, 차를 뒤덮은 먼지가 운전석 문 손잡이에서만 지워져 있는 게 눈에 들어왔다. 몸을 숙여 자세히 들여다보니 손가락 네 개가 맞닿은 흔적이 선명했다. 틀림없는 사람의 손자국이었다.

"설마 열리겠어?"

손잡이를 당기자 딸깍 소리를 내며 문이 열렸다. 호기심이 든 건 루나도 마찬가지였는지, 문 틈을 비집고 차 안으로 들어가더니 냄새를 맡기 시작했다. 나는 주위를 한 번 둘러본 뒤 루나를 옆으로 옮기고 운전석에 몸을 밀어넣었다.

주인 잃은 차의 외로움을 대변하듯 내부에도 고독감이 짙게 배어 있었다. 내 차와 같은 구조지만 전혀 다른 분위기를 풍기는 탓에 괜히 이질감이 들었다.

그렇게 차 안을 살피던 중, 느닷없이 강력한 데자뷔가 내 신경을 뒤흔들었다. 처음 보는 공간인데도 마치 언젠가 와본 적 있는 것처럼 익숙한 느낌이 들었다. 이질감과 상반되는 느낌에 약간 혼란스러웠다. 익숙하면서도 한편으로는 낯선 기분. 이 두 가지 느낌이 공존할 수 있다는 사실을 방금 처음으로 깨달았다. 매일 타던 차와 같은 모습이기에 착각한 것뿐이라고 생각했지만 이 느낌은 무시할 수 없을 만큼 강렬했다.

 언뜻 보기에는 아무것도 남지 않은 버려진 차에 불과했다. 하지만 기시감의 원인을 찾고 싶다는 생각이 들자 나는 자리를 뜰 수 없었다. 이내 무언가에 홀린 사람처럼 차 내부를 이리저리 뒤지기 시작했다. 시트 아래, 콘솔 박스, 조수석 발치를 확인하고 마지막으로 글러브 박스*를 열어 보았다. 거기에는 네모난 초콜릿 상자 하나가 들어있었다.

 차 안의 모든 게 낡고 색이 바랜 상태였지만 양철 재질의 초콜릿 상자는 마치 새것처럼 반짝였다. 제 혼자만 시간이 멈춘 것처럼 이질적인 모습이었다.

 상자를 열자 그 안에는 두 개의 물건이 들어있었는데 제일 먼저 눈에 띈 것은 꽃 뭉치였다. 가냘픈 하나의 줄기에 여러 개의 자그마한 꽃이 매달려 있었고 꽃잎은 푸른빛을 띠고 있었다. 어디선가 꺾어온 듯, 꽃줄기가 부러진 위치가 제각각이었다. 정체도 의미도 알 수 없는 꽃들이었다.

 그런데 뭔가 이상했다. 꽃을 이 상태로 방치했다면 진작에 말라 비틀어졌어야 정상일 텐데, 이 꽃들은 마치 방금 전까지 살아있던 것처럼 생생했다. 순간 문 손잡이에서 발견한 흔적이 떠올라 단번에 알아챌 수 있었다. 그 손자국은 이 꽃을 가져다 놓은 사람

글러브 박스: 자동차 조수석 무릎 앞쪽에 위치한 수납 공간.

의 것이 분명했다. 불과 얼마 전, 어쩌면 내가 오기 직전에 누군가 다녀간 게 틀림없었다. 줄기 꺾인 꽃은 버텨봐야 사흘을 넘기기 힘들 테니까.

상자에 들어있던 또 다른 물건은 한 뼘 남짓한 자동차 모형이었다. 차체는 회색빛이었고 디자인은 전체적으로 각진 모습이었다. 특히 루프에서 트렁크로 떨어지는 라인이 독특한 직선 형태를 띠고 있었다. 수십 년은 족히 지난 디자인처럼 약간 촌스럽게 느껴지기도 했다. 어디선가 본 적 있는 듯한 기분도 들었지만 그 느낌의 발원지는 찾을 수 없었다.

괜히 궁금증만 더욱 커졌다. 만약 누군가 이곳에 와서 일부러 물건을 두고 간 것이라면 그 의도가 대체 무엇일까? 아무런 연관성이 없는 두 물건을 왜 이곳에 남겨두고 간 것일까?

나는 초콜릿 상자를 다시 살폈다. 해외 제품인지 모든 글씨가 영어로 적혀 있었다. 전면부에 적힌 몇몇 단어를 읽었지만 역시 별다른 내용은 없었다. 밀크 초콜릿, 아몬드, 코코아 등. 나는 상자를 뒤집어 뒷면에 빼곡하게 적힌 글자를 살폈다.

상형문자를 해석하는 기분이 들었다. 상자에 적힌 글을 읽으려 했지만 영어로 적힌 성분표가 마치 알파벳이 뒤엉킨 암호처럼 어지럽게 느껴졌다. 그렇게 글자를 하나씩 살피던 중, 내가 해석할 수 있는 문구를 하나 발견했다. 그건 바로 유통기한이었다.

EXP 29/04/25

EXP는 Expiration date의 약어로, 유통기한을 의미했다.

2029년 4월 25일까지. 지나치게 긴 유통기한이었다. 나는 뭔가 이상함을 느끼고 곧바로 휴대폰을 꺼내 밀크 초콜릿의 유통기한을 검색했다.

밀크 초콜릿에는 우유가 함유되어 있어서 시간이 지나면 산패할 가능성이 높아집니다. 보관 조건에 따라 다르지만, 밀크 초콜릿의 유통기한은 일반적으로 6개월에서 1년 사이입니다.

현재는 2025년 1월. 이 초콜릿의 유통기한이 만료되는 시점은 현재로부터 약 4년 뒤였다. 그 말인즉슨 이 초콜릿은 최소 3년 뒤에 제작된다는 뜻이었다.
 설마 그럴 리 없다고 생각했다. 그저 잘못 인쇄된 것뿐이라 여기며 나는 놀란 마음을 진정시켰다. 그러나 이게 인쇄 불량이라 생각해도 의문은 여전했다. 공장에서는 검수 과정을 반드시 거치기 때문에 품질 관리 시스템이 비정상적인 숫자 패턴을 놓쳤을 가능성은 희박했다. 더구나 식품의 유통기한은 민감한 부분이기에 더욱 철저하게 점검할 테니 이게 잘못 인쇄되었을 확률은 매우 낮았다.
 이 상황을 이해하려 애쓰던 도중, 무릎 위에 올려놓은 자동차 모형이 미끄러져 발 아래로 떨어졌다. 불현듯 이 자동차를 본 기억이 떠올랐다. 이내 자동차 모형이 낯익게 느껴졌던 이유가 기시감의 연장이 아니었다는 것을 깨달았다. 이건 영화 백 투더 퓨처에 등장하는 들로리안*이었다. 주인공이 시간 여행을 할 때 타던 바로 그 자동차.

들로리안: '들로리안 모터 컴퍼니'에서 1980년대 초반에 제작한 스포츠카. 모델명은 DMC-12지만 흔히 '들로리안'이라 줄여 말한다.

비로소 이 차의 디자인에 삽입된 미래지향적 요소들이 눈에 들어왔다. 지금은 다소 투박하게 느껴질 수 있지만 이게 80년대 자동차임을 감안한다면 당시로서는 상당히 혁신적인 디자인이었다. 이 차는 걸윙 도어 형식으로 문이 위쪽을 향해 열렸고 그에 걸맞게 문 손잡이도 아주 낮은 위치에 있었다. 그리고 작은 유리창 사이로는 차 내부가 보였다. 아날로그 감성을 간직한 조작 버튼과, 디스플레이를 연상시키는 독특한 계기판이 어우러져서 과거와 미래가 공존하는 느낌을 강하게 풍겼다.

영화에서 주인공은 이 자동차를 타고 과거로 향했다. 엄청난 인기를 끌었던 영화이기에, 이 자동차는 시간 여행을 상징하는 아이콘으로 활용되곤 했다. 과거와 미래가 뒤섞인듯한 디자인이 그 상징성을 더욱 부각시켰다.

어쩌면 이건 시간 여행을 암시하는 단서일지도 모른다는 생각이 들었다. 이 물건을 통해, 자신이 시간을 거슬러 미래에서 왔다는 사실을 간접적으로 드러내고 있다는 추측이었다. 내 생각이 맞다면 이건 미래의 누군가가 두고 간 게 분명했다.

정말 시간 여행일까?

이걸 해석하려고 노력하면서도, 내가 지나친 망상에 빠진 게 아닐까 하는 의문이 들기도 했다. 미래에서 왔다는 가정부터가 논리적으로 말이 안 되기 때문이었다.

시간은 비가역성을 지니므로, 상대적일지언정 뒤로 돌아가는 것은 사실상 불가능한 일이었다. 그러나 초콜릿 상자에 적힌 2029년이란 유통기한이 그 진실을 강하게 부정하고 있었다.

결국 나는 속단할 수 없다고 판단했다. 만약 내 추리가 맞다면 분명 또 다른 메시지가 있을 게 분명했다. 달랑 꽃과 자동차 모형만 남겼다고 하기에는 그 목적성이 너무나도 불분명해지니까. 더 많은 단서를 찾지 못한다면 이게 정말 미래의 물건인지 현재로서는 알 방법이 없었다.

그렇게 생각에 잠겨있던 중, 정적을 깨는 휴대폰 알림음에 흠칫 놀라 주변을 살폈다.

수아에게서 온 메시지였다.

기다렸을 텐데 미안해. 오늘 조금 늦을 것 같아. 집에 갈 때는 얻어 타면 되니까 먼저 가도 돼. 이따 집에서 봐!

계속 여기에 머무를 수는 없으니 일단 물건을 챙겼다. 미래에서 온 물건이라니, 그 궁금증을 참을 수 있는 사람이 과연 있을까?

마음 한구석에서는 이 물건에 대한 호기심과 왠지 모를 불안감이 함께 떠올랐다.

* * *

루나는 소파 위에 자리잡고 몸을 둥글게 말았다. 내가 뭘 하는지 궁금해하면서도 졸음이 쏟아지는 듯 반쯤 감긴 눈으로 나를 쳐다보았다. 희미하게 들리는 뱃고동과 루나의 옅은 숨소리가 나른한 오후를 한층 포근하게 만들었다. 그러나 폐공장에서 발견한 의문의 물건 때문에 내 마음은 그렇지 못했다. 이게 호기심인지 경계심인지 알 수가 없었다. 그저 혼란스러웠다.

초콜릿 상자, 자동차 모형, 푸른 꽃. 이 단조로운 물건들에서 미래의 메시지를 찾을 수 있을지 의문이었다. 애초에, 어떤 의미가 숨어있을 것이라는 추측이 맞을지도 확신할 수 없었다. 그럼에도 나는 무언가 단서를 찾아낼 수 있을 것이라 생각하며 물건들을 하나씩 늘어놓았다.

이후 노트북을 펼쳤다. 검색창에 푸른 꽃을 검색한 뒤, 푸른 잎의 꽃 사진을 하나씩 살폈다. 한동안 스크롤을 내리며 나열되는 이미지를 살피던 중, 상자에 담겨있던 것과 똑같은 형태의 꽃 하나를 발견할 수 있었다. 나는 곧바로 그 게시물에 적힌 짤막한 설명을 확인했다.

이 꽃의 이름은 물망초입니다. 유럽이 원산지인 관상용 식물로, 개화 시기는 4~6월경입니다.

이건 한겨울에 볼 수 있는 꽃이 아니었다. 온실에서 재배한 식물일 수도 있지만, 줄기가 엉성하게 꺾여 있는 점을 본다면 꽃집에서 구했거나 전문가의 손길이 닿았다고 보기도 힘들었다. 확실히 뭔가 이상했지만 이를 시간 여행이라는 추측의 근거로 삼기에는 부족한 게 사실이었다.

나는 추가적인 단서를 찾기 위해 초콜릿 상자를 자세히 관찰했다. 상자 뒷면의 성분표를 죄다 번역해서 읽고, 그걸 반대로 읽어보기도 했다. 추리 영화에서처럼 자외선을 비추면 글씨가 나타나지 않을까 싶어서 이리저리 돌리며 햇빛에 비춰보기도 했다.

한참을 살폈지만 초콜릿 상자에서 특이점을 발견할 수는 없었다. 나는 상자를 내려놓고 곧이어 자동차 모형을 유심히 들여다보았다. 소름 돋을 정도로 강렬했던 데자뷔와, 미래의 것으로 보이는 물건들을 도저히 외면할 수가 없었다.

 그렇게 얼마나 지났을까, 단서를 찾겠다는 내 고집이 마침내 통했다. 자동차 모형의 하부에 박혀 있는 나사. 그 나사에서 드라이버가 헛돈 흔적을 발견했다. 나는 곧장 드라이버로 나사를 돌려 뽑았다. 생선의 배를 가르고 내장을 빼내듯 모형 아래쪽에서부터 부품을 하나둘 해체했다. 그러자 내부의 빈 공간에 돌돌 말린 채로 숨어있던 종이 뭉치 하나가 떨어졌.

 정말 있었다. 이게 미래의 물건이라는 증거를 찾기 위해 시작한 일이기는 했지만 무언가 진짜 있을 줄은 몰랐다. 그것도 이렇게 직접 눈앞에 나타나니 오히려 당황스러울 지경이었다.

 조심스레 종이를 펼쳐 그 안에 적힌 내용을 살폈다. 총 여섯 장이었는데, 세 장의 종이에는 제각기 다른 그림이 그려져 있었고 나머지 세 장에는 짧은 글이 적혀 있었다.

 나는 그림을 먼저 살폈다. 고대 전함, 반복되는 계단, 칼에 찔린 남자. 전부 의미를 알 수 없는 그림들이었고 상당히 공들여 그린 듯 섬세하게 표현된 모습이었다. 하지만 그림에 담긴 뜻이 직관적이지 않았기에 이건 잠시 보류하기로 했다. 눈에 띄는 특징이 있다면, 그림의 구도나 선을 사용하는 스타일이 내가 그림을 그리는 방식과 유사하다는 것뿐이었다.

 나는 이어서 종이에 적힌 짤막한 글을 확인했다.

 내게 자살은 피할 수도 막을 수도 없는 일이다. 어쩌면 이건 처음부터 예정된 미래였는지도 모른다.
 자살이 최악의 선택이라 믿어왔지만 돌이켜보면 죽음은 내게 유일한 희망이었다. 내 문제는 오로지 자살로만 해결할 수 있기에, 미래의 나를 위해서는 죽어야만 한다.

 혼란스러웠다. 이 내용은 아무리 봐도 유언이 확실했다. 글을 읽으니 의문이 해결되기는 커녕 오히려 궁금증만 더 커졌다.
 나는 곧바로 다른 종이에 적힌 글을 확인했다.

 내 선택을 이토록 후회하게 될 줄 몰랐다. 분명 옳은 판단이라 믿었는데, 이제 와서 보니 그건 틀린 결정이었다.
 시간을 되돌릴 수만 있다면 과거의 내게 전하고 싶다. 절대 후회할 행동을 하지 말라고. 돌이킬 수 없는 선택을 하지 말라고.

 이 물건이 미래에서 왔을 것이라는 허무맹랑한 생각. 두 번째 글을 읽자 그 생각은 망상이 아니었다는 게 명확해졌다. 비로소 모든 추측이 확신으로 변했다.
 이건 자살을 후회하는 글이었다. 죽음을 후회하며, 선택을 바꾸기 위해 미래에서 보낸 메시지였다. 그리고 나는 누군가의 미래가 바뀔 수 있는 메시지를 중간에 가로채 버렸다. 이 얄팍한 호기심 때문에, 과거를 바꾸려 시간을 역행한 누군가의 시도를 무의미하게 만들었다.
 원래 있던 위치에 돌려놓아야 했다. 설명이 되지는 않지만, 이게 어떻게 가능한 건지는 모르겠지만, 적어도 내가 개입해서는 안 된다는 사실만큼은 분명했다.
 자리에서 벌떡 일어나 외투를 입고 차 키를 챙겼다. 나는 곧바로 나갈 준비를 마쳤지만 미처 확인하지 못한 글이 마음에 걸렸다. 내 잘못을 되돌려야 한다는 마음만큼이나, 마지막 메시지에 대한 궁금증도 최고조에 달한 상태였다.
 "이것까지만 읽어보고 결정하자."
 마지막으로 적힌 글은 누군가에게 남긴 편지로 보였다. 이 또한 짤막한 글이었다.

 아무리 생각해도 나한테는 이게 최선이야. 너라면 이런 내 결정을 이해해 줄 거라 믿어.
 비록 짧은 시간이었지만 덕분에 내 인생이 조금이나마 즐거울 수 있었어. 그동안 고마웠어 수아야.

 수아라는 이름을 보는 순간 심장이 내려앉는 느낌이었다. 여기 적힌 사람은 수아와 동명이인일 게 분명했지만, 등줄기에 흐르는 서늘한 감각은 쉽게 가라앉지 않았다.
 나는 유서와 함께 들어있던 세 장의 그림을 유심히 살폈다. 다시 본 그림에서 깨달은 사실 하나가 내 감정을 휘어잡고 강하게 뒤흔들었다. 정신이 균형을 잃고 비틀대기 시작하자 내 몸도 갈피를 잡지 못하고 방황하기 시작했다. 심장이 빠르게 뛰면서 손이 희미하게 떨렸다.
 이건 내가 그린 그림이었다. 선의 굵기와 강도, 해칭* 스타일, 전체적인 구도부터 세부적인 묘사까지 내가 그림을 그리는 방식과

해칭: 질감이나 명암을 표현하기 위해 선을 반복적으로 그리는 기법.

완벽하게 일치했다. 현실을 외면하고 싶었고 그렇기에 애써 부정하려 했지만, 내 그림이라는 사실이 너무나도 명확해서 차마 그럴 수가 없었다.

 나는 유언이 적힌 종이를 집어 들어 다시 확인했다. 내용에 집중하느라 차마 필체를 눈치채지 못했었다. 착각이길 바랐지만 이 유서에도 나의 흔적이 짙게 각인되어 있었다. 'ㅁ'자를 쓸 때 일자를 쭉 긋고 옆에 2모양을 그려서 미음자를 쓰는 것이나, 모음 'ㅣ'자를 쓸 때 아래 줄까지 길게 늘어뜨리는 습관이 나의 글씨체와 완벽하게 일치했다.

 비현실적인 상황에 정신을 차릴 수가 없었다. 미래의 물건에 대한 궁금증이 한순간 죽음에 대한 불안감으로 바뀌었다. 느닷없이 시한부 인생을 선고받은 기분이었다.

 유언장의 모퉁이가 내 손과 함께 파르르 떨렸다. 절대 있을 수 없는 일. 있어서도 안 되는 일. 그리고 시간 여행보다 충격적인 것은 내가 자살한다는 사실이었다. 나로서는 상상할 수도 없는 최후를 이 유언장은 이야기하고 있었.

 이 모든 상황을 부정하고 싶었다. 물건을 내다 버리고 아무 일도 없었던 척하고 싶었다. 그러나 이미 벌어진 일이기에 외면하는 게 해결책이 될 수는 없었다. 미래의 내가 메시지를 보냈고, 나는 그걸 받았다. 어떻게든 행동을 취해야 했다.

 눈을 감고 천천히 심호흡했다. 마음을 진정시키고 이성을 유지하기 위해 노력했다. 나는 정신을 차리고 일단 이 모든 상황을 정리하기로 했다. 미래의 내가 쓴 게 맞는지, 맞다면 내게 말하려는 게 대체 무엇인지.

나는 테이블에 놓인 세 장의 그림과 세 편의 글을 자세히 살폈다.

 일단 내 필체와 그림체인 것은 분명했다. 하지만 나는 이 그림을 그린 적도, 유서를 쓴 적도, 수아에게 편지를 남긴 적도 없었다. 자살을 생각한 적은 더더욱 없었다. 그렇기에 이 물건을 미래의 내가 남겼다는 추측만이 가능했다. 현재로서는 다른 시나리오가 떠오르지 않았다.

 내가 폐공장에 간 것은 지극히 우연이었다. 글러브 박스에서 물건을 발견하는 것도, 들로리안에 숨어있는 메시지를 발견하는 것도 전혀 예측할 수 없는 행동이었다. 결국 내가 머스탱에서 물건을 발견하고, 자동차 모형을 분해할 것이라고 예상할 수 있는 사람은 미래의 내가 유일했다. 이 모든 사건을 우연이라고 말할 수는 없기에, 전부 알고 계획했다는 생각을 도저히 부정할 수가 없었다.

 미래의 나는 현재의 내가 어떻게 행동할지를 알기에 나보다 한 발 앞서서 움직였다. 그리고 나는 그의 의도대로 미래의 단서를 쫓다가 마침내 메시지를 발견하게 되었다. 현재로서 이보다 나은 추측은 없어 보였다.

 내가 발견한 단서들을 보면 이 추론은 지극히 합리적인 것처럼 느껴졌다. 미래의 물건이고, 내가 쓴 것이고, 무엇보다 내 행동을 정확히 예측했으니까. 하지만 미래의 내가 보낸 메시지라고 쉽게 납득할 수도 없었다. 시간 여행이라는 개념 자체가 엄청난 모순을 가지기 때문이었다.

 이 메시지를 통해 내가 운명을 바꾼다면, 그건 미래의 내가 과거를 바꾸는 것과 같았다. 이처럼 과거를 바꾼다는 게 언뜻 보면 내 문제를 근본적으로 해결하는 가장 명쾌한 방법으로 보이기도 했다. 하지만 시간 역설은, 과거를 바꾸는 시간 여행이 얼마나 비현실적인지 단적으로 보여주었다.

 이 단서를 통해 미래를 바꾸는 게 가능할까?

 내가 미래를 바꾼다면 이 유언장은 세상에 존재해서는 안 된다. 미래에 당도한 내가 유서를 쓰지도 않을 것이고, 유서를 과거로 보내려고도 하지도 않을 테니까.

 내가 미래를 바꾼다면 내게 닥칠 불행은 처음부터 없던 일이 된다. 즉 자살하는 나와 유서를 쓰는 내가 존재하지 않게 된다. 그렇다면 지금 이 유서에 적힌 것은 대체 누구의 삶인가? 이 또한 의문이다.

 나는 미래에게 영향을 받았다. 하지만 이로써 불행을 피한다면 나는 과거를 바꾸려 들지 않을 것이다. 즉 유서를 받은 사람은 있지만 유서를 보내는 사람은 없는 셈이다. 미래 덕분에 불행을 피했지만, 정작 과거를 바꾼 사람은 존재하지 않는 이상한 상황이 되어버린다.

 이 얼마나 모순인가?

 물론 다른 식의 접근도 가능하다. 이러한 문제를 해결하기 위해, 내가 미래에 당도했을 때 과거로 동일한 메시지를 보내면 된다. 자살하지는 않지만, 과거의 내가 메시지를 받아야만 하기에 물건을 보내는 것이다. 그게 어떻게 가능한지는 몰라도, 그런 시나리오라면 유서의 존재에 대한 의문은 일단 해결된다. 하지만 그 유서는 누가 쓴 것인가? 내가 썼지만 사실 나는 쓴 적이 없다. 미래로부터 받은 것이니까.

 이처럼 시간 여행은 수많은 논리적 모순을 불러올 뿐만 아니라 물리적으로도 불가능한 일이다. 시간은 한 방향으로만 흐르기 때문에 무슨 수를 쓰더라도 엔트로피*가 증가하는 흐름을 거스를 수는 없다. 따라서 시간을 역행하는 것은 물리 법칙에 위배되는 일이다. 그러나 지금 내 눈앞에는 상대성이론과 열역학법칙을 완전히 무시하는 광경이 펼쳐져 있다.

 이 초월적인 현상 앞에서, 불변의 법칙이라고 여겼던 과학적 지식들은 그저 무지에서 비롯된 일반화에 불과했다. 내가 그동안 쌓아온 지식들이 모두 부정당하는 것만 같았다. 이 상황을 해석하려 노력할수록 머리가 복잡해지기만 한 탓에, 나는 결국 단순하게 생각하기로 결정했다.

 미래의 물건을 발견한 시점부터 이 상황은 현실의 범주를 벗어났다. 미래가 과거를 침범하는 비상식적인 사건은 이미 벌어졌고, 이러한 상황에서 논리적인 의문을 가지는 것은 무의미했다. 지금 내가 해야 할 일은 이 상황을 설명하는 게 아니라 메시지에 담긴 의미를 해석하는 것이었다. 자살을 후회하는 미래의 내가 무엇을 말하려고 하는 것인지, 그 뜻을 알아내는 게 우선이었다.

 그런데 첫 번째 유서에 적힌 문구가 자꾸만 마음에 걸렸다.

내게 자살은 피할 수도 막을 수도 없는 일이다.

 피할 수 없다는 말은, 죽음을 막으려고 이미 한 번 시도했다는 뜻이 아닐까? 그렇다면 미래의 나도 현재의 나와 동일한 경험을

엔트로피: 무질서도.

했던 게 아닐까?

어쩌면 이건 처음부터 예정된 미래였는지도 모른다

 이 문장은 마치 미래를 바꾸는 데 실패했다는 말처럼 보인다. 어쩌면 유서를 쓴 나도, 지금의 나처럼 단서를 해석하고 자살을 막으려 노력했을지도 모른다. 이 추측이 맞다면 내가 어떤 변칙적인 행동을 하더라도 이미 한 번 거친 일일 것이다. 불행을 막으려는 모든 시도가 실패하고 결국에는 절대 피할 수 없는 미래에 도달한 셈이다.
 미래를 바꾸는 게 가능할까 싶었지만 이내 정신을 차리고 마음을 굳게 먹었다. 미래를 바꿀 수 없다면 현재의 내게 메시지를 전할 이유가 없을 테니까. 설령 한 번 실패했다고 해도, 지금의 내게는 또다시 기회가 주어졌다. 불행을 피할 수 없다는 무력감에 빠진다면 미래를 바꿀 가능성조차 사라져 버릴 것이다.
 초콜릿 상자는 미래의 내가 남긴 메시지다. 그리고 내가 이것을 발견한 순간부터 과거는 이미 바뀌기 시작했다. 다가올 운명을 피할 수 없다면, 미래의 나는 애초부터 과거를 바꾸려고 시도하지도 않았을 것이다. 이 물건을 발견했다는 것은 내가 미래를 바꿀 수 있다는 증거다. 되든 안 되든 시도해야 한다.
 여기서 또 하나의 의문이 피어난다.
 내게 메시지를 전달할 의도였다면 글로 설명하면 될 텐데 왜 굳이 그림으로 표현한 것일까? 그리고 자살을 막을 수 없다는 말 자체가 조금 이상하다. 자살은 내 선택인데, 이건 내가 죽지만 않는다면 그 미래를 피할 수 있다는 뜻이 아닌가?

 그 의도를 알 수는 없지만, 미래의 내가 하려는 말이 무엇인지 밝혀내야 한다는 것만큼은 확실하다. 지금 내게 유일한 단서는 세 장의 그림뿐이기에 여기 숨겨진 의미를 해석해야 한다. 그래야만 미래의 내가 무엇을 요구하는지 알 수 있고, 그 의미를 알아야 미래에 닥칠 비극을 막을 수 있다. 내가 그린 것이니 그 안에 숨겨진 뜻을 찾아내는 것도 충분히 가능할 것이다.

어느 날의 미래

자살의 시작

 가까스로 기한에 맞춰 그림을 완성했다.
 최종 점검을 마치고 완성된 삽화를 전송하자 때마침 또 다른 작업 의뢰가 들어왔다.

 책 표지로 사용할 일러스트 요청드립니다. 자세한 내용은 함께 첨부한 PDF파일을 참고해 주시기 바랍니다.

 나는 내용을 대강 확인하고 곧바로 의뢰를 수락했다. 항상 일이 부족한 내게는 분명 좋은 일이었지만, 정해진 시일까지 그림을 완성해야 한다는 압박감에 한숨이 나오는 건 어쩔 수 없었다.
 나에게는 가족도 친구도 없었지만 그림 그리는 재주는 있었기에, 중증 공황장애를 앓으면서도 이 일로 최소한의 생계는 유지할 수 있었다. 사람과 대면할 수 없는 내게 최적화된 일이었지만, 공황이 한바탕 몰아치고 나면 손이 떨려 그림을 제대로 그릴 수 없었던 탓에 매번 마감 기한을 맞추는 게 고역이었다. 게다가 일 없는 날이 훨씬 많아서 언제나 턱없이 적은 돈으로 생활할 수밖에 없었다.
 도움이 절실한 상황이었지만 모든 인간관계를 파탄 낸 건 나였기 때문에, 아무 도움도 주지 못하는 남들을 원망할 수는 없었다. 하지만 나로서도 그럴 수밖에 없었다. 대인 기피증과 피해망상도 구분하지 못하는 사람들에게 내 증상을 이해시키는 것은 애초부터 불가능한 일이었으니까. 내 심리 상태를 설명하면서까지 그 관계를 유지하고 싶은 생각도 없었던 터라 나는 대인관계를 전부 청산했다. 당시에는 외톨이가 되는 게 불가피한 선택이었지만, 그게 순전히 내 결정이라는 것도 부정할 수가 없었다.

 돌이켜보면 그건 내 오판이었다. 불안을 줄이기 위해 나를 세상과 격리시키며, 이 시련이 지나면 단절된 관계도 금세 회복할 수 있을 것이라 생각했던 게 실수였다. 나를 지키기 위해 세운 방호벽이 나를 고립시키는 장벽이 될 줄 몰랐다.

 하지만 나를 이렇게 만든 결정적인 요인은 따로 있었다. 그것은 무조건 버티려고만 했던 내 태도였다. 과거의 나는 고통을 감내한다는 것을 너무나도 당연하게 여기며, 힘든 시간을 견디는 게 지당하다고 생각했었다. 이 고난을 어떻게 넘길 것인지에만 초점을 맞췄다. 그러다 어느 순간부터 근본적인 의문이 마음속에 피어나기 시작했다.

 나는 왜 버티고 있지?

 이전에는 생각해 본 적도 없었다. 아무리 힘들어도 내가 죽지 않았던 이유는 오로지, 사는 게 옳다는 생각 때문이었다. 자살은 잘못된 일이니까. 힘들고 괴로워도 견디는 게 맞는 일이니까. 하지만 떠올려보면 그 생각은 출처가 묘연한 강박 관념이었다. 모두가 당연하게 받아들이고 있는 생각인지라 이에 대해 의문조차 품어본 적 없었다. 그 신념은 아무런 이유도 근거도 없는 구시대적 가치관에 불과했다. 그러한 사실을 자각한 뒤로는 내가 살아야 할 분명한 이유를 찾기 시작했다. 만약 명쾌한 답을 찾지 못한다면 그건 죽음을 기피할 이유가 없다는 것을 의미했다.

 내 방은 자살을 배척하기 위한 오랜 노력을 그대로 보여주고 있었다. 벽면을 따라 늘어선 책장에는 철학 서적들이 빼곡하게 자리잡았고 이는 마치 진리를 갈망한 고대 사상가의 서재를 연상시켰다. 책 사이에는 내 사색이 담긴 노트들이 곳곳에 위치했는데 그 노트에는 제각기 다른 이름이 붙어 있었다. 존재의 본질, 삶의 가치, 자살의 합리성 등.

 노트에는 모든 사색과 탐구의 과정이 고스란히 담겨 있었다. 하나의 의문은 가지를 뻗어 수십 가지 물음으로 번졌고 이는 수백 가지 추측과 가설을 거쳐 명확한 하나의 결론으로 이어졌다. 나름대로 답을 찾기 위한 내적 논의의 결실이었다.

 근원적 의문을 해결하기 위해 시작한 탐구. 그 긴 여정의 시작은 신학 공부였다. 신을 믿지 않는 내게는 상당한 결심이 필요한 일이었다.

 공부를 시작하기 전의 나는 모든 종교적 가르침을 배척하며 신의 존재를 부정했다. 초월적인 존재는 상상의 산물이라 여겼고 종교는 인류의 뿌리 깊은 문화일 뿐이라고 생각했다. 경전은 잘 짜인 소설, 기도는 욕망의 목소리, 성직자는 길 잃은 사람들이라 생각했다.

 그러나 신의 존재를 부정하려면 더 명확한 근거가 필요했다. 잘 알지도 못하면서 종교를 무조건적으로 배척하는 것은 내 편협한 사고를 스스로 인정하는 셈이었으니까. 종교에 대해 어느 정도는 이해하고 있어야 논리적인 비판도 가능할 것이라 생각했다.

신경과학, 진화생물학, 천체물리학의 발전으로 인해 드러난 경전의 오류. 이를 이유로 종교를 배척할 수도 있겠지만 나는 무신론의 근거로 삼기에는 다소 부족하다고 판단했다. 종교적 세계관의 결점을 지적할 수는 있어도, 종교 자체를 완전히 부정할 수는 없다고 생각했다. 그래서 신학 공부를 시작했다. 종교가 분쟁의 씨앗으로 작용했던 역사적 사실은 배제하고, 오로지 종교적 가르침에서 얻을 것에만 집중했다. 만약 내 생각이 틀렸다면 언제든지 돌아설 준비도 되어 있었다.

각 종교는 상당히 구체적인 윤리적 견해를 표명하고 있었다. 도덕적 규범, 사랑과 헌신, 이타와 정의 등 공동체를 위해 이상적인 방향을 제시했다. 그러나 공부할수록 학문의 결함이 차츰 드러났다. 교리에는 일관성이 부족했고 수많은 지침은 서로 상충했다. 신앙의 논리적 모순은 셀 수가 없을 지경이었다. 상식적으로 이해할 수 없는 인격신*의 행보가, 종교를 받아들이려 노력하는 내 의지를 가로막았다.

결국 얼마 지나지 않아 신학 공부를 그만두었다. 겉핥기로 공부해서 판단할 것은 아니었지만, 학문의 허점이 명확하다면 더 이상의 탐구는 무의미하다고 생각해서였다. 애초부터 명제가 잘못되었다면 거기서 파생된 주장에도 신뢰가 떨어지는 법이었기에. 특히 믿음의 근거가 믿음이라는 논리를 도저히 받아들일 수가 없었다.

마침내 나는 극단적인 무신론자가 되었다. 물론 그 이유가 신학을 공부하며 마주한 오류 때문만은 아니었다. 각 종교에서 고통

인격신: 자아, 감정, 의지를 가진 신. 대부분의 종교가 섬기는 신은 인격신의 모습을 띤다.

을 해석하는 방식이 내게는 너무 불쾌했기 때문이다. 지극히 감정적인 이유로 신을 배척하게 된 것이었다.

 고통을 극복하는 방법에 대해서 각 종교가 주장한 바는 모두 달랐다. 인내, 믿음, 금욕, 순응, 헌신 등. 이 교리를 지지하는 신자들이 내 고통의 일부라도 경험한다면 과연 그 입장을 고수할 수 있을지 의문이 들었다. 깊은 신앙심을 가진 사람이라고 한들, 정신이 찢어지는 고통 앞에서도 그 지조를 유지할 수 있을까?

 그들이 자살을 죄악시한다는 점에서 나는 적개심까지 느꼈다. 종교적 가르침이라는 명분 하나로 자살의 시비를 심판하는 태도가 종교에 대한 나의 거부감을 심화했다.

 그들은 편협했다. 오로지 자신의 경험과 믿음의 틀 안에서만 보고 판단했다. 그러나 이를 종교인들만의 문제라고 말할 수는 없었다. 대부분의 사람들은 경험과 통념을 기반으로 가치관을 확립하고, 그게 편견이라는 사실도 모른 채 좁은 시야에 갇혀 살아가니까. 색안경을 끼고 인생을 바라보는 것은 어찌 보면 당연한 결과였다.

 편견에 갇힌 것은 나도 마찬가지였다. 신의 존재를 무조건적으로 부정하는 것은 내가 편협하다는 증거였다. 온갖 논리적인 체는 다 해놓고 결국 무신론을 절대적으로 확신하는 나를 보면서, 나도 종교인들과 다를 바 없다는 생각이 들었다. 그럼에도 무신론적 견해를 버릴 마음은 조금도 없었다. 내가 편협할지언정 종교가 타당하다고 말할 수는 없었으니까.

 신학 공부를 그만둔 뒤에는 철학에 대해 광범위한 공부를 시작했다. 그중 내가 크게 관심을 가진 분야는 존재에 대한 본질적 논의였다. 존재에 대해 이해한다면 삶과 죽음에 대해서 더욱 명확한 인식 체계를 확립할 수 있을 것이라는 판단에서였다.

 존재에 대한 탐구는 그리스 철학자들의 사상을 정리한 책에서 시작했다. 처음에는 아리스토텔레스, 플라톤을 비롯한 사상가들의 이념을 깊이 파고들었다. 형이상학의 개념을 분석하고 거기서 비롯된 존재론적 견해들을 조사했다.

 존재의 본질에 대해 답을 찾으려는 노력은 오랫동안 계속되었다. 의문은 끊임없이 확장되었고 그에 따라 고찰의 영역도 갈수록 늘어났다. 차츰 공부의 범위를 넓혀, 유교 사상을 포함한 동양 철학의 해석도 빈틈없이 조사했다. 동서고금을 넘나들며 고대부터 현대에 이르는 수많은 철학적 관점을 연구했다.

 그중 유물론과 관념론의 각 주장에 대해 흥미를 느끼고 깊게 파고들었다. 관념론은 의식이 본질이고 물질은 의식에서 파생된 것이라 주장했다. 반면 유물론은 만물의 근원은 물질이고, 의식도 물질이 만들어낸 것이라 주장했다.

 상반되는 두 이론을 조사하던 중, 관념론이 아직까지도 지지된다는 점에서 나는 큰 충격을 받았다. 심지어 그 믿음은 양자물리학적 관점이 아닌 초자연적 믿음에 뿌리를 두고 있었다. 지식수준이 높아지면서 논리적 사고가 보편화되었다고 생각했지만 그건 내 착각이었다. 원소 주기율표는 달달 외우면서도 과학적 사고는 할 줄 모르는 사람들을 보며 의문과 안타까움을 동시에 느꼈다. 하기야 과반수의 사람들이 영혼의 존재를 믿는 것만 봐도 관념론이 왜 사장되지 않았는지 알 것 같기도 했다.

 나는 오랜 시간 철학을 공부하며 존재와 죽음에 대한 의문을 해결하기 위해 노력했다. 하지만 철학자들이 제각기 다른 의견을 내세웠기에 명쾌한 해답은 얻을 수 없었다. 거장이라 불리는 철학자들의 주장도 결국에는 하나의 견해에 불과했다.

 죽음에 대한 근본적 의문에, 고대부터 현대까지 수많은 철학자들이 다양한 주장을 내세웠지만 그중 진리라고 말할 수 있는 건 없었다. 대부분의 철학적 의문은 돌고 돌아서 '관점에 따라 다르다'는 결론에 도달했기 때문에. 애초부터 그 의문에 정답은 존재하지 않았다. 그저 어떻게 해석하느냐의 차이만이 존재할 뿐이었다.

 삶과 죽음에 대한 본질적 의문. 이는 존재에 대한 탐구로 이어졌고, 기성 철학에서는 답을 찾지 못했다. 그 이유는 명확했다. 철학하지 않고 철학에서 답을 찾으려 한 결과였다. 내가 그동안 탐구한 것은 철학이 아니라 철학의 역사에 불과했다. 이를 깨달은 뒤로, 나는 존재에 대해 독자적인 결론을 도출하기 위해 노력했다. 이후 해답을 찾기 위해 다양한 가설을 세우고 파훼하기를 수없이 반복했다. 그게 너무나도 근원적인 의문인 탓에 한동안 갈피를 잡지 못했지만, 의문을 구체화하고 그 답을 하나씩 찾아가면서 마침내 존재에 대한 나만의 해석을 만들어냈다.

 나는 책장에 꽂힌 노트 중 '존재의 본질'이라 적힌 노트 한 권을 꺼냈다. 노트에는 내 생각이 얽히고설켜 어지러운 미로가 그려져 있었다. 존재에 대한 오랜 사유의 흔적이었다. 이에 죽음에 관한 견해를 덧붙여서 최종적으로 내 이론을 완성했다. 철학자들이 이걸 본다면 산티아고*의 청새치를 노리듯 헐뜯을 게 분명했지만, 적어도 내게 이보다 완벽한 해석은 없었다.

산티아고: 헤밍웨이의 소설 '노인과 바다'에 등장하는 주인공 노인.

이 세상에 태어나지 않은 생명체를 떠올려봐라. 처음부터 존재한 적 없었던 생명들 말이다. 그들은 관념 속에서만 존재할 뿐 실재하지 않는다. 의식도 실체도 없는 무(無)이다. 아무것도 느낄 수 없으며 당연하게도 세상과 어떠한 상호작용도 할 수 없다.

죽은 뒤의 모습은 이러한 상태와 동일하다. 뇌가 기능하지 않으니 의식이 없고, 의식이 없기에 생각하거나 감정을 느낄 수 없다. 행복도 불행도 존재하지 않는다. 즉 태어나기 이전과 죽음 이후는 같은 형태이므로, 죽음은 최후이자 최초로 향하는 사건이라 볼 수 있다. 미지의 세계로 향하는 일이 아니라 그저 원상태로 복귀하는 것이다. 탄생하기 이전에 아무것도 느끼지 못하던 무로 돌아가는 과정일 뿐이다.

유에서 바라본 무는 어둡고 공허하다. 적막한 우주를 떠다니는 쓸쓸한 모습을 연상시킨다. 하지만 이는 실재하는 입장에서 비존재를 바라보기에 생기는 오류다. 비존재를 존재처럼 인식하기 때문에 그렇게 받아들이는 것이다.

나는 빅뱅 이후 138억 년 동안, 그리고 그 이전에도 무한한 시간을 존재하지 않는 상태로 존재했다. 이러한 비존재가 되는 것을 두려워할 이유가 없다. 항상 그래왔고 또 죽음 이후로도 계속 그럴 테니까. 나는 찰나에 존재하고 영원히 존재하지 않을 것이다. 그 말인즉슨 존재하지 않는 것이 너무나도 당연하고 자연스러운 상태라는 뜻이다. 결국 죽음은 존재의 소멸이자 영원한 비존재의 재개이다. 이러한 죽음에 반감을 가질 이유가 없다.

애초에 '죽은 뒤의 나'란 성립할 수 없는 개념이다. 비존재에게는 삶이라는 과거가 존재하지 않는 것과 같은 이치다. 그러므로 죽음 이후에는 행복의 부재가 비극이 될 수 없다. 삶이 불행할 수는 있어도 죽음이 불행할 수는 없기에, 인간이 진정 두려워해야 할 것은 죽음이 아닌 고통스러운 삶이다.

 이런 결론을 내놓기는 했지만 죽음이 결코 가벼운 사건이라고 말할 수는 없었다. 나 하나 죽는다고 세상에 달라지는 건 없겠지만, 죽음은 엄연히 한 우주가 붕괴하는 일이었다. 이 세상은 단일 우주로 구성된 게 아니라 자신만의 세상을 살아가는 수십억 명이 모인 다중 우주의 집합체이기 때문에. 적어도 내게는 모든 우주가 나를 중심으로 돌고 있으니, 나의 죽음은 우주의 종말이나 마찬가지였다.
 그렇지만 죽음이 비극이라 말할 수도 없었다. 나의 우주가 파멸을 맞이한다면 그건 초신성처럼 찬란할 것이 분명했다. 내 세상은 지옥이고, 지옥이 소멸하는 과정은 더없이 아름다운 모습일 테니까. 죽음 너머에는 빛도 어둠도 존재하지 않겠지만, 내 세상을 뒤덮은 어둠은 걷힐 테니 이보다 밝은 변화가 있을까 싶었다.
 나는 아랫줄에 또 하나의 해석을 덧붙였다.

 죽음을 담담하게 바라보아야 하는 이유가 있다면, 그래야만 자살이 필요한 순간에 결단할 수 있기 때문이다.

 마음에 드는 내용이었다. 자살이 유일한 해결책으로 느껴지는 현시점에, 죽음을 배척해야 한다는 결론은 도저히 받아들일 수가 없었다. 이런 내 태도에서 미리 답을 정해놓고 문제를 푸는 듯한 느낌을 받기도 했다. 하지만 이건 편향적인 해석이 아니라 삶과 죽음의 경계에서 중립적인 태도를 유지하는 것이라 생각했다.

 삶과 죽음은 서로 대립된다. 하지만 그보다 더 극단적인 양면성을 띠는 게 바로 행복과 불행이다. 행복은 불행의 보상이고, 불행은 행복의 대가이다. 행복을 얻기 위해 지불해야 할 노력은 사람마다 다르겠지만 희생을 필요로 한다는 점에서는 동일하다. 그 과정을 견뎌내면 그에 상응하는 행복이 주어지고, 이때 괴로움에 대항할 수 있는 힘을 얻는다. 기쁨, 보람, 즐거움으로 활력을 충전하고 이를 삶의 동력으로 삼는다. 그 균형을 유지하며 수많은 고난을 헤쳐 나간다. 이처럼 당근과 채찍이 반복되는 게 일반적인 삶의 모습이다.

 지금 내 삶은 이 둘의 균형이 완전히 무너졌다. 방전된 상태로 삐걱거리는 삶을 부지하는 상황이 되었다. 고통으로 지난날의 행복과 균형을 맞추기라도 하려는 듯, 가불 받은 행복을 상환하라며 독촉이라도 하는 것처럼. 고통이 지배하는 시간이 나를 찾아오자 삶의 모든 즐거움이 흔적도 없이 자취를 감췄다.

 고통에는 행복이 뒤따른다. 노력에는 보상이 따르고, 도전 끝에는 보람이 남는다. 일하는 만큼 돈이 주어지고, 이타는 사랑으로 되돌아오는 게 일반적인 형태다. 하지만 내게는 고통 뒤에 언제나 더 큰 괴로움이 따른다. 노력이 철저히 배신당한 채 어떠한 보상도 주어지지 않는다. 시간과 노력을 쏟아부어서 돌아오는 건 좌절을 동반한 공황발작뿐이다.

 뭔가 단단히 잘못되었다. 지금 내 삶에는 한 줌의 행복도 찾아볼 수가 없다. 죽음은 모든 행복과 고통의 종식이지만 행복이 없는 내게는 그저 괴로움의 끝일뿐이다. 행복해질 수 있는 티끌 같은 가능성만 제외한다면 잃을 게 없기에, 자살이 합리적이라는 생각을 도무지 떨쳐낼 수가 없다.

 심연에 빠져본 적 없는 사람들은 내 생각이 편협하다고 말할 게 분명하다. 반면 지옥을 경험한 사람이라면 이러한 추론이 지당하다고 여길 것이다. 여기서 어느 쪽이 옳다고 단정지을 수는 없겠지만, 생지옥을 본 적 없는 사람들이 편견에 빠져 있다는 것만큼은 확실하다.

 행복할 수 없는 인생이라면 그건 인간으로서 유일한 존재 목적을 잃어버린 것이다. 따라서 내게 죽음은 문제의 근원을 제거하는 일이다. 비참한 삶을 마무리하는 죽음은 쓰레기 더미를 소각하는 것과 같다. 불량품을 파기하는 과정이자 썩은 나무를 뿌리째 뽑는 일이다. 내 상황에서 자살을 도모하는 건 지극히 합리적이며 고통에서 해방되기를 갈구하는 것도 당연한 일이다.

 생각해 보면 불행의 발단은 죽음이 아닌 탄생이다. 모든 비극은 삶에서 벌어지기에 문제의 근원은 삶에 있다. 불행의 시초는 탄생이고, 불행의 종말은 죽음인 셈이다. 사람들은 죽음을 비극이라 여기지만 진정한 비극은 불행한 운명을 안고 태어나는 것이다. 그 불운의 중심에 있는 나로서는 인생을 붙잡으며 연명할 이유를 도저히 찾을 수가 없다.

과거의 발자취

테세우스의 배

 폐공장에서 발견한 초콜릿 상자. 그 안에 숨어 있던 그림들 중 첫 번째 그림에는 고대 전함이 그려져 있었다. 선체는 전체적으로 길고 날씬한 구조였고 배에는 수십 개의 노와 두 개의 돛이 달려있었다. 뱃머리에는 방패와 창을 든 남자가 서있었다.
 나는 그림 속 배의 정보를 찾기 위해 노트북을 펼쳤다. 검색창에 고대 전함을 검색하자 수많은 갤리선 사진이 쏟아져 나왔다. 나는 이미지들 중 그림과 가장 유사한 배를 찾은 뒤 그 게시글의 내용을 확인했다.

 이 배의 이름은 삼단노선을 뜻하는 '트리에레스'입니다. 고대 지중해를 지배했던 전함으로, 기동성이 뛰어난 전투용 선박입니다. 이름에서 알 수 있듯 세 줄의 노를 가진 게 특징이며 고대 그리스에서 주로 사용되었습니다.

 이 배에 대한 설명만으로는 그림의 의미를 유추할 수가 없었다. 무언가 의도를 가지고 이 배를 그려 넣었을 게 분명했기에 나는 추가적인 단서를 찾기 위해 각종 사이트를 넘나들었다. 그렇게 나는 트리에레스와 연관된 키워드를 검색하며 한동안 인터넷을 파헤쳤다.

시간이 얼마 흐른 뒤, 나는 다양한 사고실험*을 소개하는 블로그에서 트리에레스가 등장하는 게시글 하나를 발견할 수 있었다. 그 글의 제목은 '2천 년간 지속된 논쟁, 테세우스의 배 역설'이었다.

 아테네 남쪽에 위치한 크레타 섬에는 인간의 몸과 소의 머리를 가진 괴물 미노타우로스가 있었습니다. 아테네에서는 매년 열네 명의 사람을 미노타우로스에게 바쳐야 하는 상황이었죠. 이를 참다못한 아테네 왕자 테세우스는 미노타우로스를 무찌르기 위해 트리에레스를 타고 떠났습니다. 그는 고군분투 끝에 미노타우로스를 죽이는 데 성공했고, 이후 배를 타고 아테네로 돌아왔습니다.
 아테네인들은 그 업적을 기리며 테세우스의 배를 오랫동안 보존했습니다. 그러나 시간이 흐르면서 배는 조금씩 부식되었고, 이를 수리하기 위해 나무판자를 하나둘 갈아 끼웠습니다. 그리고 오랜 세월이 흐른 뒤에는 배의 모든 부품이 새로 교체되어 기존 부품은 하나도 남지 않게 되었습니다.
 여기서 한 가지 의문이 생겨납니다. 테세우스의 흔적이 모두 사라진 트리에레스, 이 배를 과연 테세우스의 배라고 할 수 있을까요?

 정체성에 대한 의문을 제시하는 역설이었다.
 과연 내게 이걸 말하려던 게 맞을까? 뱃머리에 서있는 남자가 고대 그리스 전사처럼 보이기는 했지만 그가 테세우스라는 것은 추측일 뿐이었다.
 나는 더 확실한 단서를 찾기 위해 인터넷을 뒤졌다. 미노타우로

사고실험: 실제로 이루어지지 않고 사고로만 진행되는 실험. 가상의 상황을 설정하고 그것에 대해 논의함으로써, 특정 개념의 한계와 모순을 쉽게 파악할 수 있게 된다.

스, 크레타 섬, 아리아드네 등 테세우스와 관련된 키워드를 낱낱이 조사했다. 그리고 얼마 뒤, 테세우스의 아버지인 아이게우스에 대한 기록에서 결정적인 내용을 발견할 수 있었다.

 아이게우스는 크레타 섬으로 향하는 테세우스에게 말했습니다. 미노타우로스를 무찌른 뒤에는 배에 흰 돛을 세우라고 말이죠. 만약 패배하거나 죽는다면 검은 돛을 달라고 당부했습니다.
 테세우스는 미노타우로스를 죽이는 데 성공했지만 배에 흰 돛이 아닌 검은 돛을 달았습니다. 이를 본 아이게우스는 테세우스가 죽었다고 생각하고는 크게 좌절하여 바다에 투신하며 생을 마감했습니다.

 그림에 검게 표현된 돛이 눈에 들어왔다. 이로써 그림 속 남자가 테세우스라는 게 확실해졌다. 따라서 이 그림을 통해 전하려던 메시지 또한 테세우스의 배 역설일 게 분명했다. 정체성에 대한 근원적 의문을 내게 던진 것이었다.
 자동차 모형으로 시간 여행을 암묵적으로 드러낸 것처럼, 이 그림도 테세우스의 배 역설을 통해 무언가를 전하고 있을 것이 확실했다. 그렇기에 미래의 내가 말하려는 바가 무엇인지 알기 위해서는, 내가 제시한 역설의 답을 먼저 구해야만 했다.
 나는 테세우스의 배 역설을 두고 대립하는 주장들을 먼저 살폈다. 해당 게시물에 달린 댓글에는 테세우스의 배가 맞다는 의견과 아니라는 의견이 극명하게 엇갈리고 있었다. 그중 테세우스의 배가 아니라는 해석이 더 많은 비중을 차지하고 있었다.
 테세우스의 배가 아니라고 말하는 사람들은 물질적 측면에 초점을 맞췄다. 테세우스의 배라고 말하기 위해서는 배의 강도, 질량, 구성 요소 등 물리적 성질이 동일해야 한다고 주장했다. 따라서 모든 부품이 교체되었다면 본질적으로 다른 대상으로 보아야 한다는 입장이었다.

 반면 테세우스의 배가 맞다고 주장하는 사람들은 기능적 측면에 중점을 두었다. 비록 모든 부품이 새로 교체되었더라도, 배의 특성이 유지된다면 여전히 같은 배로 볼 수 있다고 주장했다. 이 의견에는 인지적 관점의 해석도 있었다. 그게 테세우스의 배라는 사람들의 인식이 변하지 않는다면 역사적 의미가 유지되기 때문에 동일한 배라고 할 수 있다는 주장이었다.

 나는 이 질문의 명확한 해답을 찾기 위해 노트를 꺼내 들었다. 이후 각 논리를 파훼하며 답을 찾아나가기 시작했다.

 이 역설은 표면적으로는 테세우스의 배가 맞는지 묻는 단순한 질문으로 보였다. 그래서 사람들은 문제의 본질을 보지 못하고 OX퀴즈를 풀듯 일차원적으로 접근했다. 그들의 가장 큰 실수는, 테세우스의 배가 정확히 무엇을 뜻하는지 정의하지도 않고 답을 찾으려 한 점이었다. 따라서 이 문제의 결론을 내리기 위해서는 테세우스의 배가 무엇인지부터 정의해야 했다.

 이때 결정적인 문제와 직면한다. '테세우스의 배'라는 것을 명확하게 규정할 수가 없다는 점이다. 확실하게 정의할 수 없는 건 비단 테세우스의 배뿐만이 아니다. 애초에 어떤 대상을 구분 짓는 하나의 기준을 확립하는 건 사실상 불가능에 가깝다. 99%의 보편적 개념을 확립할 수는 있어도, 100%의 절대적인 구분 기준을 세우는 것은 현실적으로 어려운 일이다. 대상을 어떤 기준으로 정의하더라도 빈틈은 반드시 존재하기 때문이다. 명확하게 정의되지 않은 애매한 지점을 파고들면, 대상의 구분 기준이 불분명해지는 상황에 도달할 수밖에 없다.

 보편적으로 무언가를 정의하고, 그것을 구분 기준으로 활용하는 것은 그저 사회적 합의일 뿐이다. 어떤 특징을 가진 대상에게 이름을 붙인 것뿐이다. 그리고 그 정의는 어떤 대상을 완벽하게 특정하는 기준이 될 수 없다.

 결국 이 논의의 핵심은 '정체성을 형성하는 요소'이다. 따라서 테세우스의 배가 맞다는 의견과 틀리다는 의견은 둘 다 일리가 있지만 어느 하나가 정답이 될 수는 없다. 정체성은 어떤 한 가지 기준에 의해 결정되는 게 아니라 다양한 요소가 종합적으로 작용하기 때문이다.

 이 역설을 둘러싼 수많은 견해가 있지만 그중 정답이라고 할 만한 것은 없었다. 테세우스의 배 역설에서 내가 제시할 수 있는 최선의 답은 '관점에 따라 다르다'이기 때문이었다. 이게 무책임한 답변이라고 할 수도 있겠지만, 이보다 나은 결론을 내세울 수가 없었다. 관점에 따라 달라지는 문제에서 명확한 답은 존재하지 않으니 단언하는 것은 비약을 스스로 증명하는 일이었다.

 이처럼 정답이 없고 관점에 따라 달라지는 역설을 왜 내게 전달하려 한 것일까? 미래의 나라면 분명 더 훌륭한 답을 내놓았을 텐데, 이걸 내게 묻는 의도를 도저히 가늠할 수가 없었다.

 나는 그 이유를 찾기 위해 그림을 다시 살폈다. 그림 한편에 적힌 알파벳 외에는 딱히 단서로 삼을만한 요소가 보이지 않았다. 현재로서는 알파벳 I가 유일한 힌트였다.

이걸 보고 직관적으로 떠오르는 것은 단 하나, 나를 뜻하는 대명사 I뿐이었다. 만약 이게 나를 의미하는 단어가 맞다면 한 가지 의도를 추측해 볼 수 있었다. 이 역설이 제시하는 의문을 그대로 유지하되 그 대상을 테세우스의 배가 아닌 '나'로 바꾸는 것이었다.
 이 역설의 논점을 풀어내면 '대상이 변화하더라도 동일한 존재로 간주할 수 있는가?'였다. 따라서 이 의문의 주체를 나로 옮긴다면 다른 질문으로 확장할 수 있었다.

내가 바뀌어도 그 존재를 나라고 할 수 있는가?

 꽤나 합리적인 추론이었다. 내 생각이 맞다면 이 그림은 단순히 테세우스의 배가 맞는지 내 의견을 묻는 게 아니었다. 정체성에 대한 본질적 의문이 다른 형태로 이어져서, 내 정체성을 향한 고뇌로 확장된 것이었다. 그렇다면 미래의 나는 정체성의 어떤 부분에서 의문을 품은 것인지 그 생각을 추측하며 거슬러 올라가야 했다.
 자살을 앞둔 미래의 나라면 물리적인 죽음이 나라는 존재의 완전한 소멸인지 분명 생각해 보았을 것이다. 증명도 관측도 불가능한 비물질적 존재로서 내가 지속되는 것은 아닐지, 한 번쯤 생각해 보았을 것이다. 그리고 그게 터무니없는 생각이라는 결론도 내렸을 것이다.
 내가 영혼을 믿지 않는 이유는 명확했기에 이는 너무나 당연한 추측이었다. 내가 죽으면 인간으로서 느끼고 경험한 모든 기억이 소멸하고, 그러한 상태로 존재하는 무언가를 '나'라고 볼 수 없기 때문이었다.

 죽으면 뇌의 기능이 정지하면서 더 이상 아무것도 할 수 없게 된다. 의식이 사라지면 감정과 감각을 느끼지 못하게 되고 기억도 전부 사라진다. 몸도 모든 활동을 멈추고 부패하기 시작한다. 이는 나의 정체성을 지탱하는 모든 것들이 소실되는 일이다. 따라서 몸의 기능이 멈추면 나라는 존재는 영원히 사라지게 된다.

 나는 인간이다. 나의 정체성은 내가 인간이라는 점에서 출발한다. 그렇기에 인간의 성질을 전혀 가지지 않은 무언가를 나라고 할 수는 없다. 비물질적인 존재를 나라고 부르는 것 자체가 모순되는 일이다. 내가 죽은 뒤에 영혼이라는 형태의 본질적인 무언가가 남을 것이라는 믿음은, 종교적 신념이 오랫동안 계승된 결과일 뿐이다.

 이런 논리로 나는 영혼을 믿지 않았다. 만약 영혼이 존재한다고 해도 그건 나와 무관한 일이라 여겼다. 영혼이 실재한다면 이 물질 세계와는 완전히 다른 메커니즘으로 존재할 테고, 거기에 내가 알던 나는 없을 테니까.

 사람들은 영혼에 의식이 있을 것이라고 생각하지만 비물질적인 존재에게 그런 게 있을 리 없다. 이 세상의 어떠한 상식도 통하지 않는 영혼에게 인간의 모습을 투영하는 것부터 잘못된 일이다. 영혼이라는 것은 그만큼 허황된 개념이다. 미래의 내가 이 사실을 모를 리 없다.

 죽은 뒤의 나는 하드웨어가 불타고 소프트웨어가 삭제된 컴퓨터나 마찬가지다. 구동할 수도, 정보가 잔재할 수도 없는 상태이며 우리는 이를 죽음이라 부른다. 그렇기에 영혼이나 사후 세계를 믿지 않는 것은 미래의 나도 마찬가지일 것이고, 죽음 이후에 내가 존재할 것이라는 생각은 하지 않을 것이다.

 그렇다면 미래의 나는 어떤 정체성에 대해 고뇌한 것일까? 다른 측면의 의문을 떠올려야 한다.

 테세우스의 배 역설은 정체성을 결정하는 요소에 대해 묻는다. 그리고 이는 나의 정체성에 대한 의문으로 이어졌을 것이다. 하지만 나는 영혼을 믿지 않기에 그 논의의 대상이 미래의 나인 '죽은 뒤의 나'가 아니라는 것은 분명하다. 그렇다면 남는 대상은 딱 하나다. 바로 과거의 나, 즉 미래에서 보는 지금의 나.

 내가 아무리 변해도 그게 나라는 사실은 변하지 않는다. 과거의 나와 현재의 내가 아무리 달라도 그 둘이 같은 존재라는 것은 분명하다. 하지만 과거를 바꾸어서 서로 다른 기억을 가진 나라면? 이 경우에는 내 정체성에 혼란이 생길 수밖에 없다.

 내가 미래에 당도하면, 유서를 쓴 나와는 완전히 다른 기억을 가지게 된다. 그런 내가 이 유서를 작성한 미래의 나와 동일한 인물이라고 할 수 있을까?

 이게 그의 의도가 분명하다. 메시지를 내게 전달하면서, 자신의 과거를 바꾼다는 모순점에 대해 고민한 흔적이 틀림없다. 상자 속 물건이 미래의 내 것임을 깨닫자마자 든 생각과도 정확하게 일치한다. 그 역시 과거를 바꾸려 하면서도 이 부분을 의아하게 여긴 것이다. 서로 다른 과거를 가진 두 사람을 동일한 사람으로 볼 수 있는지 의문을 품으며, 이에 대한 내 의견을 묻고 있는 것이다.

나는 그 물음의 답을 찾아야 한다. 서로 다른 기억을 가진 내가 동일한 사람일 수 있는지.

 인간은 끊임없이 변한다. 3kg 남짓의 태아 때부터 매일 매 순간 조금씩 변한다. 지식이 늘어나고, 몸이 커지고, 할 수 있는 일이 많아진다. 나무판자를 하나씩 갈아끼우는 테세우스의 배처럼 점차 변해간다. 그렇게 오랜 시간이 지나면 예전 모습을 조금도 찾아볼 수 없는 성격과 외형으로 탈바꿈한다. 그럼에도 사람들은 과거의 나와 현재의 나를 같은 존재라고 여긴다. 모든 부품이 바뀐 테세우스의 배는 다른 배라고 생각하면서, 모든 신체 구성과 기능까지 전부 바뀐 자신은 동일한 존재라고 여긴다. 그 이유가 무엇일까?

 그건 바로 자아가 있기 때문이다. 테세우스의 배와 인간의 가장 큰 차이점은, 인간에게는 자아가 있다는 점이다. 만약 테세우스의 배가 자아를 가지고 스스로 행동하는 존재였다면 아무리 부품을 갈아끼워도 그게 테세우스의 배라는 사실을 부정하는 사람은 없었을 것이다. 나의 경우도 마찬가지다. 내 모습이 변해도, 가치관이 바뀌거나 새로운 경험이 더해져도, 심지어는 알츠하이머병에 걸려 기억을 잃어도 그게 나라는 사실은 변하지 않는다. 자아가 있기에 공통점보다 차이점이 많은 과거, 현재, 미래의 내가 동일한 존재일 수 있는 것이다.

 물론 자아만으로 나라는 존재를 완벽하게 특정할 수는 없다. 그러나 내 정체성을 형성하는 요소를 전부 포괄하려 든다면 어떠한 결론도 내리지 못할 것이다. 더 깊이 파고들어 봐야 결국에는 시간 역설을 또다시 마주할 뿐이다. 나는 지식의 한계 안에서 내가 내릴 수 있는 최선의 결론에 타협하는 수밖에 없다.

 내 정체성을 판단하는 경우라면 자아보다 확실한 구분 기준은 없을 것이다. 따라서 자아에 혼란이 오지만 않는다면, 내가 미래에 유서를 쓰지 않아도 이 유서를 쓴 나와 동일한 존재가 될 수 있다. 서로 다른 기억을 가진 나라고 할지라도 둘은 충분히 같은 사람으로 간주할 수 있다.

 내 정체성에 대한 의문을 해결하자 이 메시지에 숨어있던 의미가 드러났다. 비로소 미래의 내가 그림을 통해 말하려던 바가 한 문장으로 정리되었다.

서로 기억이 달라도 우리는 하나다

 나의 행동으로 미래가 바뀐다고 해도, 유서를 작성한 나와 동일한 존재라는 것을 말하고 있었다.

 미래의 나는 고뇌했다. 과거를 바꾸기 위해 내게 메시지를 보내면서도, 그렇게 삶이 바뀐 존재가 자신인지에 대해 의문을 품었다. 그리고 그 의문은 동일 인물이라는 결론에 도달했다.

 유서를 남기고 자살하는 나와, 유언을 통해 불행을 피한 나. 그 둘이 같은 존재라는 사실은 바뀌지 않았다. 미래가 바뀐다고 해도, 그래서 서로 다른 두 개의 기억을 가지고 있더라도 '나'는 결국 한 사람이었다.

 미래의 나는 시간 여행을 통해 자신의 상황을 바꿀 수 있다고 믿은 것이 분명했다. 이로써 자살은 내게 정해진 운명이 아닌 바꿀 수 있는 미래라는 사실이 명확해졌다. 이게 미래의 내가 남긴 첫 번째 단서였다. 테세우스의 배 역설을 통해 내게 전하려던 숨은 메시지였다.

* * *

"보여줄 게 있어."
 방금 집에 돌아와 외투도 벗지 않은 수아를 다급하게 불러 세웠다. 내가 심각한 모습으로 말을 꺼내자 수아는 당혹스러운 표정을 지었다.
 폐공장에서 발견한 물건을 수아에게 하나씩 보여주었다. 시간 여행을 암시하는 자동차 모형, 그 안에 들어있던 나의 글과 그림, 미래에 제작된 것으로 추측되는 초콜릿 상자, 방금 꺾은 듯 생생한 꽃들까지.
 이어 각 물건들의 이상한 점에 대해서도 모두 설명했다. 수아는 꽃과 상자를 살펴본 뒤, 그림을 집어 들고 하나씩 살폈다.
"이 그림들을 그린 적 없다고?"
"확실해. 내가 그린 그림을 기억 못할 리 없어."
 수아는 세 장의 그림을 천천히 훑었다. 이후 테이블에 놓인 유언장을 하나씩 확인했다. 자살을 결심하는 유서, 자살을 후회하는 글, 마지막으로 자신에게 남긴 편지까지 차례대로 읽어나갔다.
"글씨체가 똑같네."
 내 필체는 그림 실력과 확연히 대비되었다. 그림과 다르게 글씨를 쓰는 데에는 전혀 재능이 없었기에 더욱 확실하게 알아볼 수 있었다. 의심의 여지가 없는 내 글씨체였다.

"이 유서, 정말 미래의 네가 쓴 거라고 생각해?"

"편지에는 수아 네 이름이 적혀있고 필체도 나랑 완벽하게 일치해. 미래의 내가 무언가 메시지를 전하고 있는 게 확실해."

"말도 안 되는 생각이라는 거 알고 있지?"

"생각해 봐. 오늘 내가 폐공장에 간 건 우연이었고, 이 유서도 내가 자동차 모형을 분해해서 발견한 거야. 이런 내 행동을 예측하고 물건을 가져다 놓을만한 사람은 미래의 나뿐이야."

"누군가 자기 차에 물건을 보관해 둔 걸 수도 있잖아. 너무 심각하게 받아들이지 마."

역시 수아는 내 추측을 쉽게 받아들이지 못했다. 반대 입장이었다면 나라도 믿기 힘들었을 테니 어찌 보면 당연한 반응이었다. 시간 여행이 말도 안 된다는 것은 나도 알고 있었지만, 명확한 증거가 있으니 그 터무니없는 추론에 반박할 수도 없었다.

"그건 분명 버려진 차였어. 그런데 이 꽃은 방금 꺾은 것처럼 생생해. 이 물건을 가져다 놓은 지 얼마 지나지 않았다는 뜻이야."

"그게 미래의 너라는 거야?"

"맞아. 이건 물망초인데, 개화 시기가 4월부터라서 지금 볼 수 있는 꽃이 아니야. 그리고 초콜릿 상자에 적힌 유통기한도 이게 미래의 물건이라는 증거야. 게다가 자동차 모형은 시간 여행을 상징하는 물건이고."

나와 수아는 한동안 말을 꺼내지 않았다. 침묵이 흐르자 새삼 느껴지는 정적이 낯설게 다가왔다. 어두운 분위기 탓인지 무거운 공기가 나를 짓누르는 기분이 들었다.

줄곧 옆에 딱 붙어서 꼬리를 흔드는 루나에게 눈길조차 주지 않는 걸 보면 수아의 머릿속도 상당히 복잡한 듯했다. 생각에 잠겨 있던 그녀가 입을 열었다.

"그러면 이제 어떻게 할 생각이야?"

결국 수아도 내 생각을 받아들인 듯했다. 시간 여행은 비상식적인 추측이었지만 모든 정황도 비현실적이었기에 충분히 납득할 만한 상황이었다. 그러나 그녀의 의심쩍은 표정은 여전했다.

"일단 그림을 해석해야 돼. 여기에 분명 단서가 있을거야. 미래의 내가 어떤 이유로 자살하는지, 그리고 그걸 막으려면 어떻게 해야 하는지."

나와 수아는 테이블에 놓인 그림을 내려다 보았다. 그림의 의도는 불분명했지만, 무한한 아픔이 응축되어 있다는 사실만큼은 분명해 보였다.

그림을 응시하던 수아가 나에게 시선을 돌렸다.

"그런데 정말 만약에, 절대 해결할 수 없는 문제가 생기는 거라면 어떻게 할거야? 이를테면 견디기 힘든 난치병에 걸린다거나."

"살아만 있다면 그 상황이 개선될 여지는 있는 거잖아. 그 가능성을 믿고 버텨야지."

문득, 미래의 나도 똑같은 말을 했을지도 모른다는 생각이 들었다. 삶을 포기하고 싶지 않은 마음은 미래의 나도 마찬가지일 것이고, 그렇기에 미래의 나도 어떻게든 견디려 노력했을 것이다. 힘든 시간을 이겨내고 원래 삶을 되찾기 위해 최선을 다했을 것이다. 그런데도 자살을 선택했다는 것은, 현재의 나로서는 상상조차 할 수 없는 고통에 시달린다는 뜻이었다.

미래에 내가 자살한다면 그 결심 이전에 얼마나 많은 아픔과 갈

등이 있었을지 가늠조차 할 수 없었다. 그렇다면 수많은 고뇌를 거친 그 선택을 뒤엎는 게 과연 옳은 일일까? 불현듯 회의감이 몰려왔지만 어떻게든 자살을 막아야 한다는 위기감이 내 정신을 번쩍 뜨이게 했다.

유서에는 내 선택을 후회한다고 적혀 있었다. 이건 내 자살이 틀렸다는 명확한 단서였고, 과거를 바꾸려 했다는 것은 그 선택이 잘못되었다는 증거였다. 이성적으로 판단하지 못하고 섣부르게 결정한 게 분명했다.

이렇게 결론 내리기는 했지만 끝내 해결하지 못하고 머릿속을 맴돌던 의문 하나가 나를 언짢게 만들었다. 그 기분을 털어버리고 싶은 마음 때문이었는지, 불쾌한 생각이 무의식적으로 입 밖에 튀어나왔다.

"내가 또 자살하는 건 아니겠지?"

내 말에 수아가 잠시 뜸을 들이더니 이내 차분한 목소리로 답했다.

"내가 본 너는 항상 이성적이었어. 네 결정이라면 그럴 수밖에 없는 이유가 있을 거야."

"내가 자살하더라도 받아들일 수 있다는 말이야?"

"그러니까 내 말은, 네가 잘못된 선택을 할 사람은 아니라는 뜻이야."

"하지만 미래의 나는 틀린 선택을 했어. 자살했잖아."

"자살이 무조건 잘못되었다고 생각해?"

"그야 당연히…."

불현듯 떠오른 생각 하나가 내 말을 가로막았다. 당연히 자살은 잘못된 일이라 생각했었지만, 자살이 틀렸다는 주장의 근거를 찾을 수가 없었다. 내가 편협했다는 사실을 자각하는 동시에 나는 입밖으로 아무 말도 꺼낼 수 없게 되었다.

자살이 틀린 이유가 뭐지?

생각해 본 적도 없었다. 이런 의문을 갖는 것조차 잘못된 일인 것처럼 나는 죽음을 극도로 배척하고 있었다. 그렇기에 나는 자살이라는 결정을 이해하지 못하고 그저 막으려고만 했다. 미래의 결정을 존중하지 않고 죽음을 막아야 한다는 생각만 앞서 있었다.

미래의 내가 자살을 후회한다고 해서, 그게 무조건 잘못된 죽음이라 말할 수는 없었다. 자살이 이성적이었고 후회가 감정적이었을 지도 모르기에. 죽음으로 고통을 끝내는 게 최선이라는 합리적 추론의 결과일 수도 있었다.

어쩌면 잘못 판단한 건 미래가 아닌 현재의 나일지도 몰랐다. 아무 근거도 없이 죽음을 배척하고 있었으니까. 미래의 나는 훨씬 많은 고뇌를 거쳤다는 사실을 간과하고 있었다.

"사실 진지하게 생각해 본 적이 없어. 자살은 그 자체로 잘못된 일이라고만 생각했거든."

"어쩌면 그건 당연한 일이야. 죽음을 바라보는 관점은 상황에 따라 달라지니까."

"상황에 따라 생각이 달라진다고?"

"쉽게 생각해 봐. 행복할수록 죽음을 기피하는 건 당연하잖아? 반대로 불행할수록 죽음에 대한 반감이 줄어드는 것도 자연스러운 일이지."

수아는 내가 편협할 수밖에 없었던 이유를 단번에 설명해 주었다. 이건 죽음을 적대시하는 내가 자살을 결심하게 되는 유일한 전개이기도 했다.

 생각해 보면 나는 지금껏 죽을 만큼 힘든 상황에 놓여본 적이 없었다. 자살을 생각할 이유도 없었고, 그래서 자살을 나쁘게 바라볼 수밖에 없었다. 행복의 크기에 따라 삶의 가치를 다르게 느끼는 것처럼, 고통의 크기에 따라 죽음에 대한 관점도 달라진다는 점을 놓치고 있었다.

 눈에 보이지 않을 뿐 이 세상에는 천국과 지옥이 공존하고 있었다. 내게 한없이 아름다운 이 세상도 누군가에게는 썩은 내 진동하는 구렁텅이에 불과했다. 만약 미래의 내가 그 지옥을 마주했다면 거기서 탈출하기 위해 자살하는 것을 두고 잘못된 판단이라 말할 수는 없었다. 결국 자살은 옳고 그름을 판단할 수 있는 문제가 아니었다. 입장에 따라 상반되는 견해가 대립할 뿐이었다.

 "그게 자살하는 이유일까? 죽음에 대한 가치관이 달라져서?"

 "자살하는 이유는 제각기 다르니까 단정지을 수는 없어. 하지만 확실한 건, 죽음을 바라보는 관점이 달라진다면 자살을 막기 어렵다는 거야. 죽음에 대한 거부감이 줄면 삶에 회의감을 느끼게 되는데, 그 상황에서는 자살을 저지할 수 있는 게 많지 않거든."

 죽음의 최전선에서 일하는 그녀답게, 죽음을 바라보는 시선도 남달랐다. 지극히 편향된 생각으로 죽음을 바라보던 나와 대비되는 모습이었다.

 수아의 시선이 유언장을 향했다. 그녀의 착잡한 심정이 얼굴에 그대로 드러났다.

 "나도 마찬가지로 자살에 회의적이었어. 그런데 임사체험을 연구하면서 생각이 바뀌었어. 지독하게 아픈 인생을 살다 조력자살하는 사람들을 수없이 봤거든. 그 삶이 얼마나 비참한지 알게 되니까 차마 잘못된 선택이라고 할 수가 없게 되더라고."

 내 자살이 옳은 선택이라 말할 수는 없었다. 자살은 미래를 단정 짓고 모든 가능성을 포기하는 일이었으니까. 그러나 내 자살이 무조건 틀렸다고 여길 수도 없는 노릇이었다. 미래의 상황이 어떤지 전혀 모르기 때문에. 만약 내가 그 미래에 당도한다면 그 고통을 견뎌낼 수 있을지에 대해서도 확신이 서지 않았다.

 수아는 내 편향된 가치관을 돌아보게 했다. 그렇게 자살에 대한 편견을 걷어내자, 그동안 보지 못했던 죽음의 가치가 모습을 드러내며 마음속에서는 알 수 없는 불안감이 몰려왔다. 상황이 내 의도와는 다르게 흘러가는 기분이었다.

 수아는 테이블에 놓인 물망초 한 줄기를 집어 들고 꽃을 빤히 쳐다보았다.

 "자살한 사람들은 사실 죽고 싶었던 게 아니야. 살고 싶어서 도망친 거야."

 "그게 무슨 뜻이야?"

 "말 그대로야. 고통이 임계점을 넘어가면, 살려달라는 말은 죽여달라는 의미가 되거든."

 나는 수아의 말을 곱씹으며 자살한 사람들의 삶을 떠올려 보았다. 그 고통이 얼마나 극심한지, 상상하는 것만으로도 숨이 막히는 기분이었다. 그 고단한 인생들은 머릿속을 온통 헤집으며 나를 더 혼란스럽게 만들었다.

어느 날의 미래

자살의 내막

 정신건강의학과에서는 질병을 수백 가지로 분류하고 증상에 따라 제각기 다른 이름을 붙인다. 하지만 강박장애나 조현병 같은 진단명은 증상을 설명하는 말일 뿐, 환자의 중증도는 전혀 드러내지 못한다. 병명만으로는 환자의 상태를 가늠할 수조차 없는 셈이다. 이는 마치 타박상부터 골절상까지 '외상'이라는 하나의 단어로 묶어서 표현하는 것처럼 모호하고 광범위한 개념이다.
 이러한 불명확성은 모든 정신 질환의 공통적인 특징이다. 그 느낌을 말로 표현하기도 어려울뿐더러, 뇌파를 측정하거나 뇌영상을 촬영한다고 해도 자신의 정신 상태를 의사에게 확실히 보여줄 수가 없다. 더구나 고통의 크기가 어느 정도인지 설명하는 것조차 쉽지 않은 일이다.
 그 설움에 시달리는 병 중 하나가 바로 우울증이다. 병원에서는 재미를 잘 느끼지 못하는 경증부터, 미쳐버릴 듯 감당할 수 없는 중증까지 '우울증'이라는 단어로 뭉뚱그려서 한 범주로 묶어버린다. 세계보건기구가 ICD-11*에서 우울장애를 세분화하기 위해 노력했지만 여전히 미흡하다는 점에서 그 한계는 더욱 분명히 드러난다.
 특정 불가능한 정신적 증상 또한 정형화된 분류 체계에 억지로

ICD-11: 세계보건기구 WHO가 만든 국제 질병 분류 체계의 최신 개정판.

끼워 넣는 게 현실이다. 그로 인해 복합적인 증상을 지닌 환자는 왜곡되고 일반화된 판정에 불만을 느끼지만 아무것도 할 수 없는 입장이 된다.

고통의 크기를 보여주거나 설명할 수 없다는 점은 중증 정신 질환자들의 공통된 비애다. 정신 질환의 진단은 의사의 주관에 전적으로 의지할 수밖에 없고, 그 탓에 심각한 우울증이 만성화된 환자를 두고 기분부전장애* 진단을 내리는 오판이 발생하기도 한다. 상처를 보여줄 수 없다는 정신병의 그 악랄한 특성 때문이다. 이처럼 때로는 의사의 진단도 크게 엇나가는 문제가 존재하는데, 주변 사람들이 자신의 상황을 이해하지 못하는 것은 말할 것도 없다.

정신 질환을 경험하지 못한 사람들은 그 입장을 절대 이해할 수 없다. 마치 세 살짜리 아이가, 계단을 오르지 못하는 노인을 보며 의아해하는 것과 같다. 그래서 상대에게 깊은 상처가 될 수 있는 말을 너무나도 쉽게 내뱉는다. 때로는 무관심만도 못한 조언으로 당사자를 더 비참하게 만들곤 한다. 위한답시고 던지는 말 한 마디가 병든 마음에 짙은 흉터를 남긴다는 사실조차 모르는 탓이다.

나를 이해하지 못하는 말 한마디가 얼마나 큰 아픔이 되는지 나도 겪어보기 전까지는 몰랐다. 정신 질환을 앓으면 감정의 컨트롤 타워가 고장 난다는 사실 또한 뒤늦게 깨달았다.

마음에 병이 생기면 심리 상태가 극도로 불안정해진다. 작은 외력에도 쉽게 깨져버릴 만큼 정신력이 취약해진다. 일상적인 스트레스나 아주 작은 심리적 압박일지라도 정신장애 환자에게 가해

기분부전장애: 우울증의 경미한 형태로, 증상이 2년 이상 지속되는 질환.

지는 충격은 그 강도가 다르다. 이는 대부분의 환자에게 나타나는 증후이며 대인관계를 유지하기 어려운 것도 이 때문이다.

 정신 질환을 앓는 환자들 중 상당수가 자신의 아픔을 숨긴다. 자신의 상황을 설명해도 돌아오는 건 배려나 도움보다는 상처가 되는 말뿐이라는 사실을 알기 때문이다. 설명하기도 쉽지 않을뿐더러 이해시키기는 더욱 어렵기 때문에 차라리 병을 숨기는 게 낫다고 판단하는 것이다.

 그로 인해 대인관계를 점차 줄이게 된다. 사람들을 대할 때 마주하는 크고 작은 스트레스의 대항력이 사라졌기 때문이다. 살얼음 위를 걷듯 위태한 관계를 지속할 바에는 은둔하는 길을 택한다. 힘든 시간이 길어질수록 더욱 깊은 음지로 숨어들게 된다. 그래서 이런 비참한 삶은 잘 보이지 않는다. 그 수가 적기 때문이 아니라, 불행한 사람들이 자신의 존재를 숨기기 때문이다. 아픔을 감추고 스스로를 세상과 격리하는 탓이다.

 정신 질환에는 지독한 외로움이 필연적으로 뒤따른다. 이건 그 누구도 해결해 줄 수 없는 고독감이다. 내가 치료에 전념할 수 있도록 가족이 도와준다 한들 내 좌절감과 설움까지 없애줄 수는 없고, 다방면에서 나를 지지하는 사람이 있다 한들 내 우울감마저 해결해 줄 수는 없다. 또한 의사라고 해서 내 마음의 통증을 완화해 줄 수 있는 건 아니다. 결국 남이 도와줄 수 있는 부분은 한정적이기에 그 외의 모든 아픔을 견뎌내는 것은 오로지 혼자만의 힘으로 해내야 한다. 심각한 정신 질환자는 정신적 고통뿐만이 아니라 외로움이라는 공통된 적과 싸워야 하는 셈이다.

 수백 가지에 이르는 정신 질환 중 가장 외로운 병은 단연코 우울증일 것이다. 잘못된 자살이라는 오명을 온통 뒤집어썼을 뿐만 아니라, 그 고통을 대수롭지 않게 여기는 사회적 인식과도 맞서야 하기 때문이다.

 많은 사람들이 우울증과 우울감을 혼동한다. 우울증이라는 병을, 일상에서 느끼는 우울감과 동일 선상에 놓고 판단한다. 우울감을 경험해 봤기에 그 느낌을 잣대로 우울증의 고통을 짐작하고 또 과소평가한다. 중증 환자의 고통은 경증 우울증이나 일상적인 우울감과 비교 자체가 불가능하다는 사실을 모르는 탓이다.

 사람들은 누군가 병으로 자살하면 얼마나 괴로웠을까 그 입장을 이해하며 안쓰럽게 여기지만, 그 병이 우울증이라면 그건 의지의 문제로 치부해 버린다. 섣부르고 잘못된 죽음이라고 너무나도 쉽게 단정짓는다. 이러한 인식은, 중증도에 관계없이 하나의 병명으로 수많은 환자를 포괄한 탓에 더욱 심화된 것도 사실이다.

 물론 우울증에 대해 왜곡된 시선을 갖는 게 이해가 가기는 한다. 우울증으로 자살하는 사람은 끊이지 않고, 그중 성급한 자살이 많은 것도 사실이니까. 그러나 우울증의 범위가 지나치게 넓다는 점도 간과해서는 안 된다. 그들의 증상에 공통점이 있을 뿐, 결코 같은 병을 앓은 건 아니라는 사실을 알아야 한다.

 모든 정신 질환이 그렇듯 상처의 깊이를 가늠할 수 없는 건 공황장애도 마찬가지였다. 공황장애는 흔하지만 나처럼 병세가 심각한 환자는 결코 흔하지 않았기에, 내게서 원인을 찾으려 한 의사들을 원망할 수는 없었다.

 의사들은 공황장애가 심인성*을 지닌다는 얘기를 해주었다. 스트레스, 트라우마, 비관적 사고가 공황장애를 촉발했을지도 모른

심인성: 어떤 병이나 증세가 심리적 요인으로 생기는 성질.

다는 설명이었다. 하지만 이건 순서가 반대였다. 스트레스가 공황장애를 가져온 게 아니라 공황장애가 모든 스트레스의 시초였다. 공황발작에 대한 트라우마가 생겼고, 공황장애로 인해 비관적 사고가 극대화된 상태였다.

 의사들은 환경적 원인이 크게 작용했을지도 모른다고 말하며 영양 불균형, 생활 습관, 불규칙한 수면을 개선해야 된다고 조언했다. 그러나 이 또한 인과관계가 반대였다. 공황장애로 인해 생활 패턴이 망가졌고, 극심한 불안증세 때문에 항불안제를 복용하면서 불면증이 시작되었으니까.

 공황장애는 모든 악순환의 발단이었다. 축복인 줄 알았던 내 삶이 저주로 변한 것도 한순간이었다. 느닷없이 찾아온 재앙이 삶을 부수기 시작하자 내 미래도 서서히 무너졌다. 해일처럼 밀려오는 공황에 꿈도, 사랑도, 행복도 점차 나에게서 멀어졌다. 그렇게 내 인생이 쓸려가는 모습을 무력하게 바라볼 수밖에 없었다.

 내 정신에 문제가 있다는 것을 처음 자각했을 때에도 나는 대수롭지 않게 여겼다. 현대인에게 우울증이나 공황장애는 감기만큼 흔한 질병이 된 지 오래였기에 심각한 일이라고는 전혀 생각하지 않았다.

 병원에 처음 방문했을 때, 의사는 공황장애라며 항우울제를 처방했고 나는 이에 의문을 품었다. 약간의 우울감은 있었지만 본질적인 문제는 공황발작과 거기서 비롯된 불안감이기 때문이었다. 우울감은 공황으로 인한 작은 증상에 불과했다. 이러한 의문을 드러내자 의사는 항우울제에 대해 자세히 설명해 주었다.

 "우리 뇌에는 세로토닌이라는 신경전달물질이 있는데, 공황장애는 세로토닌의 불균형이 원인인 경우가 많아요. 제가 처방해 드리는 항우울제는 세로토닌의 농도를 높여주는 약이에요. 불안감을 완화하고 전반적인 감정 상태를 안정시켜 줘요. 부작용도 적고 검증된 약이니 경과를 지켜보고 용량을 조절하면 될 거예요."
 의사의 얘기를 듣자 항우울제가 마치 완벽한 치료제처럼 느껴졌다. 그의 말투에서도 크게 걱정할 일이 아니라는 뉘앙스가 강하게 풍겼다. 그런 의사의 태도에서 나는 더욱 안도감을 느꼈다.
 병원에서는 항우울제와 함께 항불안제를 처방해 주었다. 항우울제는 부작용이 적고 비교적 안전한 약물이었지만 항불안제는 수면제와 동일한 성분이었기에 의존성과 내성을 유발한다는 위험이 있었다. 의사도 내게 불안 증세가 나타났을 때에만 복용하라며 단단히 주의를 주었다. 중추신경계*를 억제하는 효과가 뚜렷한 만큼 부작용도 매서웠기에, 나도 경각심을 가지고 가능한 한 복용을 자제하려 노력했다.
 항생제가 감염을 치료하는 것처럼, 나는 항우울제가 공황장애를 확실하게 치료할 것이라 생각했었다. 메커니즘은 달라도 이 또한 병을 치료하는 약이니 당연히 효과가 있을 것이라 믿었다. 세로토닌 농도를 조절하면 필연적으로 불안감이 줄어들 것이고, 공황발작의 빈도가 줄어들면서 금세 예전으로 돌아갈 것이라 생각했다. 그 믿음에는 조금의 의심도 없었고 완치되는 것은 시간문제라 여겼다.
 약효가 나타나기까지 2주 이상 걸릴 것이라는 말에 나는 인내심을 갖고 기다렸다. 그렇게 치료를 지속했지만 항우울제를 복용한 지 한 달이 지나도록 별다른 효과가 없자 의사는 용량을 조금씩

중추신경계: 신체 기능의 중심이 되는 핵심 기관. 뇌와 척수가 이에 해당한다.

늘리기 시작했다. 그러나 이 또한 변화가 없기는 마찬가지였다. 이때까지만 해도 나는 병이 만성화되거나 중증으로 번질 것이라는 생각은 하지 않았다. 그저 시간이 조금 걸릴 뿐이라고 여겼다.

그렇게 1년이 흐르며 범불안장애가 더해졌다. 공황발작의 빈도와 지속 시간도 눈에 띄게 증가했다. 항우울제는 공황을 방관할 뿐 아무런 도움이 되지 못했다. 불안 증세는 점차 악화되어서 사람들과 대면하기도 힘든 수준에 이르렀고 그에 따라 항불안제를 복용하는 주기는 더욱 짧아졌다. 약으로 불안감을 줄이려 할수록 내 몸은 항불안제에 대한 방어체계를 견고히 구축해 나갔다.

벤조디아제핀* 계열 항불안제는 단기 처방이 일반적이었다. 하지만 나는 이미 항불안제 없이 버티기 힘든 상황에 이르렀기에, 위험하다는 것을 알면서도 복용량을 늘려 갈 수밖에 없었다. 내성과 의존성이 심해지는 게 느껴졌지만 내게는 다른 방도가 없었다. 항불안제가 썩은 동아줄이라는 사실을 알면서도 차마 손을 놓지 못했다.

매일 내 머릿속에서는 극도의 불안감과 그에 대항하는 신경 안정제의 공방이 쉴 새 없이 벌어졌다. 약으로 마음을 안정시킬수록 내 미래는 더욱 불안정해졌다. 불안감을 줄이기 위해 항불안제를 먹었지만, 약을 복용할수록 정신은 빈약해졌다. 그 와중에도 공황은 중증을 향해 계속해서 나아갔다. 지독한 악순환의 시작이었다.

차도가 없자 나는 병원을 옮겼다. 의사는 공황을 유발하는 사고 패턴을 점검할 필요가 있다며, 약물치료와 인지행동치료를 병행할 것을 권장했다.

벤조디아제핀: 약물 계열 중 하나로, 중추신경계를 억제하며 진정, 수면, 항불안 효과를 유도한다. 주로 불안 장애나 불면증을 치료하기 위해 사용된다.

인지행동치료는 심리치료의 한 형태였다. 과잉일반화, 파국화* 등 불안을 유발하는 부정적인 생각을 바로잡고 현실적인 사고를 할 수 있도록 돕는 치료법이었다. 이 치료는 인지 왜곡을 교정하는 것에만 국한되지 않았다. 불안 증세에 직면했을 때 사용할 수 있는 구체적인 대처법을 배웠다. 이완 기법과 호흡 조절을 통해 공황발작 상황에서 불안감을 줄일 수 있도록 훈련했다. 또한 특정 환경에 대한 회피 성향을 줄이기 위해, 두려운 상황에 나를 점진적으로 노출시키는 방법을 시도하기도 했다.

 20주에 걸쳐 인지행동치료를 받았지만 이 또한 효과가 없기는 마찬가지였다. 잘못된 관념을 바로잡아도, 그게 틀린 생각이라는 사실을 자각해도 불안감은 여전했다. 이성으로 감정을 제어할 수 있으리라 믿었지만 그 믿음은 공황에 짓눌린 채 터무니없는 낙관에 머물렀다. 비현실적인 공포 앞에서 내 이성은 한없이 무력했다.

 공황발작 시 대처법도 별다른 도움이 되지 않았다. 오히려 물리적으로 불안 요소를 차단하는 게 훨씬 도움이 되었다. 책장으로 현관문을 틀어막고, 빛을 차단하고, 이불을 뒤집어쓰는 것이 더 확실한 진정 효과가 있었다. 당시 상담사는 내게 불안감을 있는 그대로 받아들이라고 말했지만 그건 내게 괴로운 인생에 적응하라는 것처럼 들렸다. 결국 인지행동치료로 얻은 것은 딱 하나, 불안감은 이성으로 맞설 수 없다는 깨달음이었다.

 그렇게 또 3년이 흘러 더 큰 병원으로 옮겼을 때, 공황장애는 이미 일상생활이 불가능한 수준의 증증으로 번진 상태였다. 그동안의 경과를 모두 설명하자 의사는 내 상황의 심각성을 인지하고

파국화: 최악의 상황을 떠올리며 지나치게 부정적인 결과를 예상하는 것. 또는 그러한 사고 패턴.

자기장 치료에 대한 내 의사를 물었다.

 TMS라 불리는 경두개 자기 자극술이었는데 이는 공황장애 환자에게 잘 사용하지 않는 방법이었다. 주로 우울증 환자에게 시행하는 치료법으로, 자기장으로 신경 세포를 자극하여 증상을 개선하는 방식이었다. 의사는 효과를 장담할 수 없다고 말했지만 나는 새로운 방법을 시도할 수 있다는 것만으로도 큰 희망을 느꼈다. 조금의 가능성이라도 있다면 나로서는 마다할 이유가 없었다.

 그렇게 나는 한 달간 스무 번의 치료를 받았다. 그동안 어떤 방법으로도 꿈쩍 않던 공황장애가 이 치료에서는 유일하게 반응을 보였다. 자세히 들여다보아야 알아챌 수 있을 정도로 작은 움직임이었지만 이전과 다르다는 것만큼은 분명했다.

 이후로도 나는 약물 치료와 함께 주기적으로 TMS 치료를 받았다. 드디어 탈출구를 찾았다고 생각하자 미래가 보이기 시작했다. 더 큰 불행은 아직 시작되지도 않았다는 사실을 모른 채, 마냥 희망에 부풀어 행복한 미래를 꿈꾸던 시기였다.

 TMS는 분명 효과가 있었다. 그러나 공황장애가 악화되는 속도를 따라잡기에는 힘이 부족했다. 내가 미래에 한 발짝 다가서면 공황은 두 걸음 뒤에서 내 목덜미를 붙잡고 끌어당겼다. 결국 TMS는 치료의 목적을 상실한 채, 병의 진행 속도를 늦추는 수준에 머물렀다. 그 시간이 길어질수록 항불안제에 대한 내성은 더욱 두텁게 쌓여갔다. 그렇게 서서히 밀려나는 싸움을 무려 4년간 반복했다.

 나는 8년의 투병 생활 끝에 가장 근본적인 방법을 시도했다. 그건 바로 공황장애의 원인을 찾는 일이었다. 공황장애가 신경전달 물질의 불균형이 아닌, 뇌의 구조적 문제나 신체의 이상에서 비롯된 것은 아닌지 밝혀내기 위해서였다. 이를 정확히 파악하기 위해 종합 검진, 뇌전도 검사, PET 스캔, fMRI, MRI, CT까지 다양한 검사를 받았다. 다른 원인이 있을지도 모른다는 생각은 지극히 합리적이었으니 당시로서도 충분히 해 볼 만한 시도였다.

 내 몸에는 많은 문제가 있었지만 그 전부는 공황의 원인이 아닌 결과물이었다. 또한 뇌 검사 결과는 모두 정상 범주를 크게 벗어나지 않았다. 공황장애의 원인이라도 특정되기를 바랐지만 이마저도 실패했다. 어떻게 치료해야 할지 알 수 없다는 뜻이었다. 그렇게 내 시도는 결과적으로 무의미한 일이 되어 버렸다.

 나는 치료를 멈추지 않고 의사와 상담하며 약을 계속해서 바꿨다. 항우울제, 항불안제, 베타 차단제, 항히스타민제, 항정신병제를 다양하게 복용했고 심지어는 각종 영양제까지 찾아다녔다. 약물에 대한 반응은 개인차가 크기 때문에, 내게 맞는 약을 찾을지도 모른다는 생각에 포기할 수 없었다.

 그러나 2년간 지속된 노력에도 나를 여기서 구원해 줄 마법의 약은 찾을 수 없었다. 작용 원리가 비슷한 약이라면 종류를 바꿔도 효과가 없을 가능성이 높고, 이미 수도 없이 복용했으니 더는 시도할 치료법도 남지 않은 상태였다. 애초에 약을 바꾼다고 해결될 문제도 아니었다.

 내게 남은 것은 치료에 대한 회의감과 의사에 대한 불신뿐이었다. 공황장애를 치료하려던 모든 시도는 절망의 촉매였다. 지독한 좌절감은 치료를 지속하는 게 무의미하다는 결론으로 나를 이끌었다. 예측할 수 없는 미래였기에 그 결론에 도달하는 데 너무 오랜 시간이 걸리고 말았다.

내가 무의미한 치료를 지속하는 동안 벚꽃은 피고 지기를 열 번이나 반복했다. 처음에는 상상조차 못했던 기간, 지금 돌아보아도 아득한 세월이었다. 그 까마득한 시간 동안 내 삶은 언제나 멈춰있었다. 40번의 계절을 겪으며 태아는 소년이 되었고 아이는 어른이 되었지만, 내 인생은 앞으로 한 발짝도 나아가지 못하고 퇴보하기만을 거듭했다. 그동안 세월은 행복을 싣고 멀리 떠나갔다. 나 혼자만 지독한 외로움에 방치한 채.

* * *

어떠한 노력으로도 증상은 개선되지 않고 그 고통은 죽음을 아득히 초월했던 내 상황. 투병 의지를 넘어서는 좌절감으로 치료를 중단했던 과거의 나. 당시 자살을 다짐하기는 했지만 곧바로 실행에 옮기지는 않았다. 현실에 절망할지언정 투지마저 버린 건 아니었으니까. 대신 나는 한 가지 목표를 정하고 그걸 내 삶의 이정표로 삼았다.

자살을 보류하는 것. 그게 내가 설정한 유일한 목표였다. 자살에 대한 의지와 상반되기에 스스로도 납득하기 힘든 계획이었다. 시간이 해결해 줄지도 모른다는 일말의 희망을 품고 내린 결정이었다. 죽음을 갈망하지만 확신은 없었던 탓에 자살을 잠정 유예한 것이었다.

이후로 나는 죽지만 않으면 모든 게 허용된다는 마음가짐으로 살았다. 발전 지향을 멈추고 매 순간을 버티는 것에만 초점을 맞췄다. 내 삶의 모든 생산성을 버리고 생존만을 목표로 했다.

 치료를 중단한 뒤, 나는 항상 술에 찌들어 맨정신이 아닌 상태로 살았다. 자욱한 담배 연기로 시야를 가리며 현실을 보지 않으려 기를 썼다. 무언가에 몰입하며 내 정신을 다른 곳에 붙잡아 두기 위해 온종일 컴퓨터에서 눈을 떼지 않았다. 내 미래에는 전혀 도움이 되지 않는 일이었지만 단기적으로는 더없이 효과적인 대응법이었다. 다른 건 몰라도 진통 효과만큼은 확실했다. 당장의 고통을 줄이는 게 급선무였던 내게는 어쩔 수 없는 선택이었다.

 힘든 순간을 버텨 내기 위해서는 고통을 조금이나마 줄일 수 있는 것들로 삶을 채워야만 했다. 큰 고통에 대항하려면 그에 상응하는 강력한 조치가 필요했다. 매일 매 순간 자살 충동에 시달린다는 건, 인생이 이미 촌각을 다투는 상황에 당도했다는 증거였다. 병세가 지속된다면 내 최후는 어차피 자살이었기에, 중독이나 각종 후폭풍으로 상황이 더 악화될 것을 두려워할 이유가 없었다.

 통증이 극심하다면 마약성 진통제를 사용해야 한다. 심각한 염증에는 스테로이드를 사용해야 하고, 암환자에게는 강력한 항암제를 투약해야 한다. 부작용을 걱정할 단계가 아니다. 고통을 줄이고 증상을 완화하며 일단 살고 봐야 한다. 나는 상황이 그들처럼 위중하다고 판단해서 침몰하는 배에 몸을 실었다. 비록 미래는 불안정해지겠지만 당장에는 목숨을 부지할 수 있었으니까. 항불안제의 내성이 쌓이는 것을 우려하면서도 그걸 사용할 수밖에 없었던 것처럼.

만약 상황이 나아진다면 미래의 내게 되돌아오는 부작용은 충분히 감당할 수 있을 것이라 판단했다. 애초에 그 대가를 치르는 것은 현재를 버텨 낸 다음에 논할 부분이었다. 나는 그저 생존이라는 하나의 목적만 달성하면 되는 상황이었다. 내게 주어진 유일한 과제는 매 하루를 죽지 않고 살아내는 것이었다. 그건 죽음의 위기를 앞두고 시도하는 최후의 소생법이나 마찬가지였다.

 당시 나는 각오가 꺾이지 않도록 내 결심을 글로 써 놓고 책상 앞에 붙여 두었다. 매일같이 그 내용을 되뇌며 삶의 의지를 고취시켰다. 자살을 유예하기 위한 행동 지침이자, 투쟁의 이유를 상기시키는 출사표였다.

 처절한 혈투에서 흉터 하나 남기지 않고 이길 수는 없다. 그러므로 미래가 망가지는 것을 두려워하지 말고 온갖 생존법을 모색하고 시도해야 한다. 그 과정에서, 고통에 대응하는 방식이 미래를 파국으로 몰아넣을 위험성은 항상 경계해야 한다. 그러나 미래에 충분히 감당할 수 있을 것이라는 판단이 선다면 주저하지 말아야 한다. 결국 내가 해야 할 일은, 더 나은 미래를 위해 노력하는 게 아니라 이 순간의 고통을 조금이라도 줄여 줄 무언가를 찾아내는 것이다.

 자살을 각오한 시점에 나는 이미 미래를 버렸다. 그에 비해, 삶의 무게를 미래와 함께 짊어지는 것은 너무나도 쉬운 선택이다. 죽지만 않으면 되는 현재로서는, 미래의 내게 짐을 지우는 일에 거리낄 게 전혀 없다. 이건 미래를 파괴하려는 게 아니라 쟁취하려는 것이다. 더 끔찍한 미래에 당도할 위험을 감수하고 삶을 탈환하려는 시도다. 일말의 가능성에 모든 것을 쏟아부은 최후의 항전이다.

모든 치료를 중단한 지 3년이 흘러, 비로소 현재의 내 모습에 이르렀다. 나는 삶을 붙잡으려는 노력을 멈추지 않았지만 그 의지는 결국 힘없이 꺾여 버렸다. 공황의 위력 앞에서 내 투쟁심은 보잘것없이 초라한 수준이었다.

 내 방은 온통 어둠으로 가득해졌다. 암막 커튼을 치고 형광등을 분리하여 모든 빛을 차단한 탓이었다. 폐쇄적인 환경에서 지내지 말라던 조언을 무시하고 나는 취침등과 모니터의 옅은 불빛만으로 생활했다. 시야가 밝아질수록 불안감이 커졌기에 사실상 불가피한 조치였다.

 항불안제는 술로 대체했다. 마음에 진정 효과를 발휘하는 건 술도 마찬가지였기에 가능한 일이었다. 문제가 생긴다 한들, 항불안제를 계속 복용하는 것과 딱히 다를 게 없다는 판단에서였다. 의사들은 내게 술을 멀리 하라고 말했었지만 이제 와서 그런 조언은 아무 의미도 없었다. 내 몸을 이용한 임상시험에서 그 효과가 검증되었고, 이는 그 어떠한 치료보다 효과적이었으니까.

 밖에 나가는 건 한 달에 한 번이었다. 사람이 없는 새벽에 나가 쌓인 쓰레기를 처리하고 술과 담배를 잔뜩 사 와서 쟁여놓았다. 그 잠깐의 외출조차 벅찰 정도로 몸과 정신이 피폐해진 상태였다.

 무가치한 인생이었다. 의지도 희망도 바닥난 채, 관성적으로 매 하루를 버틸 뿐이었다. 이 음침한 방에서 잠깐이라도 벗어나고 싶었지만, 공황에 뿌리내린 인생은 여기서 한 발짝도 움직일 생각이 없는 듯했다.

과거의 발자취

펜로즈의 계단

 두 번째 그림을 천천히 살폈다.
 지옥을 연상시키는 공간에 높이 솟은 구조물이 덩그러니 놓여 있었다. 그 꼭대기에 위치한 계단은 처음과 끝이 서로 연결되어, 영원히 올라가거나 내려가면서 계속 제자리로 돌아오는 구조였다. 무한히 반복되는 계단의 구도가 왠지 낯익게 느껴졌지만 아무리 기억을 더듬어도 익숙한 느낌의 이유는 알 수 없었다.
 테세우스의 배에 비하면 이 그림에 내포된 의미는 꽤 직관적이었다. 무의미하게 반복되는 궤도를 표현한 영원의 계단. 이는 나아가고 있다고 믿지만 실상은 제자리만 맴도는 삶의 궤적을 상징했다. 그 위에 고립된 사내는 나일 것이고, 이 그림은 나락의 구동축이 된 나의 모습을 묘사한 게 분명했다. 또한 그림 속 남자가 저 공간에서 고통받을 영겁의 시간은 미래의 내가 마주하는 상황을 표현한 게 틀림없었다.
 나는 노트북을 펼쳤다. 이후 포털 사이트에서 키워드를 수십 번 바꿔 검색하며 관련된 정보를 찾아 헤맸다. 하지만 그림과 유사한 이미지도, 이 계단이 무엇인지 설명하는 글도 발견할 수 없었다. 그림의 단서를 어떻게 찾아야 할지 막막한 상황이었다.
 나는 고민 끝에 가장 단순하고도 확실한 방법을 택했다. 검색창

에 '계단'을 입력하고, 끝없이 나열되는 이미지 중 내 그림과 같은 구조의 계단을 찾기 시작했다. 방대한 데이터 속에서 헤매는 게 과연 최선일까 의문이 들었지만 나는 멈추지 않았다. 미로에서 한쪽 벽에 손을 대고 걸어가면 출구를 찾을 수 있듯, 무식하게 돌아가더라도 언젠가는 목적지에 도달할 수 있을 것이라는 판단에서였다.

 시곗바늘이 한 점에 모였다 흩어지며 새로운 오늘이 찾아왔다. 자정이 지나자 기온이 더 떨어진 듯 집안에도 서늘한 기운이 맴돌았다.

 나는 땅을 파내려 가듯 계속해서 스크롤을 내렸다. 그리고 마침내 지하 깊은 곳에 숨어 있던 게시글에서 결정적인 내용을 발견할 수 있었다. 끝나지 않을 듯했던 내 탐사의 여정이 예상보다 빠르게 큰 성과를 가져왔다.

 이건 펜로즈의 계단이었다.

 펜로즈의 계단은 이론물리학자 로저 펜로즈가 고안한 무한의 계단입니다. 이 독특한 모습의 계단은 여러 가지 의미를 내포하고 있습니다. 우선 끝없이 이어지는 계단은 영원함을, 실재할 수 없다는 점은 비현실성을 상징합니다. 그리고 이 계단을 걷는 모습을 한 번 상상해 보세요. 그 사람이 느끼는 기분은 어떨까요? 절대 앞으로 나아갈 수 없다는 점은 무력감을, 빠져나갈 수 없는 공간이라는 점은 고립감을, 모든 행동이 무의미하다는 점은 깊은 좌절감을 주겠죠. 이 모든 상징은 '무한한 고통'이라는 하나의 의미로 취합됩니다.

 이 계단은 다른 관점으로도 해석할 수 있습니다. 펜로즈의 계단은 착시현상을 이용해 만들어 낸 가상의 구조물로, 2차원으로는 그릴 수 있지만 3차원으로는 구현할 수 없는 형태입니다. 즉 어느 관점에서 보는지에 따라 그 본질이 달라집니다. 이 계단이 무한한 것은 그림을 눈에 보이는 그대로 받아들일 때뿐이죠. 만약 그림을 평면 너머의 다른 구도에서 바라본다면 이게 허구라는 사실을 금세 깨닫게 됩니다.

때로는 감각이 우리를 속이곤 합니다. 펜로즈의 계단에서 알 수 있듯 눈으로 보는 게 진짜가 아닐 수도 있는 것이죠. 그리고 이러한 착각은 시각적 왜곡에만 기인하지 않으며, 확증편향에 의한 현상으로도 해석할 수 있습니다. 여기서 확증편향이란, 자신의 신념과 일치하는 정보만 받아들이고 그에 반하는 정보는 무시하는 경향을 의미합니다.

세상 모든 것들은 어느 관점에서 바라보는지에 따라 그 의미와 가치가 달라지고, 이러한 상대적 특성은 확증편향을 가속화합니다. 어쩌면 로저 펜로즈는 이 사실에 착안하였는지도 모릅니다. 착시를 사실로 받아들이려는 태도를, 편중된 시야의 상징으로 사용했다는 뜻이죠. 따라서 펜로즈의 계단에는 확증편향을 인지하라는 의미가 내포되어 있다고도 해석할 수 있습니다.

펜로즈의 계단은 물리적으로 절대 실현 불가능한 구조다. 그러나 그게 가능해 보이는 것은 인지적 왜곡에 의한 현상이고, 인지 왜곡에는 확증편향이라는 개념이 존재한다. 확증편향에 의해, 사실을 있는 그대로 받아들이는 게 아니라 자신의 믿음을 뒷받침하는 정보만 받아들이는 것이다.

내가 그린 펜로즈의 계단은 확증편향의 문제점을 자각시키려는 의도였는지도 모른다. 이게 과도한 풀이라는 생각이 들기도 했지만, 테세우스의 배 그림을 통해 정체성에 대한 의문을 던졌던 것을 보면 충분히 가능한 추측이었다.

 만약 이 그림이 편향된 관점에 대해 얘기하는 것이라면 그 주제는 단연코 죽음일 게 분명했다. 이는 죽음에 대한 나의 인식을 바로잡아야 한다는 뜻으로도 볼 수 있었다. 이러한 추리가 맞다면 나의 편견이 단서이고, 그렇기에 그동안 한 번도 의심하지 않은 믿음을 떠올려야 했다. 죽음에 대한 확고한 신념, 다른 방식으로 생각해 보지도 않았던 고정관념을 찾아야만 했다. 죽음에 대한 나의 편견을 자각해야만 그림의 의도를 알 수 있었다.

 어젯밤, 수아와 대화하며 죽음을 대하는 내 생각이 지나치게 경직되어 있었다는 사실을 깨달았다. 그러나 잠깐의 대화로 내 인생관을 단번에 허물어버릴 수도 없는 노릇이었다. 그렇기에 현재에도 내 마음속 깊이 자리잡은 신념은 죽음을 적대시하고 있었다. 죽음을 두려워하고, 기피하고, 인간으로서 맞이할 수 있는 최악의 사건이라 여겼다.

 그렇다면 자살에 대해서는 어떤가?

 나는 자살 자체를 배척했다. 자살이 슬프고 안타까운 일이라 여기면서도 한편으로는 잘못된 행동이라 생각했다. 자살은 해결이 아닌 도피일 뿐이기에, 탄생이라는 축복을 짓밟는 일이자 모든 가능성을 스스로 걷어차는 일로 여겼다. 살고 싶어도 그러지 못하는 이들을 무시하는 것이나 다름없다고 생각했다. 결국 내 모든 관념은 자살을 정죄*하는 입장을 취하고 있었고 이는 미래의 내 선택과 너무나 대비되는 태도였다.

 떠올려 보면 유서를 발견한 뒤로 나는 자살하는 미래를 막으려

정죄: 어떤 행위나 사람을 윤리적·법적으로 죄가 있다고 단정짓는 것.

고만 했다. 그 노력이 옳다는 믿음에 대해 한 치의 의심도 품지 않았다. 만약 이 생각을 재고하라는 뜻이라면 미래의 나는 너무나도 충격적인 요구를 하고 있었다.

자살을 배척하지 말 것

 이건 말도 안 되는 해석이었다. 미래의 내가 메시지를 남긴 건 분명 자살을 막기 위함이었다. 그렇기에 이 결론은 과거를 바꾸려는 그의 행동을 정면으로 부정하는 해석이었다. 미래의 내가 자살을 후회하며 실수를 만회하려 한 행동을 통째로 부인하는 추측이나 마찬가지였다.
 나는 유언장을 꺼낸 뒤 내용을 다시 확인했다.
 첫 번째 글에는 자살에 대한 결심이 적혀있었다. 그 시기의 나는 고통으로 인해 고뇌했고, 고뇌의 끝은 자살에 대한 결의였다. 반면 두 번째 글에서는 후회를 말하고 있었다. 틀림없이 자살을 후회하는 글이었다.

 내 선택을 이토록 후회하게 될 줄 몰랐다. 분명 옳은 판단이라 믿었는데, 이제 와서 보니 그건 틀린 결정이었다.
 시간을 되돌릴 수만 있다면 과거의 내게 전하고 싶다. 절대 후회할 행동을 하지 말라고. 돌이킬 수 없는 선택을 하지 말라고.

 내가 왜 그랬을까? 나는 그동안 터무니없는 생각을 하고 있었다.
 자살에 대한 결심이 드러난 첫 번째 유언장 때문에, 두 번째 유언장은 자살을 후회하는 글이라 단정지어 버렸다. 맥락상 그게 자연스러운 전개이기도 했을뿐더러 나의 자살이라는 충격적인 사실 때문에 이성적으로 판단하지 못했다. 죽은 뒤에는 유서를 쓰는 것도, 자살을 후회하는 것도, 시간 여행을 하는 것도 불가능하다는 점을 간과하고 있었다.

 첫 번째 유언장에는 어떠한 방법으로도 불행의 시작을 막을 수 없다고 적혀 있었다. 하지만 미래의 나는 테세우스의 배 역설을 통해 미래를 바꿀 수 있다는 사실을 일러주었다. 그렇다면 그가 바라는 것은 어떠한 사건을 막는 게 아니었다. 내게 다른 것을 요구하고 있었다.

 두 번째 유언장에는 자신의 선택을 후회하는 내용이 적혀 있었다. 그걸 보는 내 입장에서 자살보다 더 큰 후회는 떠올릴 수조차 없었기에, 당연히 자살을 후회하는 뜻일 것이라며 의미를 쉽게 단정지었다.

 두 장으로 나뉜 유서는 하나의 답으로 귀결되었다. 바로 죽어야 한다는 것. 미래의 내가 후회하는 것은 자살이 아니라 희망을 품고 견딘 나날이었다. 이건 자살하지 않은 걸 후회한다는 뜻이었다. 두 번째 유언장의 모호한 메시지는 내 착각을 바로잡음으로써 분명한 의미가 드러났다.

 자살하지 않은 것을 이토록 후회하게 될 줄 몰랐다. 분명 옳은 판단이라 믿었는데, 이제 와서 보니 그건 틀린 결정이었다.

 시간을 되돌릴 수만 있다면 과거의 내게 전하고 싶다. 절대 후회 속에서 살아가지 말라고. 그 괴로운 선택을 하지 말라고.

어쩌면 이 또한 내가 잘못 해석한 것일지도 모르니 낙담하기에는 일렀다. 이 상황을 반대로 해석하면 미래의 내가 자살하지 않았다는 뜻으로도 볼 수 있기 때문이었다. 유언장은 자살하기 전에 쓴 것이고, 내가 이 글을 작성한 뒤에 실제로 죽었다는 정황은 없으니 오히려 희망적인 일이 될 수도 있었다.

순간, 고무적인 사실만 받아들이려는 나를 보고 심장이 철렁였다. 이게 바로 미래의 내가 지적한 확증편향이었다. 죽어야 한다는 메시지를 부정하고 오로지 내가 바라는 대로 이 상황을 해석하려 드는 것. 펜로즈의 계단에 내포된 의미가 그 오류를 정확히 짚어내고 있었다.

나는 혼란스러운 마음을 부여잡고 그림을 다시 살폈다. 아직 해석하지 못한 부분이 남아 있으니 속단할 수 없었다.

$$\overline{\text{CXIIII}}\text{DCCCLXXXh}의\ F41.0$$

의미를 알 수 없는 알파벳과 숫자의 조합이었다. 테세우스의 배 그림에서 알파벳 I가 결정적인 단서가 되었던 것처럼, 이 그림의 문자도 중요한 의미를 암시하고 있을 게 분명했다. 한눈에 보기에도 단어가 아니라는 점은 확실했기에 이니셜을 모아 놓은 문장이 아닐까 생각해 보았다. 하지만 이게 특정 단어들의 앞 글자를 딴 조합이라면 그 의미를 밝혀내는 건 불가능에 가까웠다.

한참을 고민하다 이게 일종의 수식일지도 모른다는 생각이 들었다. 영화에서처럼 미래의 과학기술을 과거에 전하려는 것은 아닐까 하는 추측이었다. 그게 사실이라면 이 암호가 시간 여행의 힌트일 수 있다는 상상까지도 가능했다.

 암호를 응시하던 중, 유일하게 소문자로 표기된 알파벳에 눈길이 갔다. 마치 앞 글자들과 다른 맥락으로 해석하라는 의도를 묵시적으로 드러내는 듯했다. 하나만 다르게 표기했다면 무언가 의도가 있을 것이 분명했기에 나는 H가 무엇을 상징하는지 생각해 보았다.

 수소의 원소 기호? 혹은 열역학에서 사용되는 상태함수 엔탈피? 아니면 운동 에너지와 위치 에너지를 합한 값인 해밀토니안?

 해밀토니안을 떠올리는 순간 머릿속에 작게 불꽃이 일었다.

 해밀토니안은 양자역학에서 시스템의 에너지를 나타내는 기호로 사용된다. 그리고 양자역학은 시간 여행에 대한 가설 중 하나로 매번 등장하는 학문이다. 고전물리학과는 전혀 다른 메커니즘으로 작용하고, 이는 현재의 과학기술로 설명할 수 없는 미지의 대륙이다. 현대 과학이 이해하고 있는 양자의 특성은 빙산의 일각에 불과하다. 입자의 파동성*이나 양자 중첩* 같은 개념은 고전물리학적 관점에서 마치 마법처럼 보이는 현상이다.

 암호가 시간 여행에 대한 과학적 근거를 제시하고 있다는 생각을 떨쳐낼 수가 없었다. 어쩌면 이 모든 상황을 설명하는 결정적 단서가 될지도 모른다는 생각에 가슴이 두근거리기 시작했다. 만약 내 추측이 사실이라면, 이건 시간 여행 방법에 대한 힌트가 분명했다.

 신대륙을 발견했다는 흥분감이 채 가시기도 전에 나는 그 생각을 철회했다. 공상과학 영화에서 양자역학을 시간 여행의 배경으로 삼기도 하지만 그건 어디까지나 상상의 영역이기에 현실적으

입자의 파동성: 물질의 최소 구성 단위인 입자가 파동처럼 움직이는 성질.
양자 중첩: 입자가 하나의 상태로 고정되어 있지 않고 여러가지 상태로 중첩되어 있는 것.

로 가능할 리가 없었다. 시간 여행이라는 설정을 과학적으로 설득력 있게 보이도록 만든 것일 뿐이었다.

현재의 모든 상황이 혼란스러웠던 나머지, 어떻게든 이 상황을 해석하려는 마음이 지나치게 앞서 있었다. 시간 여행의 비밀이 풀릴 것이란 추측은 내 바람에 불과했다. 또다시 확증편향이 내 생각의 가지를 한쪽으로만 뻗어 나가도록 유도했다.

생각해 보면 미래의 물건을 받은 것부터가 말이 안 되는 일이었다. 그렇기에 비현실적이라는 이유만으로 이걸 잘못된 추측이라 여기는 건 섣부른 판단이었다. 그러나 내가 이 추론을 거둔 이유는 또 있었다. 해밀토니안은 대문자로 표기할뿐더러 중요한 의미를 가진 연산자이기에 필기체를 사용하는 게 원칙이지만 내 그림에는 소문자로 적혀 있기 때문이었다.

나는 냉정함을 되찾고 원점으로 돌아가 차근히 생각해 보았다. 알파벳의 괴상한 조합에 지레 겁먹고 내가 너무 어렵게 접근했다는 판단에서였다. 무작정 인터넷을 뒤져 이 계단에 대한 정보를 찾아낸 것처럼, 이 암호도 단순하게 접근 해보기로 했다.

소문자 h를 기호로 쓰는 경우는 세 가지가 떠올랐다. 플랑크 상수(h)*. 높이(height), 시간(hour).

단순하게 생각하기로 했으니 일단 플랑크 상수는 배제했다.

h가 높이를 의미한다면 그 앞의 글자들은 물리학 기호로서 사용되었을 것이 분명했다. 하지만 그렇게 되면 내가 해석할 수도 없을뿐더러, 해석하더라도 이해하는 건 더욱 불가능했다. 더구나 관계기호 없이는 공식이 성립할 수도 없기 때문에 유의미한 메시지를 전달하기도 힘들 것으로 보였다. 결국 남는 해석은 '시간'뿐

플랑크 상수: 물리학에서 양자 단위의 크기를 정의할 때 사용되는 상수.

이고, 시간 앞에 기재될 법한 것은 명확하게 추려졌다.

 바로 숫자.

 나는 통용되는 아라비아 숫자를 제외한 숫자 표기 체계를 떠올려 보았다. 일단 사용된 문자가 여러 개이므로 단항 기수법*을 사용한 건 아니었다. 알파벳으로 표기되어 있으니 상형문자도 배제했다. 그리스 숫자는 알파벳을 사용하지만 기호가 다르니 이 또한 걸러냈다. 그러자 머릿속에 남는 건 하나뿐이었다.

 바로 로마 숫자.

 암호에서 h앞에 위치한 알파벳은 총 다섯 가지였다. D, C, L, X, I. 전부 로마 숫자에 사용되는 알파벳이었다. 나는 기억을 더듬어 로마 숫자의 의미와 해독법을 떠올렸다.

 D는 500, C는 100, L은 50, X는 10, I는 1을 의미했다. 이 모든 수를 더하며 왼쪽에서부터 읽어 나가기만 하면 풀이가 가능했다. 다만 더 작은 단위가 먼저 나왔을 경우에는 해당 기호의 값을 빼야 했다. 나는 이 법칙을 적용하여 로마 숫자를 아라비아 숫자로 변환해 보았다.

CXIII = 100 + 10 + 1 + 1 + 1 = 113

 로마 숫자에서 알파벳 위에 선이 그어져 있을 경우에는 1,000을 곱해야 한다. 따라서 $\overline{\text{CXIII}}$ 는 113,000을 의미한다.

DCCCLXXX = 500 + 100 + 100 + 100 + 50 + 10 + 10 + 10
= 880

단항 기수법: 하나의 기호만 반복적으로 사용하여 수를 표현하는 가장 단순한 기수법.

880을 앞 숫자와 연결하면 총합은 113,880이 된다. 이어 h를 시간으로 바꾸고 뒤의 암호와 붙이면 절반쯤 풀이된 메시지를 확인할 수 있다.

113,880시간의 F41.0

이 시간을 일수로 환산하기 위해 대략적으로 계산해 보았다. 하루 24시간에 30을 곱하니 한 달은 720시간이 되었고, 열두 달을 곱하니 약 8천 단위가 나왔다. 1년을 시간으로 변환한 결과가 예상보다 작은 숫자였다. 나는 정확한 값을 얻기 위해 계산기를 두드렸다.

113,880시간을 24로 나누자 4,745일이란 값이 나왔다. 이게 총 몇 년인지 계산하려 365일로 나누자 13이란 숫자가 나왔다. 너무나도 정확히 맞아떨어졌다. 나는 재차 확인하기 위해 13년을 365로 곱하고 연이어 24를 곱했다. 그러자 113,880이라는 숫자가 다시 모습을 드러냈다. 이로써 미래의 내가 말하려던 바가 명확해졌다.

13년. 엄청나게 긴 시간이었다. 하지만 고통받은 시간이 13년이라는 의미인지, 어떤 사건이 13년 뒤에 벌어진다는 뜻인지는 알 수가 없었다. 나는 이어지는 다른 문자도 해석해야 그 의미를 알 수 있을 것이라 판단했다.

F41.0이 무엇을 의미하는지는 전혀 감이 오지 않았다. 내 머리로는 도저히 답을 찾을 수가 없어서 펜로즈의 계단을 찾을 때처럼 인터넷을 뒤지기 시작했다. 다만 이번에는 단서를 어떻게 찾

아야 할지 가늠조차 되지 않았다. 그렇기에 더없이 무모한 시도였다.

짙은 새벽의 어둠이 여명을 맞이할 때까지, 수백 수천 개의 사이트를 넘나들며 단서를 찾았다. 완충되어 있던 노트북도 어느새 방전 경고를 띄우며 절전모드에 들어갔다. 먼 길을 돌아가는 만큼 시간도 오래 걸릴 수밖에 없었다.

다행히도 그 노력은 전부 보상받을 수 있었다. 질병분류 정보센터에 기재된 내용 하나가 내 그림 속 메시지와 정확하게 일치했다. 절대 틀릴 수 없는 해석이었다.

F41.0은 국제질병분류기호였다. 세계보건기구가 질병을 분류한 체계에서 이 코드가 의미하는 건 우발적 발작성 불안, 다른 표현으로는 공황장애였다. 이로써 두 번째 그림에 적혀 있던 암호의 모든 의미가 드러났다.

13년의 공황장애

사실 예상하기는 했다. 죽음을 배척하는 내가 자살할 정도라면 그 고통은 상상을 초월할 것이라고. 하지만 그 기간이 이 정도로 길 줄은 몰랐다. 미래의 내가 펜로즈의 계단에 갇힌 세월은 자그마치 13년이었다. 모든 희망을 버리고 죽음을 수용하는 게 당연하다고 느껴질 만큼 아득한 시간이었다. 내 결정이라면 그럴 수밖에 없는 이유가 있을 것이라던 수아의 말이 맞았다.

80세까지 산다고 가정하면 13년은 전체 인생의 약 16%에 해당한다. 삶에서 아주 큰 비중을 차지한다고 볼 수는 없는 기간이다.

그러나 이는 시간의 상대성을 감안하지 않은 단순 계산에 불과하다. 뒤틀린 삶은 시간마저 왜곡한다는 점을 간과해서는 안 된다.
 즐거움은 시간을 가속시키지만 고통은 시간을 둔화시킨다. 괴로운 마음은 시침에 제동을 걸고 초바늘에 무게를 더하며 하루를 무한히 연장한다. 독방에서의 하루가 별장에서 보내는 하루보다 훨씬 긴 것처럼, 같은 24시간이더라도 체감 시간마저 동일할 수는 없다. 그런데 그 기간이 13년이라면 어떨까?
 행복한 인생에서도 13년은 매우 긴 시간이다. 하물며 그게 고통받는 시간이라면 당사자에게는 한평생으로 느껴질 만큼 긴 세월일 수밖에 없다. 인지적 관점에서 시간의 상대적 속도를 고려한다면 유언장을 쓴 나는 체감상의 평생을 버틴 셈이다.
 공황장애에 대해 잘 알지는 못하지만, 대비나 예측이 불가능하다는 것 정도는 알고 있다. 병세가 심각하다면 그 삶이 저주가 된다는 것쯤은 예상할 수 있다. 결국 유언장에 적힌 것처럼, 이건 피할 수도 막을 수도 없는 일이다. 내 정신이 공황을 앓겠다고 선언한다면 나는 그 결정을 따라갈 수밖에 없을 테니까.
 13년이나 버틴 것을 후회하는 심정이 어떨지 가늠조차 되지 않았다. 현재와 대비되는 인생이기에 유언장을 이해하지 못하는 것도 어찌 보면 당연한 일이었다. 자살보다 최악인 상황을 겪어보지 못했으니 모를 수밖에 없었다. 그 사이에 덩그러니 놓인 나로서는 어떻게 해야 할지 그저 혼란스러울 따름이었다.
 그렇게 두 번째 그림의 암호를 전부 해독하자 때마침 방에서 알람이 울렸다. 그 소리에 소파에 누워 있던 루나는 벌떡 일어나 방으로 뛰어들어갔다. 잠시 후, 수아가 루나의 머리를 쓰다듬으며 거실로 나왔다.

 수아가 나를 보더니 걱정스러운 표정으로 다가왔다. 테이블에 널브러진 유언장과 그림들이 내 심란한 마음을 대변하고 있었다.

"밤을 새운 거야?"

 수아가 옆에 앉자 그녀에게도 내 심정이 전해지는 듯했다.

"내가 자살하는 이유는 공황장애였어. 이 알파벳은 로마 숫자인데, 계산해 보니까 정확히 13년이라는 값이 나왔어. 그리고 이 그림은 펜로즈의 계단인데 확증편향으로 연결 지어서 생각할 수 있어. 이게 의미하는 건…."

"알겠으니까 진정해."

 그림을 들고 있는 손 위로 수아의 손이 살포시 얹혔다. 따뜻하고 부드러운 감촉이 느껴졌지만 공황에 대한 두려움으로 얼어붙은 내 마음을 녹이기에는 역부족이었다.

"지금 우리한테는 아무 문제도 없잖아."

 수아의 말을 듣고 잠시 생각했다. 시작되지도 않은 불행에 이토록 목매는 게 맞는 것인지, 어쩌면 이 모든 게 착각은 아닐지.

 오지도 않은 일로 행복이 무너져서는 안 되는 일이었지만 미래의 요구를 외면할 수도 없었다. 모른 척 지나가기에는 너무나도 강력하고 확실한 메시지였다. 모든 단서를 해석하거나 문제를 해결하기 전까지는 마음이 불편해서 견딜 수 없을 것 같았다.

 수아가 위로하듯 내 손등을 천천히 쓸어내렸다.

"걱정되는 거 이해해. 하지만 너도 알고 있잖아? 사람들이 불안해하는 일은 대부분 벌어지지 않는다는 거."

 반박할 수가 없었다. 실제로 대부분의 불안은 벌어지지도 않은 사건을 향한 감정 소모에 불과했으니까. 우려하는 일은 벌어지지 않고 오히려 생각지도 못했던 불행이 자신을 괴롭히는 상황이 더 빈번하게 일어나는 게 현실이었다. 그러니 미래를 보며 불안해할수록 현재만 불행해질 뿐이었다.

"너무 걱정하지 마. 앞으로 공황장애 때문에 고통받는 일은 없을 테니까."

"나도 그렇게 믿고 싶지만, 늦으면 미래를 바꿀 기회를 놓칠지도 모른다는 느낌이 자꾸 들어."

"잘 생각해 봐. 이게 미래에서 보낸 메시지라면 무언가를 바꾸라는 뜻일 텐데, 유언장에는 막을 수 없는 일이라고 적혀있지? 앞뒤가 안 맞잖아."

나는 잠시 망설였지만, 수아는 내 말을 가볍게 넘길 사람이 아니라는 사실을 알기에 숨길 이유가 없었다.

"사실 미래의 내가 바라는 건 과거의 자살이었어. 유언장에 적힌 내용은 그동안 견딘 시간을 후회한다는 뜻이었거든."

"그래서, 죽어야 한다면 죽을 생각이야?"

"아니 그건 아니지만…."

수아는 그림을 테이블 옆으로 밀고 체스판을 꺼내 올려놓았다.

"그러면 오늘만이라도 좀 쉬자. 내가 잡념을 없애줄게."

* * *

"수아 너는 알고 있지? 내가 어떻게 해야 살 수 있는지."

"힌트를 줄게. 필생즉사, 필사즉생이야."

"그게 무슨 말이야?"

수아의 물량공세에 정신을 차릴 수가 없었다. 폰과 함께 전진하는 그녀의 마이너 피스* 군단을 막을 방법이 도저히 떠오르지 않았다. 나는 퀸 하나를 옆으로 돌려 빈틈을 노렸지만 그 견고한 진지의 돌파구는 찾을 수 없었다. 공격을 저지하려는 내 두 개의 폰이 한없이 초라해 보였다.

그녀는 서서히 밀고 내려오며 내 폰을 모두 잡아버렸고 내게 남은 기물은 퀸과 킹뿐이었다. 얼마 뒤, 수아의 폰이 프로모션*을 앞둔 상황이 되며 내 킹이 사지에 몰린 모습을 보자 머릿속에 한 가지 생각이 번뜩였다.

나는 킹을 체스판 모서리로 옮긴 뒤 폰을 온몸으로 막았다. 이후 그 주변을 둘러싼 나이트 때문에 내 킹은 옴짝달싹할 수 없는 처지가 되었다. 다음 내 차례가 되었을 때, 나는 퀸을 그녀의 킹 바로 옆에 가져다 놓으며 체크를 선언했다. 불구덩이로 뛰어드는 과감한 수였다.

스테일메이트*였다. 수아가 내 퀸을 잡으면 나는 유일한 기물인 킹을 움직일 수 없게 되어서 무승부가 되고, 잡지 않고 도망간다면 나는 그녀의 킹을 따라다니며 체크를 이어가면 되는 상황이었다.

처음 들었을 때에는 무슨 말인가 싶었지만 상황을 돌이켜보니 수아가 준 힌트는 의미가 분명했다.

필생즉사, 이기려 했다면 질 수밖에 없는 게임이었다. 또한 필사즉생, 직접 사지로 뛰어들면 패배를 면할 수 있었다. 절대 이길 수 없는 게임에서 최선은 무승부였으니 수아는 스테일메이트를

마이너 피스: 비숍과 나이트.
프로모션: 폰이 상대방 진영 끝에 도달하여 원하는 기물로 승격하는 것.
스테일메이트: 체크가 아닌 상태에서, 어떤 수를 두더라도 체크를 피할 수 없는 상태. 무승부로 간주한다.

노리라고 일러 준 것이었다.

 긴 게임을 마무리짓고 체스판을 정리하다 또다시 불안한 마음이 스멀거렸다. 자살도 비슷할지 모른다는 생각 때문이었다.

 승산 없는 게임에서 무승부가 최선이었던 것처럼, 개선 가능성이 희박한 인생이라면 자살이 가장 합리적인 선택일 수 있다. 이길 수는 없지만 지지 않을 수 있는 유일한 길이기에 현실과 타협하는 효율적인 경로로 보이기까지 한다. 그러니 무승부가 되는 자살이 최선이라 여기는 것도 무리는 아니다. 살기 위해 킹을 사지로 몰아넣은 내 선택처럼, 미래의 나는 자살이야말로 나를 살릴 수 있는 방법이라 여겼을지도 모른다.

 흔히 자살은 패배이고 삶은 승리로 여겨진다. 하지만 승리나 패배 모두 삶을 택했을 경우에만 존재 가능한 경우의 수이기에, 자살은 논외인 무승부로 간주하는 게 더 적절하다. 그런 측면에서 본다면 미래의 자살은 최악의 상황에서 내린 최선의 판단인지도 모른다.

 언젠가 행복을 쟁취한다면 승리했다고 말할 수 있겠지만, 오랜 노력에도 불행의 고리를 끊어내지 못한다면 그건 명백한 패배로 볼 수 있다. 그 두 가지 가능성을 동시에 배제했다는 점에서 자살은 기권보다 무승부에 가깝다.

 그런 미래의 내 결정을 막는 게 맞는 일일까?

 게임이 끝나자 루나는 어김없이 고개를 들이밀었다. 수아가 루나의 턱을 쓰다듬으며 미소를 지었다.

 "밖에 나갈까?"

 루나는 제자리를 빙글 돌며 온몸으로 답했다.

수아와 나는 원반을 챙기고 함께 해변으로 향했다. 햇살을 쐬자 심란한 마음이 조금은 가라앉는 듯했지만 불편한 감정은 여전했다. 투명한 날씨와 대비되는 불안감이 불쾌하게 느껴질 지경이었다. 오지도 않은 불행일뿐더러 현재의 나와는 무관한 일이었지만 근심을 완전히 떨쳐내기란 쉽지 않았다.

 내 마음이 어찌나 방황하고 있는지, 수평선을 보면서도 죽음이 떠올랐다. 지금은 부드럽게 일렁이며 얌전한 체하지만, 기저에서 지진이 일면 해일을 몰아치면서 사람들을 죽여댈 테니까. 내 마음도 현재는 이토록 잔잔하지만 언젠가는 비현실적인 불안감을 몰고 오며 나를 죽음으로 등 떠밀 예정이었다. 재앙을 막아야 하는 나로서는 이 평화를 마음 편히 만끽하고 있을 여유가 없었다.

 나는 초조한 마음을 뒤로하고 루나와 해변을 전력으로 내달렸다. 내 기분을 눈치챘는지 수아도 팔을 걷어붙이고 신발을 벗은 채 경주에 합류했다.

"루나야! 이거 줄까?"

 수아가 원반을 흔들자 루나는 곧바로 추격하기 시작했다. 무시무시한 속도였지만 원반은 그보다 빠른 속도로 루나의 머리 위를 날아다녔다.

 그렇게 쫓고 쫓기면서, 넘어지고 넘어뜨리면서 우리는 신난 어린아이 마냥 모래 위를 뒹굴었다. 심장이 터질 듯 쉬지 않고 달리자 도파민도 턱 끝까지 차올랐다. 폐에 가득 들어찬 압박감은 어느새 소금기 섞인 공기로 중화된 상태였다.

역시나 먼저 뻗어버린 건 수아였다.

"이 정도면 루나가 우리 놀아주는 거 아니야?"

수아는 그대로 주저앉아 숨을 고르며 머리에 뒤엉킨 모래를 털어냈다. 루나는 신나는 기분을 주체하지 못하고 달리던 속도 그대로 수아 품에 뛰어들고는 함께 나동그라졌다.

모래 위를 뒹구는 수아도, 그걸 보는 나도 고개를 젖히고 숨이 넘어갈 듯 웃음을 내뱉었다. 루나는 여전히 체력이 남아도는지 우리 주위를 돌며 모래를 흩뿌렸다.

집으로 돌아와 루나를 씻겨주던 중, 초인종 소리에 뛰쳐나가 온 집안을 헤집는 바람에 한바탕 소동을 치렀다. 거품으로 난장판이 된 집까지 청소한 뒤 수아와 나란히 소파에 앉았다. 그녀가 지친 듯 숨을 푹 내쉬었다.

"사람 둘에 개 하나인데 이렇게 요란스러운 집이 있을까?"

"덕분에 심심할 날은 없잖아."

수아가 킥킥대며 웃었다.

"그러네. 그건 확실하네."

수아가 내 어깨에 머리를 기댔다. 손끝으로 그녀의 머리카락을 살며시 꼬자 루나는 나를 경계하듯 둘 사이를 파고들며 덜 마른 털을 비벼댔다. 루나가 그대로 누워 배를 드러내고 꼬리를 흔들자 수아는 간지럼을 태우며 장난기 가득한 표정을 지었다.

둘을 보자 심장이 뭉클해지는 느낌이었다. 이 일상이 사라진 미래를 상상하고 싶지가 않았다. 행복하다는 것은 그만큼 잃을 게 많다는 뜻이었기에, 평화를 빼앗길지 모른다는 두려움도 커질 수밖에 없었다. 행복 위로 불안감이 덮여 있는 지금의 상황이 그저 답답할 따름이었다.

암울한 유서의 내용처럼 이 행복한 일상이 무너질까 불안했지만, 무력감에 잠식되지 않도록 나는 마음을 굳게 먹었다.
 유언장에 적힌 미래는 내가 마주할 수 있는 최악의 상황이기에, 도화선이 점화되는 최초의 사건만 막는다면 내가 이곳을 떠나거나 자살하는 일은 벌어지지 않을 것이었다. 칼자루를 쥐고 있는 사람은 현재의 나이기에, 미래가 아닌 현재의 나를 믿어야 했다. 주도권은 나에게 있고 미래는 예정된 게 아니라 내가 바꿔나가는 것이니까.

* * *

 수아와 루나가 잠든 뒤 홀로 소파에 앉아 허공을 바라보았다.
 죽음에 대해 지나치게 고뇌한 탓일까, 아니면 미래의 나에게 도취된 탓일까? 이 일상이 새삼스레 이질적으로 느껴졌다. 한 순간에 모두 무너져 버릴지도 모른다는 두려움, 행복이 신기루처럼 흩어질 듯한 초조함이 나를 잠들지 못하게 만들었다. 이 한적한 평화가 폭풍 전야일지 모른다는 위기감마저 느껴졌다.
 나는 숨막히는 침묵을 깨기 위해 리모컨을 집어 들었다.
 "정부는 일주일 뒤인 27일을 임시공휴일로 지정했습니다. 이로써 주말과 설 연휴가 더해져 엿새의 황금연휴가 생겨났는데요. 이는 내수 진작과 관광 활성화를 위한 조치로⋯."
 채널을 돌리자 영화 채널에서는 남녀가 눈물을 흘리며 대화하는 장면이 나오고 있었다.
 "우리가 슬픈 이유로 만나기는 했지만, 헤어지는 이유까지 그래야 할 필요는 없잖아."

여자가 떠나려는 남자의 소매를 잡아당겼다.

"우리도 남들처럼 사랑하면서 행복해질 수는 없는 거야?"

여자의 말에 남자가 잠시 눈을 감더니 고개를 내저었다.

"그거 알아? 사랑해서 행복한 게 아니라, 행복해야 사랑도 할 수 있다는 거."

우리의 끝은 이게 최선이라며 사과하는 남자의 대사가 이어졌다. 이후 울먹이는 여자를 남겨둔 채 계단을 내려가는 남자의 뒷모습을 비추며 영화는 끝이 났다.

채널을 바꾸자 문화 방송에서는 행복을 주제로 한 강연이 방영되고 있었다.

"사람들은 어려운 철학보다 단순한 통념을 더 선호합니다. 새로운 가치관을 받아들이려는 노력조차 하지 않죠. 그로 인해 사상가는 몽상가로 비치고, 근원적 탐구는 철학 놀음 취급을 받곤 합니다. 하지만 저는 굳게 믿고 있습니다. 철학적 사유를 행복으로 실용화할 수 있다는 점은 분명하기에, 그 내용을 단순명료하게 전달할 수만 있다면 세상은 분명 바뀔 것이라고요."

나는 또다시 채널을 돌렸다.

"임사체험이란 죽음이 임박한 상황에서 경험하는 초월적 현상을 의미합니다. 죽는 순간에 꾸는 꿈이라 설명하곤 하지만, 임사체험의 느낌은 꿈과 비교할 수 없을 정도로 강렬하다고 합니다."

한 탐사보도 프로그램이 임사체험 연구에 대한 의혹을 다루고 있었다. 수아가 일하는 한국임사연구소가 화면에 나타나자 나는 볼륨을 조금 높이고 자세를 바로잡았다.

"죽음의 위기에서 살아 돌아온 사람들은 임사체험을 생생히 기억하고 있었습니다. 대부분 심장이 멎었다가 소생된 경우였는데 그 경험담에는 놀랍도록 공통점이 많았습니다. 강렬한 감정, 유체이탈, 사후 세계, 인생회고 등이 대표적이었죠. 특히 영적 존재와 만났다거나 터널을 통과하며 빛을 보았다는 식의 구체적인 내용도 정확히 일치했습니다.

 임사체험에 대해 체계적인 연구를 시작한 곳은 한국임사연구협회였습니다. '캔즈'라 불리는 이 협회는 임사체험을 연구하는 전문가들이 모여서 결성한 단체입니다. 소수의 과학자들이 임사체험에 대한 정보를 공유하던 것이 시초였죠.

 사실 임사체험에 대한 연구는 예전부터 이루어져 왔지만 연구는 간헐적이고 소규모로 진행되는 게 전부였습니다. 그럴 수밖에 없었던 게, 임사체험 연구는 신경과학이나 생명공학 연구소에서 부수적으로 다루는 수준에 불과했기 때문입니다."

 캔즈는 현재 수아가 일하고 있는 한국임사연구소를 설립한 조직이기도 했다. 창설 당시에는 작은 규모였지만 프로젝트를 연달아 성공시키며 현재는 임사체험 분야에서 세계를 선도하는 위치에 있었다. 하지만 그 성과에 비해 대중의 시선은 차갑기만 했는데, 그 이유는 사람의 죽음을 연구한다는 점에서 비롯되는 거부감 때문이었다.

 "조력자살이 시행되던 바로 다음 해, 캔즈는 보건복지부에 한 가지를 요청했습니다. 조력자살자를 대상으로 임사체험을 연구할 수 있도록 허가해 달라고 말이죠. 이에 대해 수많은 인권 단체에서 비난을 쏟아냈습니다. 난치병 환자들의 죽음을 이용해 임사체험을 연구하겠다는 것은 비인륜적인 행위라며 강력히 반발했죠.

사람들은 이 요구가 절대 받아들여지지 않을 것이라 예상했지만 이내 믿기지 않는 일이 벌어졌습니다. 대통령소속 윤리위원회와 조력자살 심사위원회가 모두 이를 승인한 것이었습니다. 자발적으로 참여하는 환자에 한해서만 시행되는 연구이기 때문에 법적으로 문제가 없다고 판단한 것이죠. 또한 임사체험 연구는 의료 기술로 확장될 가능성이 있으므로, 의학의 발전을 위해서도 궁극적으로 옳은 일이라는 소견을 밝히기도 했습니다."

캔즈가 독보적인 위치에 설 수 있었던 이유도 이 때문이었다. 임사체험에 대한 의구심은 오래전부터 있었지만 직접 연구할 수 없었던 이유는 죽어가는 실험체가 필요하기 때문이었다. 그 문제를 해결해 준 게 바로 조력자살이었다.

캔즈는 조력자살법을 기회 삼아 임사 연구를 적극적으로 추진했다. 임사 연구는 죽는 순간의 뇌를 관측하며 임사체험에 대한 정보를 수집하는 일이었는데 그 역할을 수행하는 게 바로 한국임사연구소였다. 이러한 연구 방식이 윤리적 문제와 정면으로 충돌하는 탓에, 임사 연구를 시작한 이후로 연구소와 협회는 각종 비난과 음모론에 시달릴 수밖에 없었다. 임사 연구에 대한 부정적인 인식이 자리잡으며 그 비난은 엄한 연구원들에게 향했다. 그리고 그 피해자 중 한 명이 바로 수아였다.

"캔즈는 임사 연구에 참여하는 환자에게 조력자살에 소요되는 모든 비용을 지원하겠다고 밝혔습니다. 이러한 조건을 내세우자 임사 연구에 대한 반감이 조금은 줄어드는 듯했습니다. 그럴 수밖에 없었던 이유는 비싼 조력자살 비용이 줄곧 논란의 대상이었기 때문입니다. 조력자살을 시행하는 환자에게는 약 7백만 원 가량의 비용이 청구되었는데 이는 사회적 약자에게는 조력자살마저 선택할 수 없게 된다는 지적이 있었습니다. 그들에게 선택지가 주어졌다는 점에서 임사 연구를 긍정적으로 평가하는 여론이 조금씩 자리잡기 시작했습니다.

그러나 임사 연구를 옹호하는 분위기는 오래 지속되지 않았습니다. 캔즈가 환자의 진료기록을 조작하고 있다는 음모론 때문이었습니다. 실제로 임사 연구에 응하며 협회를 통해 조력자살을 신청하는 경우, 대부분의 환자가 조력자살 심사를 무사히 통과하였습니다. 수많은 환자가 부적합 판정을 받던 기존 조력자살과 확연히 대비되는 모습이었죠."

들어본 적 있는 얘기였다. 조력자살 희망자 중, 요건을 충족하지 못해서 조력자살 신청이 기각되는 경우가 많았다. 하지만 협회를 통해 임사 연구와 조력자살을 함께 신청한 경우에는 대부분이 승인되었기에 충분히 의심을 살만한 부분이었다. 하지만 피실험자를 확보하기 위해 진료 기록을 조작한다는 주장은 말도 안 되는 얘기였다. 조작이 들통난다면 중형을 선고받을 게 분명했기에, 연구를 위해 그렇게까지 한다는 것은 상식적으로 납득하기 힘든 일이었다.

"사전 심사를 거치니까 대부분 승인되는 것뿐이야."

수아가 방에서 나와 내 옆에 앉았다. 그녀를 비난하는 것이나 다름없는 방송을 보고 있던 게 괜히 미안하게 느껴졌다.

나는 몸을 살짝 돌려 수아를 쳐다보았다.

"의료 기록은 쉽게 조작할 수 있는 게 아니잖아. 그런데 사람들은 이걸 왜 믿는 걸까?"

"사실 가짜 서류를 만드는 게 전혀 불가능한 일은 아니야. 그럴 이유가 없으니 하지 않는 것뿐이지."

"해서도 안 되잖아."

"글쎄, 그건 경우에 따라 다르지."

꽤나 이상하게 들리는 말이었다. 마치 그래야 한다면 언제든지 조작할 의사가 있다는 것처럼.

"필요하다면 불법적인 일이라도 할 수 있다는 뜻이야?"

수아는 내 눈을 바라보며 차분한 목소리로 말했다.

"선의로 위법을 정당화할 수는 없겠지만, 법이 곧 정의라고 말할 수 없는 것도 사실이잖아."

수아가 기록을 조작할 리는 없었지만, 혹은 그런 일을 보고도 묵인할 사람은 아니었지만, 음모론을 부정하지 않는 모습 또한 왠지 낯설지가 않았다.

어느 날의 미래

자살의 정당성

 커튼 사이로 스며든 햇빛이 발 밑으로 지나가는 게 어렴풋이 보였다. 극심한 피로감에 침대에서 일어나지 못하고 몸을 옆으로 돌려 누웠다. 시계는 오후 네 시를 가리키고 있었다.
 지난밤, 공황발작 이후에 공포감이 도무지 잦아들지 않자 정신이 혼미해질 때까지 술을 들이켰다. 나를 재우려는 취기와 깨우려는 공황의 대치 상태는 해가 뜰 때까지 이어졌다. 결국 오후가 되어서야 불안감이 뒤로 한 발 물러서며 나는 가까스로 잠에 들 수 있었다.
 그 여파는 내 몸과 정신뿐만 아니라 방에도 고스란히 남아있었다. 재떨이에 수북이 쌓인 담배꽁초와 바닥에 흩날린 담뱃재, 바닥에 널브러진 소주병들이 내 피폐한 삶을 그대로 보여주었다. 컵 하나가 깨져 있었고 그걸 대충 덮어 놓은 신문지는 여전히 흥건했다. 정신병자를 방치하면 어떻게 되는지를 보여 주려는 듯 어지러운 모습이었다.
 누군가 이걸 본다면 한심하고 더러운 인간의 집이라고 생각할 게 분명했다. 내 눈에 비친 광경이 딱 그랬다. 하지만 이건 내가 삶을 포기하지 않으려던 노력의 결과물이었다. 처절한 싸움의 흔적이자 공황을 견디기 위해 찾아낸 최선의 방법이었다.

자리에서 일어나려다 현기증이 몰려와 침대 위로 힘없이 쓰러졌다. 아직도 꿈속에 있는 듯 정신이 몽롱했다.

가까스로 몸을 일으켜 침대에 걸터앉았다. 컵에 담긴 물을 들이켜자 내 본능이 이를 밀어내듯 거부했다. 이게 술이라는 걸 알아차렸을 때는 이미 바닥에 전부 토해내고 난 뒤였다.

"염병하네 진짜."

담배를 입에 물었다. 오늘 하루를 또 버텨내야 한다는 생각에 그저 막막한 마음뿐이었다. 시작하기도 전부터 끔찍한 하루가 예정된 나를 보며 문득 궁금해졌다. 다른 사람들에게 오늘은 어떤 날일지.

신혼여행을 떠나거나 꿈꾸던 사업을 시작하며 행복한 미래를 그리는 사람도 있겠지만 오늘이 모든 인생에 그런 아름다운 하루가 되지는 않을 것이다. 누군가는 불치병을 진단받을 것이고 다른 누군가는 평생 일해도 갚을 수 없는 빚더미에 나앉을 것이다. 그리고 그들의 앞날은 나와 같을 게 분명하다. 하루를 시작하는 마음에 즐거움은 커녕 온통 무력과 좌절감으로 가득할 것이다. 지독한 하루를 버텨야 한다는 생각에 그저 막막할 것이다. 내가 매일 느끼는 이 기분처럼.

미래는 한 치 앞도 알 수 없다지만 불행을 쉽게 예견할 수 있는 인생도 분명 존재한다. 높은 확률로 평생 고통받게 되는 인생이 있다. 그리고 그 중심에 있는 사람들은 매 하루를 가까스로 연명하면서도 삶을 포기하지 못한다. 자신에게 기적이 벌어질 것이라는 믿음과, 고통스러운 삶도 나름의 가치가 있을 것이라는 착각 때문이다. 그 희망들은 내가 여태껏 죽지 못했던 이유이기도 했다.

 새삼 내 믿음에 의문을 제기하자 오래전에 읽었던 책이 떠올랐다. 나는 힘겹게 몸을 일으켜 책장 귀퉁이에 꽂힌 책 한 권을 꺼내 들고 다시 침대로 돌아왔다. 제목은 행복을 구하는 공식. 행복의 원리를 분석하며 이상적인 삶의 방향을 제시하는 책이었다.
 행복을 주제로 한 책이었지만 그 반대의 해석도 가능할 것이라는 생각이 들었다. 삶의 본질적 가치를 다루기에, 인생의 무가치함에 대해서도 답을 찾을 수 있지 않을까 하는 마음이었다. 내 삶이 무가치하다는 확신을 얻는다면 죽음을 결단할 수 있을 것이라는 막연한 기대감이기도 했다.

> 행복은 삶의 궁극적 지향점이다. 모든 지향점의 종착지다.
> 그 무엇도 행복이라는 가치를 넘어설 수는 없다.

 서론에는 삶의 가장 확실한 진리가 간결하게 드러나 있었다. 인간에게 행복이란 삶의 궁극적인 목적이자 삶의 가치를 결정짓는 요소라는 설명이 뒤를 이었다. 모든 가치는 가치 판단 기준에 따라 달라지지만, 개인의 삶에서는 행복이 삶의 가치를 평가하는 척도가 된다는 뜻이었다. 저자는 이 주장을 뒷받침하기 위해 수단과 가치의 차이를 설명했다.

 '수단'은 말 그대로 행복을 얻기 위한 수단을 의미한다. 수단을 통해 행복이라는 가치를 얻고자 하는 것이다. 행복은 삶의 유일한 가치이고 모든 수단은 이 가치를 좇는다. 따라서 삶의 모든 지향점은 행복 추구

수단에 해당한다. 행복이라는 가치를 추구하는 과정의 매개체인 셈이다.

 책의 내용에 따르면, 모든 행동은 궁극적으로 자신의 행복을 목적으로 둔다. 만약 행복 이외의 가치를 추구한다면 그건 가치 판단의 오류에 해당하는 일이다. 삶에서 추구하는 수많은 것들이 가치를 지니는 이유는 자신의 행복으로 이어지기 때문이다. 꿈, 성공, 사랑, 이타, 명예도 결국 자신의 행복으로 이어져야만 가치를 지닌다.
 사람들은 이 전제를 부정할지도 모른다. 가치를 판단하는 기준은 각자 다를 수 있으니까. 하지만 그러한 주장은 삶의 본질에 대한 무지를 드러내는 일이다. 행복에 대해 전혀 이해하지 못하고 있다는 사실을 스스로 증명하는 것과 같다. 가치관이 편협할수록 행복 추구 수단에 더 큰 의미를 부여하기 때문에 벌어지는 일이다.
 행복에 유의미한 도움이 되어야만 가치를 지닌다는 사실을 사람들은 쉽게 받아들이지 못한다. 자신의 능력과 노력, 헌신과 사랑, 직업적 성취 등 사회가 평가하는 내 가치를 높이기 위해 살아온 탓에, 그게 잘못되었다는 사실을 인정하려 들지 않는다. 오랜 시간에 걸쳐 굳어진 신념을 깨는 게 쉽지 않기 때문에 진실을 배척하는 쉬운 길을 택하는 것이다. 그러나 자신이 틀렸다는 사실을 부정한다면 행복에서는 멀어질 수밖에 없다. 삶의 진정한 가치를 추구한다면 조금은 불편한 진실을 받아들여야 한다.
 가치에 대한 의문은 '관점에 따라 다르다'는 결론에 도달하지만 삶의 가치에 대한 논의에서만큼은 예외다. 수단에 부여한 가치는 편협한 가치관의 산물이다. 방황하는 인생의 변명거리이자, 편향된 시야를 방증하는 일이다. 그게 자아실현이라는 생각은 어긋난 신념을 더욱 심화할 뿐이다.

 이러한 사실을 받아들이는 것만으로도 가치관은 크게 바뀌게 된다. 기존 가치관을 버려야만 비로소 세상을 바라보는 새로운 눈을 얻게 된다. 행복에 직행하는 삶은 고정관념을 타파하면서 시작된다.

 이 책의 한 가지 독특한 관점은, 행복과 불행을 양수와 음수에 비유하여 설명한다는 점이었다. 0을 구분점으로 삼고 행복을 양수로, 불행을 음수로 나눈 것이었다. 이 책을 처음 읽었을 당시에는 0이 그저 행복과 불행을 구분하는 경계선이라고만 생각했었다. 그러나 다시 읽은 책에서 나는 0에서 다른 의미를 찾을 수 있었다.

 0은 행복도 불행도 존재하지 않는다는 점에서 죽음과 동일한 의미를 지닌다. 죽은 뒤의 비존재, 즉 '무'와 같은 개념이다. 여기서 한 가지 해석이 가능하다. 음수로 가득한 삶(-)은 죽음(0)만도 못하다는 것이다.

 불행의 사전적 의미는 '행복하지 않음'이지만 실제로는 행복과 반대되는 아픔과 고통의 의미로 사용된다. 따라서 죽음이 불행한 일이라고는 말할 수 없다. 죽으면 0이 될지언정 음수가 되지는 않으니까. 현 상황에서 내가 죽는다면 그건 음수에서 0이 되는 일이다. 차감되는 게 아니라 가산되는 일이다. 죽음을 통해 추락하는 게 아니라 비상하는 셈이다.

행복한 삶이 끝난다면 안타까운 일이겠지만, 비참한 인생이 종말을 맞이한다면 그건 오히려 축복해야 할 일이다. 삶이 행복할수록 죽음은 비극적인 일이고, 삶이 불행할수록 죽음은 기쁜 일이니까.
 나는 노트를 꺼내 책의 논리를 정리했다.

행복은 삶의 궁극적 지향점이다

 이 책의 뿌리가 되는 핵심 전제. 인생의 본질을 단적으로 드러내고 명쾌하게 해석해 주는 하나의 문장. 자신이 추구하는 것들이 가치를 지닐 수 있는 조건은 단 하나, 행복으로 이어지는 경우뿐이었다. 단순하지만 받아들이기 어려운 이 진리를 더욱 명확한 표현으로 바꿀 수 있었다.

행복은 삶의 유일한 가치다

 여기까지는 책에서 설명한 바와 같았다. 하지만 책에서 부연하지 않은 내용이 있었다. 책을 처음 읽었을 당시, 나는 이 전제에 숨은 의미를 알아차리지 못했다. 너무나도 당연하게 내포되어 있었던 뜻을 이제야 볼 수 있었다. 행복이 유일한 가치라는 인생의 진리를 반대로 해석하면, 행복을 상실한 삶은 더 이상 아무런 가치가 없다는 뜻이었다. 이는 하나의 문장으로 정리되었다.

불행한 삶은 무가치하다

너무나도 암울한 해석이었다. 행복의 메커니즘을 설명하는 이 책에서 어떻게 이런 결론이 나올 수 있을까 싶기도 했다. 어쨌거나 무가치함을 반증하려는 내 시도는 성공했다. 조금의 행복도 존재하지 않는 이 삶은 무가치하며 그렇기에 살 이유가 없다는 것을 확실히 깨달았다.

자살의 정당성을 찾던 내게 꼭 필요한 결론이었지만 한편으로는 책이 틀렸기를 바라는 마음도 있었다. 불행한 인생이 무가치하다는 사실을 부정하고 싶었고, 비록 삶이 불행하더라도 그 안에서 의미를 찾고 싶었다. 그래서 스스로에게 되물었다. 인생이 아무리 괴로워도, 직업적 성취나 타인을 위한 헌신으로 내 삶을 가치 있게 만들 수는 없을까?

사실 이는 오래전부터 머릿속을 맴돌던 의문이었다. 나는 행복할 수 없기에, 행복을 제외한 삶의 가치를 강렬히 갈망했었다. 그래서 내 삶이 무의미하다고 느낀 이후로 줄곧 찾아다녔다. 그러나 진즉 가치가 메말라 황량해진 내 삶에서, 의미를 부여해 줄 오아시스는 그 어디에서도 발견할 수 없었다. 불행하지만 가치 있는 삶이라는 건 애당초 존재하지 않았다. 그 삶이 타인에게는 유의미할지 모르지만 적어도 내게는 무가치한 인생이었다. 성취나 이타도 결국에는 나의 행복이 되어야만 가치 있는 일이었기에.

애써 의미를 부여하며 삶을 이어가려는 노력을 더 이상 지속할 수 없게 되었다. 삶을 택한 내 결정을 정당화하려는 시도는 좋았으나 결국 실패했다. 어느 길로 가더라도, 불행한 내 삶은 이미 가치를 상실했다는 종착지에 도달할 뿐이었다. 결국에는 내 인생이 무가치하다는 사실을 받아들이는 수밖에 없었다.

하지만 내 판단에는 한 가지 오류가 존재했다. 불행한 삶이 무가치하다는 믿음은 틀리지 않았지만, 내 삶을 불행한 인생이라 규정한 것은 잘못된 일이었다. 현재진행형인 삶에서 미래는 한 치 앞도 알 수 없기 때문에. 현재가 불행하다고 해서 앞으로도 그럴 것이라는 생각은 비약이었다. 과거를 토대로 미래를 예측하더라도 그게 들어맞을 것이라 장담할 수는 없었다. 새로운 공황장애 치료법이 등장할지도 모르는 일이고, 자연 치유될 가능성도 배제할 수 없기 때문이었다.

 실제로 일부 암 환자에게서는, 종양이 자연적으로 축소되거나 사라지는 등 의학적으로 설명하기 어려운 일이 벌어지곤 한다. 또한 면역 질환자가 면역 체계의 비정상적인 반응으로 인해 증상이 완화되는 경우도 종종 보고된다. 이러한 기적이 나에게 찾아오지 않는단 법은 없다. 그렇기에 죽음을 쉽게 결단할 수가 없다. 기대수명의 절반도 살지 않은 현시점에, 내 인생 전체를 비극으로 단정 짓는 것은 섣부른 판단이다. 삶이 개선될 가능성이 0에 수렴할지언정 전혀 없는 것은 아니기 때문이다.

 문제는 그 확률이 천운에 가깝다는 점이다. 중증 질환이 만성화된 환자들 중 상당수가 그 고통을 평생 안고 살아가고, 내 미래도 십중팔구 그 모습을 향해 나아갈 것이다. 내 인생은 아픔으로 점철된 인생을 그대로 재연해 나갈 게 분명하다. 그러니 현재의 상태가 앞으로도 지속될 것이란 생각이 비논리적이라 볼 수는 없다. 오히려 합리적인 추론이라고 보는 게 타당하다.

 사람들은 내 의견에 동의하지 않을 것이다. 미래의 불행을 기정사실로 여기는 내 생각이 편향되었다고 말할 것이다. 이건 나도 일부 인정하는 부분이다. 실제로 내가 내린 결론에는 감정이 크게 개입하고 있으니까.

하지만 왜곡된 생각을 하는 게 과연 나만의 문제일까?

편파적인 생각을 가진 건 내가 아닌 대중이다. 대부분의 사람들은 자살을 극도로 배척하고, 자살자를 의지박약한 사람으로 취급한다. 자살 자체를 악행으로 치부하는가 하면, 자살을 존중하는 모든 의견에 적대감을 드러낸다. 조력자살을 제외한 모든 자살을 부정적으로 인식하는 것만 봐도 그 시야가 얼마나 좁은지 알 수 있다.

사람들이 자살에 왜곡된 시선을 갖는 이유는 크게 두 가지다.

첫째는 자살을 금기시하는 사회적 인식 때문이다. 생명의 가치는 강조하지만 죽음의 가치는 무시하고, 눈을 감고 귀를 막으며 죽어야 할 이유는 외면하는 환경이기에 그 집단의 관념도 제자리에 머무를 수밖에 없다. 자살을 비난하는 게 부관참시*나 다를 게 없음에도 이에 거리낌을 느끼지 않는다는 점에서, 그 케케묵은 가치관에 문제가 얼마나 심각한지 알 수 있다.

둘째는 죽음을 간절히 바랄 만큼 괴로운 시간을 경험하지 못했기 때문이다. 행복을 향한 희망이 무참히 짓밟힌 그 설움을 모를뿐더러 그 고통을 이해하려 들지도 않는 탓이다. 이처럼 당사자의 아픔을 과소평가하며 삶의 이면을 들여다보려 노력조차 하지 않는 사람들은 내 편협한 태도를 지적할 자격이 없다.

사람들은 자신의 경험에 갇혀 살아간다. 자신의 과거가 투영된 미래를 상상하며 그게 자신의 앞날일 것이라 생각한다. 그 예로, 행복한 사람들은 앞으로도 그 행복이 지속될 것이라 생각한다.

부관참시: 이미 죽은 사람에게 가하는 형벌로, 무덤을 파헤쳐 시신을 꺼낸 뒤 훼손하는 것을 의미한다. 주로 목을 베는 형태로 집행되었다.

삶에 내재된 위험성을 고려하지 않고 미래가 비참해지는 모든 경우의 수를 배제한 채, 현재의 삶이 유지될 것이라고 판단하는 것이다.

 물론 낙관 자체가 근거 없는 믿음은 아니다. 지금까지 삶이 행복했다면 이변이 없는 한 앞으로도 그럴 가능성이 높기 때문이다. 이를 반대로 말하면 나의 비관도 충분히 합리적이라는 뜻이 된다. 그 어떤 노력으로도 불행에서 벗어날 수 없었고, 기적이 벌어지지 않는다면 앞으로도 쭉 불행할 테니까.

 결국 주관적 경험과 객관적 확률을 토대로 미래를 예측하는 것은 매한가지다. 그러니 불행이 지속될 것이란 내 생각을 그 누구도 비난할 수 없다. 또한 내 상황에서 자살을 도모하는 게 지극히 이성적이라는 사실도 부정할 수 없다. 내 판단에 감정이 개입한 것은 사실이지만, 이를 감안하더라도 충분히 합리적인 결론이라 볼 수 있다.

 어쩌면 과거의 내게는 비관이 필요했는지도 모른다. 13년을 견뎌온 결과가 지금의 내 모습이니까. 처음부터 좌절하여 인생을 포기했다면 내 고통도 조기에 청산할 수 있었을 테니까.

 생각이 여기까지 미치자 내 모든 노력에 대해 의구심이 들었다.

 내 지난 투병 생활은 정말 아무런 가치도 없는 시간일까? 내 자살에 확신을 얻기 위한 과정이었을 뿐, 전부 무의미한 시간에 지나지 않을까? 잠시 고뇌한 이 의문에서 나는 한 가지 결론을 도출해 냈다. 마음에 들지는 않지만 너무나도 명쾌한 답이었다.

 결과론적이다.

 미래에 행복을 되찾는다면 내 고군분투는 유의미하고 가치 있는 시간이 되겠지만, 결국 불행을 떨쳐내지 못하고 비참한 최후를 맞이한다면 그 모든 노력은 무의미해진다. 고통만 연장했을 뿐, 삶을 택한 게 결과적으로 잘못된 판단이 되어버린다. 그런데 문제는 앞날이 어떻게 될지 모르기에 그 미래가 오기 전까지는 옳은 선택인지 알 수 없다는 점이다. 괴로운 시간을 견뎌내는 행동이 과연 옳은지 현재로서는 알 길이 없다. 이러한 결과론적인 부분은 딜레마로 작용한다.

 자살의 딜레마는 지금도 내 결단을 저지하고 있다. 높은 확률로 지속되는 고통, 기적 같은 확률로 되찾는 행복한 일상. 둘의 경계에서 갈피를 잡을 수가 없다. 삶과 죽음에 대한 갈망이 대립하며 나를 더욱 혼란스럽게 만든다.

 내 선택의 옳고 그름은 오로지 결과에 따라 결정된다. 어떤 선택이든 내려야 하는 현시점에 그 결과를 모른다는 것이 문제다. 어떠한 결정을 하든 그게 옳은 선택이라는 보장을 할 수 없다. 그렇기에 죽을 수도 살 수도 없는 상황이다. 살자니 고통은 말할 것도 없고, 기약 없는 투병을 지속할 생각에 눈앞이 막막하기만 하다. 그렇다고 죽자니 이 또한 확신이 서지 않는다. 전환점을 앞두고 포기하는 일일까 봐서.

 내 상황에서 자살을 도모하는 것은 우하향하는 주식을 매도하려는 것과 같다. 반등할 가능성이 희박하다는 것을 알면서도 쉽게 포기할 수가 없다. 아무리 합리적인 추론도 결과적으로 틀린 판단이 될 수 있기에, 내 인생을 지금 처분하는 게 옳다는 확신을 가질 수가 없다.

 초보 개미들의 심리가 으레 그렇듯, 나도 팔기 전까지는 손실이 아니라는 궤변을 늘어놓으며 매 하루를 추가로 매수했다. 당시에는 합리적인 투자라고 생각했지만, 모든 불행이 시작되던 시기에 내 인생을 매도하는 게 최선이었다는 사실을 이제야 깨달았다. 막연한 기대감과 매몰비용의 오류*에 빠져 손절*할 기회마저 놓쳐버린 셈이었다. 그 선택에 후회가 밀려오자, 자살의 근거를 모두 확보한 현재가 최적기라는 생각이 들었다.

결론이 서자 나는 즉시 컴퓨터를 켰다. 한시라도 빨리 이 손실을 멈춰야만 했기에 더는 망설일 이유가 없었다.

내가 오래도록 자살을 고민했던 만큼 조력자살도 수없이 생각했지만 그 구체적인 조건을 찾아본 적은 없었다. 만약 조력자살 요건이 충족된 것을 확인한다면 내 의지를 다잡을 자신이 없었기에, 미래를 갈망하는 나로서는 모르는 게 최선이라 여겼다.

무엇보다 두려웠다. 안락하게 죽을 수 있다는 게 분명해지면, 죽음에 대한 갈망이 생존 본능을 짓밟을까봐 무서웠다. 반대로 부합하지 않는 것을 확인한다면 그 또한 나를 아프게 만들 것 같아서 겁이 났다. 하지만 이제는 오늘과 같은 내일을 맞이하는 게 더 두려워졌다. 그러니 더 생각할 것도 없었다.

나는 곧바로 보건복지부 홈페이지에 접속했다. 링크를 타고 조력자살 심사위원회 사이트로 이동한 뒤, 26개 항목으로 나뉜 진료과목 중 정신건강의학과를 선택했다. 그러자 수많은 정신 질환 목록이 길게 나열되었다.

만약 조건을 충족하지 못한다면 그건 내가 죽기에 이르다는 뜻으로 해석할 수 있었다. 조금 더 버텨야 조력자살이 가능하다는 구실로 자살을 유보하는 게 가능했다. 이는 삶을 택한 내 결정을

매몰비용의 오류: 이미 투자한 게 아까워서 손실이 분명함에도 무언가를 지속하는 일.
손절: 주가 하락을 예상하여, 손해를 감수하고 주식을 매도하는 일.

합리화할 수 있는 일이자, 부족한 결단력을 감출 수 있는 유일한 시나리오였다.

 그 상황을 바라는 복잡한 심정은 조력자살을 신청하는 내 행동과 너무나 대비되었다. 사람들이 자살하는 이유는 홈페이지에 나열된 병명만큼 다양하겠지만, 적어도 여기 들어온 이들만큼은 모두 나와 같은 마음일 것이라 생각했다.

 나는 공황장애의 조력자살 최소 요건을 확인했다.

조력자살 최소 요건 (공황장애)

1. 투병 기간: 10년 이상
(병원에서 치료를 받지 않은 경우, 해당 기간은 투병 기간에서 제외)
2. SNRI 또는 SSRI 5년 이상 복용
(중도에 기타 항우울제로 변경한 경우, 해당 약물 복용기간도 합산)
3. 벤조디아제핀 계열 항불안제 도합 7년 이상 복용
4. TMS 30회 이상 시행
5. CBT 20회 이상 이수

* 진료기록을 토대로 적합성을 판단하므로, 위 요건을 모두 충족하더라도 조력자살이 불가할 수 있음
* SNRI(세로토닌-노르에피네프린 재흡수 억제제) SSRI(세로토닌 재흡수 억제제) TMS(경두개자기자극술) CBT(인지행동치료)

 내가 조력자살 대상으로서 적합한 사람이라는 것을 깨닫자 비로소 얼마나 심각한 상황에 놓여있는지 알 수 있었다. 정신 질환은 조력자살 조건이 유달리 까다롭기로 악명이 자자했음에도 나는

그 요건을 모두 충족했다. 내 상황에서 자살하는 게 지극히 타당하다는 사실을 공식적으로 인정받은 셈이었다.

나는 곧바로 한국임사연구협회 홈페이지에 접속했다. 조력자살 신청란에 병명과 투병 기간을 기재하고 이름과 연락처, 주소를 남겼다. 이후 임사 연구에 대한 설명을 읽고 동의란을 체크했다. 면담 날짜는 가장 가까운 날로 신청했다. 죽음을 결심한 이상 단 하루도 지체할 이유가 없었다.

임사 연구에 동의하는 경우, 협회에서 모든 행정 처리를 대행해 줄 뿐만 아니라 조력자살 비용도 전액 지원해 주었다. 그리고 어떤 이유에서인지 조력자살이 최종 승인되는 비율도 높았다. 또한 조력자살 신청 이후 시행하기까지 보통 두 달이 소요되지만, 임사 연구와 함께 진행하는 경우에는 한 달 내로 승인이 떨어졌다.

그럼에도 불구하고 사람들은 캔즈를 통해 조력자살하는 것을 매우 꺼려했다. 임사 연구를 둘러싼 각종 음모론 때문이었다. 특히 조력자살 시행 장소가 지정 병원이 아닌 연구소라는 점이 그 거부감을 심화했다. 그 탓에 조력자살과 함께 임사 연구를 진행하는 사람은 소수에 불과했다. 하지만 나는 개의치 않았다. 연구소에서 시행하는 조력자살에 각종 의혹이 제기되곤 했지만, 항상 의문에 그칠 뿐 실질적인 문제는 발견되지 않았으니까.

애초에 내게는 선택지도 없었다. 자살을 결심한 내게 두 달이라는 기간이 지나치게 긴 시간이었던 점도 있지만, 7백만 원에 이르는 조력자살 비용도 감당할 수 없었기 때문이다. 이 비용을 두고 비싸다는 의견이 많았지만, 모든 걸 내려놓고 안락한 죽음이 삶의 유일한 목표인 환자 입장에서는 사실 그 비용이 얼마가 되든 상관없는 부분이었다. 하지만 내게는 그마저도 마련할 방법이 없었다. 월세 15만 원짜리 옥탑방에서 매달 60만 원이 채 안 되는 생활비로 연명하는 나에게는 몇 년간 모아야 하는 거금이었다.

 협회가 조력자살에 도움을 주는 만큼 나도 대가를 치러야 했다. 나는 고통 없이 죽는 게 중요하지만 연구소 입장에서는 데이터를 수집하는 게 목적일 테니까. 내 머릿속을 들여다보는 각종 의료기기가 안락한 죽음에 걸림돌이 될 수는 있어도 그건 내가 감당해야 하는 부분이었다.

과거의 발자취

Ten of Swords

임사 연구에 대한 의혹을 다루던 탐사보도 프로그램은 자정을 넘기고서야 끝이 났다. 나는 리모컨으로 전원을 끄고 수아를 향해 몸을 살짝 돌렸다.

"임사 연구에 대한 인식이 사실 좋지는 않잖아. 그런데 어쩌다 한국임사연구소에서 일하게 된 거야?"

"원래는 키스트* 뇌과학 연구소에서 일했어. 그때 캔즈랑 공동으로 진행한 NVM 개발 프로젝트에 참여했는데 그 이후로 관심이 생겼거든."

NVM은 임사체험 진입 단계를 확인할 수 있는 장비였다. 환자의 생체 변화를 감지하고 그 데이터를 실시간으로 분석해서 임사체험 진행 과정을 예측하는 원리였다. 캔즈가 임사체험 분야에서 독보적인 위치에 설 수 있었던 것도 바로 이 혁신적인 장비 덕분이었다.

"내 전공이 신경생리학이잖아. 임사 연구가 나한테 더 어울리는 분야인 것 같아서 한국임사연구소가 설립되자마자 지원했지."

"그런데 있잖아. 임사 연구가 의료 기술로도 확장될 수 있다고 하던데 NVM도 거기 활용되는 거야?"

수아는 내 질문에 답하지 않고 곧장 자리에서 일어났다.

키스트(KIST): 한국과학기술연구원. 첨단 과학기술 연구와 산업 발전을 목표로 설립된 대규모 연구 기관.

"나는 다시 잘게. 좀 쉬어."

 방으로 향하는 그녀의 모습을 뒤로하고, 나는 노트북을 꺼내 검색창에 NVM을 검색했다. 그저 남의 얘기로만 여겨졌던 자살이 나의 미래가 되니 조력자살자를 상대하는 수아의 연구에도 궁금증이 생길 수밖에 없었다.

 각종 사이트를 넘나들며 NVM의 정보를 찾아보던 중, 이 기기에 대해 설명하는 게시글을 발견하여 자세한 내용을 확인할 수 있었다.

 뉴럴 바이탈 모니터(Neural Vital Monitor)는 흔히 NVM이라 불리며 임사체험 연구를 목적으로 만들어졌습니다. 이 기기는 한국임사연구협회와 한국과학기술연구원이 함께 개발하였습니다.

 이 장치는 일종의 데이터 통합 시스템입니다. NVM에는 세 대의 의료 기기가 연결되는데, 각 장치는 환자에게서 수집한 데이터를 NVM으로 송신합니다. 이후 NVM은 취합된 정보를 즉각 분석하여 모니터에 실시간으로 표시합니다.

 뉴럴 바이탈 모니터에 연결되는 의료 장비는 다음과 같습니다.

1. 환자감시장치: 심박수, 혈압, 호흡, 심전도, 산소포화도 등 생체 신호를 관찰합니다.
2. 기능적 근적외선분광기: 산소화된 혈류 변화를 근적외선으로 측정하여, 뇌의 특정 부위가 얼마나 활성화되었는지 확인합니다.
3. 뇌전도 검사계: 두피에 전극을 부착하여 뇌파를 측정함으로써 전반적인 의식 상태를 파악합니다.

NVM은 높은 호환성을 자랑하기 때문에 대부분의 제조사 제품들과 함께 사용이 가능합니다. 따라서 기존 장비에 모니터만 연결하면 즉각 사용이 가능하다는 이점을 가지고 있습니다. 무엇보다 사용자 편의성과 데이터 분석 알고리즘이 높이 평가받고 있습니다.

 NVM의 핵심 기능은 임사체험 진입 단계를 표시하는 것이지만 사실 이는 뒤늦게 추가된 기능입니다. 개발 당시에는 조력자살이 시행되기 전이었으므로, 임사체험에 대한 정보가 부족했기 때문입니다. 하지만 현재는 임사 연구에서 얻은 정보로 방대한 데이터베이스를 구축한 상태입니다. 그만큼 새로 추가된 기능은 실질적 데이터에 기반하므로 그 정확도가 뛰어납니다.

 NVM은 본래 임사체험 연구를 목적으로 개발되었습니다. 그러나 캔즈는 의료 분야에서도 다양하게 활용될 것이라 판단하여, 전문 기업과 협력하며 NVM을 상용화하고 판매를 시작했습니다. 그러자 전 세계 수많은 병원과 연구 기관에서 주문이 이어지며 대량 생산에 들어갔습니다. 이러한 성공으로 협회는 상당한 자본력을 확보하게 되었고 이는 한국임사연구소 설립으로 이어졌습니다.

 캔즈가 연구소를 설립하게 된 전말이 꽤 흥미로웠다. 마치 조력자살법이 통과될 것을 알고 있었던 것처럼 미리 NVM을 개발한 듯한 모양새였다. 조력자살을 시행하며 최대 수혜자가 된 기관이 바로 캔즈였으니 음모론이 왜 이토록 많이 생겨나는지 알 것 같기도 했다.

 궁금증을 해결했으니 이제는 문제를 해결할 차례였다. 나는 노트북을 덮고 마지막 단서가 될 세 번째 그림을 꺼내 들었다.

NDE: w/ Selene

테세우스의 배, 펜로즈의 계단 그림은 다양한 해석의 여지가 있었고 그렇기에 내가 잘못 추측했을 가능성도 존재했다. 어떤 관점에서 보는지에 따라 그 의미가 달라질 수 있기 때문이었다.

하지만 그림에 적힌 글자는 달랐다. 첫 번째 그림에서는 I라는 알파벳이 나를 직접적으로 의미하고 있었고, 두 번째 그림에 적혀 있던 메시지는 투병 기간과 병명을 명확하게 드러내고 있었기에 오역의 여지가 없었다. 메시지를 해석하는 과정은 어려웠지만 막상 알고 나서 보면 그 의도가 너무나도 분명했다. 따라서 여기 적힌 알파벳도 무언가를 직접적으로 표현하고 있을 것이라는 확신이 들었다.

나는 그림에 적힌 알파벳을 응시했다. 무슨 이유에서인지 글자가 전부 뒤집어져 있었다.

 əuələS /w :ƎDN

이 암호에서 내가 알아볼 수 있는 것은 NDE 뿐이었다.

NDE는 Near-Death Experience의 약어로, 임사체험을 의미하는 단어였다. 학계에서 공식적으로 사용할 뿐만 아니라 온라인 사전에도 등재되어 있는 말이었다. 그러나 한국에서는 NDE보다 '임사' 또는 '임사체험'이라는 용어가 더 널리 사용되었다. 임사는 임할 임(臨) 자에 죽을 사(死) 자를 더해서 사전적 의미는 '죽음에 이르는 상황'이었다. 그러나 대부분의 경우에는 임사체험의 약자로 쓰였다. 이게 공식적으로 인정된 표현은 아니었지만 그 쓰임이 굳어져 지금까지 이어지고 있었다.

그림에 NDE가 적혀있다는 것은 내 죽음이 임사체험과 무언가 관련이 있다는 의미로 해석할 수 있었다. 또한 내 죽음은 자살이므로 그 자살이 임사체험과 연관되었다면 내가 떠올릴 수 있는 것은 단 하나였다. 바로 임사 연구와 함께하는 조력자살이었다. 이 추측이 맞다면 내가 죽는 곳은 한국임사연구소였다.

"설마 수아가 개입할까?"

수아는 한국임사연구소에서 조력자살자를 대상으로 임사 연구를 진행하고 있었다. 수아가 하는 일은 죽어가는 사람들의 뇌를 관찰하는 것으로, 환자의 생체 신호를 관측하고 데이터를 수집하며 임사체험에서 무슨 일이 벌어지는지 연구하는 게 그녀의 역할이었다. 연구소에서 임사 연구의 한 축을 담당하는 수아이기에 내 자살에 그녀가 연루될 가능성을 배제할 수가 없었다.

내가 그 미래를 막을 수 있을까 싶었다. 수아의 손을 빌려 자살할 정도라면 내가 얼마나 끔찍한 상황에 놓이게 되는 것일지 가늠조차 되지 않았다. 그 정도로 힘든 상황이라면 자살이 합리적인 선택일 수도 있겠다는 생각마저 들었다.

게다가 이게 마지막 그림이었다. 여기서 단서를 찾지 못한다면 나는 그 운명을 막을 방법이 없었다. 물론 아직 NDE라는 글자밖에 해석하지 못했으니 성급하게 결론 내릴 수는 없었다. 일단은 그림이 의미하는 바를 해석해야 하고, 그래야만 수아가 개입하는지 여부도 알 수 있을 것이라 나는 판단했다.

그림을 천천히 살폈다. 언뜻 보아서 이 그림이 의미하는 것은 직관적이지 않았지만, 죽음과 관련되었다는 사실만큼은 분명하게 드러나 있었다.

그림의 중심 요소는 바닥에 쓰러진 남자와 그의 등에 꽂힌 칼이었다. 길이는 1미터가 족히 넘어 보였고 칼자루 끝은 둥근 장식이 달려 있었다. 언뜻 보더라도 동양의 도검보다는 서양식 양손검이 연상되는 형태였다. 나는 이 칼이 무엇을 상징하는지 여러 가지 측면에서 추측해 보았다.

그리스 신화 속 여신 디케가 손에 쥔 칼은 심판을 뜻했다. 디케는 정의로운 판결을 내리는 여신으로서, 그녀가 든 칼은 사회 질서를 어지러뜨린 사람에게 내리는 형벌을 상징했다. 그림의 검이 이런 의미가 아니라면 권력의 상징으로 사용되었을 수도 있고, 그보다 더 단순하게 생각한다면 물리적인 힘이나 폭력의 뜻으로 사용되었을 가능성도 있었다. 남자가 칼에 의해 죽어 있는 것으로 보면 직관적인 의미로 사용되었을 가능성이 가장 높아 보였다.

나는 그림의 배경으로 시선을 돌렸다.

그림 속 어두운 하늘은 미래의 내 암울한 상황을 드러내고 있었다. 동시에, 희미하게 새어 나오는 태양빛은 일말의 가능성을 암시하고 있었다. 다만 그 빛이 황혼인지 여명인지는 분명하지 않았기에 정확한 의미를 알 수 없었다. 수평선에 걸친 태양이 일출이라면 희망일 것이고, 일몰이라면 절망일 것이었다. 또한 태양빛이 반사되는 수평선은 세상의 끝이자 시작이라는 점에서 중의적 의미를 드러냈다.

이제는 그림의 각 요소가 상징하는 것들을 조합하고 해석할 차례였다.

한동안 그림을 응시하며 생각하던 중, 부자연스럽게 표현된 손이 눈에 들어왔다. 그림을 자세히 들여다보니 바닥에 쓰러진 남자의 검지와 중지가 교차되어 있었다. 마치 다잉 메시지를 남기듯 손가락이 X자로 꼬여 있는 모습이었다. 무언가를 전달하려는 의도가 분명해 보였다.

 X는 일반적으로 금지나 부정을 의미했다. 따라서 나에게 무언가를 하지 말라고 당부하는 것이거나, 내 틀린 점을 지적하려는 뜻으로 보였다. 어쩌면 그림 속 특정 단서를 부정하는 표시일지 모른다는 생각도 들었다.

 희미한 햇빛, 죽은 사내, 서양식 검, 수평선, 그리고 X.

 나는 몇 시간에 걸쳐 각 단서들을 조합하며 메시지를 찾으려 노력했지만 그림에 숨겨진 의미를 도통 찾을 수가 없었다. 개별적 요소가 아닌 전체적인 구도에서 힌트를 찾으려고도 시도했지만 이 방법도 막막하기는 마찬가지였다. 파죽지세로 단서를 파헤쳐 나가던 기세가 한풀 꺾이자 나는 그림을 잠시 내려놓을 수밖에 없었다.

 소파에서 일어나 창밖을 바라보았다. 창문을 살짝 열고 바깥공기를 쐬며 한동안 머리를 식혔다.

 거실의 큰 창 너머로 마당의 서리 내린 울타리가 보였다. 낮에는 봄처럼 따뜻한 기운이 맴돌더니 해가 진 뒤부터는 온기가 전부 사라지고 차가운 공기만 가득했다. 세상을 뒤덮은 한겨울의 냉기가 내 마음까지 얼어붙게 만드는 듯했다. 그 때문인지, 메시지를 해석하지 못한다면 내 미래가 이 한파에 멈출지도 모른다는 위기감이 새삼 밀려왔다.

 나는 마음을 다잡고 창문을 닫았다. 그리고 뒤를 돌던 찰나, 내 시야에 검 한 자루가 얼핏 스쳐 지나갔다. 내 눈을 의심하며 몸을 다시 돌리자 책장 구석에 놓여 있는 수아의 책 한 권이 눈에 들어왔다.

 책 표지에는 내 그림과 똑같은 모양의 검이 그려져 있었다. 양쪽으로 길게 뻗은 검날, 손잡이 끝의 둥근 장식, 이에 새겨진 다이아 문양까지 모두 완벽하게 일치했다.

 그 책은 검, 동전, 컵, 지팡이가 그려져 있는 타로카드 가이드북이었다. 나는 곧바로 책을 펼쳐 앞의 내용을 살폈다.

 타로카드는 크게 '메이저 아르카나'와 '마이너 아르카나'로 구분됩니다. 인물 위주로 구성된 메이저 아르카나와 달리, 마이너 아르카나는 네 가지 수트를 중심으로 구성됩니다. 수트는 성배(Cups), 지팡이(Wands), 검(Swords), 동전(Pentacles)으로 이루어져 있고, 각 수트는 제각기 고유한 의미를 지니고 있습니다.
 (……)
 마이너 아르카나에서 인물 카드를 제외하면 전부 로마 숫자가 표기되어 있습니다. 그 숫자는 카드의 번호를 의미하며, 해당 카드에 그려진 수트의 개수와 동일하기도 합니다. 이를테면 펜타클 4번에는 네 개의 동전이, 소드 7번에는 일곱 자루의 검이 등장하는 식입니다.

 내 그림에 그려진 칼은 한 자루였다. 그 칼이 타로카드의 검을 상징하는 것이라면, 마이너 아르카나의 소드 1번이 힌트였다.

 나는 곧바로 거실장의 보드게임 상자를 뒤졌다. 체스판, 트럼프 카드, 주사위, 게임 토큰을 꺼내고 깊숙이 숨어있던 타로카드를 꺼냈다. 이후 카드를 펼쳐 소드 1번을 찾아 그림을 살폈다.

 구름에서 뻗어 나온 손이 검을 수직으로 치켜들고 있고, 검 끝에는 왕관이 걸려 있었다. 가이드북에서 이 카드의 키워드를 확인하자 '결단력, 판단력, 확고한 의지'로 간략히 요약되어 있었다. 나는 이 의미를 그림과 결합해 보았다.

 그림 속 남자는 홀로 죽어있지만 스스로 등을 찌를 수는 없기에 자살이 아닌 타살로 볼 수 있었다. 하지만 나를 죽일 만한 사람은 오로지 나뿐이었다. 그 말인즉슨, 이건 내 손으로 미래의 나를 죽이라는 의미로 해석할 수 있었다. 소드 1번 카드의 결단이라는 의미와 일치할 뿐만 아니라, 자살하지 않은 것을 후회한다던 유서의 내용과도 맞물렸다.

 나는 이게 잘못된 추측이기를 바라며 카드를 다시 유심히 살폈다.

 그림의 구성 요소를 하나씩 뜯어보며 타로카드를 훑어보던 중 그림 위에 적힌 로마 숫자가 눈에 들어왔다. 그걸 보는 순간, 한 줄기 번개가 머리에 내리꽂혔다. 내 그림 속 사내가 손가락을 꼬아 표현한 X의 의미를 이제 알 것 같았다.

 로마 숫자에서 X가 뜻하는 것은 바로 10이었다. 만약 이게 소드 10번을 의미하는 것이라면 열 자루의 검이 그려진 카드가 힌트였다. 나는 즉시 바닥에 타로카드를 펼치고 황급히 내 미래를 찾아 헤맸다. 그러다 어느 순간, 카드를 뒤적이던 손과 내 시선이 한 장의 카드 앞에서 우뚝 멈춰섰다.

 소드 10번. 텐 오브 소드는 내 그림과 똑같은 구도였다. 쓰러진 남자, 등에 꽂힌 칼, 배경의 수평선과 어슴푸레한 햇빛까지도 완벽히 일치했다. 내 그림과 차이가 있다면 열 자루의 검이 사내를 관통하고 있다는 점뿐이었다. 결국 내가 그림에서 손가락을 교차시킨 것은 로마 수 X를 표현한 방식이었고, 그 10이란 숫자는 열 자루의 검을 의미했다.

 모든 추리가 끝나자 내 눈앞에는 타로카드 한 장만이 덩그러니 놓였다. 이 카드가 바로 암호화된 메시지들의 최종 목적지였다. 이게 공황을 해결할 수 있는 단서일지, 투병하지 말라는 유언의 연장일지는 곧 드러날 일이었다.

 나는 곧바로 가이드북을 펼쳐 이 카드에 대한 설명을 확인했다.

텐 오브 소드 (Ten of Swords)

 이 카드의 이름은 '텐 오브 소드'로 고통, 배신, 종결, 죽음을 상징합니다.

 하늘에 떠 있는 먹구름은 희망이 고통에 가려진 절망적인 현실을 상징합니다. 열 개의 칼은 고통이 정점에 도달했으며 그 상황이 참담하다는 것을 드러내고 있습니다. 여기서 중요한 점은 칼이 모두 등에 꽂혀있다는 점인데, 이는 예상치 못한 불행이라는 점을 강조합니다.

 얼굴이 바닥을 향하고 있는 모습은 굴복과 순응을 의미합니다. 완전히 자포자기한 모습을 상징하고, 그 상태가 회생하기 어려운 수준에 이르렀음을 시사합니다. 상황에 따라 달라질 수 있지만, 이 카드는 고통스러운 현실을 받아들여야 한다는 의미로 해석할 수 있습니다.

 미래의 내가 전하려는 의도가 너무 명확했다. 다른 해석이 불가능할 만큼 확실한 메시지이기에 도저히 부정할 수가 없었다. 이 카드를 전한 미래의 내가 바라는 것은 단 하나, 13년의 고통을 조기에 청산하는 일이었다.

 그게 정말 최선일까? 나에게는 정말 투쟁보다 순응이 더 필요한 것일까?

 그림 속 사내의 표정은 보이지 않지만 어쩌면 그가 미소 짓고 있을지도 모르는 일이었다. 남자가 안쓰러운 것은 시체를 바라보는 제삼자의 입장일 뿐, 평온을 되찾은 당사자에게는 아무 미련도 남지 않은 몸뚱이일 수 있었다. 생각이 여기까지 도달하자 이제는 나도 운명을 받아들여야 하는 게 아닐까 싶었다.

 자살을 막을 수 없다는 허탈감과 무력감 위로, 종전의 의문이 다시 떠올랐다. 이 그림에서 글자를 뒤집어놓은 이유였다.

 나는 가이드북을 다시 살폈다. 초반부에서 타로카드의 기본적인 해석법을 하나씩 살피던 중, 꼬여있는 내 상황을 바로잡을 실마리를 발견했다. 여태껏 해온 나의 추측을 정면으로 부정하는 내용이었다.

 타로카드는 뽑은 카드를 펼칠 때, 위아래 방향이 어떻게 놓이느냐에 따라 해석이 달라집니다. 정방향은 카드의 표면적인 상징으로 해석하지만 역방향은 그와 상반되는 의미로 풀이합니다. 정방향이 부정적인 카드라면 역방향은 긍정적인 의미를 가지는 셈입니다.

 그림에서 글자를 뒤집어 놓은 이유를 드디어 깨달았다. 이건 글자의 위아래가 바뀐 게 아니라, 그림이 거꾸로 놓인 것이었다. 글자를 반대로 적은 건 타로카드의 역방향을 표현한 장치였다.

 나는 텐 오브 소드의 설명이 적힌 장으로 되돌아갔다. 책을 한 장 넘기자 뒤 페이지에는 정반대의 의미가 숨어있었다.

 이 카드가 역방향으로 놓였다면 부정적인 의미도 완전히 뒤집힙니다. 역방향의 Ten of Swords카드는 회복, 재생, 극복을 의미합니다. 정방향에서는 종말과 죽음, 좌절과 패배의 의미로 해석되지만 역방향이기에 새로운 시작, 회복과 치유로 풀이됩니다.

 비록 현재는 괴롭고 절망적일지라도 변화가 시작될 수 있음을 시사합니다. 어려움을 극복하고 도약할 수 있다는 잠재력을 의미합니다. 즉 고통은 과거가 되고, 행복은 미래가 된다는 삶의 전환으로 해석할 수 있습니다. 고통스러운 상황이 끝나고 회복이 시작된다는 의미가 됩니다.

 환호성이라도 지르고 싶은 마음이었다. 온통 좌절과 고통으로만 가득 차 있던 단서에서 희망을 발견하자 나를 지배하던 불안감이 한순간에 안도감으로 바뀌었다. 이 중요한 내용을 마지막 그림에 새겨 두었다는 게 원망스러울 지경이었다.

 미래의 나는 해결책을 찾은 게 분명했다. 이 카드는 현재의 내게 그 방법을 알려주기 위해 남긴 단서가 틀림없었다. 이토록 어렵게 암호화하여 전달한 이유는 여전히 알 수 없지만, 중요한 것은 내가 그 의도를 정확히 파악했다는 점이었다.

 이제 남은 단서는 그림에 적힌 알파벳이 전부였다. 암호에서 내가 알아차린 부분은 NDE 뿐이었지만 이것만으로도 어느 정도 추측은 가능했다. 미래의 공황장애를 해결할 수 있다면 그건 특정 치료법일 것이고, NDE가 적혀있으니 그 치료는 임사체험과 연관되었을 것이 분명하기 때문이었다.

 나는 인터넷에서 임사체험과 관련된 치료법을 모색했다. 임사체험은 죽음이 임박했을 때 마주하는 경험이기에 치료와는 무관할 것 같지만, 잠재력이 무한한 분야이기에 의료 기술로 확장될 가능성은 충분히 있었다. 실제로 임사체험 중인 심정지 환자를 살려내는 데 활용된 사례가 있으니 미래에는 공황장애를 치료하는 것 또한 가능하지 않을까 싶었다.

 그렇게 한참 동안 인터넷을 파헤치던 중, 임사체험을 이용해 정신 질환을 치료하는 '임사치료'에 대한 최신 기사를 발견했다.

 나는 기사를 클릭하여 내용을 확인했다.

 한국임사연구소는 죽음의 위기에서 살아 돌아온 사람들의 사례를 추적했다. 임사체험자들에게서는 한 가지 공통점이 발견되었는데, 바로 임사체험 이후에 기존 정신 질환이 크게 호전되었다는 점이었다. 전후 검사 기록을 비교한 결과, 실제로 신경전달물질의 불균형을 비롯하여 뇌의 기능적 문제가 크게 개선되었다는 사실이 드러났다. 이를 근거로, 임사체험을 의료기술로 확장한다면 이른바 '임사치료'가 가능할 수도 있다는 주장이 작년부터 조명받고 있다.

 임사치료는 임사체험을 통해 정신 질환을 치료하는 방법이다. 현재로서는 가설에 불과하며, 효과가 검증된다 한들 이 치료법이 법적으로 허용될지는 미지수인 상황이다. 환자가 죽을 위험이 있으므로 보건당국의 승인을 받기는 어려울 것이라는 전망이 지배적이다.

임사치료 방법으로 제기된 가설은 다음과 같다.

 첫째, 임사치료를 위해서는 환자를 임사체험에 진입시켜야 한다. 그러기 위해서는 몸을 죽기 직전과 유사한 상태로 만들어야 하는데, 이때는 환자에게 치사량에 가까운 조력자살용 진정제를 투약한다. 조력자살 시 약물로 중추신경계 기능을 극도로 떨어뜨리면 죽음을 앞둔 뇌가 임사체험에 진입한다는 사실을 입증한 바 있기 때문이다.

 둘째, 의료진의 응급처치로 환자가 의식을 되찾도록 유도한다. 환자를 일시적으로 죽음에 이르게 한 뒤 소생시키는 셈이다. 임사체험은 잠시 죽음을 경험하는 일이므로, 되살아난 뇌가 신경 회로를 재구성하는 과정에서 정신 질환이 호전될 가능성이 있다고 보는 것이다. 마치 컴퓨터를 재부팅하면 오류가 해결되는 원리를 뇌에 적용하는 것과 같다.

 뇌를 리셋하는 것은 이미 효과가 검증된 치료법으로, 대표적인 예가 바로 우울증 치료에 사용되는 전기경련요법이다. 전기경련요법은 뇌에 순간적으로 강한 전류를 보내 경련을 일으키고, 뇌가 회복되는 과정에서 정신 질환이 개선되는 것을 목적으로 하는 치료법이다. 임사치료도 뇌가 재조직화되는 과정의 기능 회복을 유도하는 원리이므로 충분히 효과를 기대할 수 있을 것으로 보인다.

 임사치료는 이러한 치료 과정을 여러 차례 반복함으로써 정신 질환을 개선하는 치료법이다. 그러나 임사치료의 가능성에 대해서는 현재에도 의견이 분분한 상황이다.

 한편, 오는 20일에는 한국임사연구소 연구소장의 강연이 예정되어 있다. 강연에서 임사치료에 대한 공식 입장을 밝힐지 관심이 집중되고 있다.

텐 오브 소드는 표면적으로 죽음을 상징하지만 역방향으로 놓였을 경우에는 치유와 회복을 의미했다. 이와 마찬가지로 임사치료도 겉으로는 사람을 죽이는 것처럼 보이지만 사실은 환자를 치료하기 위한 방법이었다. 임사치료와 텐 오브 소드 모두 피상적으로는 죽음을, 본질적으로는 치유를 상징한다는 점에서 하나로 통했다.

임사치료는 텐 오브 소드가 의미하는 '죽음과 치유'라는 키워드를 완벽히 관통했다. 그렇기에 이번 추측만큼은 오해의 소지가 없었다. 내 그림은 공황장애를 해결할 수 있는 임사치료에 대해 이야기하고 있는 게 틀림없었다.

* * *

"임사치료가 가능한지 묻는 거야?"

출근 준비를 하던 수아에게 임사치료에 대해 묻자 그녀는 당황스러운 표정으로 내게 물었다.

"임사치료에 대한 기사를 봤거든. 임사체험으로 정신 질환을 치료할 수도 있다는 내용이 있길래."

"가능성이 제기된 건 사실이야."

"그러면 임사치료라는 게 정말 가능해?"

"사실상 불가능해. 환자를 임사체험에 진입시키려면 치사량에 가까운 진정제를 투약하는 수밖에 없는데, 죽지 않을 만큼의 진정제 농도를 계산하는 건 말처럼 쉬운 일이 아니야. 사람마다 약물에 대한 민감도가 다르니까."

"성공만 하면 정신 질환을 단번에 해결할 수 있는 거 아니야?"
"임사체험이 항상 좋은 결과만 가져오는 건 아니야. 임사체험은 뇌가 과부하 상태에 빠지는 일인데, 그 자극이 신경회로를 잘못 연결할 가능성이 있거든. 더 큰 문제가 생길 수도 있어."
"그래도 충분히 연구할 가치는 있잖아."
"만약 치료가 가능하다고 해도, 보건복지부나 윤리위원회에서 임사치료를 승인하지 않을 거야. 임사체험에서 의식이 돌아오지 못하면 환자는 그대로 죽는 거니까."
 수아가 내게 되물었다.
"그림 때문에 물어보는 거지? 공황장애를 임사치료로 해결하려는 생각이라면 포기해."
 수아는 임사치료가 불가능한 이유를 하나씩 설명해 주었지만, 임사치료는 자살을 막을 수 있는 유일한 길이기에 나로서는 쉽게 포기할 수가 없었다.
 나는 그림을 들어 그녀에게 보여주었다.
"이것 좀 봐. 타로카드를 상징하는 그림인데, 해석해 봤더니 치유와 회복이라는 의미를 가진대. 이 그림에 NDE라는 글자가 적혀있으니까, 의미를 조합해 보면 임사체험으로 치유한다는 뜻이 돼. 임사치료를 말하고 있는 게 분명하잖아?"
"이 얘기는 그만하자. 어차피 불가능한 방법이야."
 수아는 책상에 놓인 노트북을 충전기에서 분리하고 서류가방에 담았다. 그렇게 현관문을 나서던 그녀가 잠시 발걸음을 멈추고 나를 향해 고개를 돌렸다.
"그림도 이제 좀 치워버리고."

수아에게서 처음 보는 싸늘한 태도에 당황스러웠다. 무슨 이유에서인지 임사치료에 대한 얘기에 그녀가 예민하게 반응하는 느낌이 들었다. 문 밖을 나서는 그녀를 보다, 불현듯 기사의 내용이 떠올라 날짜를 확인했다.

오늘은 1월 20일. 연구소장의 강연이 예정된 날이었다.

어느 날의 미래

자살의 9원칙

 바다가 보이는 아담한 단독 주택.
 정원에 심어진 벚나무가 잎을 하나둘 내려놓으며 마당을 분홍빛으로 물들이고 있었다.
 집 주변에 둘러진 울타리 사이로 나비 한 마리가 넘어와 마당을 누비기 시작했다. 생후 두 달이 채 되지 않은 보더콜리는 나비를 연신 눈으로 좇으며 작은 소리로 짖었다.
 "정월대보름에 태어난 아이래. 뭔가 상징적인 이름이 없을까?"
 "음, 그러면 달이랑 관련된 이름이 좋을 것 같은데."
 나는 그녀와 함께 테라스에 앉아 바다를 바라보며 고민에 빠졌다. 그렇게 한참을 생각하다, 서로 텔레파시가 통한 듯 동시에 같은 이름을 제안했다.
 "로마 신화에서 달의 여신은 루나야."
 "달은 라틴어로 루나야!"
 마치 처음부터 정해져 있던 것처럼, 새끼 보더콜리의 이름은 자연스레 루나가 되었다. 그녀는 이름이 마음에 들었는지 환한 표정을 지으며 웃었다. 강아지를 소중하게 품에 안고 있는 모습이 더없이 사랑스럽게 느껴졌다.
 "네 이름은 루나야. 앞으로 너한테 이 세상이 얼마나 아름다운지 보여줄게."

 루나는 어리둥절한 표정으로 나와 그녀를 번갈아 쳐다보았다. 무언가 말할 때마다, 낯선 연인의 대화를 알아들으려 노력하는 듯 고개를 갸웃거렸다.

 바다 내음이 봄바람을 타고 코끝을 스쳤다. 풍경*이 흔들리며 종소리를 울리자 어린 보더콜리는 귀를 쫑긋 세우고 주변을 둘러보았다.

 나란히 앉아 파도 소리를 음미하다 그녀가 몸을 기울여 내 어깨에 머리를 기댔다. 미풍에 흔들리는 그녀의 머리카락을 귀 뒤로 넘겨주고 어깨에 손을 두르자 그녀가 나를 향해 고개를 돌렸다. 내 눈을 바라보며 미소 짓는 그녀의 모습에 심장이 일렁였다. 더 이상 바랄 게 없을 만큼 모든 게 완벽한 순간이었다.

 잠에서 깨어나자 극심한 두통이 느껴졌다. 햇빛을 반사하며 반짝거리던 바다가 일순간에 흩어졌다. 그 빈자리를 대신한 것은 고독감에 찌들어 공허해진 마음과 환기가 되지 않아 한껏 탁해진 공기였다.

 눈물로 베개가 흥건했다. 행복의 잔재가 가슴속에 남아있는 탓인지, 정신을 차린 뒤에도 주체할 수 없을 만큼 눈물이 계속해서 쏟아졌다. 이제 단념해야 하는 삶이었지만 그게 생각처럼 쉬운 일은 아니었다.

 오랫동안 잊고 있던 감정이 되살아나자 마음이 한없이 심란해졌다. 이 느낌은 슬픔보다는 행복을 향한 그리움에 가까웠다. 첫사랑을 떠올리듯 허전하고 아련한 마음이 나를 더 아프게 만들었

풍경(風磬): 처마 끝에 다는 작은 종.

다.

 방금 꾼 꿈에서 내가 그동안 죽지 못했던 분명한 이유를 찾아냈다. 내가 자살을 결심하지 못했던 이유는 행복한 과거 때문이었다. 행복을 기억하는 내 마음이 삶에 미련을 갖게 만들었고, 그로 인해 이 가망 없는 인생에 집착하게 되었다. 행복은 진작 잊었다고 생각했지만 그 흔적은 너무나도 짙게 내 마음속에 각인되어 있었다. 그 때문에 행복을 되찾으려는 무의미한 노력을 반복할 수밖에 없었다.

 행복한 기억들은 악마가 내 뇌리에 새겨넣은 저주나 다름없었다. 영원히 닿지 않을 신기루를 바라보며, 그게 고통을 무한정 연장시킨다는 사실도 모른 채 헛된 희망 속에서 살게 만들었다. 나는 기억에 머무르며 그때로 돌아갈 수 있다는 희망 고문에 놀아나고 있었다.

 내게 아픈 인생을 조장하며 안식마저도 배척하도록 유도한 것은 과거의 기억뿐만이 아니었다. 나로 하여금 삶을 구걸하게 만든 공범은 바로 미래를 향한 갈망이었다. 과거는 내 옷자락을 붙잡으며 늘어졌고, 미래는 내 자살을 온몸으로 막아 세웠다. 과거와 미래가 힘을 합쳐 벼랑 끝에 선 나를 저지했다.

 돌이켜보면 내가 죽지 못했던 건 당연한 일이었다. 멋진 미래를 꿈꿀수록 삶의 의지는 더욱 강해지기 때문이었다.

 무언가를 죽도록 열망하고, 그것을 기필코 갖겠다고 다짐할수록 삶에 대한 갈망은 더욱 커진다. 구체적인 꿈을 가질수록 그것을 강렬히 바라는 마음은 집념이 되어, 어떤 상황에서도 삶에 집착하게 만든다.

꿈을 향한 열망이 클수록 견뎌낼 수 있는 고통의 크기도 비약적으로 증가한다. 반면 꿈도 갈망도 없다면 고통에 대항할 수 있는 힘이 크게 줄어든다. 조금이라도 절망적인 상황에 맞닥뜨리면 쉽게 절망하고 체념하게 된다. 절실한 꿈을 품으면 투지를 갖게 되지만, 행복한 미래를 그리지 않는다면 죽음을 수용하는 태도로 이어진다.

삶에서 무언가를 열렬히 바라는 마음은 일종의 방파제 역할을 한다. 그 꿈이 모든 외력으로부터 자신을 보호해 주기 때문에, 아무리 비참한 상황일지라도 수많은 자살의 위기에서 스스로를 지켜낸다. 반면 꿈을 버리는 것은 마음의 제방을 스스로 허물어 버리는 일과 같다. 그로 인해 작은 파도에도 휩쓸릴 만큼 목숨이 위태로운 상황에 놓이게 된다.

과거의 나는 하고 싶은 일이 셀 수 없을 정도로 많았기에 차마 죽을 수가 없었다. 도전과 행복으로 가득한 미래를 꿈꿨기에 내 인생을 포기할 수 없었다. 내가 13년이나 버틸 수 있었던 것도 그 꿈 덕분이었다. 그러나 행복한 미래를 상상하며 견뎌온 시간들은 결과적으로 쓸모없는 시간이 되어 버렸다. 꿈을 버리지 못한 탓에 최악의 결과와 마주하고 말았다. 죽음이라는 선택지를 봉쇄한 결정이 나를 이토록 끔찍한 삶으로 끌고 올 줄 몰랐다.

삶에 집착한 게 패착이었다. 행복한 미래를 꿈꾸지 말았어야 했고, 죽음에 대한 반감도 진작 처분했어야만 했다. 삶을 붙잡으려 애쓸 게 아니라 운명을 받아들이려 노력했어야 했다. 내 모든 노력은 결국 자살을 유예하는 일에 불과했다.

비로소 내가 해야 할 일이 분명해졌다. 꿈을 버려야만 찌꺼기처럼 남아 있는 삶의 미련을 모조리 털어낼 수 있었다. 이 깨달음은 고통을 무기한 연장하는 악순환을 멈출 수 있는 기회였다. 죽음을 결단해야 하는 내게는 반드시 필요한 일이었다.

 어두컴컴한 방을 둘러보았다. 꿈을 버리기에 앞서 행복한 과거의 흔적부터 지워야 했다. 문화재를 불태우고 기록을 멸절하듯, 내 역사에 기록된 행복을 모조리 말살해야만 했다.

 나는 방을 뒤지며 물건을 헤집었지만 행복의 족적은 하나도 찾아볼 수 없었다. 행복한 과거는 이미 지독한 현실로 뒤덮여 흔적조차 남지 않은 상태였다. 오랜 시간 동안 조금씩 산화되어 이제는 완전히 자취를 감춰 버린 상황이었다.

 결국 내가 처분해야 할 것은 미래뿐이었다. 꿈을 향한 노력을 멈추고, 미래를 도모하는 물건을 전부 버려야 했다. 나를 이 삶에 가둔 것은 행복한 미래가 올 것이라는 헛된 믿음이었으니까.

 주위를 둘러보자 가장 먼저 눈에 들어온 것은 벽에 붙어 있는 여행사 포스터였다.

 사진 속 청록색 바다에는 수상 호텔이 길게 늘어서 있었다. 하늘도 바다처럼 투명한 빛깔이었지만 그 풍경보다 아름다웠던 것은 한 연인의 뒷모습이었다. 높이 솟은 뭉게구름 아래, 손을 잡고 바다를 향해 걸어가는 남녀가 그 사진의 주인공이었다.

 포스터 아래에는 문구가 하나 적혀 있었다.

프랑스령 폴리네시아 보라보라 섬.
사랑하는 연인과 잊지 못할 추억을 남겨보세요!

내게는 갈망조차 과분한 이상이었다. 내 미래가 될 것이라 굳게 믿어 왔지만 이제는 현실을 받아들일 수밖에 없었다. 축복받은 인생의 전유물을 탐내는 것도 오늘이 마지막이었다.
"희망 고문은 이제 끝이야."
 포스터를 반으로 찢고 힘껏 구겨서 쓰레기통을 향해 던졌다. 처참히 구겨진 남태평양의 낙원은 휴지통을 빗맞고 튕겨 나와 바닥을 뒹굴었다.
 나는 바퀴벌레를 박멸하는 마음으로 온 방을 샅샅이 뒤졌다. 그렇게 한참을 살피다 책장 구석에 숨어있던 노트 한 권을 발견했다. 오랫동안 잊고 있었던 탓에 어떤 내용을 담은 노트인지조차 떠오르지 않았다. 노트를 펼쳐 첫 페이지를 살피자 기억이 희미하게 살아났다. 이건 버킷 리스트였다.
 페이지를 넘기며 내용을 훑어보았다. 언젠가 이루고 싶은 일들이 노트 한 권을 가득 채울 만큼 빼곡하게 적혀있었다. 고등학생 때부터 하나둘 모아 온 꿈과 그걸 실현하기 위한 계획들, 이루어지지 못한 오랜 염원들이 비좁은 노트 안에 그대로 간직되어 있었다.
 울컥하는 마음에 나는 곧장 노트를 덮었다. 너무 아플 것 같아서 차마 읽을 용기가 나지 않았다. 내가 바라던 미래와 상반되는 현실이 한없이 서러워질 것 같아서, 그 슬픔을 감당할 자신이 없었다.
 줄곧 이 노트의 존재는 잊고 있었지만 내가 꿈꾸던 삶은 선명히 기억하고 있었다. 오랜 투병 생활 동안, 내가 꿈꾸던 미래는 한없이 아득하게 느껴지면서도 마치 손을 뻗으면 닿을 것처럼 가깝게 느껴졌다. 그래서 더욱 포기할 수 없었다. 내 몸 상태로는 절대 실현 불가능한 꿈이었지만 이 시련만 견뎌내면 가질 수 있을 것만 같았기에. 그게 환영에 불과하다는 사실을 도저히 받아들일 수가 없었다.

 나는 절대 이룰 수 없는 꿈을 잊었어야 했다. 아니, 그 꿈은 애초부터 존재하지 말았어야 했다. 내 고통이 이토록 오래 지속된 것도 그 신기루를 쫓은 결과였다.

 공황이 시작되면서 삶은 내 이상과 정반대의 방향으로 나아가기 시작했다. 그로 인해 상상만으로도 즐거웠던 소년의 꿈은 한순간에 망상으로 바뀌었다. 이제는 뒤쫓아갈 수조차 없을 정도로 멀어져 버렸다. 이루지 못한 꿈의 잔상을 쫓지 못하도록, 내가 상상해 온 미래를 이제는 모두 포기해야만 했다. 내 시야에서 사라진 미래를 이제는 놓아줄 때가 되었다.

 나는 버킷리스트가 적힌 노트와 여행사 포스터를 쓰레기봉투에 쑤셔 넣었다. 방 안의 쓰레기를 대충 주워 담고 재떨이에 쌓인 꽁초도 모두 털어 넣었다. 창밖으로 사람이 아무도 없는 것을 확인한 뒤, 문 밖을 나가 집 앞 쓰레기 더미에 던져넣고 서둘러 집으로 돌아왔다.

 내가 꿈꾸던 미래를 모두 포기했지만 이는 삶의 미련을 덜어 내는 일에 불과했다. 자살을 결단하는 것은 또 다른 문제였다. 삶에 대한 집착을 버린다고 해서, 자살이 옳다는 확신을 얻을 수는 없었다.

 최종 선택의 기로에 놓인 나를 망설이게 만드는 것은 두려운 감정이었다. 이건 죽는 순간의 고통이나 죽음에 대한 공포가 아니었다. 내 선택이 틀릴지도 모른다는 불안감이었다.

 내 판단의 시비는 결과론적이기에, 아무리 고민해도 현재로서는 답을 알 수 없었다. 그래서 이 고뇌가 큰 의미가 없다는 사실도 알고 있었다. 마치 야바위 게임에서 손등을 뚫어져라 쳐다보며 정답을 알아내려는 것처럼 미련한 행동이었다. 그러나 목숨이 달린 양자택일 상황에서 결정을 내리는 건 결코 쉽지 않았다. 그 무의미한 행동을 멈추고 하나를 택하는 일은 너무나도 어려운 일이었다.

 생각해 보면 자살은 참 편리한 선택지였다. 잠깐의 고통만 견뎌내면 삶의 모든 문제들을 단번에 해결할 수 있었다. 그러나 자살을 결심하는 것은 무엇보다 어려운 일이었다. 자살이라는 행위보다, 자살을 결심하는 과정이 훨씬 고되고 험난한 셈이었다. 자살은 쉽고 삶은 어려운 선택이라 생각했었지만, 막상 죽음 앞에 서니 이 또한 얼마나 어려운 결정인지 실감할 수 있었다.

 나는 잠시 눈을 감고 마음을 굳게 다잡았다.

 "여기서 또 물러날 수는 없어."

 생각이 많아지면 결단할 수 없다. 고뇌의 과정이 길어지고 지나치게 많은 것을 따지다 보면 결국에는 실행조차 할 수 없게 되어 버린다. 지금의 내 자살이 그렇다. 너무 많은 생각을 해온 탓에, 과도하게 많은 고뇌가 있었기에, 그 모든 사색의 파편들이 뒤엉켜 내 판단을 더욱 어렵게 만들고 있다. 자살은 신중해야 하지만, 삶에 대한 집착을 신중함과 혼동해서는 안 된다.

 과거의 나는 자살이 감정적인 선택이고 죽지 않는 것은 이성적인 선택이라 착각했었다. 그러나 편협한 사고를 걷어내자, 절망적인 상황에서 삶에 집착하는 것이야말로 감정적인 판단이라는 사실을 깨닫게 되었다. 내 오랜 투병 생활은 자살이 결코 감정에 의거한 선택이 아니라는 점을 시사했다. 이 상황에서 삶을 지속하는 건 지극히 감정적인 선택이고, 오히려 죽는 건 이성적인 결정이었다. 그러니 이제는 망설일 이유가 없었다.

 과거에는 버티는 게 무조건 옳은 선택이라 굳게 믿었다. 행복한 미래를 갈망하는 마음에, 인생관 자체가 삶에 치우친 탓이었다. 그게 편협한 태도의 결과라는 것을 알면서도 나는 그 믿음을 철회하지 않았다. 삶과 죽음에서 중립적인 태도를 취한다면, 삶에 집착할 이유가 사라지며 죽어야 한다는 결론에 도달할 것을 알기 때문이었다.

 나는 책장에서 '자살의 합리성'이라 적힌 노트 한 권을 꺼냈다. 원래는 삶을 택한 내 결정이 합리적이라는 사실을 증명하기 위해 쓰기 시작한 글이었다. 처음에는 논증으로 시작했지만, 나중에는 항변에 가까운 성격으로 그 내용이 변질되었다. 내가 미리 도출해 놓은 답으로 결론을 유도하기 위해서였다.

 편파적인 해석이기는 했지만 논리가 완전히 무너진 건 아니었다. 따라서 지금 내가 도달한 결론이 맞다면 과거의 내 추론은 틀렸을 것이 분명했다. 과거의 논리에 반박할 수 없다면 내 생각이 틀린 셈이었다.

 노트를 가득 메운 해석들은 총 9가지 결론으로 간략하게 정리되어 있었다. 나는 그 기록을 통해 과거의 생각을 하나씩 되돌아보았다.

1

 최악의 자살이 있다면, 그건 상황이 개선될 게 분명한데도 죽는 경우일 것이다. 시간이 해결해 줄 것이 기정사실인 상황에서 자살한다면 그건 명백히 잘못된 죽음이다. 자살의 시비를 가리기는 어렵지만 이 경우에 한해서는 확실하게 말할 수 있다.

 그저 이겨내야 한다고 생각했었다. 문제가 해결될 가능성이 조금이라도 있다면 그게 맞는 줄로만 알았다. 그러나 개선 가능 여부와 관계없이 자살은 충분히 합리적일 수 있었다. 앞으로 감당해야 할 고통의 총량이 미래의 행복보다 더 클 수도 있기 때문이었다. 언젠가 해결된다는 사실만으로 감내의 시간 동안 느끼는 아픔을 무시할 수는 없었다.
 이 글을 쓸 당시에는 온 세상이 나를 밀어내는 기분이 무엇인지 몰랐다. 모든 노력이 부정당하고 희망이 짓밟히는 설움을 느끼기 전이었다. 그래서 낙관했다. 시간이 해결해 줄 것이라 생각했고, 노력이 언젠가 빛을 볼 것이라 믿었다. 그러나 현실은 그 모든 믿음을 짓밟으며 최악의 자살은 따로 있다는 사실을 알려주었다.
 최악의 자살은, 진작에 자살하지 않은 것을 후회하며 죽는 것이었다. 불행에서 절대 벗어날 수 없다는 좌절감과 함께 죽어가는 것이야말로 내가 마주할 수 있는 최악의 상황이었다. 과거의 잘못된 선택이 가져온 최악의 결과가 지금의 내 모습이었다.

2

 우울증은 약물치료와 심리치료를 병행할 경우 상당히 높은 치료율을 보인다. 그러나 상당수의 환자들이 우울증 진단 후 6개월 이내에 회복 불능을 예견하고 자살을 감행한다. 우울증의 보편적인 흐름을 고려한다면 꽤나 성급한 결정이라 볼 수 있다. 따라서 병을 앓고 있다면 해당 질병의 완치율을 잣대로 미래를 전망해야 한다. 감정적인 비관보다는 통계가 보여주는 회복률이 더 신뢰할 만하기 때문이다.

 이건 나도 마찬가지다. 공황장애의 높은 치료율을 낙관의 근거로 삼을 필요가 있다. 비록 아직까지 치료의 효과를 보지는 못했지만, 오랜 시간이 흐른 뒤 서서히 호전되는 환자들도 있다는 점을 감안한다면 내 상황을 부정적으로만 바라볼 수는 없다.

 통계에 드러난 완치율은 내 상황이 개선될 확률이 아니다. 집계된 숫자는 수많은 환자들의 사례를 종합한 데이터이기에 나의 회복을 보장하는 수치가 될 수 없다. 어떤 약물이나 치료법도 완치를 장담할 수 없는 이유는 이 때문이다. 개인의 생리적 반응에 따라 치료의 효과가 크게 달라지기에 어쩔 수 없는 부분이다.

 공황장애는 약물치료와 인지행동치료를 병행하면 치유될 가능성이 높은 병이다. 완치하지 못하더라도 상당수의 환자들은 일상생활을 유지할 수 있는 수준으로 회복한다. 반면 나처럼 비정상적으로 병이 악화되는 경우도 분명 존재한다. 이처럼 일반적이지 않은 입장에서 통계에 드러난 수치는 아무 의미 없는 숫자일 뿐이다. 따라서 통계를 참고할 수는 있어도, 회복 가능성을 판단하는 잣대로 삼기에는 무리가 있다.

 완치율이 80%라는 말을 뒤집어보면, 다섯 명 중 한 명은 그 병에서 완전히 벗어나지 못한다는 뜻이 된다. 치료되지 않은 환자들 중 일부는 질병이 만성화되고 그중 극소수는 병세가 중증으로 번진다. 그 희박한 확률을 뚫고 비참한 인생에 종착한 나로서는 높은 완치율이 오히려 조롱으로 느껴질 뿐이다.

3

상황이 개선될 가능성이 전혀 없다면 자살은 정당성을 확보한다. 앞으로도 고통이 쭉 지속될 것이라는 증거가 명확하다면 자살이 합리적일 수 있는 셈이다. 이를 반대로 해석하면, 개선될 여지가 조금이라도 있다면 자살은 정당성을 확보하지 못한다는 뜻이 된다.

틀린 전제다. 개선될 확률이 0%이거나 '해결이 불가능하다'고 단정지을 수 있는 경우는 사실상 존재하지 않는다. 악성 종양이 온몸에 퍼진 것처럼 시한부 인생을 선고받은 상황이 아닌 이상, 대부분의 불행은 개선 가능성이 미지수다. 예측의 오차를 줄일 수는 있어도, 문제가 해결될지 여부를 알 수 없다는 사실은 변하지 않는다. 개선 가능성을 이분화하여 생각하는 것부터가 잘못된 일이다.

4

의료 분야에는 '적극적 치료'와 '소극적 치료'라는 개념이 존재한다. 적극적 치료는 질병의 원인을 제거하거나 완치를 목표로 시행하는 치료를 뜻하고, 소극적 치료는 병의 진행을 늦추거나 증상을 완화하는 치료 방식을 의미한다.

나는 이를 다른 개념으로 확장하여 재정립했다. 의료진의 도움을 받거나 환경을 개선하여 치료하는 것을 '능동적 치료'로, 시간이 흐르면서 자연적으로 호전되는 것을 '수동적 치료'로 분류하였다. 이러한 분류를 추가한 이유는, 능동적 치료가 통하지 않는다면 수동적 치료를 도모해야 하기 때문이다.

수많은 치료를 시도했지만 나아지는 기미가 없다면 그때는 자연 치유력을 믿고 경과를 지켜보아야 한다. 그런 상황에서는 의사가 아닌 내 몸의 방어체계를 믿는 것도 충분히 고려할 만한 선택지다. 사람마다 약물의 반응성이 다르고 효과도 개인차가 크기에, 치료를 지속하는 게 무의미한 경우도 존재하기 때문이다.

효능이 검증된 약도 누군가에게는 효과가 미미할 수 있고, 그 때문에 아무리 치료를 받아도 차도가 보이지 않는 경우가 허다하다. 이런 측면에서 본다면 현재에도 치료하지 못하는 병이 수두룩하며 환자 입장에서는 자신의 병이 불치병이나 다를 바가 없다. 그러나 병이 만성화되었다고 해서 평생 그 고통을 안고 살아가야 한다는 뜻은 아니다. 성인이 되어서도 체질은 계속해서 바뀌고 그에 따라 면역 체계도 외부 자극에 적응하기 때문이다. 체질이 변화함에 따라 염증이나 알레르기 반응이 줄어드는 경우가 그 예다.

시간이 약이란 말은 마음의 상처가 아무는 것만을 의미하지 않는다. 시간이 지나면서 신체가 제기능을 찾아가는 원리도 포함하는 말이다. 인체에는 스스로 기능을 회복하는 자연 치유력이 내재되어 있어서, 방어 체계가 활성화되면 비정상적인 반응은 서서히 바로잡힌다. 물론 증상이 심할수록 완치되기까지는 오랜 시간이 걸리겠지만, 자연 치유력을 믿는다면 충분히 해 볼 만한 싸움이다.

수동적 치료를 시도한다면 그 투병 생활은 장기전이 될 가능성이 높다. 단기간의 경과만 봐서는 치유될지 여부를 판단할 수 없기 때문이다. 이는 인내심 싸움이므로 6개월, 1년 단위의 변화를 비교하며 데이터를 쌓아나가야 한다. 그 과정을 거듭할수록 미래에 대한 예측의 적중률은 증가하고, 시간이 해결해 줄 가능성도 덩달아 높아진다.

 시간으로 병을 치료한다는 개념은 꽤 설득력 있는 주장이다. 실제로 수많은 약이 병을 치료하지 못하기 때문이다.
 대부분의 약은 증상을 완화하는 목적을 갖기 때문에, 병을 직접 물리친다기보다는 병의 증상을 줄이는 데 의미를 둔다. 그로써 몸이 스스로 치유할 수 있는 환경을 조성한다. 약은 치유 과정을 보조하고, 그 과정에서의 고통을 줄여줄 뿐이다. 결국 가장 근본적인 치료는 바로 인체의 회복 능력인 셈이다.
 병을 고치는 것은 약이 아니라 내 몸의 면역 체계이기에, 시간이야말로 가장 확실한 치료 수단이라 볼 수 있다. 다만 이러한 치유 방식에는 치명적인 문제가 존재한다. 그것은 바로 회복되기까지 걸리는 시간을 알 수 없다는 점이다.
 외상이라면 회복 기간을 가늠할 수라도 있지만, 대부분의 병은 그 간단해 보이는 일조차 불허한다. 만약 병이 만성으로 번지면 회복 시기를 더욱 예측하기 어려울 뿐만 아니라 완치가 가능할지마저도 확신할 수 없게 된다. 그렇게 만성화된 병은 삶 한편에 깊이 뿌리를 내리고 행복을 좀먹기 시작한다. 게다가 그 병이 중증이라면 환자는 삶과 죽음 중 반드시 하나를 택해야만 하는 상황에 놓이게 된다.
 특정 약물이나 치료법의 유효성을 판단하는 것은 의사에게 맡

길 수 있다. 반면 치료에서 효과를 보지 못하고 수동적 치료를 도모하는 상황이라면 '치유가 불가능하다'는 최종 판단은 전적으로 환자의 주관에 의지한다. 질병의 전환기가 언제 찾아오는지에 대한 갑론을박에 정답은 없으며 그 시기는 누구도 알 수 없으니. 심지어 의사들의 견해도 큰 차이를 보이기에 자신의 병세를 예측하고 자살을 결단하는 것은 오로지 환자의 몫이다.

 투병과 영면의 경계를 방랑하는 것은 상상 이상으로 괴로운 일이다. 희망을 언제 거두는 게 합리적인지, 정확히 얼마만큼의 기간 동안 호전되지 않았을 때 자살하는 게 옳은지 알 수가 없는 탓이다. 그 선택을 도와줄 최소한의 판단 기준도 존재하지 않기에 어떤 결정도 쉽사리 내릴 수가 없다.

 투병 기간이 길어질수록 완치 가능성도 줄어든다는 사실은 미래를 포기하게 만들지만, 자연 치유력이 지닌 가능성은 가느다란 희망에 막대한 리스크를 감수하게 만든다. 그 상황에서 삶의 다른 문제까지 하나 둘 더해지다 보면 축적된 아픔은 결국 죽음에 종착하게 된다.

 만약 반년 간 심한 피부병에 시달리다 자살한 환자가 있다면 많은 사람들이 그 자살을 두고 경솔한 판단이라 말할 것이다. 그렇다면 그 기간을 3년, 5년, 10년으로 늘린다면 어떨까? 제각기 다른 입장을 내놓을 게 분명하다. 아토피나 대상포진에 시달려본 사람이라면 더 포용적일 것이고, 그 고통을 경험한 적 없는 사람이라면 더 엄격한 기준을 제시할 것이다. 결국에는 그 누구도 환자의 자살 시점에 대해 왈가왈부할 수 없다는 결론에 도달한다.

 자연 치유 능력으로 병을 치료하려는 시도는 좋지만 그 치료의 실패를 규정하는 것이 자신의 몫이라는 게 문제다. 자살을 생각할 만큼 고통이 극심한 병이라면 치유가 불가능하다는 결론은 죽을 시기를 스스로 정한다는 의미와도 같기에 딜레마에 빠질 수밖에 없다. 과감해야 하지만 성급해서는 안 되고, 신중해야 하지만 늦어서는 안 된다. 이처럼 자살을 유예하는 것도, 조기에 결단하는 것도 모두 잔혹하고 어려운 선택이다.

 자살의 딜레마에서 옳고 그름이 존재하지 않는다는 사실은 고무적이면서도 동시에 너무나 가혹하다. 그 때문에 언제나 똑같은 고뇌를 반복하며 답을 찾으려 애쓰는 날들로 매 하루를 채워나간다. 정답이 없다는 사실을 알면서도, 제자리를 수없이 맴도는 고민이라는 것을 알면서도 멈출 수 없는 것이 바로 이 딜레마의 무서운 점이다.

 능동적 치료에 실패한 뒤 수동적 치료를 도모하는 것은 합리적인 판단일 수 있다. 그러나 수동적 치료의 기간을 길게 가져가는 것도 매우 위험한 수라는 사실을 간과해서는 안 된다. 확률도 승률도 알 수 없는 낙관에 전부 베팅하는 것은, 불행한 미래를 예견하고 자살하는 것만큼 무모한 수이기도 하다. 그러므로 수동적 치료를 시도한다면 그 위험성을 인지해야 한다. 어쩌면 수동적 치료야말로 가장 능동적이고 모험적인 선택일지도 모르기에.

5

 고통스러운 나날은 인생에서 무의미하게 버려지는 시기가 아니라 더 행복한 미래를 준비하는 기간이다. 절망감에 빠지거나 억울해할 게 아니다. 반대로 생각하면 미래의 입장에서는 긍정적인 신호다. 남들은 갖지 못하는 강인함을 얻을 수 있는 기회다.

고난을 이겨낸다면 그 이후의 삶은 기존 상태로 회복되는 것을 넘어서 '외상 후 성장'으로 이어지기도 한다. 이는 '외상 후 스트레스'와 대조되는 개념으로, 힘든 시간을 겪은 이후에 심리적으로 더욱 강해지는 것을 의미한다. 마음에 굳은살이 박여서 웬만한 외력에는 끄떡없을 만큼 단단해진다. 그만큼 앞으로의 고난에 더욱 능동적이고 효율적으로 대처할 수 있게 된다. 행복은 커지고 고통은 줄어드는 셈이다. 따라서 더없이 행복한 미래를 꿈꾸는 게 근거 없는 낙관만은 아니라고 볼 수 있다.

큰 고통을 이겨낼수록 회복탄력성도 크게 강화된다. 역설적으로, 현재의 삶이 비참할수록 미래의 내 삶은 더욱 행복해진다. 때로는 패배가 성장의 근간이 되는 것처럼, 내가 깊은 심연에 빠져들수록 미래의 고점은 더욱 높아진다. 이게 내가 반드시 이겨내야 하는 이유다.

지나친 생존 편향이다. 생존 편향이란 생존자의 사례에만 집중한 나머지, 살아남지 못한 사람들을 간과하는 편향적 사고를 말한다. 나는 이 오류에 빠졌었다. 불행을 극복하고 삶이 더 행복해진 일부 사례를 확장해서 일반화했고, 반대로 불행이 지속되는 무수한 경우의 수를 배제했다. 설령 회복되더라도 높은 확률로 후유증이 남고 그로써 고통이 연장된다는 사실을 외면했다. 외상이 성장으로 이어진 사람들의 모습이 내 미래가 될 것이라 단정지었다.

불행을 극복하고 발전을 이루어낸 사람들은 지옥에서 살아 돌아온 소수에 불과하다. 지금도 수많은 사람들이 그 불구덩이에서 올라오지 못하는 상황이고, 그중 일부는 죽는 순간까지도 극심한 트라우마에 시달릴 게 분명하다.

 PTSD가 외상 후 스트레스 장애를 뜻한다는 것은 모두가 알지만, PTG가 외상 후 성장을 의미한다는 것은 대부분 모른다. 심지어 외상 후 성장이라는 현상의 존재조차 모른다. 외상으로 인한 후유증이 성장보다 압도적으로 높은 비율을 차지하기 때문이다. 그리고 이러한 차이는 정신력에서 비롯되는 게 아니다. 성장한 이들은 불행한 운명을 가까스로 비껴간 것이고, 상흔이 짙게 남은 사람들은 예정된 미래에 도달한 셈이다. 전쟁이 트라우마를 남기듯 대부분의 정신적 충격은 성장이 아닌 추락의 시작점이 된다.

6

 고통은 우울감을 불러오고, 우울감은 필연적으로 비관을 동반한다. 불행이 부정적인 생각을 일으키고 나로 하여금 더욱 암울한 미래를 전망하도록 유도한다. 그렇게 어두운 생각을 품기 시작하면 몸도 마음도 죽음을 향해 내달리기 시작한다. 그 상황에서, 자신의 생각이 비약이라는 사실을 자각하지 못한다면 자살을 감행하는 것은 한순간이다. 충동적인 자살이 벌어지는 것도 바로 이 때문이다.

 그러나 고뇌의 시간이 길어질수록 죽음과는 점차 멀어진다. 아무리 화가 치밀어올라도 시간이 흐르면 그 마음이 중화되는 것처럼, 격렬한 감정이 사그라들면 자살에 대한 의지도 쉽게 꺾이곤 한다. 그러므로 자살을 생각한다면 자신이 감정에 속고 있는 것은 아닌지 돌아볼 필요가 있다. 감정이 만들어낸 생각에 매몰되지 않도록 주의해야 한다.

일부는 맞는 말이다. 사람들은 자신이 이성적으로 생각하고 합리적으로 판단한다고 여기지만, 대부분의 생각은 감정의 지배를 받고 있다. 사람들이 내리는 판단에서 이성의 함유량은 상상 이상으로 적으며 그 비합리적인 선택을 반복하는 것이 인간의 삶이다. 이성보다는 감정과 본능에 의해 움직이는 경우가 상당수이고 자살 또한 예외는 아니다.

그러므로 자살을 생각한다면 감정적 추론을 경계하며 자신의 상황을 냉정히 평가해야 한다. 자신이 처한 상황을 이성적이고 객관적으로 바라보고 판단해야 하며 그 과정에서 감정이 개입해서는 안 된다. 그러나 현재가 괴로울수록 이성적인 사고가 제한된다는 점이 문제다. 삶과 죽음을 결정하는 데 있어서는 감정을 배제하고 판단해야 하지만, 불행한 상황에서는 감정이 정신의 주도권을 쥐고 있기 때문에 이성적인 판단이 사실상 불가능해진다. 힘든 상황에서 비관에 빠지거나 무조건적인 낙관을 품게 되는 것도 이 때문이다.

과거의 나는 아무리 괴로워도 희망을 품는 게 옳은 일이라 착각했었다. 긍정적으로 생각한다는 점을, 내가 이성적이라는 뜻으로 받아들였다. 하지만 무조건적인 낙관은 삶에 대한 갈망에서 비롯되는 지극히 감정적인 사고였다. 절망적인 상황에서 무작정 버티는 게 비이성적인 판단이라는 사실을 너무 뒤늦게 깨달아 버렸다.

7

삶의 수많은 문제는 능동적으로 해결할 수 있다. 끊임없이 시도하고 새로운 방법을 모색하다 보면 제아무리 힘든 상황에서도 탈출구를 찾을 수 있다. 시간이 조금 걸릴 수는 있어도, 집념과 의지만 있다면 얼마든지 변화시킬 수 있다.

 괴로워서 자살을 생각한다는 것은, 그 문제를 해결하기 위해 목숨까지도 내걸 준비가 되었다는 뜻이다. 그 상황에서 해야 할 일은 죽을지 말지 고민하는 게 아니라 투지를 불태우며 살 방법을 찾는 것이다. 그 마음가짐은 처자식을 죽이고 전장에 뛰어든 계백 장군의 결의처럼 굳건해야 한다. 배수진을 치고 투쟁한 한신*의 결단처럼 대담해야 한다. 어차피 물러나면 남는 선택지는 죽음뿐이다. 그러니 설령 실패하더라도, 끝까지 할 수 있는 모든 노력을 다해야 한다.

 불행을 노력으로 극복할 수 있다는 믿음은 그저 바람일 뿐이다. 모든 인생은 자신에게 허락된 운명을 따라간다. 행복도 건강도 사랑도, 운명이 허락하지 않는다면 절대 가질 수 없다. 그렇기에 행복의 격차를 노력의 문제로 치부해 버리는 태도는 교만이다. 모든 노력이 배신당한 채, 설움 속에서 죽어간 인생을 싸잡아 무시하는 일이다.

 일곱 번 넘어져도 여덟 번 일어난다는 뜻의 칠전팔기. 이는 포기하지 않는 집념을 의미하는 말처럼 보이지만, 실상은 기회가 여덟 번이나 주어진 행운을 뜻한다. 고통에 능동적으로 대항할 기회조차 주어지지 않은 인생에는 붙을 수 없는 수식어다.

 최선을 다하지 않거나 더 많은 것을 시도해보지 않고 자살하는 사람이 있는 것도 사실이다. 이를 제삼자의 입장에서 의지박약이라 판단하는 것도 무리는 아니다. 그러나 끈기에도 한계가 존재

한신: 중국 한나라 건국에 중추적인 역할을 한 전설적인 장수.

한다는 점은 분명히 알고 있어야 한다.

 인간의 의지는 무한하지 않다. 투지는 마음속에서 무한히 샘솟는 에너지가 아니다. 오랜 노력에도 개선되기는커녕 악화되는 일만 반복된다면, 그 노력을 지속하는 것은 결코 쉬운 일이 아니다. 백전백패하는 상황에서 그 누가 힘을 낼 수 있을까? 노력을 멈추고 포기한다고 해서, 그걸 정신력의 문제로 여길 수는 없다.

8

 자살을 후회하지 않기 위해서는 확신이 들 때까지 판단을 보류해야 한다. 삶에 일말의 미련조차 남지 않도록, 내 결정에 대해 한 줌의 의구심도 들지 않을 때까지 자살을 유예해야 한다.

 자살이 옳다는 확신을 얻는 것은 사실상 불가능하다. 기적에 가까운 확률일지라도 상황이 개선될 가능성은 반드시 존재하기 때문이다. 미래를 알 수 없으니 어떠한 상황에서도 자살이 옳다고 확신할 수는 없다. 그럼에도 내가 확신을 얻으려 했던 건, 죽는 순간에 한 줌의 후회도 허용하지 않으려는 욕심 때문이었다. 조금의 미련도 남기지 않으려던 내 실수였다. 죽는다면 삶에 대한 아쉬움이 남을 수밖에 없다는 사실을 간과한 탓이었다.

 미련 없는 죽음은 아픔 없는 이별과 같은 말이다. 삶은 고통을, 죽음은 미련을 필연적으로 동반한다. 따라서 자살한다면 후회를 감수해야 하고, 삶을 택한다면 고통을 감내해야 한다. 나는 후회하지 않으려 줄곧 삶을 택해왔지만, 그 결정을 이토록 후회하게 되었으니 사실상 최악의 판단을 한 셈이었다.

삶을 택하면 언제든지 번복할 수 있지만, 한 번이라도 죽음을 선택하면 절대 돌이킬 수 없다. 그래서 언제나 삶을 택해왔다. 매일 매 순간 그 선택을 반복해 왔다. 그러나 과거의 나는 중요한 사실 하나를 놓치고 있었다. 삶을 택한 그 결정이 언젠가 더 큰 후회로 돌아올 수도 있다는 점이었다. 나는 죽는 순간에 자살을 후회할까 봐 두려워했지만, 정작 삶을 후회할 수도 있다는 점은 전혀 고려하지 않았다.

9

 정말 탈출구가 없다고 여겨진다면, 자살이라는 결론은 제삼자가 납득할 수 있을 만큼 명확한 근거에 기반해야 한다. 문제를 해결하기 위한 수많은 시도와 오랜 노력이 뒷받침되어야 한다. 그래야만 자살이 합리성을 갖추기 때문이다. 그 과정을 생략한 죽음은 결코 합리적인 판단이라 볼 수 없다.

 아무리 합리적인 판단을 내려도 그게 무조건 옳은 선택이 되지는 않는다. 합리적인 결정도 틀린 선택이 될 수 있고, 비합리적인 결정도 결과적으로는 옳은 선택이 될 수 있다.
 삶과 죽음에 대한 고뇌는 단순한 이지선다 문제로 보이지만 여기에는 중요한 차이점이 있다. 만약 삶을 택한다면 그 선택의 결과를 볼 수 있지만, 죽음을 택하면 모든 미래가 사라지므로 결과를 볼 수 없다. 자살한다면 그게 옳은 판단인지 알 수 없게 되는 것이다. 겉보기에는 삶과 죽음 모두 결과론적인 것처럼 보이지만, 결과에 따라 시비가 갈리는 것은 삶을 택했을 경우에 한정된다.

 사람들은 이 사실을 간과한다. 삶의 반대를 죽음이라 생각하고, 삶이 옳을 경우 죽음은 틀리다는 식의 이분법적 사고에 빠져있다. 전제에서부터 잘못됐다. 삶과 죽음을 단순히 옳고 그름으로 나누려는 생각을 버리고 다치논리학*적 관점으로 바라보아야 한다.

 이치논리학에서는 어떤 주장을 참과 거짓으로만 나누지만, 다치논리학에서는 3개 이상의 진릿값을 허용한다. 근본적 의문의 해답은 관점에 따라 달라지기에 참과 거짓으로만 나눌 수 없고, 각기 다양한 해석이 모두 나름의 진릿값이 될 수 있다.

 양자택일 상황에서 하나를 택하고 그 결과를 볼 수 없다는 것은, 애초부터 그 결정에 옳고 그름이 존재하지 않는다는 뜻이다. 따라서 자살은 정답도 오답도 아닌 셈이다. 이를테면 야바위 게임에서 내가 고른 게 맞는지 영원히 알 수 없다면, 그 결정은 옳지도 틀리지도 않은 선택이라고 볼 수 있는 것과 같다. 즉 결과를 확인하지 못하는 상황이라면, 그 선택의 진릿값을 판단할 방법이 없기 때문에 평가 자체가 불가능해진다. 그 경우에 옳고 그름은 그저 가능성으로만 남게 될 뿐, 논의 자체가 무의미해지는 상황이 된다.

 자살의 이점은 그게 틀린 선택이 아니라는 점이고, 문제는 그게 옳은 선택이 될 수도 없다는 점이다. 그러나 삶을 택하는 경우는 반대다. 옳은 선택이 될 수도 있다는 점에서 이상적인 선택지로 느껴지지만, 틀린 선택이 될 수도 있다는 점에서 엄청난 리스크를 짊어진다. 행복을 꿈꾸며 수많은 고통을 감내했지만 '과거에

다치논리학: 고전 논리의 이분법적 틀을 넘어선 사고방식. 참과 거짓이 아닌 제3의 진릿값도 허용한다.

죽는 게 옳았다'는 결론에 도달하는 것은 그야말로 최악의 결과일 테니까.

 벼랑 끝에 내몰린 사람들. 무수한 노력은 실패로 돌아가고, 재건이 불가능할 정도로 무너져버린 인생들. 기적이 벌어지지 않는 이상 절대 벗어날 수 없는 상황이라면 답은 이미 정해져 있다. 그저 어디에 초점을 맞출 것인지 결정하면 되는 일이다. 최고의 결과를 맞이하고 싶다면 삶을, 최악의 결과를 피하고 싶다면 죽음을 택하면 된다. 현재의 입장에서 합리적인 선택을 하려면 죽어야 하고, 결과적으로 옳은 선택을 하려면 삶을 택해야 한다. 현재를 위한다면 죽음으로써 고통을 없애야 하고, 미래를 위한다면 어떻게든 버티며 행복을 도모해야 한다.

과거의 발자취

죽음의 경계

 강연장은 청중으로 빼곡히 들어차 있었다. 맨 앞줄에서는 카메라를 든 기자들의 모습도 찾아볼 수 있었다.
 잠시 뒤, 한 남자가 강단에 들어서자 사람들의 이목이 집중되었다. 그가 마이크를 집어 들고 주위를 한 번 둘러본 뒤 입을 열자 부산스럽던 강연장은 한순간 침묵에 빠졌다.
 "한국임사연구소 소장 윤형석입니다."
 대형 스크린에는 연구소장의 사진과 함께 이력이 표시되었다. 그는 간단한 소개를 마친 뒤 본격적으로 임사체험에 대한 설명을 시작했다.
 "대한민국은 임사 연구 분야에서 세계를 이끌고 있고, 그 중심에는 한국임사연구소가 있습니다. 그 어느 나라도 따라오지 못할 만큼 격차를 벌려나가고 있죠."
 대한민국이 임사 연구를 선도하는 것은 당연한 일이었다. 세계 어느 나라에서도 조력자살자를 대상으로 데이터를 수집하는 일을 벌이지는 않았기에. 죽어가는 뇌의 데이터는 사실상 한국이 독점하는 정보나 마찬가지였다.
 "고대 기록에서도 죽는 순간의 경험에 대한 내용을 찾아볼 수 있습니다. 공식적으로 수집된 사례만 해도 수천 건이 넘으니 드문 현상이라고 보기는 어려운 일이 되었죠. 그만큼 임사체험에 대한 궁금증은 인류 역사와 함께 이어졌지만 언제나 미지의 영역이었습니다. 그러다 21세기에 이르러서야 임사체험을 실제로 관측하게 되었습니다. 지극히 우연이었죠. 이게 바로 임사체험을 관측한 최초의 사례입니다."

 연구소장은 화면을 전환하여 총 여섯 장의 사진을 띄웠다. 네 장은 CT로 촬영한 뇌의 구조였고 나머지 두 장은 뇌파의 변화를 기록한 그래프였다.

"일본의 한 병원에서 70대 환자가 뇌출혈로 수술을 받던 중 세상을 떠났습니다. 수술할 때에는 뇌전도 검사계를 통해 환자의 뇌파를 측정하고 있었는데, 의료진은 심장이 멎기 전부터 환자의 뇌파가 지속적으로 증가하는 것을 그래프로 확인할 수 있었습니다. 그리고 그 움직임은 심장마비 이후에도 계속되었습니다.

 심장이 멈춘 뒤에도 뇌가 활동하는 것은 사실 놀라운 일이 아니었습니다. 달리던 차의 시동이 꺼지더라도 그 자리에 멈추지는 않는 것처럼, 혈액 공급이 중단되어도 뇌가 곧바로 기능을 멈추지는 않기 때문이었죠. 그러나 심장이 멎은 뒤에도 뇌파가 끊임없이 증가하는 것은 뇌가 동력 없이 스스로 출력을 높이는 것이나 마찬가지였습니다. 의학적으로 설명하기 어려운 현상이었죠."

 화면에는 주파수 순으로 정렬된 뇌파가 표시되었다.

델타파 〈 세타파 〈 알파파 〈 베타파 〈 감마파

"환자의 뇌에서는 감마 대역 활동이 증가했는데, 감마파는 과거

회상이나 문제 해결 등 고차원적 인지 기능이 활성화되었을 때 관측되는 뇌파였습니다. 그리고 감마파를 보이는 활동 중 하나는 바로 기억 정보를 처리하는 것이었죠. 그래서 당시 학계에서는 환자가 자신의 과거를 보았을 것이라 추측했습니다. 실제로 임사체험 이후에 기적적으로 살아난 사람들의 공통된 증언 중 하나가 바로 인생 회고였기 때문이죠.

그러나 우리 연구진은 임사체험이 단순히 과거를 회상하는 일에만 그치지 않는다는 사실을 밝혀냈습니다. 연구 결과에 따르면 임사체험은 상황에 따라 크게 두 가지로 나뉘었습니다. 의식이 있는 상태에서 죽음이 임박한 경우와, 의식이 없는 상태에서 죽어가는 경우였습니다."

스크린에는 공중에 매달린 등불 영상이 띄워졌다. 등불의 틀이 회전하며 말 그림이 빠르게 돌아가는 주마등*의 모습이었다.

"의식이 있는 상태에서 임사체험에 진입한다면 자신의 과거를 보게 됩니다. 인생의 중요한 순간들을 재체험하면서 머릿속에 저장된 기억들이 파노라마처럼 눈앞에 펼쳐지게 되죠. 이건 여러분도 익숙한 내용일 거예요. 죽음이 임박했을 때, 과거가 주마등처럼 스쳐 지나갔다는 경험담은 흔하니까요. 특히 교통사고가 벌어지는 순간이나 물에 빠지는 것처럼 죽을 위기에 처한 상황에서 자주 벌어집니다. 죽음이 임박했지만 의식이 있기에 지난 삶이 주마등처럼 스쳐지나가는 것이죠. 그게 바로 임사체험의 일환입니다.

이러한 일이 벌어지는 이유는, 지난 삶을 회상하며 살 방법을 모색하기 때문입니다. 죽음을 감지한 뇌가 생존에 필요한 정보를

주마등(走馬燈): 말 그림이 그려진 등. 촛불의 열기로 틀을 회전시켜 말이 달리는 것처럼 보이게 한다.

탐색하는 과정이죠. 아직 의식이 있다면 우리의 뇌는 살 가능성이 있다고 판단하여 최후의 발악을 하는 셈입니다. 결국 임사체험에서 마주하는 첫 번째 경우의 수는, 자신의 과거에서 살 방법을 모색하는 것입니다."

 들어본 적 있는 얘기였다. 인생이 주마등처럼 스쳐 지나가는 것은 생존 본능이 발현되는 것이란 주장. 아직 가설에 불과한 줄 알았지만 임사 연구 분야에서는 이를 정설로 받아들이고 있는 듯했다.

"반면 의식이 없는 상황에서는 죽음을 피할 방법이 없기에 뇌는 일종의 체념 상태에 빠집니다. 살 가능성이 없다는 것을 깨닫고 죽음을 받아들이는 것이죠. 이때에는 결승선을 앞두고 힘을 쥐어짜는 것처럼 각성하게 되는데, 그 과정에서 강력한 환각과 함께 황홀한 감정을 경험하게 됩니다.

 임사체험에 진입한 뇌를 관찰한 결과, 세 가지 신경전달물질의 분비가 크게 활성화되며 의식에 변화가 일어나는 것을 확인했습니다. 세로토닌은 평온하고 행복한 감정을, 도파민은 강력한 쾌락을 느끼게 만들었습니다. 동시에 천연 진통제인 엔도르핀은 고통을 느끼지 못하게 하였습니다.

 또한 임사체험에 진입한 뇌에서 디메틸트립타민, 줄여서 DMT라 부르는 환각성 마약 물질이 분비되는 것을 확인했습니다. DMT는 동식물에서 자연 생성되는 화합물로, 강력한 환각을 유발하고 동시에 감각을 왜곡시키는 역할을 합니다. 몸이 가벼워지고, 시간이 느리게 흐르고, 자아가 분리되는 착각을 일으키죠.

 이는 임사체험자들의 증언을 완벽하게 설명하는 발견이었습니다. 밝은 빛이 자신을 이끌었다거나, 사후 세계를 보았다고 주장하는 것은 뇌에서 DMT가 분비되며 착각을 일으킨 탓이었죠. 그 과정에서의 강렬한 느낌은 신경전달물질의 분비가 촉진되며 생긴 감정으로 밝혀졌습니다."

 임사체험은 가짜이면서 동시에 진짜이기도 했다. 임사체험은 허상이고 거기서 느끼는 감각도 착각에 불과했지만, 그 세상에서 누리는 행복은 분명 실재하는 감정이었다. 꿈은 허상이지만 내가 느끼는 감정은 진짜인 것처럼.

 "임사체험자들의 증언을 취합해 보면, 그들이 보았다고 주장한 것들은 결국 '자신이 보고 싶은 것'이었습니다. 자신이 바라던 미래, 그리워하던 사람, 천국으로 향하는 길 등이었죠. 그로 인해 임사체험에서는 갈망이 투영된 세상을 구축하고 그 안에서 머무르게 된다는 추측이 가장 유력해졌습니다. 무신론자들은 영적인 경험을 하지 않았지만 대부분의 종교인들은 사후 세계를 보았다는 점이 이 해석을 뒷받침했죠.

 임사체험에서는 스스로를 속이면서 가짜 세상을 만들어내고 그곳에서 잠시나마 꿈을 이루게 됩니다. 자신을 완벽하게 속이기 위해, 그 세상이 가짜라는 사실도 모르게 말이에요. 물론 이는 임사체험자들의 증언에 기반한 추측이기 때문에, 당사자가 무엇을 보는지 정확히 증명할 수는 없습니다. 임사체험을 회상할 때 주관적인 해석이 개입되어 기억이 재구성될 가능성도 있기 때문이죠. 하지만 그 안에서 아주 행복한 경험을 한다는 것만큼은 분명해졌습니다. 거의 모든 환자에게서 동일한 뇌의 변화가 관측되었으니까요."

슬쩍 주위를 둘러보았다. 모두가 강연에 깊이 빠져들어 있었지만 몇몇 사람들은 어딘가 불만족스러운 표정으로 소장을 내려다보고 있었다. 사후 세계를 보았다는 경험담들도 결국 뇌가 만들어낸 착각이라 주장하니 그게 마음에 들지 않는 모양이었다. 예상하건대 신념에 위협을 받은 크리스천들이 분명해 보였다.

"죽기 직전에는 생전 경험하지 못했던 신비로운 세상과 황홀한 감정을 체험합니다. 여기서 한 가지 아쉬운 부분은 임사체험이 너무 짧다는 점입니다. 심장이 멈춰서 산소가 공급되지 않는 상태로는 뇌가 오래 버티지 못하기에 어쩔 수 없는 부분이죠. 하지만 연구를 통해, 임사체험에서 환자가 느끼는 시간이 상대적으로 길다는 사실을 밝혀냈습니다.

앞서 말했듯 DMT는 시간 인식에 왜곡을 일으킵니다. 짧은 시간일지라도 당사자는 매우 길게 느끼게 되는 것이죠. 이건 교통사고가 일어나는 순간에 세상이 느리게 보이는 것과 비슷합니다. 남들에게는 찰나에 불과하지만 당사자는 그 순간에 많은 것을 보고 느끼는 것이죠."

윤형석 소장은 프로젝터 리모컨으로 화면을 전환했다. 뇌혈류 변화가 기록된 이미지가 여러 장 나타났는데 그중 활성도가 떨어진 한 부위가 강조되어 있었다.

"우리 연구소에서는 시간 인식의 오류가 극대화되는 또 다른 증거를 찾아냈습니다. 임사체험에 진입한 뇌에서 두정엽 하부의 일부분이 거의 활성화되지 않은 것을 발견했죠. 데이터를 종합하여 부위를 특정하자 모서리위이랑* 외측 상부로 확인되었습니다. 해당 부위는 시간 인식을 담당하는 곳이었는데, 그 부위의 활성도

모서리위이랑: 감각 정보 통합에 주요한 역할을 하는 두정엽 하부 영역 중 하나.

가 감소했다는 것은 시간 왜곡이 극적으로 벌어지고 있다는 것을 의미했습니다. 이는 DMT의 인지 왜곡과 맞물려서, 임사체험에서 아주 긴 시간을 머무르게 된다는 결론으로 이어졌습니다.

 죽음의 위기에서 삶이 주마등처럼 스쳐지나가는 현상은 매우 짧은 임사체험입니다. 1초 남짓한 순간이지만 인지 왜곡으로 인해 매우 길게 느껴지죠. 그런데 그 시간이 10분, 20분이 된다면 어떨까요? 의식 속에서 몇 시간, 혹은 며칠까지도 머무를 것이라 추측할 수 있습니다. 한마디로 천천히 죽어갈수록 임사체험에서 보내는 시간은 비약적으로 증가하는 셈입니다. 바로 여기서, 의료기술로 확장할 수 있는 결정적인 힌트를 얻었습니다. 의식불명 상태에서 죽어가는 환자가 스스로 의식을 되찾게 하는 방법이었죠."

 화면이 바뀌며 작은 방이 비쳤다. 뒤로 반쯤 누워있는 의자와, 머리 쪽을 향해 배치된 의료 기기가 있는 치료실이었다.

 "종합 검진을 위해 병원에 입원한 40대 환자가 돌연 심장마비를 일으켰습니다. 의료진은 곧바로 흉부압박을 시도했지만 환자의 의식은 돌아오지 않았습니다. 이후 에피네프린*을 여러 차례 투여하고 심장충격기로 조치했지만 심장 기능은 회복되지 않았습니다. 그렇게 시간이 흐르면서 환자는 뇌기능이 영구적으로 손상될 위험에 처했습니다.

 마침 해당 대학병원에는 캔즈의 회원인 정신건강의학과 전문의가 근무하고 있었습니다. 그는 사망 진단을 내리기 직전인 환자의 심폐소생술을 중단시키고 하두정소엽의 모서리위이랑에 전자기 자극을 가했습니다. 시간 인식을 담당하는 뇌부위를 강제

에피네프린: 혈압을 높이고 심장을 빠르게 뛰도록 만드는 신경전달물질. 아드레날린이라고도 불리며, 심정지와 같은 응급 상황에서 사용된다.

로 활성화해서, 임사체험에서의 시간 왜곡을 바로잡기 위함이었습니다. 현실보다 느리게 흐르는 임사체험 속 시간이 빨라지도록 만드는 작전이었습니다. 그러면 환자는 그 세상이 가짜라는 사실을 깨달으면서 의식이 돌아올 것이라 생각한 거죠. 마치 꿈속에서 그게 허구라는 것을 자각하면 깨어나게 되는 것처럼요.

이는 임사체험에서 시간이 왜곡된다는 사실을 발견한 이후로 줄곧 논의된 내용이었습니다. 시간이 왜곡되는 방향을 반대로 바꾸면 그게 임사체험이라는 사실을 깨닫게 될 것이란 가설이었죠. 임사체험을 자각하면 스스로 의식을 되찾으며 깨어날 것이고, 이는 신체에도 변화를 불러올 것이라 생각했습니다. 현실로 돌아온 의식이 멈춘 심장을 뛰게 하고, 혈압을 안정시키고, 몸에 피를 돌게 할 것이라고요.

임사체험은 꿈을 꾸는 것과 유사한 상태이기 때문에 충분히 일리 있는 가설이었습니다. 자각몽에서 스스로 깨어나는 원리가 임사체험에서도 동일하게 적용될 것이라는 추측이 가능했죠. 다만 이를 검증할 방법이 없었기에 계속해서 가설에 머무를 수밖에 없었습니다. 따라서 이 시도는 어떤 의학적 조치로도 의식이 돌아오지 않는 경우에, 환자가 직접 일어나게 만든다는 발상을 실행에 옮긴 최초의 사례였습니다."

모를 수가 없는 사건이었다. 임사체험에 개입하여 사람을 살려낸 사례로 학계가 발칵 뒤집어질 정도였으니.

"결과는 대성공이었습니다. 뇌에 자극을 가하고 환자가 눈을 뜨는 순간, 그 가설이 명확히 입증되었죠. 이게 바로 임사체험에 대한 그의 인터뷰 영상입니다."

곧바로 영상 하나가 재생되었다. 한 남자가 소파에 앉아있었고 그 뒤 벽면에는 캔즈 로고가 보였다. 그는 카메라 뒤편에 위치한 기자와 대화하며 임사체험에서 벌어진 일에 대해 설명을 시작했다.

"저는 가족들과 함께 크리스마스를 보냈어요. 아내와 함께 선물을 준비했고, 트리 아래에서 선물을 확인하고 기뻐하는 두 딸을 보며 더없이 행복한 시간을 보냈어요. 그 다음날에는 케이크와 쿠키를 만들었고 또 그 다음날에는 눈썰매를 타러 갔어요. 그리고 나흘째 되던 날, 빨리 감기 버튼을 누른 것처럼 해가 빠르게 움직이기 시작했어요. 시곗바늘도 미친듯이 돌기 시작하더니 순식간에 밤이 되었죠. 그걸 보고 제 정신이 잘못된 줄 알았어요."

"그 전까지는 가짜라는 걸 눈치채지 못했나요?"

"네. 현실과 구분되지 않을 만큼 생생했거든요. 하지만 시간이 빠르게 흐르는 걸 보고 꿈이라는 것을 깨닫자마자 모든 기억이 되살아났어요. 우리 부부에게는 아이가 없다는 사실도 그제야 떠올랐죠."

"시간뿐만 아니라 기억까지 왜곡된 거네요."

"그런데 뭔가 이상했어요. 꿈이라는 사실을 자각해도 도저히 깨어날 수가 없었거든요."

"그래서 어떻게 했나요?"

"자살했어요. 꿈에서 깨어나는 가장 확실한 방법은 죽는 것이니까요."

"무섭지 않았나요?"

"물론 무서웠어요. 말도 안 되게 생생한 꿈이어서 마치 실제로 자살하는 느낌이었거든요. 그리고 깨어났을 때에는 의사들이 제 주변을 둘러싸고 있었어요. 나중에 얘기를 듣고 나서, 저는 잠에서 깨어난 게 아니라 임사체험에서 돌아왔다는 것을 알게 됐죠."
"임사체험이 꿈과 다른 점이 있었나요?"
"임사체험에서는 그동안 꿈꾸던 모든 게 실현되었어요. 저는 아이를 간절히 바라고 있었거든요. 그 외에도 제가 원하던 모든 것들이 실현된 세상이었어요. 그 모든 게 가짜라는 것을 깨달았을 때에도 깨고 싶지 않을 정도였어요."
"그 외에 특이한 점은 없었나요?"
"임사체험에서는 잠을 자지 않았어요. 사흘간 한숨도 자지 않았는데 피곤하거나 졸리다는 느낌이 전혀 들지 않았어요. 그리고 중요한 건, 시간이 흐르지 않는다는 점이었어요."
"시간이 멈춰 있었나요?"
"아니요. 정확히는 날짜가 멈춰 있었어요. 해가 지고 밤이 오기는 했지만, 자정이 지나면 다시 그날이 반복됐어요. 며칠이 지났는데도 여전히 크리스마스였거든요."
그렇게 기자의 질문이 몇 차례 이어진 뒤 영상은 끝이 났다.
연구진의 예측이 전부 들어맞았다. 뇌 국소 부위를 자극해서 임사체험을 자각시키는 것도, 그로 인해 현실에서 의식을 되찾는 것도 모두 성공했다. 다만 한 가지 틀린 부분이 있다면, 임사체험을 자각하는 것만으로는 깨어날 수 없다는 점이었다.
"환자를 임사체험에서 구출하는 또 다른 방법으로, DMT를 중화시키는 약물을 개발하고 있습니다. 의식 안에서 환각으로 이루어진 세상을 통째로 무너뜨리는 계획이죠. 우리 연구소에서는 중화제 개발을 위해 약리학자를 추가로 채용하여 연구 중이지만 이는 상당히 어려운 과제입니다. 그만큼 약물 개발에도 상당한 시간이 소요될 것으로 예상됩니다."

 소장은 마지막으로 임사 연구의 비전을 간략히 설명한 뒤 질문을 받기 시작했다.

 첫 번째로 질문할 기회는 맨 앞에 앉아있던 기자에게 주어졌다.

 "조력자살 조건 완화에 찬성하시는 것으로 알고 있습니다. 이를 두고, 임사 연구를 위해 조력자살자를 늘리려는 게 아니냐는 의혹이 있습니다. 소장님께서는 어떤 입장이신가요?"

 "임사 연구를 시작하기 전, 저는 20년간 신경외과 의사로 근무했습니다. 처음 의사가 될 당시 저는 환자의 생명을 최우선으로 여기겠다고 다짐했고 그 각오는 현재도 변함이 없습니다. 하지만 환자들에게 선택권을 주는 것은 전혀 다른 문제입니다. 지금 이 순간에도 죽지 못해 살아가는 환자가 수없이 많다는 사실을 간과할 수는 없으니까요. 그런 의미에서 조력자살 조건 완화에 찬성하는 것뿐입니다."

 다른 청중이 마이크를 집어 들었다.

 "조력자살자를 대상으로 한 임사 연구가 윤리적으로 문제된다는 비판은 어떻게 생각하시나요?"

 "저도 잘 알고 있습니다. 임사 연구가 인간의 존엄성을 해치고 윤리에도 어긋난다는 비난이 많죠. 그런데 여러분, 저는 솔직히 윤리가 뭔지 잘 모르겠습니다. 죽어가는 사람을 연구하는 게 도덕적으로 잘못된 일이라면, 사람을 살릴 수 있는 기회를 버리는 건 옳은 일인지 되묻고 싶습니다."

그의 표정은 확고한 의지를 단적으로 보여주고 있었다. 소장에 대해서는 전혀 모르지만 그가 연구소장이라는 직책의 적임자라는 것만큼은 분명해 보였다. 온갖 비난이 집중되는 자리를 지키고 있는 것만 보더라도 그 신념이 얼마나 굳건한지 가늠할 수 있었다.
"물론 조력자살 대상을 연구한다는 점에서 거부감이 들 수는 있습니다. 의료기기를 연결한 모습이 마치 인체 실험을 연상시키니까요. 하지만 임사 연구의 궁극적인 목적은 사람을 살리기 위함입니다. 단순히 임사체험에 대한 궁금증을 해결하기 위해 연구하는 게 아니라는 뜻이죠. 이 점을 이해하고 지지해주셨으면 하는 바람입니다."
 나는 줄곧 손을 번쩍 들었지만 네 번의 기회가 지나도록 마이크를 손에 쥘 수는 없었다. 마지막 기회는 내 앞자리에 앉아있던 한 남자에게 주어졌고 그 질문에 답한 연구소장은 청중석을 향해 인사를 올렸다.
 임사체험을 통해 정신 질환을 치료할 수 있는 방법. 그 내용이 나오기를 기다렸지만 강연이 끝나도록 임사치료에 대해서는 설명하지 않았다. 반드시 그 답을 들어야 하는 나로서는 도저히 가만히 있을 수가 없었다.
 나는 앞 남자의 손에 들린 마이크를 낚아챈 뒤, 강연장을 떠나려는 윤형석 소장을 향해 외쳤다.
"소장님! 임사치료가 가능한가요?"
 모든 시선이 나에게 쏠렸다. 그러나 연구소장은 내 질문에 답하지 않고 피하듯 강단을 떠났다.

어느 날의 미래

자살의 탄원서

 나는 행복한 미래를 포기하지 못했다. 그 집착이 안개를 피워내며 시야를 흐린 탓에 다른 선택지가 보이지 않았다. 눈앞을 짙은 미련으로 가득 메운 나머지, 내가 가야 할 방향이 명확한데도 그 길을 발견하지 못했다.
 미래의 행복을 모두 놓아주고 나서야 비로소 내가 잘못된 길을 걷고 있었다는 걸 깨달았다. 오랫동안 한 가지 선택만을 반복해왔지만 되돌아보면 언제나 다른 길은 있었다. 이제야 눈앞에 모습을 드러낸 이정표는 캔즈를 가리키고 있었다. 방금 도착한 문자 하나가 내가 가야 할 길을 알려주고 있었다.

 귀하의 조력자살 및 임사 연구 신청서가 접수되었습니다.
 한국임사연구협회 조력자살 지원부서를 방문하여 상담과 추가 서류 작성을 진행해 주시기 바랍니다.

 담배를 꺼내 물고 불을 붙였다. 발암제를 몸에 밀어넣을 때마다 그 안에 숨어있던 회백색 가루가 공중에 흩날렸다. 타들어가는 담뱃잎처럼 내 인생이 마지막을 향해 나아가는 게 이제야 실감났다. 이 구차한 인생과 지긋한 공황도, 부서지는 재처럼 희미한 흔적만 남기고 사라질 일만 남았다.

 나는 착잡한 마음을 억누르며 침대에 누웠다. 누렇다 못해 검게 변한 천장이 눈에 들어왔다. 누수가 일상인 낡은 건물에, 정신병 걸린 골초가 가둔 공기는 천장을 곰팡이로 가득 메운 지 오래였다. 그 때문인지 내 모습이 더 비참하게 느껴졌다.

 나는 언제나 행복한 미래를 꿈꿨지만, 내가 죽도록 열망하던 것들은 현실에서 가질 수 없었다. 꿈속에서 내 바람이 이루어질 때에만 잠시나마 누릴 수 있을 뿐이었다. 남들에게는 일상인 모든 것들이 내게는 무의식의 힘을 빌려야만 손에 넣을 수 있는 환상이었다.

 나는 여느 때처럼 꿈속에서라도 행복을 느낄 수 있기를 바라며 잠을 청했다. 삶 너머에만 존재하는 행복이었기에 내게는 이마저도 간절했다. 만약 그 세상이 구현된다면, 그 느낌을 잘 간직하고 있다가 임사체험 때 꺼내 보겠다고 다짐했다. 그 다짐과 함께 나는 천천히 무의식의 경계로 떠났다.

 폐공장이 눈앞에 펼쳐졌다. 어둠이 짙게 내리깔린 탓인지 공기는 알 수 없는 고독감으로 채워져 있었다. 주변의 적막한 기운은 그 우울한 느낌을 배가시켰다.

 나는 휴대폰으로 앞을 밝히며 조심스레 발걸음을 옮겼다. 무언가를 경계하는 것처럼 연신 뒤를 돌아보며 주위를 살폈다.

 버려진 기계들과 공장 외벽에 겹겹이 쌓인 녹 때문인지 바람이 불 때마다 퀴퀴한 냄새가 느껴졌다. 음산한 분위기가 뿜어내는 악취로 느껴지기도 했다.

공터를 가로지르고 공장 뒤편에 도착하여 내가 발걸음을 멈춘 곳에는 빨간색 머스탱이 한 대 놓여 있었다. 나는 주저 없이 문을 열고 운전석에 몸을 밀어넣었다.

시트에 등을 기대고 눈을 감았다. 누군가를 기다리는 듯, 무언가를 생각하는 듯 그 상태로 움직이지 않았다.

그렇게 한참이 지나고 나는 글러브 박스에서 유리병 하나를 꺼내 들었다. 병을 눈높이로 들어 그 안을 자세히 살피자 가득 채워진 정체불명의 액체가 내 미지의 본능을 자극했다. 개미가 페로몬에 반응하듯 나는 자연스레 병의 뚜껑을 열었다. 병목을 타고 올라오는 자극적인 향에 정신이 아찔했다.

충동에 저항할 새도 없이, 나는 내용물을 단번에 들이켰다. 얼굴이 절로 찌푸려질 만큼 쓴 맛이었다.

잠시 뒤, 시동이 꺼진 머스탱의 전원이 켜지더니 02:00이란 시간이 표시되었다. 이내 자동차 라디오에서 한 아나운서의 목소리가 흘러나오기 시작했다.

"어느새 새해의 스무 번째 날이 찾아왔습니다. 전국 각지에서는 설맞이 축제 준비에 한창인데요. 을사년의 의미를 담아 전년과는 다른 테마로 진행될 것으로 예상되며…."

정신이 서서히 희미해지면서 내 귀로 들려오는 소리도 점차 줄어들었다. 그렇게 눈을 감으려던 찰나, 멀리서 뻗어나온 두 개의 밝은 빛이 시야에 들어왔다. 그 불빛은 빠른 속도로 가까워지더니 내가 탄 머스탱의 바로 앞에서 멈춰 섰다. 이후 그곳에서 인기척이 느껴졌지만 그 기억을 마지막으로 의식이 끊어지면서 그 기척의 정체는 알 수 없었다.

잠에서 깨어났지만 여전히 정신이 흐릿했다. 정체불명의 액체가 남긴 쓴맛도 입안에 맴돌았다. 음침한 공기 때문인지, 아직도 꿈속의 폐공장에 있는듯한 기분이 들었다. 그러나 검게 얼룩진 천장이 시야에 들어오자 내 의식도 단번에 현실로 되돌아왔다.

무의식마저도 자살을 향한 내 굳은 의지를 눈치챈 것일까, 아니면 앞으로는 꿈에서조차 행복을 허락하지 않겠다는 암묵적 선언일까. 술의 도움으로 힘겹게 얻어낸 수면이었건만 피로가 해소되기는커녕 불쾌한 느낌만 남은 꿈이었다.

나는 한동안 뒤척이다 무기력한 몸을 가까스로 일으켰다.

하루가 시작되어도 내게는 일과랄 게 없었다. 어쩌다 한 번씩 일러스트 의뢰가 들어올 때를 제외하면, 체스 경기를 챙겨보거나 불안감과 싸우며 그림을 연습하는 게 전부였다. 그러나 오늘만큼은 달랐다. 자살에 대한 결의를 확인하는 날이자, 내 삶의 역사에서 큰 분기점이 될 하루였다.

대강 준비를 마치고 현관문 앞에 서자 심장이 빠르게 뛰기 시작했다. 몇 차례 심호흡을 한 뒤, 입구를 가로막은 책장을 당겨서 나갈 수 있는 공간을 만들었다. 나는 공황발작이 일어나지 않기를 간절히 기도하며 문을 열고 밖으로 나섰다.

* * *

버스는 강릉과학산업단지를 지나친 뒤 캔즈 앞에 멈춰섰다. 세간의 부정적인 인식을 예상이라도 한 듯, 협회 건물은 도심으로부터 약간 떨어진 위치에 덩그러니 세워져 있었다. 건물 외벽에는 KANDS라는 커다란 글자가 붙어있었고 그 아래에는 문구가 하나 적혀 있었다.

임사 연구는 생명을 살립니다.

 살리는 건 모르겠고, 구원하는 건 맞는 듯했다. 임사 연구의 목적이 치료이기는 했지만 현재로서는 자살을 적극적으로 돕는 단체이기에 치유보다는 구제라는 수식어가 더 잘 어울렸다.
 정문을 지나 울타리 내부로 들어가자 정면에서 길이 두 갈래로 나뉘었다. 한쪽은 캔즈, 다른 한쪽은 연구소로 구분되어 있었다. 협회로 가야 했지만 나는 미묘한 기운을 따라서 연구소를 향해 천천히 걸었다.
 수많은 환자들의 조력자살이 시행되었을 연구소. 아프고 가난한 인생들의 종착지일 터인데, 음울한 분위기는 전혀 느껴지지 않고 오히려 평온하게 느껴졌다. 건물 주변에 심어진 꽃 때문이었는지, 한없이 쾌청한 날씨 탓인지 가늠이 되지 않았다. 어쩌면 지옥을 탈출한 이들이 해방의 기쁨을 여운으로 남긴 것은 아닐까 싶었다.
 연구소 측을 둘러보고 싶었지만 아직 못자리를 살필 단계는 아니었다. 나는 정신을 차리고 발걸음을 돌렸다.
 내 마음속에서는 벌써부터 향이 피어오르고 있었다. 내가 죽는다면 장례식이나 조문객은커녕 슬퍼할 사람도 없을 게 분명했다. 오히려 데이터를 수집할 수 있으니 내 죽음을 반길 연구소 관계자들만이 눈에 그려졌다. 하지만 그마저도 내게는 고무적인 일이었다. 고립된 인생이 세상과 연결되는 유일한 기회였으니까.

 협회 본 건물로 들어서 조력자살 지원부서를 방문하자 한 담당자가 나를 안내했다. 친절하게 맞이하는 그의 얼굴에는 차마 숨기지 못한 연민이 드러났다. 속마음을 내비치지 않으려 애쓰는 듯한 표정이 괜히 고마우면서도 한편으로는 씁쓸하게 느껴졌다.

 그는 조력자살에 대해 설명을 시작했다. 조력자살 최소 요건, 조력자살 시행 과정, 조력자살에 사용되는 약물까지 자세히 설명해 주었다. 이어서는 임사 연구에 대한 오해를 풀어주기 위해 노력했다. NVM을 통한 데이터 수집, 연구의 목적과 연구 과정에 대해 소개했다. 형식적인 내용이었지만 조력자살자의 걱정을 줄여주기 위한 섬세한 노력이 엿보였다. 다만 모두 아는 내용이었기에 귀담아듣지는 않았다. 그저 이 불편한 시간이 빨리 끝나기만 바랄 뿐이었다.

 나는 조력자살 신청서를 작성하고 임사 연구 동의서에 서명했다. 이 모든 과정은 30분이 채 걸리지 않았다.

 이후 상담을 위해 정신건강의학과 의사와 대면했다. 병원에서의 진료 기록을 세밀히 검토하기에 앞서, 조력자살 최소 요건에 부합하는지 확인하는 절차였다.

 나는 미리 작성해 온 서류를 의사에게 건넸다. 내 병의 경과와 치료 이력을 빠짐없이 적었으니, 조력자살의 조건에 부합하는 건 당연할 뿐더러 모든 심사를 통과하는 것도 무리가 없을 것이라 생각했다. 그러나 한편으로는 불안하기도 했다. 공황장애라는 병명과 치료 기록만으로는 내 고통을 전혀 표현할 수 없었으니까. 의사가 이 서류의 이면에 담겨있는 내 처절한 투병 생활을 볼 수 있기를 바라는 수밖에 없었다. 내 괴로움을 과소평가하지 않기만을 바랄 뿐이었다.
"다른 아픈 곳은 없으신가요?"
 의사의 질문에 순간 말문이 막혔다. 너무 많아서 어디부터 설명해야 할지 감이 오지 않았다. 공황은 정신뿐만 아니라 내 몸도 전부 망가뜨린 지 오래였기에, 내 상태를 한마디로 요약하는 건 불가능에 가까웠다.
 몸과 정신은 상호작용을 하기 때문에, 정신이 온전치 않으면 몸에도 이상이 생길 수밖에 없다. 그래서 정신 질환이 장기화되면 소화장애나 신경통과 같은 신체 증상이 나타난다. 마찬가지로 몸이 아플수록 정신에도 문제가 하나둘 생겨난다. 이는 오랜 투병 생활이 높은 확률로 우울증을 동반하는 것만 봐도 알 수 있다. 결국 몸과 정신 중 어느 한 곳에 큰 문제가 생기면 다른 한쪽도 무너지는 것은 시간문제다.
 그러니 내가 아프지 않을 리가 없었다. 내 몸은 등유로 굴러가는 트럭처럼 간신히 기능을 유지하고 있을 뿐, 언제 멈춰서도 이상할 것 없는 상태였다. 소화 기능뿐만 아니라 심장, 관절, 피부, 호흡기까지 어느 하나 성한 곳이 없었다. 이걸 알만한 의사의 질문이라고 하기에는 꽤나 실망스러웠다. 증상이 심하고 투병기간이 긴 만큼, 몸도 엉망이라는 사실은 의사로서 모를 수가 없을 테니까.
"없으신가요?"
"아니요. 안 아픈 곳이 없어서요."
 의사는 말없이 고개를 살짝 끄덕이더니 내가 작성한 진료 기록을 다시 살폈다. 내 말뜻을 이해한 것인지 알 수가 없었다.

 의사는 추가로 몇 가지를 더 질문하더니 한동안 아무 말 없이 서류를 응시했다. 잠시 뒤, 불안한 정적을 깨고 의사는 내가 바라던 대답을 해주었다.

 "공황장애의 조력자살 조건은 모두 충족하네요. 그래도 아직 확정되지 않았다는 거 아시죠? 작성해 주신 내용이 전부 사실인지 확인해야 하는데, 그러려면 진료 내역을 모두 검토해야 하거든요. 병원으로부터 진료 기록을 넘겨받으면 그때부터 다음 심사가 진행될 거예요."

 의사는 확언하지 않았지만 사실상 끝난 게임이었다. 이 시험대를 통과했다는 건 조력자살이 이미 승인되었다는 말이나 다름없었다. 보건복지부의 조력자살 심사위원회에서 심사를 받아야 하지만, 무슨 영문인지 협회를 통해 조력자살을 신청하면 기각되는 경우가 거의 없었으니까.

 "조력자살이 승인되기까지는 한 달 가까이 소요되니, 만약 마음이 바뀌신다면 협회로 방문해 주시면 됩니다. 조력자살은 언제든지 철회할 수 있으니까요."

 굳이 대꾸하지는 않았다. 내가 미쳤냐는 대답을 애써 삼키고 곧바로 자리에서 일어났다. 나는 도망치듯 건물을 빠져나와, 몰래 기지개를 켜며 참았던 한숨을 내뱉었다.

 날씨는 구름 한 점 없이 화창했다. 하늘에서 떨어지는 햇빛이 괜히 야속하게 느껴졌다. 우주 멀리서 날아온 빛은 생명의 에너지였지만, 조만간 시체가 될 이 몸에는 필요 없는 자양분이었다.

 내리쬐는 빛에서 부드러운 감촉마저 느껴졌다. 겨울을 보내고 한껏 따뜻해진 햇살의 온기가 내 마음을 더 시리게 만들었다. 자살을 결심한 내게 미련을 심기라도 하려는 듯, 죽음을 앞둔 나를 약올리기라도 하듯, 온통 빛을 쏟아내며 내 촉각을 자극했다.

 서둘러 집으로 돌아와 현관문을 열자, 방에 갇혀있던 공기가 밖으로 빠져나오며 내 후각을 마비시켰다. 니코틴을 태운 연기와 알코올 증기가 뒤엉킨 그 냄새가 어찌나 역한 지 숨을 쉬기가 힘들 지경이었다.

 거부감에 잠시 뒷걸음질쳤다. 나는 아직 살아있지만 이 공간은 이미 죽어있었다. 내가 악취보다 참을 수 없었던 것은 형용하기 어려운 고독감이었다. 이건 냄새나 습도의 문제가 아니라 육감으로 느껴지는 불쾌한 기운이었다. 마치 고독사한 시체가 누워있을 것처럼, 이 공간은 온통 절망과 우울감으로 오염되어 있었다.

 하지만 내가 향할 수 있는 곳은 아무데도 없었다. 나를 반겨줄 곳도, 내가 바라는 곳도 이 문 밖에는 존재하지 않았다. 나는 집을 나설 때처럼 크게 심호흡한 뒤 천천히 발을 들였다. 그러자 방금 전까지 느껴지던 불쾌감이 무색하게, 불안감이 줄어들며 마음이 차분히 가라앉는 게 느껴졌다. 청명한 봄 햇살보다, 찌든내로 가득한 어둠이 내게 더 큰 안락함을 준다는 사실에 새삼 소름이 끼쳤다. 그로써 내가 죽어야만 한다는 확신과 함께, 오늘 내린 결정은 너무나도 타당한 일이었다는 생각이 들었다.

* * *

언제나처럼 취침등과 모니터 불빛에 의지하며 그림을 그렸다.

뉴스를 틀어놓은 채로 담배를 꼬나물고 선을 그렸다 지우기만 한참을 반복했다. 몇 시간째 스케치 단계에서 벗어나지 못하고 있었다.

 무의미한 손놀림을 멈춘 것은 한 통의 전화였다. 그게 협회로부터 걸려왔다는 사실을 확인하자 나는 불길한 예감에 잠시 망설였다. 조력자살을 신청한 지 나흘도 되지 않았기에, 무언가 잘못되었을지도 모른다는 생각에 괜히 긴장되기도 했다.

 전화를 받자 한 여자의 목소리가 들려왔다.

 "한국임사연구협회 조력자살 지원부서입니다. 진료 기록을 확인하던 중에 문제가 생겨서 연락드렸습니다."

 "무슨 일이죠?"

 어디가 잘못된 것인지 가늠조차 되지 않았다. 서류를 준비할 때만 하더라도 문제가 될 여지는 조금도 없었다. 근 3년은 병원에서 치료를 받지 않았지만, 그 기간을 제외하더라도 조력자살에 필요한 조건은 모두 충족한 상태였다. 사소한 일이기를 간절히 바랄 뿐이었다.

 "인지행동치료를 받았던 병원 기억하시죠? 작성해 주신 서류에서는 12년 전부터 약 3년간 해당 병원에 내원하신 걸로 확인되는데요."

 "맞아요. 혹시 큰 문제인가요?"

 "현재 해당 병원의 진료 기록을 확인하는 게 어려운 상황이에요."

 "그건 결제 내역으로 증명할 수 있어요. 그리고 건강보험 적용된 이력도 있잖아요?"

"진료 여부뿐만 아니라 구체적인 진료 내용을 전부 검토해야 하거든요. 처방된 약이나 의사 소견도 확인이 필요한 부분이에요."
"왜 조회가 안 되는 거죠? 그러면 조력자살은요?"
"현재 심사가 중단된 상태예요."
"설마 조력자살이 불가능하다는 말은 아니죠?"
 그녀가 답하지 않았다. 그렇게 잠시 정적이 흘렀다.
 불안을 감지하는 내 신경회로는 고장 난 지 오래였다. 언제나 실재하지 않는 무언가로부터 두려움을 느꼈고, 제어가 불가능한 그 비이성적인 공포감에 시달리며 살았다. 그러나 이 순간에 느껴지는 불안감은 내 이성이 보내는 위험 신호였다. 교감신경계도 이에 반응하며 심박과 호흡에 방어 신호를 보냈다.
"병원 관계자들과 통화했어요. 어떻게든 자료를 확보하려고 방법을 모색했지만…."
 그녀가 말을 주저하며 또다시 짧은 정적이 흘렀다.
 플라나리아가 분열하듯, 초조한 마음은 찰나의 시간을 무한히 분해하고 증식시켰다. 불과 몇 초의 시간에 갇혀 질식할 것처럼 숨이 막혔다. 대화의 공백이 길어질수록 내 불안감도 걷잡을 수 없이 커져갔다.
 머지않아 그녀가 입을 열었다.
"병원에 화재가 나서 모든 데이터가 소실되었어요. 건물이 전소되어 버려서 진료 기록을 확보할 수가 없는 상황이에요."
 우려가 현실이 되었다. 이건 예상할 수도, 대비할 수도 없고 그렇기에 막는 것은 더욱 불가능한 천재지변이었다.
"조력자살이 안 된다는 거예요?"

"진료기록이 확인되지 않으면 조력자살을 시행할 수가 없어요."
"아니, 이건 말도 안 되잖아요! 이런 게 어디 있어요? 다른 방법 없어요?"

내 안 깊은 곳에서 분노가 솟구쳤다. 이게 무엇을 향한 분개심인지는 알 수가 없었지만, 이 감정이 표출되면 멈출 수 없다는 것만큼은 분명했다. 나는 분한 마음이 애꿎은 그녀에게 향하지 않도록 가까스로 이성을 붙잡고 다시 물었다.

"백업된 데이터 있죠? 진료기록을 병원 컴퓨터에만 저장해 놓았을 리가 없잖아요."

"일단 병원의 전자의무기록*은 백업과 복구가 가능해요. 그리고 환자의 진료기록도 최소 15년은 보존하도록 몇 년 전에 법이 개정되었어요. 하지만…."

"그럼 됐네요! 뭐가 문제죠?"

그녀는 잠시 숨을 고르더니 말을 이었다.

"병원이 의료법을 위반했어요. 백업된 자료에는 10년 전까지의 데이터만 남아있어서, 사라진 기록을 찾을 방법이 없어요."

어이가 없어서 헛웃음이 나왔다. 내가 뭘 그리 잘못했기에 이런 불행이 연달아 벌어지는 것인지, 왜 하필 최악의 상황은 나에게만 찾아오는 것인지 알 수가 없었다. 만약 이유가 있다면 그건 신이 나를 엿먹이겠다고 작정한 게 틀림없었다.

"병원에서는 프로그램 업데이트 문제라고… 자세한 내용은…."

수화기 너머에서 무언가 말소리가 들렸지만 전혀 알아들을 수 없었다. 나는 정신을 차리지 못하고 허공을 바라보았다.

이 말도 안 되는 상황은 억눌린 울분들을 단번에 일으켰다. 내

전자의무기록: 환자의 정보를 저장한 디지털 데이터.

안에서 뒤섞인 후회, 증오, 좌절, 슬픔이 한순간 터져 나오며 나는 혼란에 빠졌다. 응축된 13년의 설움이 서서히 분화*하기 시작했다. 잠시 후, 그 형용할 수 없는 감정들은 내가 애써 짓누른 분노와 융합하더니 잠재된 공격성을 폭발시켰다.

 이성의 끈을 놓아버리자 눈물이 쏟아지며 내 몸은 통제가 불가능해졌다. 나는 발작하는 미친 사람처럼 괴성을 질렀다. 재떨이가 바닥에 나뒹굴며 엄청난 양의 담뱃재가 온 방에 흩날렸다. 자리를 박차고 일어나 소주병을 휘두르며 모니터를 박살 냈다. 병은 패널과 함께 수백 개의 조각으로 쪼개졌고 그 때문에 손에서 피가 흘렀지만 나는 개의치 않았다. 이어 술이 담겨있던 유리잔을 있는 힘껏 내던졌다. 잔이 일직선으로 날아가더니 요란한 소리를 내며 유리창을 산산조각 냈다. 컴퓨터 본체를 바닥에 던져 부숴버리고 그 위에 책장을 쓰러뜨렸다. 책이 쏟아지며 유리 조각과 뒤엉켜 방은 난장판이 되었다. 마침내 취침등까지 깨뜨리자 내 방은 완전한 암흑에 빠졌다. 그러나 멈추지 않았다. 빈 조명의 모가지를 방망이처럼 휘두르며 방 안의 모든 것을 부쉈다. 발바닥에 수많은 파편이 박혔지만 그 고통은 분노에 묻히는 수준이었다. 그 와중에도 눈물은 미친듯이 쏟아졌다.

 내 폭주를 멈춘 것은 이 모든 사태의 원흉인 공황이었다. 심장이 빠르게 뛰기 시작하자 호흡이 가빠지며 서서히 한기가 몰려왔다. 내 인생에서 가장 서러운 공황발작의 전조였다. 나는 구석에 몸을 웅크리고 이불을 머리끝까지 뒤집어썼다. 걷잡을 수 없을 정도로 손발이 떨리며 눈물과 침이 뒤섞여 흘러내렸다.

 이 무슨 운명의 장난일까 싶었다. 어떻게 한 사람의 삶이 이리도

분화(噴火): 화산의 폭발.

비참할 수 있는지 억울할 따름이었다. 고독하고 괴로운 인생을 산 것도 모자라, 내게는 안락한 죽음마저도 허용되지 않았다. 이 기구한 삶은 마지막 순간까지 나를 집요하게 붙잡고 늘어졌다. 그 숙명 앞에서 내게 남은 선택지는 단 하나뿐이었다.

* * *

짧은 유언장을 남겼다. 다만 누군가에게 남기는 글은 아니었기에 유서라기보다는 내 인생의 마지막 일기에 가까웠다. 아무도 들어주지 않을 하소연, 그렇기에 의미도 목적도 불분명한 넋두리였다.

내 선택을 이토록 후회하게 될 줄 몰랐다. 분명 옳은 판단이라 믿었는데, 이제 와서 보니 그건 틀린 결정이었다.
시간을 되돌릴 수만 있다면 과거의 내게 전하고 싶다. 절대 후회할 행동을 하지 말라고. 돌이킬 수 없는 선택을 하지 말라고.

언젠가 이렇게 되리라는 것을 충분히 가늠할 수 있었음에도 나는 결단하지 못했다. 나를 삶에 박아 넣으며 여기서 한 발짝도 움직이지 않겠다며 고집부린 결과는 후회로 얼룩진 자살이었다. 허황된 꿈에 사로잡혀 죽음을 배격한 오판의 대가는 너무나도 가혹했다.
이제는 그 지독한 후회를 끝낼 순간이다. 조력자살을 허용해주지 않는다면 나 혼자 시도하면 된다. 죽는 방법은 조력자살만 있는 게 아니니까.

 올가미에 목을 밀어 넣으면 금방 끝나겠지만 내 최후를 그렇게 마무리짓고 싶지는 않다. 내 인생의 마지막 만큼은 조금의 고통도 없이 안락해야 하고 더없이 행복해야 한다. 그걸 가능케 하는 방법은 단 하나, 임사체험 속에서 천천히 죽는 것이다.

 이건 내가 전부터 상상해 온 방법을 시험할 기회다. 가능할지는 모르겠지만 적어도 시도할 가치는 있다.

 조력자살에 사용되는 약물을 구할 수 있다면 더할 나위 없겠지만, 정부가 엄격히 규제하고 있기에 개인이 구하는 건 사실상 불가능하다. 그렇다고 방법이 아예 없는 건 아니다. 구할 수 없다면 직접 만들면 된다. 똑같이 구현할 수는 없더라도 유사한 신체 반응을 유도할 수는 있다. 약제의 화학적 메커니즘을 이용하면 된다.

 조력자살에 사용되는 약물은 바르비탈 계열에 속한다. 바르비탈은 GABA 수용체와 결합하고, GABA는 중추신경계에서 신경세포의 활동을 억제한다. 중추신경계를 억제하는 특성으로 인해 '억제성 신경전달물질'이라 불리고 이는 진정, 수면유도, 항불안, 근이완 등의 효과를 발휘한다. 이러한 억제 효과를 극대화하면 심장을 멎게 하는 것도 가능하다.

 실제로 조력자살은 고농도의 바르비탈로 중추신경계 기능을 떨어뜨려서 호흡과 맥박이 멈추도록 유도하는 원리다. 따라서 GABA의 효과를 극대화하여 중추신경계를 마비시킨다면 바르비탈이 아니더라도 얼마든지 혼자서 안락하게 죽을 수 있다.

 결국 내가 해야 할 일은 두 가지다. 중추신경계를 억제하는 약물을 구하는 게 첫 번째고, 둘째는 그것을 응축하여 치사량으로 조제하는 것이다.

과거의 나는 이렇게 될 걸 알고 있었던 걸까?

나는 그 약을 이미 가지고 있다. 3년 전에 치료를 중단하며 서랍 깊숙이 박아놓은 한 달 분량의 항불안제. 내가 복용하던 항불안제는 벤조디아제핀 계열이고, 이 약은 바르비탈처럼 GABA 수용체와 결합한다. 심박을 낮추고, 수면을 유도하고, 몸을 이완시킨다. 바르비탈과 체내 작용 방식은 다르지만 비슷한 반응을 이끌어내는 건 가능하다.

이게 음주의 효과와 유사한 건 우연이 아니다. 에탄올도 비슷한 원리로 중추신경계에 작용하기 때문이다. 그게 내가 술로 항불안제를 대체할 수 있었던 이유이기도 하다. 즉 항불안제를 술과 함께 복용한다면 효과를 극대화할 수 있다. 여기에 중추성 근육 이완제까지 내 심장을 멈추는 데 일조한다면 절대 실패는 없을 것이다.

그것들을 조합하면 된다. 물론 내가 단순하게 접근했으니 실패할 가능성이 있는 것도 사실이다. 하지만 나는 그 문제점을 파훼할 방법도 미리 준비해 놓았다. 바로 엄청난 양을 때려넣는 것이다. 때로는 단순한 게 가장 명확한 해결책이 되는 것처럼, 지식의 한계에 당도한 내게 그보다 확실한 방법은 없다.

나는 문을 나서며 이게 내 인생 마지막 외출이 될 것이라 다짐했다. 인근 약국을 돌며 근육 이완제를 잔뜩 구한 뒤, 편의점에서 도수 45%의 보드카를 한 병 구매했다. 공황발작이 도질세라 서둘러 집으로 돌아와 잠금장치 네 개를 차례대로 잠갔다.

수십 알의 근이완제를 접시에 모두 쏟아붓고 가루가 될 때까지 빻았다. 보드카를 한 컵 가득 따른 뒤, 허연 가루들을 모두 털어 넣었다. 잘 녹아들도록 한참을 섞고 나서 항불안제를 꺼냈다.
 항불안제는 빻지 않고 한데 모았다. 긴 임사체험을 위해서는 천천히 죽어야 한다는 판단에서였다. 이제 입안에 모두 털어 넣을 일만 남았다.
 치료를 위해 그동안 수많은 약을 복용했지만 그 무엇도 효과가 없었던 이유는, 내게 유일한 치료제가 독약이기 때문이었다. 그렇기에 죽지 않으려던 과거의 나는 절대 발견할 수가 없었다. 어딘가에 존재할 것이라며 그토록 찾아 헤매던 마법의 비약은 언제나 옆에 있었다. 내가 매일같이 복용하던 항불안제가 묘약이라는 것을 알지 못했다.
 항불안제를 한 움큼 집어 물과 함께 목구멍으로 밀어 넣었다. 이제는 돌이킬 수 없었다. 나는 눈을 부릅뜨고 투명한 유리잔을 응시했다.
 "이 술은 독주가 아니야. 공황을 끝내줄 기적의 치료제야. 그러니 이 잔은 성배고, 이 순간은 최후의 만찬이야."
 눈을 질끈 감고 천천히 들이켰다. 식도가 타들어가는 느낌과 함께 구역질이 올라오는 것을 간신히 참아냈다. 내 몸이 격렬하게 거부했지만 멈추면 절대 다시 이어갈 수 없을 것 같아서 오기로 마지막 한 방울까지 입에 털어넣었다.
 예상은 했지만 그 맛은 불쾌하다 못해 소름이 끼칠 정도였다. 꿈속 폐공장에서 들이킨 정체불명의 액체처럼 끔찍한 맛이었다. 그러나 이 술이 아무리 써도, 맛대가리 없는 내 인생에 비할 바는 아니었다. 나는 초콜릿으로 입안의 지독한 잔향을 지웠다.

 침대에 누워 천장을 바라보며 담배에 불을 붙였다. 드디어 내 몸도 정신도, 행복을 향한 허황된 꿈과 함께 사라질 일만 남았다.

 마음 편히 잠들기만 하면 되는 상황이었지만 죽음을 앞두자 전혀 예상치 못한 전개가 펼쳐졌다. 두려울 것이라는 생각과 달리 내 머릿속은 임사체험에 대한 기대감으로 가득했다.

 내 임사체험은 과연 어떤 모습일지. 내가 오래도록 꿈꾸던 모든 것들이 정말 실현될지.

 일각에서는 임사체험을 사후 세계로 진입하는 과정이라 주장했지만 나는 그게 터무니없는 해석이라 생각했다. 무신론자가 불타는 지옥이나 호화로운 궁전 같은 사후 세계를 믿는 것은 앞뒤가 맞지 않는 일이었으니까. 헌신에 대한 보상이나 악행에 대한 형벌은 같잖은 소리라고 여겼다. 반면 임사체험에서 마주하는 세상의 존재는 굳게 믿었다. 그건 임사 연구를 통해 너무나도 명확히 증명되었기 때문이다.

 임사체험은 어디까지나 죽어가는 뇌에서 만들어내는 가상의 세계에 불과했다. 꿈을 꾸는 것처럼 실재하지 않는 허상을 보는 과정일 뿐이었다. 그러나 그게 가짜 세상일지라도 거기서 내가 느끼는 감정은 진짜였다. 죽어가는 뇌에서 분비되는 도파민이 그 사실을 강력하게 뒷받침했다. 그래서 나는 조금이라도 더 긴 임사체험을 바랐고, 내가 굳이 약을 술과 섞어서 자살하는 이유도 이 때문이었다. 천천히 죽는다면 그만큼 긴 임사체험을 할 수 있을 테니까.

 죽음을 앞두고 느껴지는 설렘은 내 삶이 얼마나 괴로웠는지 여실히 보여주고 있었다. 그러나 임사체험에 대한 기대감과 더불어 사후를 향한 비이성적 공포가 자꾸만 스멀거렸다. 이건 죽음에 대한 두려움과는 조금 달랐다. 죽음을 앞두고, 신의 부재를 증명할 수 없기에 느껴지는 언짢은 기분이었다. 이 불쾌한 느낌은 파스칼이 주장한 합리적 유신론과 함께 내 머릿속을 가득 채웠다.

17세기 프랑스 학자 블레즈 파스칼. 그는 종교의 시비를 떠나서, 그 믿음이 합리적인지 논하는 실용적 측면의 접근을 제시했다. 그의 논리는 신앙의 여부에 따라 마주하는 네 가지 경우의 수로 간략하게 정리할 수 있었다.

신을 믿는 경우
 1. 신이 존재한다 - 천국에 간다
 2. 신이 존재하지 않는다 - 이득이 없다

신을 믿지 않는 경우
 3. 신이 존재한다 - 지옥에 간다
 4. 신이 존재하지 않는다 - 이득이 없다

신을 믿는 경우에는 이득이 없거나 무한한 보상을 얻는다. 반면 신을 믿지 않는 경우에는 이득이 없거나 영원한 고통을 겪는다. 즉 신을 믿어서 잃을 건 없지만, 신을 믿지 않는다면 엄청난 대가를 치르게 될 수도 있다. 오로지 자신의 믿음에 따라 그 결과가 극명하게 갈린다.

신에 대한 믿음에는 큰 노력이 필요하지 않지만 믿음의 보상은 막대할 수 있다. 반대로 신을 믿지 않음으로써 얻는 이익은 작지만 그 결과는 끔찍할 수 있다. 따라서 신을 믿는 것이 절대적으로 유리하다. 신앙생활에 시간, 돈, 노력이 소요된다고 해도 기대 이익을 고려하면 신을 믿는 것은 충분히 합리적인 선택이 된다.

파스칼이 제기한 실용적 사고법은 언뜻 보면 그럴듯하게 느껴진다. 지옥에 갈 위험을 감수할 필요 없이 신을 믿기만 하면 되는 일이니까. 신앙을 갖는 게 합리적으로, 심지어는 이성적으로 보이기까지 한다. 이를 근거로 신을 믿어야 한다고 주장하는 것 또한 가능해 보인다. 그러나 자세히 들여다보면 이 논리의 오류는 꽤나 심각하다.

파스칼의 논증은 가정을 전제로 삼고 있기 때문에 어떤 식으로든 변형이 가능하다. 이를테면 믿음의 대상을 제우스나 오딘*으로 바꿔도 동일한 결론에 도달하는 셈이다. 따라서 위 주장을 받아들이더라도, 어떤 신을 믿어야 천국 가는지 알 수 없다는 문제와 직면하게 된다.

또한 이 논리는 출발점부터 잘못되었다. 파스칼은 '신을 믿으면 천국에 간다'는 교리를 전제로 하는데, 신앙심이 사후를 결정짓는다는 생각은 기독교에만 치중된 해석이다. 전 세계의 수많은 종교와 종파는 제각기 다른 세계관을 제시한다. 교리의 타당성은 신도의 수를 잣대로 판단할 수 없고, 그렇기 때문에 어느 한 주장에 힘을 실어줄 수는 없다. 뿌리가 깊거나 대중적이라고 해서 신빙성에 높은 점수를 줄 수는 없는 셈이다.

믿음을 이유로 천국에 보내는 신이 있다면, 무신론자만 천국에 보내는 신이 있을지 모른다는 말장난에도 반박하지 못하는 게 현실이다. 이러한 핵심 교리의 허점은 사람들이 종교에 거부감을

오딘: 북유럽 신화에 등장하는 최상위 신.

느끼는 이유이기도 하다. 무엇보다 종교적 가르침은 과학과 대립하는 지점에 있는 탓에, 그 비논리성이 종교를 수용하려는 태도마저 꺾어버리곤 한다.

 인간이 죽으면 뇌가 활동을 멈춘다. 뇌가 활동을 멈추면 의식이 사라지고, 의식이 사라지면 사후 세계에 가거나 신을 만나는 게 불가능해진다. 인간이 죽으면 정신이 소멸하므로 어떠한 사건도 벌어질 수 없는 것은 당연한 논리다. 이러한 주장이 단순한 듯 보여도 논파하기란 결코 쉬운 일이 아니기에, 이에 대한 반론은 항상 종교적 이원론*에 의지한다.

 정신은 뇌가 아닌 영혼의 산물이다. 정신은 영혼의 일부이므로 뇌의 활동이 멈춘다고 해서 정신이 사라지는 게 아니다. 인간이 죽은 뒤에는 육체와 영혼이 분리되고, 정신은 영혼이라는 이름으로 사후 세계로 이동하게 된다.
 영적인 현상을 물질적인 관점에서 해석하려는 것 자체가 잘못된 접근이다. 사후 세계는 인간이 이해할 수 없는 공간이며 당연하게도 물리법칙에 의해 설명되지 않는다. 사후 세계나 신, 영혼 같은 초월적 존재는 증명의 대상이 아닌 믿음의 대상이다.

 그럴듯한 설명이지만, 성경에 기반한 주장은 믿음의 근거가 믿음이라는 순환논리*를 스스로 증명하는 꼴이다. 이처럼 과학이 근거를 제시하면 종교는 가설로 반박한다. 과학이 논리를 펼치면 종교는 논점을 원점으로 돌려놓는다. 늘 이런 식이다.
 물론 과학이 무조건 정답이라 말할 수는 없다. 정설로 받아들여

종교적 이원론: 영혼과 육체를 별개의 존재로 보고, 영혼이 사후에도 지속된다고 믿는 관점.
순환논리: 전제를 근거로 삼으며 논리가 되풀이되는 오류. 가령 '나는 그를 전적으로 신뢰한다. 왜냐하면 그는 믿을 수 있는 사람이기 때문이다.'처럼 결론이 전제에 의존하는 경우를 의미한다.

지는 수많은 이론과 법칙도 틀렸을 가능성은 항상 존재하기 때문이다. 끊임없이 상식이 파훼되는 것이 인류의 역사이고, 그 역사는 현재에도 반복되고 있으니 지금 내가 믿는 과학이 진리라고 볼 수는 없다.

과학이 밝혀낸 경전의 오류는 명백하지만 이를 무신론의 증거로 삼기에는 부족한 게 사실이다. 또한 신의 존재를 입증할 수 없다는 점이 신의 부재를 의미한다고 볼 수도 없다. 이와 마찬가지로, 신의 부재를 증명할 수 없다는 사실이 신의 존재를 반증하는 논리가 될 수도 없다.

결국 입증 가능한 범위 안에서 가장 타당한 해석을 따르는 것이 바람직하다. 그러므로 검증의 한계를 감안한다면 불가지론*이 합리적이라는 결론에 도달한다. 하지만 내가 구축한 종교관은 불가지론과 결이 다르다. 창조주가 존재한다 한들 그게 인격신은 아닐 것이라는 입장이고, 그렇기에 신이 있든 없든 나와는 무관하다는 해석이다. 현존하는 종교적 관점을 모두 배격하기에 사실상 불가지론을 표방한 무신론인 셈이다.

자살을 죄악시하는 가르침은 조력자살을 앞둔 이에게 형벌에 대한 두려움까지 가중시키는 격이다. 지옥으로 겁박하며 믿음을 조장하는 것은 사후를 인질로 삼는 패악질과 다를 게 없다. 그러니 두려움을 양분으로 삼는 신이라면 나는 배척할 수밖에 없다.

"차라리 아이게우스를 믿겠어. 자살하는 심정이 어떤지 잘 알 테니까, 적어도 나를 불지옥에 떨어뜨리지는 않겠지."

과학은 경전의 오류를 증명하고 철학은 교리의 모순을 지적하지만 종교는 변함없이 굳건하다. 신학이 과학과 철학 앞에서 무력

불가지론: 유신론과 무신론 사이에서 중립적인 태도를 취하는 종교관. 신을 긍정하지도 부정하지도 않는다.

할지라도, 죽어가는 인간 앞에서는 절대적 진리를 품은 것처럼 행세할 수 있기 때문이다. 논리는 교리를 무너뜨리지만, 사후에 대한 공포는 인간의 논리를 무너뜨린다는 게 문제다.

 지옥은 영원한 고통을 연상시키고 그 이미지는 비이성적인 공포심을 만들어낸다. 때문에 죽음을 앞둔 사람들은 신앙을 배척하기보다 수용하는 길을 택한다. 오로지 두려움을 해소하기 위해 종교적 세계관의 결함 따위는 외면하게 되는 것이다. 희대의 천재 과학자 폰 노이만마저 말년에는 신앙을 받아들였던 것처럼.

 나도 죽음을 앞두니 사후에 대한 두려움이 생겨나는 것은 사실이다. 하지만 나는 그 우둔한 대열에 합류하지 않을 것이다. 그래야만 내가 죽는 순간까지도 이성적이라는 뜻이 될 테고, 그러한 점은 내 자살이 합리적이라는 사실을 방증해 줄 테니까.

 나는 침대에 누운 상태에서 눈앞으로 손을 쭉 뻗었다. 거무튀튀한 천장에 막혀 하늘에는 닿을 수 없었다. 이후 손바닥이 나를 향하게 한 뒤, 주먹을 쥐고 가운데 손가락만 쭉 펴 올렸다. 묘한 쾌감이 느껴졌다.

 만약 죽어서도 정신이 죽지 않는다면, 정신이 병든 나에게는 사후의 모든 곳이 지옥이었다. 어차피 나는 죽어서도 천국에 갈 수 없다는 뜻이었다.

 술기운에 천장이 돌더니 팔다리에 힘이 빠지기 시작했다. 몸이 무거워지며 중력이 배가되자 시간도 느려진 듯한 착각이 들었다. 만약 이게 착각이 아니라면, 시간을 왜곡시키는 임사체험의 초입에 들어섰다는 증거였다. 그렇게 나는 현실의 끝이자 꿈의 시작을 맞이할 준비를 모두 마치고 눈을 감았다.

정적 속에서 몇 분을 보내고 잠에 막 빠지려던 순간, 어디선가 익숙한 멜로디가 들려왔다. 그 불쾌한 소리는 무의식을 향해 나아가던 내 정신을 잠시 멈춰 세웠다.

고개를 돌리자 바닥에 나동그라진 휴대폰이 요란하게 울리며 나를 부르는 게 보였다. 도움이 절실할 때에는 모두가 외면하더니 죽을 때가 되어서야 나를 찾는 게 괘씸하게 느껴졌다.

받을 이유는 없지만, 날카로운 벨소리가 내 숙면을 방해하도록 내버려 둘 생각도 없었다. 나는 비틀대며 휴대폰을 집어 들고 침대로 되돌아왔다.

"누구세요."

"한국임사연구소입니다. 조력자살 신청하신 것을 보고 연락드렸어요."

나의 실수였다. 애초부터 내 자살에 조력 따위는 필요 없었다. 내가 짊어지고 살아온 삶의 무게에 비하면 죽음은 훨씬 가벼웠으니, 자살은 혼자서도 충분히 감당할 수 있는 일이었다.

"이제 필요 없어요."

"중요한 얘기예요. 혹시 조력자살에 대한 마음이 변치 않으셨다면 제안드릴 게 있어서요."

천국에 보내주겠다는 파스칼의 제안을 막 거절한 상황인데, 그런 나에게 무언가를 제안한다는 게 괜히 우습게 느껴졌다. 죽음을 목전에 둔 사람한테 중요한 얘기라니. 들을 가치도 없는 일이었다. 지금 이 순간의 나에게 안락한 죽음보다 가치 있는 것은 없을 테니까.

가치를 떠올리자 새삼 지난날의 내가 궁금해졌다. 내 인생에서 가장 중요했던 것은 무엇이었는지.

 언제나 내 삶의 목적은 더 큰 행복이었다. 그러나 공황장애를 만난 이후로는 고통을 줄이기 위한 노력에만 집중할 수밖에 없었다. 행복을 향해 나아가는 게 아니라 불행으로부터 뒷걸음질치는 날들의 연속이었다. 이러한 변화는 삶과 죽음에 대한 근본적 의문으로 나를 자연스레 이끌었다.

 사람을 철학자로 만드는 것은 뛰어난 지능도, 남다른 통찰력도 아니었다. 바로 비참한 투병 생활이었다. 지독한 회의감은 근원적 탐구심을 자극했고, 삶의 의미를 찾으려는 노력은 사유에 깊이를 더했다. 이성이 무너지는 순간 죽음으로 직결되는 인생을 살아가는 만큼, 사색의 논리도 견고해질 수밖에 없었다. 물론 이제 와서 돌이켜보면 자살 충동을 밀어내기 위한 노력에 불과했지만.

"여보세요? 듣고 계신가요?"

"네. 말씀하세요."

"공황장애를 치료 받으실 의향 있으신가요?"

 기대하지도 않았지만, 역시나 아무런 쓸모도 없는 얘기였다.

"제가 안 해봤겠어요?"

"이건 달라요. 혹시 임사치료라고 알고 계세요? 임사체험을 이용해서 정신 질환을 치료하는 방법인데, 원하신다면 이 치료법을 시도할 예정이에요."

 순간 정신이 번쩍 뜨였다. 신기루인 줄로만 알았던 오아시스를 코앞에서 마주한 듯 비현실적인 느낌이 들었다.

"진짜 임사치료 말하는 거예요? 그게 정말 가능해요?"

"네. 충분히 가능성 있어요."

나는 불빛을 본 나방처럼 본능적으로 자리를 박차고 일어났다. 화장실로 향하려 했지만 발을 떼자마자 중심을 잃고 벽에 머리를 처박았다. 약에 취해 몸을 제대로 가누기도 힘든 상황이었다.

유리 파편이 발바닥을 깊이 파고들었지만 통증을 무시하며 한 걸음씩 내디뎠다. 그렇게 가까스로 화장실에 도착해 손가락을 목구멍 깊숙이 집어넣고 급히 약을 게워냈다.

"할게요. 임사치료."

"하지만 위험하다는 거 알고 계셔야 해요. 임사치료는 아직 검증되지 않은 치료법이라서, 효과도 안전도 보장할 수가 없거든요. 그래도 괜찮으시겠어요?"

이미 흡수된 약물은 나를 죽이고 있었다. 나는 흐려지는 정신을 붙잡으며 독약을 조금이라도 더 토해내기 위해 고개를 처박고 연신 헛구역질을 했다. 수화기 너머에서는 계속해서 무언가를 말하고 있는 듯했다.

"알겠으니까 일단 저 좀 도와줘요…."

이제는 다리에 힘이 풀려 걸을 수조차 없었다. 나는 바닥에 몸을 붙이고 현관을 향해 기었다. 유리 조각에 온몸이 쓸렸지만 통증은 느껴지지도 않았다.

도망가는 의식의 바짓가랑이를 붙잡으며 간신히 현관문에 도달했다. 눈앞이 흐려지고 세상이 흔들리는 탓에 제대로 볼 수가 없었다. 나는 힘겹게 팔을 뻗어 감각에 의지하며 잠금장치를 하나씩 풀었다. 혈류를 타고 몸과 정신을 마비시키는 맹독을 막을 방법이 없었다.

과거의 발자취

사라진 시간

 강연이 끝나고 집에 돌아오니 날은 이미 어둑해져 있었다. 임사치료의 실마리를 강연에서 찾을 수 있을 것이라 생각했지만 연구소장은 끝내 답해주지 않았다. 임사치료에 관한 정보를 얻기 위해 인터넷을 아무리 파헤쳐도 추측성 글과 음모론만 난무할 뿐 신뢰할 수 있는 단서는 전혀 찾아볼 수 없었다.
 수아마저도 임사치료에 대한 나의 물음에 예민한 반응을 보였다. 밤늦게 퇴근하여 곧바로 잠에 드는 모습 또한 임사치료에 대한 질문을 피하려는 의도로 보였다. 하지만 임사치료는 미래의 내게 희망이 될 수 있는 유일한 방법이기에 그 치료법에 의문을 남긴 채 이대로 넘어갈 수는 없었다.
 수아가 잠든 사이, 나는 그녀의 가방에서 노트북을 몰래 꺼냈다. 조심스레 빠져나와 방에 숨어 불을 끄고 노트북을 펼쳤다. 이후 임사치료에 대한 내용을 찾기 위해 연구 기록을 뒤지기 시작했다. 수아에게는 미안한 일이지만 어쩔 수 없었다. 수아는 임사치료가 불가능한 이유를 설명해 주었지만, 그녀가 민감하게 반응하는 것은 무언가 감추고 있다는 사실을 드러내는 듯했으니까.
 임사치료에 대해 묻자 수아가 예민한 태도를 보였던 건, 내가 알아서는 안 된다는 의미일 수 있었다. 그게 사실이라면 이 염탐은 판도라의 상자를 열어보는 일이 될 수도 있었다. 반대로, 이 노트북에 임사치료의 정보가 숨어 있다면 미래의 문제를 단번에 해결할 수 있을지도 몰랐다. 그렇기에 시도하지 않을 수가 없었다.

 NVM으로 수집한 데이터들은 날짜별로 정리되어 있었다. 문서 하나를 열어보자 환자의 신체 변화를 기록한 데이터가 길게 나열되었다. 도통 의미를 알 수 없는 그래프와 숫자들이 빽빽하게 새겨져 있었다. 나는 해독이 절대 불가능하다고 판단하여 구체적인 내용은 건너뛰고, 연구 보고서를 정리해 둔 폴더로 이동했다.

 연구 결과 보고서는 분기별로 나뉘어 있었는데 이 문서들 또한 분량이 상당했다. 나는 최근 자료부터 차례대로 살피며 과거로 거슬러 올라갔다.

 정적 속에서 마우스를 딸깍거리는 소리가 방에 작게 울렸다. 그렇게 몇 시간에 걸쳐 자료를 모두 살폈지만 임사치료와 관련된 정보는 결국 찾을 수 없었다. 그러나 여기서 멈추는 것은 마치 미래를 놓아버리는 일처럼 느껴진 탓에 차마 포기할 수가 없었다. 나는 혹시나 하는 마음에, 폴더 옵션에서 '숨긴 파일 표시'*를 체크한 뒤 방대한 데이터의 재탐험을 시작했다.

 비슷한 느낌이었다. 초콜릿 상자를 처음 발견했을 때, 그 물건에서 시간 여행의 단서를 찾으려던 때와 유사한 상황이었다. 내 추측에 확신을 품은 채 단서를 찾는 것도, 왠지 모를 불안감이 궁금증을 온통 뒤덮고 있는 것도, 발견하기만 한다면 상황이 급변할 수 있다는 것도.

 그 고집이 기대 이상의 성과를 가져오는 것도 같았다. 내가 찾아 헤매던 임사치료의 단서는 작년 2분기 폴더에 감춰져 있었다. 반

숨긴 파일 표시: 숨겨 놓은 파일을 확인할 수 있는 윈도우 기능. 이 기능을 활성화하면 숨긴 파일이 반투명한 형태로 표시된다.

투명한 아이콘으로 모습을 드러낸 파일의 이름은 '임사치료 결과 보고서'였다. 의문을 단번에 해결할 수 있는 상황이 되자 조금은 당황스러울 지경이었다.

내용을 확인하니 임사치료 경과가 간략하게 요약되어 있었다.

임사치료 결과 보고서

치료 개요

1. 임사치료 도중 사망에 이를 수 있다는 점을 환자에게 통보하며, 이에 동의하는 경우 임사치료를 진행한다.
2. 2024년 4월 22일, 중증 정신 질환자의 참여로 최초의 임사치료 계획이 수립되었다.

치료 과정

1. 환자에게 치사량에 준하는 바르비탈을 투약하여 인위적으로 임사체험에 진입시킨다.
2. 연구진은 환자의 상태를 살피며 응급 상황에 즉각 대처한다.
3. 바르비탈 투약 속도를 늦춤으로써 임사체험 시간을 늘려 치료 효과를 극대화한다.
4. NVM으로 모니터링하며, 심정지 상태에 빠지면 전자기 자극을 가해 즉시 깨어나도록 유도한다.
5. 치료는 한 달 간격으로 시행하며, 환자가 일상생활을 무리 없이 수행할 수 있을 때까지 반복한다.

치료 결과

1. 치료를 거듭하며 병세가 크게 호전되었다.
2. 총 5회 시행하였으며, 정신 질환은 상당히 개선되었지만 부작용으로 인해 치료를 중단하였다.
3. 일부 신경 기능에 이상이 발생하며 체성감각피질이 과활성화되었다.
4. 해리성 기억상실 증상이 나타나면서 트라우마에 대한 기억이 크게 소실되었다.

 임사치료는 가능했다. 부작용으로 치료를 멈추기는 했지만, 병세가 크게 호전되었으니 효과는 입증된 셈이었다. 그러나 어떤 이유에서인지 연구소는 이를 숨긴 채 세상에 알리지 않았다. 연구소장도 강연에서 이 치료에 대해 설명하지 않았고 내 질문에는 피하는 듯한 모습을 보였다.
 내 추측일 뿐이지만 그 이유는 쉽게 알아차릴 수 있었다. 이 치료는 불법적으로 자행되었을 게 분명했기 때문이다. 대한민국이 조력자살은 허용했지만 목숨을 걸어야 하는 위험한 치료마저 승인하지는 않은 상태였기에. 치료의 성패와 무관하게, 임사치료를 감행했다는 사실은 숨기는 게 당연한 일이었다.
 또 다른 이유가 있다면 그건 임사치료의 부작용이 심각했기 때문일 것이었다. 임사치료로 병을 치료하기는 했지만 더 큰 문제를 야기한 탓에 치료에 성공했다고 볼 수 없는 게 그 이유였을 것이다. 임사치료는 정신 질환을 치료하는 데 그치지 않고 환자의 기억까지 지워버리면서 반쪽짜리 성공에 그쳤으니. 어쩌면 수아가 임사치료에 대해 감추려 했던 것도 이 때문일 수 있었다.

임사치료의 부작용인 해리성 기억상실. 생소한 병이기에 그 심각성을 가늠할 수조차 없었다. 나는 곧바로 해리성 기억상실을 검색하고 이 병에 대한 정보를 확인했다.

 해리성 기억상실은 감당하기 힘든 트라우마를 기억에서 지워버리는 현상입니다. 고통을 회피하려는 무의식적 경향이 극단적으로 발현되는 것으로, 특정 사건이나 일정 기간의 기억을 상실하는 형태로 나타납니다.
 해리성 기억상실은 대개 심리적 요인으로 발생합니다. 그러나 발병 원인을 심인성으로만 단정지을 수는 없으며, 신경계와의 연관성은 여전히 연구 중입니다.
 해리성 기억상실 이후에 대부분의 사람들은 혼란에 빠지지만, 기억을 잃었다는 사실조차 자각하지 못하는 경우도 존재합니다. 개인에 따라 증후가 천차만별이며, 심한 경우에는 수십 년의 기억이 증발하기도 합니다.

 임사치료 과정에서 무언가 잘못된 게 분명했다. 임사체험은 뇌에 과부하가 걸리는 일이므로, 임사체험으로 인해 생긴 신경 기능의 문제가 기억에 영향을 주었을 수도 있다. 만약 신경학적 원인이 아니라면 해리성 기억상실은 방어기제*로서 작용했을 것이다. 그렇다면 임사체험은 방어기제를 가동시키는 트리거 역할을 했다는 추측이 가능하다. 임사체험을 반복하면서 그 문제는 점차 누적되었을 것이고, 결국 치료의 효과보다 부작용이 더 커져 치료를 중단했을 것이다. 근거는 없지만 이게 현재로서 가장 그럴

   방어기제: 내면의 스트레스나 불안을 완화하기 위해 무의식적으로 발현되는 심리적 반응.

듯한 시나리오다.

 그런데 기억상실이 무조건 나쁜 결과라고 할 수 있을까?

 힘든 기억을 통째로 지울 수 있다는 점은 분명 긍정적인 측면도 있었을 것이다. 트라우마가 PTSD로 이어지는 것보다는 훨씬 나은 일일 테니까. 과거를 떠올릴 때마다 과거의 아픈 감정이 그대로 떠오를 텐데, 차라리 잊어버리는 게 낫지 않을까 하는 생각이었다. 또한 치료를 위해 목숨을 걸 정도라면 기억상실 정도는 충분히 감수할 수 있는 부작용이 아닐까 싶었다.

 그러나 현재의 나로서는 이를 판단할 방법이 없었다. 따라서 내가 해야 할 일도 분명했다. 그건 바로 최초의 임사치료를 받은 이 환자를 찾는 것. 이 환자가 현재 어떤 상태인지 두 눈으로 직접 확인해야만 했다.

 그렇게 생각에 잠겨있던 중, 문득 이 환자의 정보가 담겨 있을 만한 서류가 떠올랐다. 바로 조력자살 신청서였다.

 만약 임사치료를 시행하다 환자가 죽는다면 조력자살로 위장하는 게 가능해야 할 테고, 그렇기에 조력자살이 승인된 환자를 대상으로 삼았을 게 분명했다. 임사치료가 죽을 위험이 있다고 해도, 이미 목숨을 포기한 환자 입장에서는 마다할 이유가 없을 테니 그만한 적임자도 없었을 것이다. 따라서 조력자살 신청서에 기재된 인적사항을 확인한다면 이 환자를 찾는 것도 충분히 가능했다.

 완벽한 추리였다고 스스로 감탄하며 나는 또다시 방대한 데이터를 낱낱이 뒤졌다. 그 결과 수아의 노트북에서 조력자살 신청서는 찾을 수 없었지만, 다행히도 임사 연구 동의서가 담긴 폴더는 발견할 수 있었다.

 나는 임사치료 계획이 세워진 날짜와 가장 가까운 시기에 저장된 파일을 열어 내용을 확인했다.

임사체험 연구 동의서

 본 동의서는 한국임사연구소에서 수행하는 임사 연구 동의서입니다.

1. 임사체험 연구는 조력자살과 함께 진행됩니다. 이 과정에서 연구진은 환자의 상태를 모니터링하며 데이터를 수집합니다.
2. 임사체험 연구는 NVM(환자감시장치, fNIRS, EEG)을 통해 이루어지며, 이 기기는 조력자살에 어떠한 부정적인 영향도 미치지 않습니다.
3. 조력자살에 소요되는 모든 비용은 한국임사연구협회에서 지원합니다. 이에는 의료 상담, 행정 처리, 약물 조제 등의 비용이 포함됩니다.
4. 연구 참여는 자발적이며 언제든지 연구 참여를 철회할 권리가 있습니다.
5. 조력자살 과정에서 신수아 연구원이 동행하여 연구를 진행합니다.

 본 동의서에 서명함으로써, 임사체험 연구 과정에 대해 충분히 이해⋯

 동의서 아래에 적힌 내용을 확인하기 위해 스크롤을 내렸다. 천천히 화면을 따라가던 시야 안으로, 뭔가 낯익은 형상의 자모음 조합이 들어왔다. 내 시선을 단박에 끌어당긴 곳은 동의서 서명란이었다.

거기에는 내 이름이 적혀있었다.

숨이 멎는 충격과 함께 심장이 덜컥 내려앉는 기분이 들었다. 내 초점과 함께 마우스 커서가 희미하게 진동했다. 눈을 감았다 뜨며 몇 번이나 다시 확인했지만, 이 판도라의 상자에 숨겨져 있던 문서에는 내 이름 석자가 선명하게 새겨져 있었다.

나는 어지러운 정신을 붙들고 천천히 마우스를 움직였다. 그리고 방금 전 확인했던 해리성 기억상실에 대한 설명을 다시 살폈다.

해리성 기억상실 이후에 대부분의 사람들은 혼란에 빠지지만, 기억을 잃었다는 사실조차 자각하지 못하는 경우도 존재합니다. 개인에 따라 증후가 천차만별이며, 심한 경우에는 수십 년의 기억이 증발하기도 합니다.

"이건 말도 안 돼…."

임사치료 기록은 나의 과거였다. 임사치료의 부작용인 해리성 기억상실도 나의 얘기였다. 과거의 나는 조력자살을 신청하며 임사체험 연구에 동의했고, 누군가의 제안을 받아 연구소에서 임사치료에 참여했다. 그 결과물이 기억을 잃은 현재의 나였다.

도저히 현실을 받아들일 수가 없었다. 공황장애를 앓았던 기억이 통째로 사라졌는데 그걸 모를 수 있을까? 며칠이나 몇 달도 아니고, 십수 년의 기억이 사라졌는데 그걸 눈치채지 못한다는 건 상식적으로 말이 안 되는 일이었다.

이 믿기지 않는 상황에 나는 황급히 과거를 떠올렸다. 기억회로를 가동하며 해마에 기록된 데이터를 파헤쳤지만 소실된 기억의 빈자리만 느껴질 뿐, 내 과거의 공백을 채울 수가 없었다. 기억을 건져 올린 성긴 그물망에는 아픈 과거가 하나도 남지 않은 상태였다. 성인이 된 이후의 듬성한 기억들만이 내 의식을 지탱하고 있었다.

 막으려던 미래가 한순간에 과거가 되었다. 재난경보가 울린 상황인 줄 알았는데, 재해는 진작에 끝나고 복원 작업이 진행 중이었다. 공포의 대상이었던 천재지변이 일순간에 사라지자 안도감보다는 당혹감이 더 크게 다가왔다. 허공을 방황하는 이 감정처럼, 내 의식도 갈피를 잡지 못하고 혼란에 빠졌다. 나는 심호흡하며 정신을 가다듬고 차근히 되새겼다.

 잘 생각해 보면 13년의 기억이 전부 사라진 건 아니었다. 살아남은 과거와 사라진 기억이 어지럽게 뒤엉켜 있었는데, 그중 지식은 거의 소실되지 않은 상태였다. 뉴스에서 보았던 내용, 읽었던 책의 줄거리, 심지어는 과거에 보았던 체스 경기들도 머릿속에 남아있었다. 하지만 투병과 치료에 관해서는 아무런 기억도 남아있지 않았다. 내 전기에서 고통이라는 키워드에 포함된 정보들만 모조리 삭제당한 기분이었다.

 나는 유언장을 쓴 적도, 의미를 숨긴 그림을 그린 적도 없었기에 성급하게 판단했다. 기억상실이라는 경우의 수를 배제한 게 실수였다. 폐공장에서 발견한 물건이 미래의 내가 보낸 메시지라 생각했지만, 그 물건을 남긴 사람은 미래가 아닌 과거의 나였다. 현재의 내게 전하는 것은 맞지만 발신자가 달랐다.

 비록 나는 과거를 잊었지만, 기억의 밑바닥에 가라앉은 응어리는 폐공장에서 내게 데자뷔를 일으켰다. 그리고 그 느낌은 내게 주어진 과제를 수행하도록 유도했다. 초콜릿 상자를 발견하고, 자동차 모형을 분해하고, 그림의 의미를 해석하게 만들었다. 결국 내가 느꼈던 기시감은 착각이 아니었다. 불완전하게 되살아난 기억이었다.

 돌이켜보면 과거를 외면한 건 나였다. 소멸된 기억의 공백을 감지하지 못하도록 온 정신을 미래에 붙잡아두고 있었다. 내 과거를 비추는 물건을 발견하고도, 그걸 미래의 메시지라 여기며 과거에는 눈길조차 주지 않았다. 마치 스스로를 과거로부터 멀리 떨어뜨려 놓으려는 것처럼.

 하지만 그 착각이 오로지 내 탓이라고 볼 수만은 없었다. 초콜릿 상자에 적힌 유통기한은 그렇게 추측할 수밖에 없는 이유였으니까. 그림을 그린 적 없다는 사실과 더불어, 2029년이라는 유통기한은 내가 시간 여행을 확신하게 된 결정적 단서였다.

 나는 서랍에 넣어둔 초콜릿 상자를 꺼내 다시 살폈다. 4년 뒤를 가리키는 유통기한은 여전히 선명하게 찍혀있었다.

EXP 29/04/25

 EXP는 유통기한을 의미하는 게 확실했다. 그러나 2029년이란 날짜는 여전히 설명되지 않는 부분이었다. 잘못 인쇄된 것이라 얼버무리기에도 꺼림직하고, 이제는 나와 무관한 일이라며 넘어갈 수도 없었다. 이건 내가 기억을 잊은 것과는 별개로 반드시 짚고 넘어가야 하는 문제였다.

숫자를 응시하며 생각에 잠겨있던 중, 방문이 열리는 소리에 나는 발끝에 정전기가 인 것처럼 몸을 움찔였다.

루나가 방석을 물고 방 안으로 들어오자 나는 놀란 가슴을 쓸어내리며 조용히 방문을 닫았다. 루나는 의자 옆에 방석을 내려놓고는 그 위에 엉덩이를 깔고 앉았다. 방석은 쿠션이 아래를 향했고 고무 패드가 위를 보고 있었다.

"루나야, 방향이 반대잖아."

나는 루나를 들어 안고 뒤집어진 방석을 원래대로 돌려주었다. 루나는 방석 끝에 턱을 걸치고 눈을 몇 번 깜빡이더니 금세 잠에 들었다. 그 모습을 보는 순간, 머리에 번개가 치듯 한 가지 생각이 내리꽂혔다.

나는 서둘러 검색창에 유통기한 표기법을 검색했다.

미국 : MM / DD / YY

유럽 : DD / MM / YY

대한민국 : YY / MM / DD

내가 이걸 왜 놓치고 있었을까?

한국과 반대인 일/월/연 순으로 읽으면 초콜릿 상자에 적힌 유통기한은 2025년 4월 29일을 의미했다. 이 초콜릿은 해외 제품이니 대한민국과는 유통기한 표기법이 다른 게 당연했다.

아무 이상도 없는 숫자를 오역하고 나 혼자 망상에 빠져 있었다. 정상적으로 표기된 유통기한을 보고, 시간 여행이라는 비정상적인 결론을 도출하고 있었다. 그 비상식적인 추론에 몰입한 나머지, 너무나도 상식적인 부분을 놓치고 있었다.

 내가 말도 안 되는 착각을 하긴 했지만, 그 잘못된 추측은 과거의 모호한 메시지 때문이기도 했다. 내게 전할 말을 직접 드러내지 않고 그림으로 에둘러 표현했으니까. 내게 무언가 메시지를 전할 목적이었다면 쉽게 편지를 남기면 되는 일이었고, 그랬다면 이런 착각에 빠질 일도 없었다. 왜 그림으로 메시지를 유추하게 만들었으며 이토록 꼬아서 의미를 암호화한 것인지 그 의도를 알 수가 없었다.

 과거의 속내를 알아채려 그림의 의미를 하나씩 되새기던 중, 문득 초콜릿 상자에 들어있던 물망초가 떠올랐다. 어쩌면 그 꽃이 과거의 내 의도를 알려주는 단서일지도 모른다는 생각이 들었다. 처음에는 그림을 해석해야 한다는 마음이 앞서, 꽃의 이름과 개화 시기만 확인하고 넘겼지만 이제는 꽃에 담긴 정확한 의미를 파악해야 할 때가 되었다. 내게 전하려던 중요한 말이 여기 숨어 있을지도 모르기에.

 나는 포털 사이트에 물망초를 검색하고 여러 사이트를 넘나들며 이 꽃을 조사했다. 재배법, 학명, 원산지, 분류군 등의 정보에서는 특이점을 찾을 수 없었다. 그러다 꽃말을 풀이하는 게시글 하나가 눈에 들어왔다. 작성자는 물망초라는 이름에 내포된 의미를 명확하게 설명해 주고 있었다.

 독일의 전설 속 한 기사는 자신의 애인에게 꽃을 선물하기 위해 강가를 헤엄쳐 섬으로 향했습니다. 이후 섬에서 꽃을 꺾어 되돌아오는 길에 급류가 들이닥쳤고, 그는 강물에 휩쓸려 떠내려가면서 그녀에게 이렇게 외쳤다고 합니다.

"Vergiss mein nicht!"

 독일어로 페어기스마인니히트. 그 꽃의 의미를 그대로 가져와서 영어로는 'forget me not'이라 부르고, 이를 또다시 한자로 바꾸면 말 물, 잊을 망, 풀 초. 물망초가 됩니다.

 이처럼 물망초라는 이름에는 '나를 잊지 말아요'라는 의미가 그대로 담겨있습니다. 여러분은 물망초에 감춰진 뜻을 알고 계셨나요?

 나를 잊지 말 것.

 과거의 내가 전하려던 말은 물망초의 꽃말로 단번에 정리되었다. 유언장과 그림을 남기며 '나를 잊지 말라'고 말한다는 것은, 이 기록들을 통해 기억을 되찾기 바란다는 의미였다. 결국 이 모든 메시지는 과거의 내가 기억을 복원하기 위해 만든 기폭제였다.

 또한 자동차 모형은 기억을 저장한 타임캡슐이자, 과거를 미래로 보내는 타임머신이었다. 시간 여행을 상징하는 들로리안은 이런 맥락에서 활용된 듯 보였다.

 이로써 과거의 의도를 밝혀내기는 했지만 이는 금세 다른 의문으로 번졌다. 기억을 되살리는 데에는 다양한 치료법이 있을 텐데 굳이 이런 어려운 길을 택해야만 했을까?

 그 이유를 파헤치며 온갖 가설을 내놓으려던 찰나, 문득 떠오른 지식 하나가 나를 멈춰 세웠다. 흐릿한 기억 속에서 헤매는 나를 약 올리기라도 하듯, 과거에 읽었던 심리학 서적의 내용은 너무도 선명히 떠올랐다. 오랜 투병 생활의 기억을 밀어내고 그 자리에 둥지를 튼 지식이었다.

 편도체에서는 감정과 기억을 연결한다. 감정적 경험을 처리하며 그와 연계된 기억을 강화한다. 편도체의 이러한 기능은 기억 형성에만 관여하지 않고, 기억의 회상에서도 중요한 역할을 한다. 강렬한 감정이 편도체를 자극하면 기억을 복원하는 데에도 간접적으로 영향을 줄 수 있다.
 감정과 기억이 상호작용한다는 것은, 감정을 기억 재건에 활용할 수도 있다는 뜻이다. 과거의 극적인 감정을 재경험하면 편도체가 활성화되므로 해당 감정과 연결된 기억을 복구하는 게 가능하다.

 비로소 과거의 내가 글로 남기지 않은 이유를 깨달았다. 이 모든 물건의 목적은 단순히 메시지를 전달하려는 게 아니었다. 과거의 내가 시도한 것은 기억이 아닌 감정을 되살리는 것이었다. 내가 남긴 유서로 감정을 살려내면 그 감정이 기억을 불러올 것이라 판단한 셈이었다. 내가 느꼈던 설움과 비참한 심정이 떠오르면 당시의 공기가 재현될 것이고, 그 감정을 통해 과거가 떠오를 것이라 생각한 게 분명했다.
 감정의 회상을 통해 기억을 복구하는 것. 이는 기억상실 치료를 위한 모든 시도가 실패했을 경우 남게 되는 최후의 방법이었다. 해리성 기억상실이 일어나는 주요 원인은 감정적 충격이므로, 내 감정을 되살려낼 물건들로 기억을 복원하려는 시도는 꽤나 합리적이었다. 또한 과거의 내가 그렇게 행동한 이유는 기억과 망각의 원리로도 설명할 수 있었다.

인간의 뇌는 어떤 단서를 통해 그와 연결된 정보를 떠올리는 특징을 가지고 있다. 무언가를 떠올린다는 것은 단순히 머릿속에 저장되어 있는 하나의 기억을 꺼내오는 게 아니다. 그 기억과 더불어 당시의 상황과 감정을 종합적으로 구현하는 일이다. 무언가를 암기할 때 다양한 정보를 묶어서 기억하듯, 회상할 때에도 여러 가지 데이터를 함께 불러오는 것이다.

이러한 기억의 원리를 기반으로 망각을 바라보면 된다. 망각은 기억이 증발한 게 아니라, 기억을 불러낼 실마리가 부족하기 때문에 회상에 어려움을 겪는 것이다. 내가 꺼내려는 정보와 연계된 단서가 없기에 그 기억을 인출하는 데 실패한 것뿐이다. 따라서 사라진 기억과 연결된 단서를 발견한다면 기억을 돌아오게 할 수도 있다.

떠오르지 않는 기억들은 내 머릿속에서 여러 정보와 결합되어 있다. 따라서 그 기억과 얽혀있는 단서들을 수집한다면 충분히 기억을 불러올 수 있다. 가령 내가 즐겨 듣던 음악이나 익숙한 향기, 특정 소리, 추억이 담긴 물건 등을 촉매로 잘 활용한다면 내 기억이 되살아날 수도 있다는 의미다.

내가 미래의 물건이라 착각했던 초콜릿 상자와 그 안의 물건들. 그 전부는 과거의 내가 기억을 복구하기 위해 모아놓은 단서들이었다. 감정을 되살리며 편도체를 자극할 수 있는 폐공장에, 회상을 유도하는 자극제들을 한데 모아둔 것이었다. 과거의 공간, 사물, 감정이 한순간 눈앞에 나타난다면 그 단서들이 기억을 수면 위로 끌어올릴 것이라 판단한 게 분명했다.

관념연합*에 착안한 시도로 보였다. 강렬한 감정으로 인생의 주

관념연합: 어떤 발상이 그것과 연관된 생각을 연쇄적으로 일으키는 현상.

요 사건을 떠올려내면, 그 기억을 중심으로 다른 기억들도 함께 되살아날 것이라 예측한 셈이었다. 특정 기억을 복구함으로써 다른 기억들도 순차적으로 돌아올 수 있도록 의도하고 그림을 남긴 것이었다.

 또한 과거의 나는 미래의 행동을 정확히 예측했다. 언젠가 내가 폐공장에 갈 것을 예상했고, 내 차와 똑같은 머스탱에 분명 관심을 가질 것이라 추측했고, 글러브 박스에서 초콜릿 상자를 발견할 수 있을 것이라 생각했다. 심지어 자동차 모형에 숨겨 둔 그림을 찾을 것까지도 알고 있었다. 하지만 결과적으로 그림을 통해 기억을 살려내는 데에는 실패하고 말았다. 모든 과정이 과거의 설계대로 흘러갔지만 그 결과만큼은 계획대로 이루어지지 않았다. 그 유구한 노력에도, 과거를 백업한 그림만으로는 잠긴 데이터를 확인할 수 없었다.

 여기서 마지막 의문이 남는다. 내가 보기에는 기억을 되찾아야 할 이유가 전혀 없는데, 내게 대체 왜 기억을 잊지 말라고 하는 것일까?

 해리성 기억상실은 도저히 감당할 수 없는 트라우마로 인해 생기는 문제다. 임사체험으로 인한 신경 손상이 기억에 영향을 미쳤다고 해도, 트라우마에 대한 기억만 지웠다는 점에서 그건 무의식이 정신을 방어하려 했다는 뜻이다. 기억을 차단한 것은 내 뇌가 그래야 한다고 판단했기 때문에 벌어진 일이다.

 내 과거를 통째로 날려버릴 정도의 트라우마라면 그 기억을 되살리는 건 위험한 일이 될 수도 있다. 잊고 있었던 지난날의 고통이 떠오르면 현재에도 영향을 미칠 게 분명하다. 나와 수아에게 무슨 일이 있었는지, 내가 어떤 삶을 살아왔는지도 중요하지만 그 과거보다 중요한 건 현재다. 과거의 기억이 현재의 평화에 균열을 일으킬 가능성이 존재하는 이상, 과거를 찾는 건 그리 바람직해 보이지 않는다.

내 판단과 과거의 명령을 수없이 오가며 방황하던 중, 문득 수아가 떠올랐다. 이제야 수아가 보였던 태도가 모두 설명되었다.

내가 발견한 미래의 유언장을 보여주었을 때에도 수아의 반응은 미지근했다. 펜로즈의 계단을 해석했다며 설명할 때에는 나의 시선을 돌려놓으려 노력했고, 임사치료에 대한 질문에도 그녀는 진실을 알려주지 않았다. 내게 전말을 알려주는 것보다 숨기는 게 낫다고 여긴 게 분명했다. 수아가 내게 말하지 않았던 이유는, 트라우마를 다시 마주하는 게 위험하다고 판단했기 때문이었다.

딜레마였다. 내가 절대 잊으면 안 되는 게 존재한다면 나는 반드시 그 기억을 찾아야만 했다. 그러나 내가 되살려서는 안 되는 기억을 떠올려 버린다면, 그건 내 안에서 숨죽이고 있는 괴물을 자극하는 일이 될 수 있었다.

그렇게 한참을 고민하다 나는 마음을 정리했다.

슬픈 기억을 애써 끄집어낼 필요는 없었다. 행복한 기억이라면 되찾는 게 맞겠지만, 자살을 갈망하던 투병 생활이라면 묻어두는 게 최선이었다. 그 기억을 살려내는 건 너무 위험한 일이었다. 이제는 나와 무관할 뿐더러, 이 분야 전문가인 수아가 그렇게 판단했다면 나도 그 결정에 따르는 게 맞는 듯했다.

모든 문제가 해결되고 과거를 잊기로 결론짓자 마음이 날아갈 듯 가벼워졌다. 종일 무겁게 느껴지던 공기도 한순간에 바뀌었다. 여전히 많은 의문이 남아있지만 그건 더 이상 중요치 않았다. 중요한 건 지금의 나에게 아무런 문제가 없다는 사실이었으니까. 미래의 나에게도 행복한 과거만 남아있는 걸로 충분했으니, 더는 사라진 기억에 집착할 이유가 없었다.

어느 날의 미래

자살의 조력자

 밝고 이질적인 공간에서 눈을 뜨자 현실과 동떨어진 기분이 들었다. 곰팡이로 뒤덮인 벽지가 보이지 않았고 고독함으로 찌든 공기도 느껴지지 않았다. 의식은 깨어났지만 감각은 여전히 죽어 있는 듯했다.
 불안정하게 깨어난 의식이 오감을 천천히 되살려내자 두통이 몰려왔다. 무언가가 내 몸을 강하게 짓누르는 듯한 느낌이 들기도 했다.
 주변에는 아무도 없었다. 눈을 여러 번 감았다 뜨며 정신을 되찾으려 애쓰던 도중, 문을 열고 들어오던 간호사와 시선이 마주쳤다. 그녀가 화들짝 놀라더니 복도를 지나가던 누군가를 다급히 불러 세웠다.
 한 의사가 병실로 들어왔다. 그는 플래시를 비추며 내 동공 반응을 확인했다. 무릎을 두드려 반사 작용을 확인하고, 가슴 주머니에 꽂혀있던 펜을 꺼내서 내 몸 곳곳을 누르며 느낌을 물었다. 그는 들고 있던 종이뭉치 한편에 무언가를 기록했다.
 "신체 기능에 큰 문제는 없어 보이네요. 자세한 검사는 내일부터 진행할 테니 알고 계세요."
 의사는 안정을 취하라는 말을 남기고는 질문할 새도 없이 병실을 빠져나갔다. 간호사에게 내가 병원에 온 경위를 묻자, 일주일 전에 앰뷸런스를 타고 응급실에 실려왔다는 것 외에는 그녀도 알고 있는 게 없었다.

 나는 영문도 모른 채 이틀에 걸쳐 검사를 받았다. 조치가 빠르게 이루어진 덕분에 뇌손상은 입지 않았다는 게 의사의 소견이었다.
 그렇게 깨어난 지 나흘째 되던 날, 한 여자가 병실로 들어왔다. 그녀는 걱정스러운 표정으로 가까이 다가와 내게 말을 걸었다.
"몸은 좀 어때요?"
 그녀의 목소리에 내 본능이 먼저 반응했다. 죽어가던 그 순간, 수화기 너머에서 전해져 온 소식이 너무도 충격적이었기에 그 소식을 전하는 목소리도 잊을 수 없었다. 의식을 잃어가던 상황에서도, 일주일간 이어진 혼수상태에서도 내 무의식은 그 기억을 꽉 붙잡고 있었다. 자살에 대한 굳은 결의를 무너뜨리고, 애써 억누른 미련을 단번에 되살려낸 목소리였기에 잊을 수가 없었다.
"미리 연락 못 드려서 죄송해요."
 나는 침대에서 몸을 살짝 일으켜 그녀를 쳐다보았다.
"저랑 통화하셨던 분 맞죠?"
"네. 한국임사연구소에서 왔어요."
 그녀가 내게 명함을 하나 건넸다.

신수아
신경생리학 박사 / 한국임사연구소 책임 연구원

 나보다 약간 어려 보이는 모습과 대비되는 학력이었다. 책임 연

구원이라는 직급도 그녀의 이미지와 어울리지 않는 중책으로 보였다. 내가 연구소 직위 구조에 대해 잘 알지는 못해도, 서른 즈음의 나이에 비해 높은 직급이라는 것만큼은 분명해 보였다.

 나는 고개를 들어 그녀를 쳐다보았다. 모든 게 의문투성이인 내 마음을 읽었는지 그녀가 먼저 입을 열었다.

 "제가 119에 신고했어요. 도와달라는 말을 남기고 전화가 끊어지길래 위험한 상황인 것 같아서요."

 "제 주소는 어떻게 알았어요?"

 "협회에 제출하신 서류에 인적 사항이 적혀 있거든요."

 신수아가 침대에 살짝 걸터앉아 나와 눈높이를 맞췄다.

 "혹시 술이랑 수면제를 같이 드신 거예요?"

 "술이랑 항불안제요. 엄청나게 많은 양이었는데 제가 어떻게 살아났는지 모르겠어요."

 "응급처치가 빠르게 이루어졌다고 전해 들었어요. 구급대가 근처에 있던 게 천만다행이었어요."

 내가 살아난 게 다행인지 현재로서는 알 길이 없었다. 임사치료에 성공한다면 이를 천운이라 말할 수 있겠지만, 실패한다면 지독한 불운이 될 수도 있는 일이었다.

 "공황장애로 오랫동안 치료 받으셨죠? 아마 내성이 쌓인 것도 조금은 영향이 있었을 거예요. 항불안제를 오래 복용하면 중추신경계를 억제하는 효과도 줄어들거든요."

 약은 3년 전에 끊었으니 내성이 쌓인 건 항불안제가 아닌 술이었지만 굳이 설명하지는 않았다. GABA 수용체 반응성이 떨어지는 원리는 어느 정도 비슷하니까.

"옷은 이걸로 갈아입으시면 돼요. 바로 퇴원할 예정이니까 준비해 주세요."

신수아는 내게 옷과 신발이 담긴 가방 하나를 건네주고 자리에서 일어났다.

"그런데 저기…."

병실을 나가려던 그녀가 고개를 돌려 나를 쳐다보았다. 나는 잠시 머뭇대다 말을 이었다.

"병원비를 낼 돈이 없어요."

그녀가 살짝 미소를 지었다.

"그건 걱정 마세요. 수납은 이미 마쳤거든요."

나는 그녀와 퇴원 절차를 밟은 뒤 함께 차를 타고 어디론가 향했다. 도심에서 벗어나 고속도로에 들어서도록 서로 아무 말도 하지 않았다. 궁금한 게 많았지만 선뜻 말을 꺼내지 못하던 와중 다행히도 그녀가 먼저 입을 열었다.

"임사치료에 대해 알고 계세요? 통화가 끊기는 바람에 설명 드리지 못한 부분이 있어서요."

"어느 정도는 알고 있어요. 그런데 임사체험으로 공황장애를 어떻게 치료하는지는 이해가 잘 안 가요."

"임사체험 이후에는 신경계 구조에 변형이 일어나거든요. 쉽게 말하면 뇌의 구조가 바뀌는 거예요."

"그게 가능해요?"

"네. 뇌의 신경계는 고정되어 있는 게 아니라 경험에 의해 끊임없이 바뀌어요. 뇌가 죽음을 경험하면 신경 회로가 재구성되는데, 그 과정에서 손상된 기능이나 비정상적인 활동이 바로잡히는 거예요. 그 신경 가소성*의 원리를 이용한 게 바로 임사치료예요."

임사치료는 일종의 시스템 업데이트였다. 혹은 뇌의 버그를 수정하고 기능을 바로잡는 대규모 패치인 셈이었다. 재부팅에 실패하면 그대로 죽는다는 리스크는 있었지만.

"강렬한 경험을 할수록 뇌의 변화도 크게 일어나요. 임사체험은 인생에서 가장 극적인 경험이고, 동시에 뇌가 비정상적으로 작동하는 순간이에요. 그래서 단기간에 큰 변화를 기대할 수 있는 거죠. 하지만 강력한 자극으로 뇌의 변형이 일어나는 게 늘 좋은 결과만 가져오는 건 아니에요. 예를 들면 마약으로 보상 회로가 망가지는 것처럼요."

"더 나빠질 수도 있다는 뜻이에요?"

"맞아요. 지난번 통화 때 제대로 말씀드리지 못한 게 바로 이 부분이에요. 검증되지 않은 치료법이라서 현재는 부작용을 가늠할 수가 없거든요. 어쩌면 더 큰 문제가 생길 수도 있어요."

"괜찮아요. 시도해 볼 수 있다는 것만으로도 충분해요."

삶에 대한 미련으로 발걸음을 돌린 나이기에, 치료에 실패하는 게 아무렇지 않다고 말할 수는 없었다. 그러나 이미 한 번 죽은 목숨인 만큼 무서울 게 없는 것도 사실이었다.

"제가 치료에 대해 말씀드리지 못한 게 하나 더 있어요."

나는 고개를 살짝 돌려 신수아를 쳐다보았다. 그녀는 운전대를 잡고 앞을 응시한 채 말을 이었다.

"사실 이번 임사치료는 합법적인 절차를 거치지 않았어요. 비공식적으로 진행되는 일이고, 그래서 아무에게도 말해서는 안 돼

신경 가소성: 경험이나 환경에 의해 신경계 구조와 기능이 변형되는 현상.

요. 절대로요."

"다른 연구원들도 모르나요?"

"네. 그래서 협회나 연구소의 도움을 받을 수가 없어요. 하지만 다행인 건, 우리 편이 두 명 더 있다는 거예요."

"그게 누군데요?"

"한 분은 약리학자 강은영 박사님이에요. 임사치료에 사용할 약물의 농도를 조절해 줄 거예요. 그리고 다른 한 분은 연구소장님인데, 오랫동안 신경외과 의사로 근무하셨으니 위급 상황은 너무 걱정하지 않으셔도 돼요."

임사치료의 부작용을 각오한 나로서는 딱히 걱정이 되지 않았다. 임사체험에서 내 의식이 돌아오지 않는다면 그대로 죽을 위험도 있었지만 그건 큰 문제가 아니었다. 설령 치료에 실패하더라도 최소한 안락한 죽음만큼은 보장받을 수 있었으니까.

그러나 저들에게는 다른 차원의 문제였다. 내가 죽는다면 그들의 입장이 난처해질 수밖에 없었다. 이타심이 헌법보다 우위에 있을 수는 없기에, 아무리 선한 의도였다고 해도 이게 들통난다면 법원에서는 의료법을 위반했다는 점에 집중할 것이 분명했다. 그만큼 임사치료는 나뿐만 아니라 그들의 인생도 걸어야만 하는 위험한 일이었다.

"만약 제가 치료 중에 죽으면 어떻게 하려고요?"

"조력자살로 처리될 거예요."

"저는 조력자살 조건을 갖추지 못했는데요."

신수아가 잠시 말을 멈췄다. 그 모습을 보자 이제 와서 말을 바꾸는 건 아닐지 괜히 불안한 마음이 들었다.

"전부 사실대로 말씀드릴게요. 저희가 가짜 진료기록부를 작성해서 조력자살 심사위원회에 심사를 요청한 상태예요. 조력자살 승인이 떨어지면 그때 임사치료를 시작할 거예요."

 의료 기록을 조작한다는 음모론이 진짜였다. 물론 나를 살리려는 의도였지만 이게 중대한 범죄인 것도 사실이었다. 내가 죽는다면 자살 방조나 살인으로 처벌받을 것이고, 치료에 성공하더라도 이 일이 발각된다면 중형을 피하지 못할 게 분명했다.

"그래도 위험한 건 마찬가지잖아요. 이게 들통나면 분명 실형을 선고받을 거예요. 그걸 감수하면서까지 왜 저를 도와주는 거예요?"

 법은 최소한의 도덕이라지만, 임사치료는 법과 도덕이 상충하는 지점에 있었다. 법치주의에서 도덕이 법을 앞설 수는 없다는 점이 임사치료의 가장 큰 걸림돌인 셈이었다. 따라서 질서를 위해 법을 지킨다면 나를 외면해야 하고, 나를 살리려면 법의 심판을 각오해야만 했다. 이는 자신을 어디까지 희생할 수 있는지에 달려 있는 문제였다. 그리고 세 명의 조력자는 나를 살리기 위해 인생을 걸었다. 그렇게까지 할 이유가 있었을까?

"억울하게 조력자살이 무산되었다는 소식을 들었어요. 도움이 절실하다는 걸 아니까 도저히 외면할 수가 없었어요."

 법이 아닌 도덕을 정의로 여기는 것은 누구나 할 수 있지만, 그 신념을 위해 자신을 이토록 희생하는 건 결코 쉬운 일이 아니었다. 이런 사람이 내 지원군이라는 사실이 행운처럼 느껴지면서도 왜 이제야 만났을까 하는 아쉬움도 밀려왔다.

 공황장애가 찾아왔을 때, 내 고통을 이해할 수 있는 사람은 주변에 아무도 없었다. 도움은커녕 같잖은 조언으로 상처 주는 것밖에 할 줄 모르는 이들뿐이었다. 신수아를 진작 만났더라면 내 인생이 이 정도로 비참해지지 않았을지도 모르는 일이었다.

"신수아 씨는 그렇다고 해도, 다른 두 사람은 저를 왜 돕는 거예요?"

남을 살리기 위해 불구덩이로 뛰어들 수 있는 사람이 셋이나 있다는 사실을 받아들이기가 어려웠다. 이건 상식적으로 납득할 수 없는 희생이었다.

"제가 소장님을 도와드린 적이 있어요. 사모님께서 전신 홍반 루푸스*라는 병을 앓고 있었는데, 조력자살을 간절히 바라지만 그 조건을 충족하지 못한 상태였어요. 당시 소장님께서 저한테 도움을 요청하면서 그 대가로 다음에는 제 부탁을 들어주시기로 약속했거든요. 소장님은 약속을 지키는 것뿐이에요."

"자살을 불법적으로 도운 거예요?"

신수아는 천천히 고개를 끄덕였다.

"다른 한 분은 따님의 조력자살을 희망하고 있어요. 물론 조력자살 요건을 갖추지 못했고요. 그분 역시 도움받는 것을 대가로 이번에 저를 돕는 거예요."

신수아 연구원이 나를 돕는 이유는 연민이었지만 그들이 협력하는 이유는 가족의 안식 때문이었다. 그러나 그들의 행동을 살인으로 볼 수는 없었다. 불법 조력자살은 사람을 죽이는 일이지만 역설적으로 그 사람을 살리는 일이기도 했으니까.

저주받은 인생의 자살을 돕는다는 것은 지옥 불에서 허우적대는 사람을 구조하는 일이나 마찬가지였다. 그렇게 한 명은 아내를

전신 홍반 루푸스: 면역 체계가 자신의 몸을 공격하는 자가 면역 질환 중 하나. 피부, 관절, 신장, 심장, 폐, 뇌 등 전신에 염증을 일으키며 현재로서는 완치가 사실상 불가능하다.

살렸고 다른 한 명은 딸을 살리려 하고 있었다. 어쩌면 사람을 살리겠다는 협회의 이념을 가장 완벽하게 실천하는 이들이었다.
 이번에는 신수아가 내게 물었다.
 "혹시 달라진 점 없어요?"
 "그게 무슨 소리예요?"
 "임사체험을 한 번 겪었잖아요. 증상은 좀 어때요?"
 뭔가 이상하다는 것을 나는 이제야 알아차릴 수 있었다. 그동안 눈치채지 못한 이유는 변화가 작아서가 아니라, 죽기 직전의 내 상태를 잠시 잊고 있던 탓이었다.
 새삼 나를 돌아보니 무력감에 짓눌리던 어깨가 한결 가벼워진 상태였다. 매 순간 느껴지던 우울감도 한 풀 꺾인 모습이었다. 누군가와 이렇게 가까이 있는데도 불안감이 증폭되지 않는다는 것 또한 엄청난 변화였다.
 "확실히 나아졌어요. 그런데 임사체험은 도무지 기억이 나질 않아요."
 "아마 혼수상태가 길었기 때문일 거예요. 그래도 증상이 좋아졌다니 임사치료에서도 효과를 기대할 수 있겠네요."
 차는 한참을 달려 강릉 톨게이트를 빠져나왔다. 이후 캔즈가 위치한 곳과 반대 방향으로 향하더니 머지않아 해안 도로에 들어섰다.
 "연구소로 가는 거 아니었어요?"
 "연구소 사람들에게 모습을 보이면 안 돼요. 우리 연구소에 방문하는 외부인의 목적은 오로지 조력자살인데, 임사 연구를 진행하는 조력자살자는 그리 많지 않거든요. 외부인은 분명 시선을 끌

거예요."

"그러면 임사치료는 어떻게 해요?"

"조력자살이 승인되고 난 뒤에, 연구소에 아무도 없는 새벽에 진행할 예정이에요."

마침내 차가 멈춰 선 곳은 바다가 보이는 단독 주택이었다. 인적은 거의 없었고 집 주변에는 등명해변이라 써있는 표지판이 세워져 있었다.

"들어와요. 손님은 오랜만이네요."

나는 신수아를 따라 낯선 집에 들어섰다. 거실에 있는 큰 창을 통해 바다가 보였는데, 그 배경은 꿈에서나 보던 풍경처럼 아름다운 모습이었다. 습하고 어둡던 내 방과는 너무나도 비교되었다. 밝고 깨끗하고 심지어는 평화로운 분위기까지 풍겼다. 채광이 내 신경을 자극할 법도 한데 무슨 이유에서인지 거부감이 들지 않았다.

"이 방을 쓰면 돼요. 깨어났다는 얘기를 듣고 급하게 정리해서 지내기에 조금 불편하겠지만 양해해 줘요."

방에는 책상과 의자, 매트리스가 놓여 있었다. 책상 위에는 책 여러 권과 노트북이 놓여 있었고 몇 벌의 옷과 수건도 준비되어 있었다. 그 외에도 생활에 필요한 물건들을 구비해 상자에 담아둔 모습은 신수아의 세심한 배려를 그대로 보여 주었다.

"임사치료가 끝나기까지 몇 달이 걸릴지 모르니 그때까지 여기서 지내면 돼요. 지내다가 불편한 점 있으면 언제든지 말씀하세요."

나한테 이렇게까지 해줄 이유가 있을까?

일면식도 없는 사람을 집에 들인다는 게 나의 상식으로는 이해할 수가 없었다. 지나친 호의가 낯설게만 느껴졌다.
"저한테 왜 이렇게까지 해주는 거예요? 제가 어떤 사람인지도 모르잖아요."
"어떤 사람인지는 모르지만, 얼마나 힘든 시간을 보냈는지는 알 수 있으니까요. 그리고 임사치료는 제가 제안했으니 잘 치료받을 수 있도록 책임지고 돕는 건 당연하잖아요?"
더없이 고마운 배려였지만 이 도움은 거절할 수밖에 없었다. 내 앞에서 아무렇지 않은 척 해도, 생판 모르는 남자와 같이 사는 게 괜찮을 리 없었다. 눈치 없이 눌러앉아 피해를 줄 수는 없었다.
한편으로는 도움받는 게 낯설어서, 이토록 큰 빚을 지는 게 마치 잘못된 일처럼 느껴져서 왠지 모를 거부감이 드는 탓이기도 했다.
"신경 써 주셔서 고마워요. 그래도 제가 지낼 곳은 직접 찾아볼게요."
"여기가 불편해서 그래요?"
"그런 거 아니에요. 나중에 연락 주시면 올게요."
뒤를 돌아 문을 향해 걸어가면서도, 문 밖으로 나가면 어디로 가야할지 그저 막막한 마음뿐이었다. 갈 곳은 없지만 집에는 죽어도 돌아가기 싫었다. 그녀에게 애써 괜찮은 척 했지만 사실은 전혀 괜찮지가 않았다.
"어디 가려고요? 휴대폰도 지갑도 없잖아요."
그녀의 말에 나는 발걸음을 멈출 수밖에 없었다.
"왜 그래요? 뭐 때문에 그러는지 말해봐요."

나는 죄라도 지은 것처럼 시선을 아래로 떨궜다.

"도움은 필요하지만 더 이상 피해를 주고 싶지는 않아서요."

"저는 정말 괜찮아요. 제가 돕고 싶어서 하는 일이에요."

"그러면 이것만 말해 줘요. 저한테 왜 이런 호의를 베푸는 거예요? 다른 두 사람은 가족을 위해서 그럴 수 있다고 생각하지만, 신수아 씨는 저를 처음 보잖아요. 집을 내주는 것도, 저를 치료하려고 위험을 감수하는 것도 이해가 가지 않아요."

그녀에게서는 어떠한 악의도 느껴지지 않았기에 이게 경계심은 아니었다. 그저 의문이었다. 나를 돕는 데에는 분명 이유가 있을 것이고, 만약 무조건적인 이타라면 그건 잘못된 신념 때문일 게 분명했다.

"일단 들어와서 제 얘기 들어보고 결정해요."

나는 결국 다시 집에 발을 들였다. 소파에 앉자 그녀가 투명한 유리컵에 물을 따라 내 앞에 놓아주었다. 그걸 보는 순간, 내가 죽기 위해 들이켰던 독주가 떠오르며 헛구역질이 올라왔다.

신수아는 왼편에 놓인 일인용 소파에 앉아 나와 시선을 대각선으로 두었다. 정면으로 마주하지 않고 시선을 비스듬히 둘 수 있도록 앉은 것도 나를 배려하는 게 분명했다.

그녀는 깍지 낀 손을 꼼지락거리며 주저하다 조심스레 입을 열었다.

"저희 아버지도 오랫동안 공황장애를 앓으셨어요."

나는 고개를 살짝 들어 신수아를 쳐다보았다. 그녀의 시선이 아래를 향하고 있었다.

"호전되었다가 악화되기를 수없이 반복했어요. 그러다 어느 시점부터 크게 좋아지기 시작했어요. 일상생활에 큰 지장이 없을 만큼요. 그때만 하더라도 거의 다 나았다고 생각했죠."
 그녀가 잠시 숨을 고르고 나지막한 목소리로 말을 이었다.
"그런데 2년 전, 아버지가 운전 중에 공황발작을 일으키는 바람에 사고가 났어요. 한동안 공황발작이 일어나지 않아서, 발작이 갑자기 심하게 올 것이라고는 생각하지 못한 거죠."
 신수아의 표정이 어두웠다. 꺼내기 싫은 기억을 억지로 되살려내듯 몇 번이나 입을 열었다 닫기를 반복했다.
"하필 고속도로였어요. 차에는 어머니가 함께 타고 계셨는데, 그 사고로 결국 두 분 다 돌아가셨어요. 저는 형제가 없어서 한순간에 가족을 모두 잃었고요."
 갑작스럽고 충격적인 그녀의 과거사에 나는 고장 난 것처럼 아무 말도 할 수가 없었다. 그렇게 긴 침묵이 흐르고 그녀가 입을 열었다.
"있잖아요. 저는 정신병을 제일 증오해요. 신체 질환이 사람을 죽인다면 정신 질환은 사람을 스스로 죽게 만들잖아요. 죽도록 아프더라도 눈에 보이지 않아서 중증도를 가늠할 수가 없고, 사람마다 증상이 천차만별이라 치료도 쉽지 않아요. 세상에 이보다 더 비열하고 잔인한 건 없어요."
 신수아의 입술이 희미하게 떨리는 게 보였다. 그녀는 슬픔보다는 증오에 빠져 있는 듯했다. 자살을 죄악시하는 종교에 내가 분노했던 것처럼, 그녀도 무형의 정신병에 깊은 적의를 품고 있었다.
 분노의 대상이 잘못되었더라도 그 방향을 바로잡는 것은 결코 쉬운 일이 아니었다. 그 사실을 누구보다 잘 알기에 나는 그녀의 심정도 조금은 이해할 수 있을 것 같았다. 그녀는 정신 질환자에게 연민을 느끼고 있지만 내가 보기에는 그녀의 마음도 이미 병들어 있었다. 나를 향한 동정만큼 나도 그녀가 안쓰럽게 느껴졌다.

"아까 왜 이렇게까지 돕는 거냐고 물었죠? 사실 제가 도와드리는 건, 임사치료에 성공해서 정신 질환을 뿌리 뽑고 싶은 마음 때문이에요. 그러니 죄송한 건 오히려 저예요. 검증되지도 않은 치료법의 피실험자가 되어 달라고 부탁한 셈이잖아요."

나를 돕는 이유를 이제야 알 것 같았다. 애초부터 이건 동정심만으로 할 수 있는 일이 아니었다. 임사치료로 사람들을 구원하려는 것은 그녀가 자신의 아픔을 승화하는 방식이었다. 임사치료에 성공한다면 자신의 설움을 조금이나마 덜어낼 수 있다고 생각하는 듯했다.

"우리 둘 다 공황으로 인생이 망가졌잖아요. 그러니 서로 도우면 안 돼요? 저한테 고마운 마음이 있다면, 제가 도울 수 있게 해 줘요."

2년이 지났어도 그녀의 상처는 여전히 아물지 않은 것처럼 보였다. 나는 이제 익숙해졌지만 한순간 외톨이가 된 마음이 얼마나 공허한지는 잘 알고 있었다. 그렇기에 나를 도움으로써 조금이나마 위안을 얻을 수 있다면, 그녀의 바람대로 하는 게 내가 보답할 수 있는 길이라 생각했다.

내가 그녀의 트라우마를 치료해줄 수는 없겠지만, 적어도 그 지독한 아픔을 견디는 법은 가르쳐줄 수 있을 것 같았다. 불행한 시간을 보내는 것만큼은 능숙해졌으니까. 무엇보다 그녀에게, 외로움은 치유하는 게 아니라 적응하는 것이란 사실을 알려줘야 할 듯했다.

* * *

 조력자살 심사가 통과되고 마침내 첫 임사치료 날이 되었다.
 나는 신수아와 새벽 두 시에 집을 나섰다. 차로 약 30분을 달려 도착한 곳은 연구소가 아닌 스산한 공간이었다. 그녀는 폐 건물 뒤편에 버려진 수십대의 자동차 사이에 차를 숨긴 뒤 시동을 껐다.
 "연구소 근처에 있는 폐공장이에요. 사람들의 눈을 피하기에 제격이라 여기서 모이기로 했어요."
 "왜 연구소로 안 가고요?"
 "연구소 정문의 보안시스템에 차량 출입 기록이 남거든요. 새벽에 차 여러 대가 드나든 기록이 남으면 분명 이상하게 여길 거예요. 여기서 다 같이 소장님 차에 타고 연구소로 이동할 거예요."
 나는 신수아와 차에서 나와 바깥공기를 쐬며 잠시 기다렸다. 눈앞에는 버려진 수십대의 차가 어지럽게 흩어져 있었다.
 방치된 채 녹슬어 가는 차를 하나씩 살피던 중, 머스탱 한 대가 눈에 들어왔다. 그걸 보는 순간 데자뷔가 느껴지며 동시에 지난 꿈이 떠올랐다. 협회를 방문하기 전, 나는 폐공장에 주차된 머스탱에서 자살하는 꿈을 꾸었고 이 폐공장은 꿈속의 그 공간과 똑같은 모습이었다.

우연일까? 불현듯 느껴진 기시감 때문에 내가 그 꿈을 왜곡되게 기억하는 건 아닐까?

천천히 꿈을 되새기려던 찰나, 주차장으로 차 한 대가 들어섰다. 나는 아무 의미 없는 착각일 것이라 여기며 불필요한 생각을 애써 털어냈다.

차에서는 중년 여성이 내렸다. 가까이 다가가자 신수아가 내게 그녀를 소개해 주었다.

"강은영 박사님이에요."

내가 인사를 건네자 그녀도 가볍게 고개를 끄덕였다.

강은영 박사의 표정이 어두웠다. 이 일에 대한 불안감인지, 딸의 조력자살을 앞두면 그럴 수밖에 없는 것인지 가늠이 되지 않았다. 두 감정이 모두 뒤섞여 있는 것처럼 보이기도 했다.

뒤이어 검은색 세단 한 대가 도착했다. 머리가 희끗한 남성이 차에서 내려 담배를 꺼내 물었다. 나는 그가 연구소장이라는 것을 단번에 알아챌 수 있었다.

신경외과 의사 출신이자 대한민국 임사 연구의 중심에 있는 남자. 나와 동떨어진 인생이었지만 그의 표정에서 드러나는 우울감은 나와 그의 거리를 좁혀주었다. 적어도 내게는, 자신의 손으로 아내를 떠나보낸 슬픔에 젖어있는 남자로 보일 뿐이었다.

나는 머리를 푹 숙여 인사했다.

"도와주셔서 감사합니다."

임사치료는 연구소장의 도움이 없었다면 불가능한 일이었다. 이 일이 그에게는 아내를 살린 대가이기는 했지만, 연구소의 책임자로서 가장 큰 위험을 감수하고 나를 돕는 것도 사실이었다.

그는 담배 연기를 내뱉으며 손을 내저었다.

"고맙다는 말은 저쪽에 하세요. 신수아 박사가 당신을 치료하겠다면서 고집을 피우는 바람에 이렇게 된 거니까요."

신수아가 머쓱한 표정을 지었다.

내 주변의 세 조력자를 보자 마음이 아팠다. 내가 누군가를 동정할 상황은 아니었지만, 힘든 인생들을 보고 가슴이 아리는 것은 어쩔 수 없었다. 마음에 멍이 들어서 행복할 수 없는 건 이들도 마찬가지였다. 왜 내 주변에는 이토록 아픈 사람들뿐인지, 아니면 이 정도로 아파야만 나를 이해하고 도울 수 있는 것인지 알 수가 없었다. 폐공장의 어두운 분위기가 여기 모인 사람들 때문에 한층 우울해지는 느낌이었다.

아픈 영혼들은 한 차에 몸을 실었다. 혹여나 얼굴이 보일까, 연구소장을 제외한 셋은 모두 외투를 뒤집어쓰고 몸을 아래로 숙였다. 그렇게 정문을 지난 뒤 차에서 내려 연구소 뒷문을 통해 건물로 들어갔다.

조력자살이 시행되는 지하층으로 들어서자 세 대의 의료 장치가 눈에 들어왔다. 각 기기는 하나의 모니터로 연결되어 있었는데, 캔즈라는 글자가 적힌 것으로 보아 NVM이라는 것을 알 수 있었다. 의료 장비들 탓인지 방의 분위기는 수술실의 느낌을 물씬 풍겼다.

셋은 일사불란하게 움직였다. 신수아는 의료 기기를 하나씩 켜며 NVM을 조작했고 연구소장은 응급처치를 위한 장비들을 준비했다. 강은영 박사는 임사치료를 위해 조제된 약물을 준비했다.

옷을 갈아입고 나오자 신수아는 내게 EEG 캡*을 씌우고 침대에

EEG 캡: 뇌파를 측정하기 위해 머리에 씌우는 장치. 여러 개의 전극을 연결하여 뇌의 전기적 활동을 파악한다.

눕혔다. 흉부와 팔다리에 전극을 부착하고, 손가락 끝에는 산소 포화도 측정기를 달았다. 연구소장은 내 손목 동맥에 바늘을 꽂은 뒤 얇은 튜브를 삽입했다. 이후 정체불명의 선들로 내 몸을 뒤덮고 마지막으로는 약물을 투약하기 위한 주삿바늘을 꽂았다.

 신수아가 NVM 세팅을 마치고 내게 다가왔다.

 "임사체험에 진입하면 지금의 기억이 사라질 거예요."

 "임사체험이라는 걸 깨달으면 기억이 돌아오는 거 맞죠?"

 "네. 몸이 위기 상황에 처하면 즉시 시간 왜곡을 바로잡아서 신호를 줄게요. 그러니 시간이 빠르게 흐르기 시작하면 곧바로 죽어야 해요. 제 말 명심하세요."

 신수아는 자리로 돌아가 NVM에 실시간으로 표시되는 내 생체신호를 살폈다.

 나는 잠시 심호흡한 뒤, 몸에 연결된 튜브의 밸브를 올렸다. 얇은 관을 타고 내려온 약물이 혈관에 스며들기 시작했다. 임사체험에 진입할 만큼 강력하지만 죽음에는 미치지 않도록 설계된 진정제였다.

 며칠 전, 적정 바르비탈 농도를 계산하기 위해 약물을 소량 투약한 뒤 신체의 반응도를 검사했었다. 나의 진정제 대사 능력을 알기 위해서였다. 정말 죽음의 코앞에서 멈춰 설 수 있을지 의문이었지만 현재로서는 강은영 박사를 믿는 수밖에 없었다.

 한순간에 몸이 나른해지면서 기계음이 점차 멀어지기 시작했다.

 나는 야자수 아래에서 해변 의자에 등을 기대고 누워 있었다. 멀리서 하와이안 셔츠를 걸치고 허리춤에는 시스루 랩스커트를 두른 한 여자가 천천히 걸어왔다. 내게 가까이 다가오더니 그녀의 밀짚모자가 내 시야를 가리며 그늘을 드리웠다.
"언제까지 잘 생각이야?"
 그녀가 내 손을 잡고 바다로 끌어당겼다. 달궈진 모래알의 감촉이 따가우면서도 발이 파묻히는 느낌은 솜을 밟는 것처럼 부드러웠다.
 그렇게 해가 질 때까지 바다를 유영하다, 달이 뜨고 난 뒤에는 재즈가 흘러나오는 바에서 밤이 새도록 그녀와 술잔을 기울였다. 칵테일보다는 몽환적인 분위기와 그녀의 미소에 취하는 기분이었다.
 날이 밝자 그녀와 나는 경비행기를 타고 어디론가 향했다. 목적지에 도착하자 커다란 표지판에 적힌 문구가 눈에 들어왔다.

프랑스령 폴리네시아 보라보라 섬.
사랑하는 연인과 잊지 못할 추억을 남겨보세요!

 그 명성대로 바닷빛은 믿을 수 없을 만큼 투명했다. 해수면 위에는 단층 오두막이 곡선을 따라 수놓아져 있었다.
 나는 가방을 대충 내팽개치고 그녀와 함께 바다로 향했다. 물개라도 된 듯 본능적인 이끌림이었다.
 서핑 보드로 파도 위를 미끄러지는 느낌이 더없이 짜릿했다. 정신없이 파도를 타던 중, 어디선가 희고 검은 털이 뒤섞인 대형견 한 마리가 나타나더니 우리 주변을 맴돌았다. 나와 그녀는 자연스레 그 개와 어울려 얕은 바다를 헤엄치고 해변을 내달리며 살아있는 기분을 만끽했다.

 긴 시간을 보내고 뭍으로 올라와 바다를 바라보자 해는 수평선 너머로 넘어가고 있었다. 그렇게 해가 지고 시간이 조금 지나자 완전한 밤이 찾아왔다. 순간, 파도와 함께 바람이 요란스럽게 밀려오더니 파라솔이 하나둘 쓰러지기 시작했다. 구름도 머리 위를 빠르게 지나갔다. 돌풍이라 생각했지만 내 머리 위에서 움직이는 별들의 움직임은 정상이 아니었다. 주위를 둘러보자 벽에 걸린 시계의 바늘도 정신없이 돌고 있었다. 그리고 얼마 지나지 않아, 또다시 아침이 찾아왔다.

 그 광경을 보자 이게 현실이 아니라는 것을 깨달으면서 기억도 단번에 되살아났다. 나는 임사치료 중이었고 이건 즉각 깨어나라는 신호였다.

 진정제 농도가 과한 게 분명했다. 애초부터 내가 죽지 않을 만큼의 농도로 조절하는 건 불가능에 가까운 시도였다. 이건 내 몸이 위기에 처했고, 그러니 빨리 깨어나라며 전해주고 있는 신호였다.

 신수아의 말을 떠올리며 당장 깨어나려 했지만 그러고 싶지가 않았다. 이 시간이 너무 행복해서, 이대로 더 머무르다가 끝내고 싶은 마음이 굴뚝같았다. 앞으로의 인생에서 이 정도의 행복을 누릴 수 있을까 싶기도 했다.

 세상은 나를 재촉하듯 폭풍을 몰아치며 모든 것을 날려버리고 있었다. 시동이 걸린 채 바다에 떠 있는 경비행기의 프로펠러도 미친듯이 돌고 있었다. 강풍에 내 몸도 휘청이기 시작했다.

 나는 크게 심호흡을 하고 눈을 질끈 감았다. 별로 돌아가고 싶지 않지만 조력자들을 배신할 수는 없었다. 나는 모래를 박차고, 살벌한 소리를 내며 돌고 있는 프로펠러를 향해 전력으로 내달렸다.

 눈을 뜨자 부담스러운 시선이 느껴졌다. 양손에 심장충격기를 들고 있는 연구소장과 에피네프린을 준비하던 강은영 박사가 보였다. 나와 눈이 마주치자 둘은 참았던 숨을 깊게 내쉬었다. 그 초조한 눈동자도 한순간 안도의 시선으로 바뀌었다.
 부활하는 느낌은 혼수상태에서 의식을 되찾았을 때와 비슷했다. 의식과 감각이 시간차를 두고 천천히 되살아났다. 잠에서 깨어나는 것과는 차원이 다른 기분이었다.
 죽음의 위기에서 사람들이 왜 깨어나지 못하고 죽는지 이제야 알 것 같았다. 행복의 대가를 치러야 하는 현실보다는, 무조건적인 행복이 허락되는 임사체험 속 세상이 훨씬 매력적이었으니까. 심지어 그게 가짜라는 것을 알더라도 자살은 힘든 일이었으니 어찌 보면 당연한 결과였다.
 셋은 즉시 장비를 정리하고 나를 신수아의 연구실에 옮겨 주었다. 도망치듯 흩어지는 뒷모습이 완전 범죄를 꿈꾸는 이들처럼 보였다. 그들이 아무 일도 없던 것처럼 행동해야 할 것을 생각하니 괜히 미안한 마음이 들었다.
 나는 하루 종일 책상 뒤편에 숨어서 수액을 맞았다. 잠들었다 깨어나기를 수없이 반복하고, 악몽과 길몽을 무수히 넘나들며 조금씩 정신을 회복했다. 한 번 죽었다 깨어나는 일은 예상대로 쉽지 않았다.

의식과 무의식 사이를 헤매던 중, 어렴풋이 들려오는 목소리에 눈을 떴다. 한없이 선한 눈동자가 나를 바라보고 있었다. 내 어깨를 가볍게 만지는 손에서도 신수아의 순수한 마음이 그대로 전해졌다.

"몸은 괜찮아요?"

랩코트*를 입은 신수아가 몸을 낮추고 나를 조심스레 깨우고 있었다. 흰 가운을 걸친 모습은 지금까지 본 그녀와 사뭇 다른 분위기를 풍겼다. 그 모습 때문인지 절대적으로 신뢰할 수 있겠다는 생각이 들었다.

"랩코트 잘 어울리네요."

몽롱한 기운에 쓸데없는 말을 내뱉고 말았다. 하지만 그녀에게 흰 가운이 너무 잘 어울리는 것도 사실이었다. 티 없는 차림은 내면을 밖으로 투영한 듯했기에, 백의의 천사라는 말이 왜 생겼는지도 알 것 같았다. 생명의 은인이 흰 옷을 걸치고 있다면 그렇게 보일 수밖에 없었으니까.

뜬금없는 말에 그녀가 낯간지러운 듯 멋쩍은 웃음을 지었다.

"칭찬 고마워요. 우리 이제 집으로 가요."

신수아는 내 팔에 꽂힌 수액관을 제거하고 몸을 일으켜 세워주었다. 농도를 줄였다지만 조력자살에 사용하는 약물을 투약했으니 몸도 정신도 몽롱할 수밖에 없었다.

나는 그녀의 부축을 받으며 천천히 건물을 빠져나왔다. 어느새 연구소의 모든 인원이 퇴근하고 밖은 어둑해진 상태였다.

"오늘 고생 많았어요. 기분은 좀 어때요?"

순간 헷갈렸다. 증상이 호전된 것인지, 아니면 밤공기가 너무 상

랩코트: 의사, 약사, 연구원 등이 착용하는 흰색의 긴 작업용 가운.

쾌해서 착각하는 것인지. 하지만 그게 내 안에서 일어난 변화라는 것을 알아차리자 나도 모르게 웃음이 새어 나왔다. 하루도 안 되는 시간 사이에 불안감이 이토록 큰 폭으로 줄어들 수 있다는 사실이 믿기지 않을 지경이었다.

 조력자살을 신청하러 이곳을 찾았던 때와 비교하면 모든 게 바뀌었다. 그때는 혼자였지만 지금은 든든한 아군이 생겼다. 죽으러 온 것은 동일해도 이제는 목적지가 달라졌다. 이전까지는 피부가 햇살을 튕겨내며 세로토닌의 분비를 막았다면, 현재는 한층 예민해진 감각 신경이 온갖 밝은 기운을 뇌로 전달하는 기분이었다. 내 인생의 짙은 먹구름이 서서히 걷히는 느낌이 들자, 이제는 행복한 미래를 꿈꿀 수 있겠다는 확신이 들었다.

* * *

"인류 최고의 발견이 뭔지 알아요? 바로 카카오예요. 초콜릿은 천연 도파민 촉진제거든요."

 신수아가 초콜릿 상자 하나를 건네주었다. 알록달록하게 칠해진 양철 케이스가 마치 보물상자를 연상시켰다.

"아직 많이 힘들어 보여서요. 이게 큰 도움이 되지는 않겠지만, 그래도 기분은 조금 나아질 거예요."

 세상을 혼자 살기 시작한 이후로 누군가에게 이런 배려를 받는 것은 처음이었다. 낯설고 어색하게 느껴지기도 했지만, 나를 향한 호의에 기분이 좋아지는 것도 사실이었다.

"고마워요. 잘 먹을게요."

내가 보기에 이건 초콜릿이 아니라 나의 회복을 격려하는 그녀의 마음이었다. 나를 치료하던 의사들에게서는 볼 수 없었던 진심 어린 응원이었다. 그 마음이 전해지자 초콜릿보다는 그녀의 관심이 더 고맙게 느껴졌다.

"집에서 챙겨야 할 물건들 있죠? 지금 가지러 가는 게 어때요?"

그녀의 말에 집을 떠올리자 속이 울렁거리는 느낌이었다. 몇 가지 물건이 필요하기는 했지만, 트라우마로 가득한 그 집에 다시 들어갈 용기가 나지 않았다. 난장판이 되어 있을 그 광경도 보고 싶지 않았다.

"가고 싶지가 않아요."

폐가보다 음산한 그 집으로 돌아가기에는 내 담력이 부족했다. 신수아는 전부 이해한다는 듯 안쓰러운 표정을 지었다.

"저랑 같이 가면 좀 나을 거예요. 서로 연락해야 하는데 지금 휴대폰도 없잖아요?"

나는 망설였지만 이어지는 그녀의 설득에 밀려 결국 집으로 향했다. 그렇게 고속도로를 타고 약 두 시간을 달려, 오랜 투병을 함께한 옥탑방에 도착했다.

출소한 교도소를 다시 찾아온 느낌에 거부감이 앞섰다. 세상으로부터 나를 보호하는 피난처였지만 동시에 나를 가둔 독방이기도 했으니까. 이미 평화로운 집에 적응한 탓인지 이 어둑한 공간이 낯설게 느껴졌다. 지금까지는 이 문 밖을 나서는 게 두려웠지만 이제는 들어가는 게 더 무서웠다.

현관문을 보고 있는 것만으로도 숨이 막혔다. 지옥문을 여는 듯한 기분과, 문 너머에서 마귀가 쏟아져 나올 것 같다는 느낌을 떨쳐낼 수가 없었다. 이 안으로 들어가면 그대로 갇혀서 나오지 못할 것만 같았다.
 불안감이 예사롭지 않다고 생각하던 찰나, 심장이 미친듯이 뛰자 그 공포심이 공황발작의 징조였다는 것을 깨달았다. 순식간에 한기가 몰려오며 몸이 바들바들 떨렸다. 나는 그 자리에 주저앉고 본능적으로 계단 구석으로 기어가 몸을 웅크렸다.
 벽에 몸을 바짝 붙이고 다리 사이로 고개를 처박았다. 집 밖에서의 공황발작은 몇 년 만이었다. 문을 틀어막거나 이불을 뒤집어쓰는 게 나의 대응법이었는데, 밖에서 이 상황에 놓이니 어떻게 해야 할지 감이 오지 않았다.
 혼란에 빠져 갈피를 잡지 못하고 있던 와중에, 등 위로 약간의 온기가 느껴졌다. 고개를 들자 신수아가 겉옷을 벗어 나를 덮어주고 있었다.
"천천히 심호흡해요. 제가 옆에 있을 테니까 걱정하지 마요."
 처음이었다. 공황발작이 일었을 때 누군가의 도움을 받는 것은 생소한 경험이었다. 비록 증상을 완화하는 데 큰 도움이 되지는 않았지만, 그 존재만으로도 위안이 되는 것은 확실했다.
 나는 스타카토처럼 끊기는 호흡으로 폐에 간신히 산소를 밀어 넣었다. 숨을 깊게 들이쉬어야 한다는 것을 머리로는 알고 있었지만 그게 생각처럼 쉽지는 않았다.
 고개를 숙이고 들숨과 날숨의 균형을 찾으려 애쓰던 중, 내 뺨에 따뜻한 두 손이 닿았다. 공포스러울 수 있는 상황이었지만 그게 신수아의 손이라는 것을 알기에 전혀 무섭지 않았다. 그녀가 천천히 내 얼굴을 들어 올리자 서로 시선이 마주쳤다.

"저랑 호흡을 맞춰봐요. 할 수 있겠어요?"

고개를 끄덕이자 신수아는 서로의 숨결이 느껴질 만큼 가까운 거리로 좁혀왔다. 얼굴을 마주한 채 그녀의 속도에 맞춰 천천히 호흡했다. 그녀가 숨을 내쉬는 신호에 맞춰 공기를 내뱉고, 들이쉬는 리듬에 맞춰 숨을 들이마셨다. 그 과정을 수백 번 반복했다.

공황발작은 매번 반시간이 기본이었지만 이번만큼은 달랐다. 그녀의 도움 덕인지 부교감신경계*가 출력을 높이며 몸이 빠르게 제기능을 되찾기 시작했다.

매섭게 몰아치던 공황이 잦아들자 눈물이 제멋대로 쏟아졌다. 서러운 마음과 깊은 회의감이 엉겨 붙어 흘러내리는 것을 멈출 수가 없었다. 서글픈 감정 때문이었지만 그 안에는 신수아를 향한 고마운 마음도 섞여 있었다. 그녀가 나를 위로하려 등을 토닥였지만 그 손길은 내 눈물샘을 더 자극했다.

나는 힘겹게 마음을 진정시킨 뒤 눈물을 닦았다. 천천히 자리에서 일어나자 바닥에 떨어진 채 나뒹굴고 있는 신수아의 외투가 보였다. 나는 옷을 털어 그녀에게 전해준 뒤 심호흡을 하고 문 앞에 다시 섰다. 그러나 이번에도 망설여지는 건 어쩔 수 없었다.

"제가 먼저 들어갈까요?"

내 마음을 어떻게 이리도 잘 아는지 그저 신기할 따름이었다. 그녀가 앞장서자 보호막이 생긴 것처럼 든든한 느낌이 들었다.

"네. 부탁할게요."

그녀의 뒤를 따라 신발을 신은 채 방으로 들어갔다. 바닥을 뒤덮은 유리 조각을 밟을 때마다 바스락대는 소리가 방 안에 울렸다. 고독한 냄새는 한 달에 걸쳐 완전히 흩어진 상태였다.

부교감신경계: 신체 기능을 조절하는 자율신경계. 심박수를 낮추고 긴장을 완화한다.

분노가 휩쓸고 지나간 방은 난장판이 되어 있었다. 책장에서 쏟아진 책과 그림들이 뒤엉켜 있고, 병목만 남은 소주병은 방 한가운데서 나뒹굴고 있었다. 빛을 틀어막은 암막 커튼과 수많은 잠금장치도 이 방의 주인은 제정신이 아니라는 것을 적나라하게 보여주고 있었다.

"혹시 그림 그려요?"

신수아의 시선은 바닥에 널브러진 그림들을 향해 있었다. 의문이 생길 수밖에 없는 어지러운 광경을 보고도 그녀는 이에 대해 묻지 않았다. 질문이 다른 곳을 향하는 것만 보더라도 그녀가 어떤 사람인지 다시 한번 느낄 수 있었다. 신경 쓰지 않는다는 듯, 혹은 전부 이해한다는 듯 내비치는 태연한 모습에 괜히 울컥한 마음이 들었다.

"네. 할 수 있는 게 그것밖에 없었거든요."

컴퓨터와 모니터는 회생이 불가능했지만 다행히 펜 태블릿*은 크게 망가지지 않은 상태였다. 나는 수백 장의 그림 뭉치와 오랜 철학이 담긴 열 권가량의 노트를 챙긴 뒤, 자살하기 전에 작성한 유서도 주워 들었다. 떠올리는 것만으로도 아프고 그래서 지우고 싶은 기억이지만 이건 부정할 수 없는 내 인생이었다. 이 물건들을 챙기는 게 맞을까 싶으면서도, 내 인생을 여기 두고 간다면 언젠가 돌아오게 될지도 모른다는 느낌이 든 탓에 차마 방치할 수가 없었다.

"휴대폰 여기 있네요."

신수아가 널브러져 있던 핸드폰을 주워 건네주었다. 방전된 상태로 액정은 깨져 있었다.

펜 태블릿: 펜을 이용하여 컴퓨터에 그림을 그릴 수 있도록 하는 입력 장치.

"필요한 물건은 다 챙겼어요?"

"네. 이제 나가요."

나는 두 번 다시 이곳에 발을 들이지 않겠다고 다짐하며 방을 빠져나왔다. 이후 곧바로 차에 올라 황급히 이곳을 벗어났다. 차가 고속도로에 진입하자 과거에서 다시 멀어지는 느낌에 숨통이 트였다.

나는 이동하는 차 안에서 그림을 하나씩 살폈다. 의도하지는 않았지만 그림에는 내 삶이 드러나 있었다. 죽음, 고뇌, 고통, 질병 등 일관된 키워드로 점철된 그림들은 오랜 투병 생활을 암묵적으로 보여주고 있었다.

그림을 차례대로 살펴보던 중, 낯선 그림 하나가 눈에 들어왔다. 선의 질감이나 표현 방식은 내 그림체가 분명했지만 이걸 그린 기억이 나지 않았다. 종이를 빠르게 넘기며 살피자 생소한 그림은 총 다섯 점이었다.

나는 과거를 헤집으며 회상했지만 이 그림과 얽힌 기억들이 삭제된 것처럼 도통 떠올릴 수가 없었다. 아무리 그림이 많아도 내가 기억조차 못한다는 건 말이 안 되는 일이었다.

"제 그림이 분명한데 이걸 그린 기억이 없어요. 혹시 임사치료 때문이에요?"

"아마 그럴 거예요. 임사체험 이후에 과거를 떠올리지 못하는 경우가 꽤 있거든요."

"임사치료를 반복하면 기억이 더 사라지겠네요."

"정확히는 기억이 사라지는 게 아니라 과거를 회상하는 데 문제가 생기는 거예요. 보통은 단기 기억상실이라서 시간이 지나면 자연스레 떠오를 거예요. 그러니 너무 걱정하지 마요."
 왜인지 다행이라는 생각이 들지 않았다. 과거를 전부 잊을 수만 있다면 그건 불행의 고리를 끊어버릴 수 있는 기회였다. 과거와 단절되는 게 아니라 미래와 연결되는 일이기에, 내게는 오히려 희망적인 변화였다.
 "차라리 전부 잊고 싶어요. 힘들었던 기억은 저한테 방해만 될 게 분명하잖아요."
 마음 같아서는 내 인생의 아픈 역사를 전부 지우고 싶었다. 억압받고 수탈당한 기억은 사라져도 상관없었다. 기억이 되살아나는 것은 어쩌면 내게 더 불행한 일이었다.
 "제가 이런 말 할 자격은 없지만… 트라우마를 너무 걱정하지 않았으면 좋겠어요. 과거를 잊는 것보다 행복한 기억으로 대체하는 게 더 낫잖아요? 제가 도와줄게요."
 어떻게 사람이 이럴 수 있을까 싶었다. 표정부터 작은 행동, 말 한마디까지도 온통 배려로 가득한 사람이었다. 나를 피해간 모든 행운이 그녀를 통해 단번에 찾아온 듯했다. 내게 그만큼 소중한 인연이기에, 그녀와의 기억마저 사라질지 모른다는 생각은 나를 다시 불안하게 만들었다. 임사치료 과정이 힘들기는 해도 그녀와 내가 함께하는 시간만큼은 잊고 싶지 않았다.
 "과거를 떠올려야 할 상황이 생기면 어떡하죠? 치료하면 되나요?"
 "기억상실에는 약물 치료나 심리 치료, 최면 치료 같은 방법이 있지만 효과를 보장할 수는 없어요."
 "치료해도 기억이 돌아오지 않으면 어떡해요?"

"만약 모든 방법이 통하지 않으면, 기억을 강하게 자극하는 무언가를 통해 기억을 되살릴 수도 있어요. 특정 공간이나 상황, 감정이 잠재된 기억을 활성화시키는 경우예요. 그 자극으로 인해서 차단된 기억이 단번에 떠오르는 경우가 있거든요."
"저한테 의미가 담긴 물건이면 될까요?"
"그것도 좋은 방법이에요. 아니면 그림을 잘 그리시니까, 인생의 중요한 사건들을 미리 그림으로 남겨두는 것도 도움이 될 수 있을 거예요. 물론 효과는 장담할 수 없지만요."
 차는 빠른 속도로 신수아의 집을 향해 달렸다. 나는 두 번 다시 이곳에 돌아올 일이 없기를 간절히 바랄 뿐이었다.

* * *

 신수아의 집에 온 지도 어느새 두 달이 지났다. 얼마 전, 두 번째 임사치료를 성공적으로 마치자 불안감과 무력감이 눈에 띄게 줄었다. 공황발작의 빈도가 줄고 지속시간이 짧아지는 것 또한 확연히 보였다. 그리고 예상했던 것처럼, 더 많은 기억들이 내 머릿속에서 모습을 감췄다.
 함께 지내는 시간이 길어지는 만큼 신수아와도 빠르게 가까워졌다. 내 대화 상대는 항상 나뿐이었기에, 집에서 다른 누군가와 대화를 나눈다는 사실이 낯설게만 느껴졌다. 처음에는 내가 치료에 대해 질문하고 그녀가 답하는 게 전부였지만, 이제는 사소하고 일상적인 대화를 서로 먼저 꺼냈다. 때로는 어색한 기분이 들기도 했지만 그 또한 좋은 느낌이라는 사실은 부정할 수 없었다.

공황장애를 앓기 시작하면서 나는 외로움을 삶의 일부로 받아들였다. 줄곧 사람을 피해왔고 더욱 어둡고 외진 곳으로 숨는 시간 속에 살아왔다. 그 삶을 지속하면서 나는 인간관계 맺기를 극도로 싫어하는 사람이라고 믿어버렸다. 사람을 병적으로 기피하는 게, 공황장애가 가져온 합병증의 일환이었다는 사실을 오래도록 잊고 있었다.

하지만 신수아와 시간을 보낼수록 공황장애를 앓기 전의 내가 희미하게 떠올랐다. 그녀는 내가 사람 사귀는 걸 그 누구보다 좋아했다는 사실을 상기시켜 주었다. 함께 식사를 하는 것도, 생각을 공유하는 것도, 농담을 주고받는 것도 전부 내가 잊고 있던 즐거움이었다.

내 착각일지도 모르지만 그녀도 나와 비슷한 감정이라는 느낌을 받았다. 그녀의 관심사를 주제로 대화할 때면 들뜬 모습으로 내게 자세히 설명해주곤 했다. 오늘 학교에서 있었던 일을 늘어놓는 어린아이처럼, 때로는 나를 붙잡고 한참동안 이야기를 쏟아내기도 했다. 나도 그녀도 지독한 외로움에 지쳐있던 탓인지, 소소한 대화를 나눌 상대가 있다는 것만으로도 큰 위로가 되는 듯했다.

의도치 않게 대화는 늘 신수아에 대한 주제로 흘러갔다. 나는 알고 싶어서 계속 질문했고, 그녀는 내 지난 삶이 어땠는지 알기에 배려하는 듯 나에 대해서는 묻지 않았다. 그로 인해 알게 된 건, 나와 너무나 대비되는 인생이라는 점이었다.

신수아는 타고난 수재였다. 스물여덟 살에 신경생리학 박사 학위를 취득하고 KIST를 거쳐, 현재는 한국임사연구소에서 임사

연구를 담당하는 핵심 인재였다. 무명 삽화가인 나와는 비교도 안 되는 이력이었다. 나의 20대는 끊임없이 무너져 내렸지만 그녀는 무서운 속도로 쌓아올렸으니 그 격차가 클 수밖에 없었다.

가족이 없다는 것만 제외한다면 나와 모든 게 다를 줄 알았다. 실제로 모든 게 달랐지만 매일 대화하며 작은 접점을 찾아낼 수 있었다. 하나는 서른 중반에 들어선 나이, 다른 하나는 체스 경기를 즐겨 본다는 점이었다. 애써 찾아낸 것 치고는 민망한 수준이었지만, 같은 관심사를 발견했다는 것만으로도 그 거리감을 줄이는 데 큰 도움이 되었다.

신수아가 퇴근한 뒤에는 항상 체스를 두며 시간을 보냈다. 나름 체스에 자신이 있었지만 그녀의 타고난 지능을 넘어서기에는 역부족이었다. 내 승률은 3할이 채 안 되었지만 승패를 떠나서 그 시간 자체가 더없이 즐거웠다.

연구소에서 돌아온 신수아는 오늘도 어김없이 체스를 먼저 꺼내 들었다. 나는 테이블을 사이에 두고 그녀와 마주보고 앉았다. 그녀가 체스판에 기물을 올려 두다 말고 나를 쳐다보았다.

"우리 동갑이잖아요. 이제는 친구끼리 말 좀 놓으면 안 돼요?"

"편하게 말씀하세요. 저는 괜찮아요."

남의 집에 얹혀사는 것도 모자라서 염치없는 인간이 될 수는 없었다. 그녀에게 모든 것을 의지하는 나로서는 차마 들어줄 수 없는 부탁이었다. 친해진 것과 별개로 이건 내가 지켜야 하는 최소한의 예의였다.

"그게 뭐예요? 그건 말 놓는 게 아니잖아요."

체스판 위에 모든 기물을 배치한 뒤, 내가 폰을 한 칸 옮기자 그녀가 다시 나를 쳐다보았다.
"그러면 내기해요. 이번 게임 이기는 쪽이 정하는 걸로."
"제가 매번 지잖아요."
"그러면 제 기물 하나 빼줄게요."
 신수아는 자신의 퀸 앞에 놓인 폰 하나를 제거했다. 나를 배려하는 것처럼 보였지만 실상은 퀸의 앞길을 열어 놓은 것에 가까웠다. 초반부터 퀸을 활용하는 그녀였기에, 곧바로 매섭게 몰아치려는 의도가 다분했다.
"시작하자마자 퀸으로 다 죽이려는 거죠?"
"음, 아닌데요?"
 그녀가 체스판에 얼굴을 고정한 채 눈만 치켜올려 나를 쳐다보았다. 장난기 가득한 표정으로 웃음을 참고 있는 게 보였다. 입꼬리를 씰룩거리며 시치미를 떼는 모습에 나도 모르게 웃음이 새어 나왔다.
"그럼 이거 하나만 더 빼요."
"아니, 이건 안 돼요!"
 내가 킹 앞에 놓인 폰까지 뽑아 버리자 그녀가 당황한 듯 손을 내저었다. 아이가 사탕이라도 뺏긴 것처럼 허둥대는 모습에 나는 웃음이 터졌다.
 결국 폰 하나만 제거한 채 게임을 진행했다. 꽤 비등하게 싸웠지만 실력차를 좁히기에는 너무 작은 핸디캡이었다. 그렇게 나의 패배로 끝이 나면서, 앞으로 편하게 대화하자는 그녀의 요구를 받아들일 수밖에 없었다.

* * *

또 한 달이 지났다.

세 번째 임사치료는 유난히 힘들었다. 내게 깨어나라고 신호를 주었지만, 나는 임사체험에서 반려견과 함께 끝이 보이지 않는 우유니 소금사막*을 여행하고 있었던 탓에 곧바로 죽지 못했다. 가까스로 깨어나는 데에는 성공했지만 한동안 감각이 돌아오지 않았다. 결국 몸 상태가 회복되기는 했으나 죽기 직전까지 갔던 아찔한 경험이었다.

죽음을 감수한 대가는 이번에도 기대 이상이었다. 정신이 치유되면서 몸도 서서히 제 기능을 되찾아갔다. 내게 종양처럼 붙어 있던 두통과 신경통이 사라졌고 종일 무력하던 몸에서는 에너지가 움트기 시작했다.

내 자살 시도를 합쳐 지금까지 네 번이나 죽었다 깨어났으니, 술과 니코틴에 찌들었던 뇌는 내가 심각한 중독환자였다는 사실마저 잊은 듯했다. 희망이 가득한 인생에 더는 필요하지 않아서인지 그 어떠한 금단증상도 나타나지 않았다.

치료를 거듭할수록 증세는 호전되어 갔지만 그만큼 기억도 사라지는 게 느껴졌다. 치료를 위해 기억을 바쳐야 했지만 나는 전혀 개의치 않았다. 지식은 그대로 남겨둔 채, 내 트라우마와 얽힌 개인적인 과거들만이 사라진 탓이었다.

나는 기억의 공백을 새로운 일상으로 채워나갔다. 증상이 크게 개선되자 나는 다시 일러스트 의뢰를 받으며 그림을 그릴 수 있게 되었다. 집중력이 높아진 덕인지 그림도 이전보다 더 섬세해

우유니 소금사막: 볼리비아에 위치한 광활한 소금 평원. 비가 내린 후 얇은 물이 덮이면 하늘과 땅이 완벽하게 반사되어, 마치 하늘 위에 있는 듯한 환상적인 광경이 펼쳐진다.

진 느낌이었다. 그렇게 주중에는 그림을 그리고, 주말에는 수아와 서점에 가고 책을 공유하며 많은 시간을 보냈다. 화창한 날에는 함께 해변을 산책하거나 마당의 작은 텃밭을 손질하기도 했다. 겉보기에는 전혀 특별할 것 없는 일상이었지만, 오랫동안 좁은 방에 갇혀있던 내게는 너무나도 상징적인 변화였다.

여느 때와 같은 주말 아침, 일찍 눈을 뜬 나는 수아가 추천해 준 책을 펼쳤다. 시간 여행의 가능성에 대해 이야기하는 내용이었다.

시간은 선형적*이면서 동시에 비선형적*인 구조로 이루어져 있다. 비가역성을 지니지만 이론상 가역성을 완전히 배제할 수도 없다. 물리학이라는 틀 안에서, 예측할 수 있을 것 같으면서도 그 움직임을 종잡을 수 없는 게 바로 시간이다. 중력으로 인해 왜곡되고 속도의 영향을 받아 팽창한다는 점은 시간 여행의 여지를 준다.

시간을 역행하는 게 이론상으로는 가능하더라도 현실적으로는 어려울 것이라는 견해가 지배적이다. 시간을 거스르기 위해서는 특정 조건을 충족해야 하는데, 그 조건을 갖추는 게 사실상 불가능한 일이기 때문이다. 하지만 반대로, 불가능에 가까운 조건만 충족한다면 시간 여행이 충분히 가능하다는 의미로도 해석할 수 있다.

시간 여행을 둘러싸고 다양한 가설이 제기되었지만 그 모든 추측은 접근 방식부터 잘못되었다. 시간 여행에 필요한 것은 타키온*이나 웜홀이 아니다. 바로 시간 왜곡이 벌어지는 꿈과 임사체험이다. 의식과 무의식의 경계에 있는 그때가 바로 시간을 거스를 수 있는 유일한 순간이다.

선형적: 어떤 사건이나 변화가 한 방향으로만 이루어지는 것. 또는 그런 구조.
비선형적: 어떤 사건이나 변화가 한 방향으로만 이루어지지 않고 여러 갈래로 얽혀 있는 것. 또는 그런 구조.
타키온: 빛보다 빠른 속도를 지닌 가상의 입자.

시간 여행의 비밀은 물리학이 아닌 신경과학에 있다. 시간 여행에 필요한 조건은, 서로 다른 시간에 존재하는 두 의식을 동일한 시공간에 위치시키는 것이다. 이에 성공만 한다면 의식 안에서 과거와 미래가 서로 정보를 주고받는 게 가능할지도 모른다. 이는 새로운 방식의 시간 여행이다.

"읽을 만해?"
수아가 잠이 덜 깬 듯한 모습으로 방에서 나왔다.
"이제 막 읽기 시작했어. 그런데 임사체험에서 시간 여행을 도대체 어떻게 한다는 거야?"
"꿈을 이용하는 거야."
"꿈?"
그녀가 눈을 비비며 고개를 끄덕였다.
"꿈속 배경은 무작위로 정해지잖아? 그런데 만약 꿈과 임사체험의 시공간이 완벽히 들어맞는다면 거기서 서로 만날 수 있다고 주장하더라고."
"임사체험에서 꿈속 자신을 만난다는 거야?"
"맞아. 과거를 직접 바꾸는 시간 여행은 불가능하지만, 의식 안에서 임사체험을 통해 과거로 정보를 전달하는 일이라면 가능할 수도 있다는 주장이야."
"재미있는 상상이네. 과학자 입장에서는 어때?"
"당연히 불가능한 얘기지. 그런데 나는 왠지 믿고 싶더라고. 그게 가능하다면 우리 부모님 사고도 막을 수 있을 테니까."
수아가 다가와 내 옆 소파에 앉았다.

"혹시 그런 심정 알아? 말도 안 된다는 걸 알면서도, 믿고 싶어서 믿는 그런 마음."

 모를 수가 없었다. 이건 교리의 허점을 뻔히 알면서도 교회를 떠나지 않는 사람들을 보면 쉽게 알 수 있는 사실이었다. 그리고 굳이 그렇게 멀리 내다볼 필요도 없었다. 개선될 가능성이 희박한데도 끝까지 낙관한 과거의 나만 보더라도, 믿음이 근거보다는 갈망에서 비롯된다는 사실을 알 수 있었으니까.

"잘 알지. 사람들은 불편한 진실보다는 위로가 되는 거짓말을 더 좋아하니까."

 나를 돌아보며 내뱉은 말이었지만, 수아의 기분을 상하게 한 건 아닐까 싶어 괜히 미안한 마음이 들었다.

"그래도 혹시 모르니까, 다음 임사치료 때 내가 시도해 볼까? 시간 여행이 정말 가능한지 말이야. 성공하면 너한테 방법을 알려줄게. 어때?"

"됐네요. 괜히 쓸데없는 짓 하면서 임사체험 낭비하지 말라고."

 나는 머쓱한 웃음을 지었다.

"아, 잠깐만 기다려 봐."

 그녀가 무언가 생각난 듯 방으로 향하더니 이내 방에서 자동차 모형 하나를 들고 왔다. 영화 백 투더 퓨처에 등장하는 들로리안이었다.

"이거 줄게. 너한테 꼭 필요한 물건이야."

"이건 왜?"

"백 투더 퓨처는 네 얘기잖아."

"그건 또 무슨 소리야?"

"임사체험에서는 날짜가 멈춰있잖아. 그런데 현실에서는 시간이 계속 흐르고 있으니까, 임사치료를 할 때마다 너는 미래로 돌아오고 있는 거야."

"임사체험에서 '백 투더 퓨처'하는 셈이네."

"그렇지. 그러니까 임사체험에서 현실로 돌아올 때…."

"이걸 타고 오라고?"

수아가 멈칫하더니 장난스럽게 웃으며 고개를 끄덕였다.

"그러면 돌아오는 데 문제없을 거야. 지난번처럼 위험한 일도 없을 거고."

그녀의 말이 농담이라는 건 알고 있었지만, 그 안에 들어있는 진심도 어렴풋이 느껴졌다. 장난으로 위장한 진심, 임사체험에서 무사히 돌아오기를 바라는 마음을 보여주는 게 아닐까 싶었다. 나는 그렇게 믿고 싶었다.

한 달마다 죽어야 한다는 점을 감안한다면 나는 여전히 암울한 상황이었다. 하지만 크게 걱정할 필요 없다는 듯 얘기하는 수아의 태도는 내가 그 현실을 외면할 수 있도록 도와주었다. 그녀도 임사치료 날짜가 다가올수록 초조한 마음은 마찬가지일 텐데, 언제나 불안한 마음을 숨긴 채 나의 걱정을 줄여주려 노력하곤 했다. 그 의도가 너무 투명하게 보였기에 모를 수가 없었.

언제부터인가, 자신보다는 남을 향한 배려로 가득한 수아를 볼 때마다 이상한 감정이 느껴졌다. 함께 보내는 시간이 길어지며 가까워질수록 내 마음도 그녀에게 더욱 강하게 이끌리는 게 눈에 보일 정도였다. 한동안 애써 부정했지만 나는 받아들일 수밖에 없었다. 사람으로서, 그리고 이성으로서 나는 그녀의 매력에 서서히 스며들고 있었다.

"나 궁금한 게 있어. 혹시 과학자도 점술을 믿어?"

나는 괜히 주제를 돌리며 책장에 꽂혀 있는 타로카드 가이드북을 가리켰다.

"예전에 타로카드랑 같이 선물 받은 거야. 때로는 과학으로 설명할 수 없는 일도 있다고 하면서, 이런 것도 나름 의미가 있다고 하더라고."

수아가 거실장의 보드게임 상자에서 타로카드 꺼냈다.

"말 나온 김에 내가 하나 봐줄게. 뭐가 궁금해?"

"음, 그러면 나 완치가 가능할지 봐 줘."

"너무 걱정하지 마. 충분히 좋아지고 있잖아."

그녀가 카드를 길게 펼쳤다. 타로카드를 한 번도 만져본 적 없다는 게 보일 만큼 서투른 모양새였다.

"여기서 한 장 골라 봐."

나는 중간쯤에 위치한 카드를 골랐다. 수아가 카드를 뒤집자 칼에 찔린 채 바닥에 쓰러져 있는 남자의 그림이 나타났다. 타로에 대해 전혀 모르는 사람도 이게 불길한 카드라는 걸 단번에 알아차릴 수 있는 그림이었다.

수아도 난감한 표정을 지었다. 나는 타로카드 가이드북을 펼쳐 해당 카드에 대한 설명을 읽었다.

"이 카드의 이름은 텐 오브 소드로, 고통, 배신, 종결, 죽음을 상징합니다. 하늘에 떠 있는 먹구름은 희망이 고통에 가려진 절망적인 현실을…."

수아가 내 손에 들린 책을 낚아챘다.

"에이, 괜히 했네. 신경 쓰지 마."

"어차피 나도 이런 거 안 믿어."

가이드북을 살펴보던 그녀가 뭔가 발견한 듯 책에 얼굴이 가까이 가져갔다. 이윽고 그녀는 테이블에 놓인 카드의 위아래를 뒤집었다.

"자, 역방향으로 놓으면 이건 반대의 의미가 된대. 죽음이 아니라 회복이라는 뜻이야. 어때? 타로도 이렇게 말하니까 걱정할 필요 하나도 없지?"

"이건 직접 뒤집은 거잖아. 이런 엉터리 타로가 어딨어?"

"그게 뭐가 중요해. 꿈보다 해몽이라는 말도 있잖아."

수아는 타로카드를 정리하고 가이드북을 거실 책장 한편에 올려놓았다.

* * *

내가 힘든 과거를 전부 잊을 수 있을까?

임사치료를 반복할수록 더 많은 기억이 사라지는 내 상황에서는 충분히 가능한 일이었다. 긴 수감 생활을 떠올려 봐야 좋을 것도 없기에 나는 사라지는 기억을 붙잡고 싶지도 않았다. 하지만 기억상실은 트라우마를 극복하는 데 있어서 그리 좋은 방법이 아니라는 수아의 말도 일리가 있었다. 비록 힘든 기억이지만, 과거를 완전히 잊고 혼란에 빠진다면 그 또한 문제가 될 수 있었다.

그래서 나는 한동안 그림에 매진했다. 그림에 내 과거를 담아서, 사라진 기억을 불러일으킬 촉매제로 활용하기 위해서였다. 물론 효과는 장담할 수 없었다. 잊고 있던 감정을 되살려냄으로써 편도체를 자극하면 기억이 복구될 것이라는 생각은 어디까지나 내 추측일 뿐이었으니까.

 치료해도 기억이 돌아오지 않는 경우를 대비한다면 이게 최선이라 판단했다. 다만 의도치 않게 기억이 되살아나는 불상사는 피해야 했기에 글로 남기거나 직관적으로 그릴 수는 없었다. 기억을 지우고 싶은 마음과 기억을 되찾으려는 의도가 상충하는 탓에 나는 한동안 갈피를 잡지 못했다.

 결국 내가 택한 방법은 암호화였다. 그림을 해석하지 않는 이상 절대 그 의미를 알아차릴 수 없도록 설계하고, 힌트가 될 문구도 삽입했다. 그리고 마침내 세 점의 그림을 완성했다. 하나는 기억을 잃은 나에게 보내는 메시지, 다른 하나는 13년의 투병기, 마지막 하나는 임사치료에 대한 암시였다.

 첫 번째 그림은 테세우스의 배 역설을 이용했다. 과거의 나를 잃어버리더라도, 그게 나라는 사실은 변하지 않는다고 말하는 그림이었다. 기억상실로 인해 정체성에 혼란이 오더라도 내가 그 변화를 잘 받아들일 수 있도록 하려는 의도였다. 그 해석을 위해서는 역설의 대상을 나로 바꿔서 생각해야 했기에 '나'를 의미하는 알파벳 I를 그림 위에 써 넣었다.

 두 번째 그림에는 펜로즈의 계단에 갇힌 나를 그려 넣었다. 무의미한 노력만 반복하다 결국 치료를 포기한 과거를 이보다 명확히 표현할 수는 없을 듯했다. 나아갈 수 있을 것이라 착각하며 끊임없이 올라가고, 한없이 추락하던 내 삶처럼 계속해서 내려가다, 결국에는 제자리만 맴돈다는 사실을 깨닫고 자리에 주저앉은 내 모습이었다. 마지막으로는 로마숫자와 질병분류기호를 이용해서 약간의 메시지를 추가로 담았다.

세 번째 그림은 내가 뽑은 타로카드의 상징을 활용했다. 텐 오브 소드를 역방향으로 놓으면 죽음이 아닌 새로운 시작을 의미했기에 내 상황을 표현하는 데에는 제격이라고 판단해서였다. 이마저도 쉽게 알아차릴 수 없도록 칼을 하나로 줄였고 그 대신 숫자 10을 뜻하는 로마숫자 X를 손으로 표현했다. 끝으로는 임사체험에 대한 힌트를 적어 넣으며, 임사치료의 기억만큼은 확실히 되살릴 수 있는 암호를 완성했다.

나는 그림만으로 부족하다고 판단하여 글을 하나 추가했다. 이 또한 원치 않는 상황에서 기억이 되살아나는 것을 막고자 에둘러 표현했다.

내게 죽음은 피할 수도 막을 수도 없는 일이다. 어쩌면 이건 처음부터 예정된 미래였는지도 모른다.
자살이 최악의 선택이라 믿어왔지만 돌이켜보면 죽음은 내게 유일한 희망이었다. 내 문제는 오로지 죽음으로만 해결할 수 있기에, 미래의 나를 위해서는 죽어야만 한다.

자살을 갈망하던 과거의 마음과, 치료를 위해서는 죽어야만 하는 현재의 상황을 모두 아우르는 중의적 표현이었다.

애초부터 죽지 않고 문제를 해결하려는 마음은 내 욕심이었다. 공황장애를 극복하는 방법은 자살 혹은 임사치료 둘 중 하나였다. 고통을 끝내기 위한 자살이든, 공황을 끝내기 위한 임사치료든 나는 죽음을 거쳐야만 했다. 처음부터 내가 가야 할 길은 단 하나뿐이었다.

 기억을 되살릴 메시지를 완성했지만 뭔가 부족하다는 느낌을 지울 수가 없었다. 강력한 한 방, 내 생의 가장 극적인 순간을 회상하도록 유도해야만 했다. 강렬한 감정을 촉발한 그 사건이 떠오른다면 기억이 연쇄적으로 되살아날 것이라는 판단이었다. 그리고 그 기폭제가 될 수 있는 것은 내가 자살하기 전에 쓴 유서가 유일했다.

 내 선택을 이토록 후회하게 될 줄 몰랐다. 분명 옳은 판단이라 믿었는데, 이제 와서 보니 그건 틀린 결정이었다.
 시간을 되돌릴 수만 있다면 과거의 내게 전하고 싶다. 절대 후회할 행동을 하지 말라고. 돌이킬 수 없는 선택을 하지 말라고.

 삶을 택한 나날들을 후회하는 게 무의미하다는 것은 나도 알고 있었다. 하지만 오랜 투병 생활이 자살에 종착하는 것을 본다면 그동안의 선택에 후회가 밀려오는 건 당연한 일이었다.
 시간을 되돌리고 싶다는 상상 또한 덧없는 건 마찬가지였다. 영화에서처럼 과거를 바꾼다 한들 내가 이미 고통받은 시간이 사라지는 건 아니었으니까. 그럼에도 과거의 내게 한 마디를 건넬 수 있다면 내가 전하고 싶은 말은 줄곧 하나뿐이었다.
 죽음을 배척하지 말 것.
 오랜 투쟁이 좋은 결과를 가져오기는 했어도 그동안 버틴 게 옳은 선택이었다고 말할 수는 없었다. 전부 견뎌낸 나로서는 최고의 미래에 도달한 셈이지만, 불행이 시작되던 과거의 나라면 얘기가 달랐다. 13년이란 세월은 내가 앞으로 느낄 행복으로도 절대 상쇄할 수 없는 지옥 같은 시간이었으니까. 예나 지금이나, 불행을 조기에 청산하는 게 이득이었다는 사실은 변하지 않았다.

* * *

 그동안 나는 현실을 외면하고 상상 속에 살았다. 언젠가 모든 게 해결되고 행복해진 내 미래의 모습을 그리며 그에게 빙의한 것처럼 살았다. 상상 속에서만큼은 나도 남부러울 것 없이 사랑하고 사랑받으며 행복을 만끽했다. 그 세상은 공황으로부터 자유로울 수 있는 유일한 도피처였기에 거기서 한 발짝도 벗어날 수가 없었다.
 고통의 크기가 큰 만큼, 내가 떠올릴 수 있는 가장 완벽한 미래를 상상해야만 했다. 또한 그 미래가 반드시 찾아올 것이라 굳게 믿어야만 했다. 고통이 더 큰 행복으로 되돌아올 것이라 믿지 않는다면 도저히 버틸 수가 없었으니까. 이는 내가 불행에 맞설 때 가장 크게 의지한 대처법이었다.
 비현실적인 상상이었지만 그것을 허상으로 여기지 않으려 노력했다. 망상에 불과하다는 것을 알면서도, 그게 언젠가 현실이 될 것이라며 스스로를 속이기도 했다. 그리고 나중에 알게 된 사실은, 내가 취했던 태도가 '환상'이라는 방어기제로 완벽하게 설명된다는 점이었다.
 방어기제란, 각종 스트레스 상황에 직면했을 때 정신을 방어하기 위해 무의식적으로 발현되는 심리적 대응을 의미했다. 인간의 마음속에서 작동하는 일종의 자동 방어 시스템이었다. 그중에는 환상(Fantasy)이라는 기제가 있었는데, 이는 상상 속에서 불만을 해소하고 성취와 행복을 누리는 것을 의미했다.

 환상은 미성숙한 방어기제*로 분류되었다. 현실 회피 경향이 짙기에 문제 해결 능력이 떨어질 수 있고, 심리적 고립을 초래할 수 있다는 문제 때문이었다. 그러나 외부 스트레스를 처리하는 방식 중 하나로, 때로는 그 무엇보다 훌륭한 진통제 역할을 했다. 비록 환상이 미성숙한 방어기제라 해도, 고통을 해소하는 데에는 더없이 유용했다.

 나는 줄곧 행복한 미래를 상상하며 좌절감을 줄이려 노력했다. 고통을 도저히 감당할 수가 없어서 내가 구축한 가상의 세계로 도망쳤다. 이는 아픔을 조금이나마 해소해 줬기에 내게 필수적인 대처였다. 그러나 정신분석학에서는 이 방식을 비효율적이고 비현실적인 대처로 취급했다. 즉각적인 심리적 위안을 줄 수는 있지만, 미래에 긍정적인 영향을 주지 못한다는 이유에서였다.

 그럼에도 나는 멈추지 않았다. 극심한 스트레스를 감당하기 위해서는 현실을 도피해야 했기에 내가 그린 행복한 삶에서 살아갈 수밖에 없었다. 현실이 암울해질수록 더 밝은 미래를 상상하며, 내가 꿈꾸는 미래가 현실이 될 것이라 확신했다.

 그게 과연 잘못된 일이었을까?

 고통을 줄이기 위해 환상 속에서 행복을 누리는 것은 방어기제의 메커니즘에 기인한다. 욕구불만에 대해 스스로를 방어하기 위해 취하게 되는 무의식적 반응이다. 하지만 상상 속 주체가 현재

미성숙한 방어기제: 일시적으로는 스트레스를 줄일 수 있지만 장기적으로는 효과적이지 못하다고 평가되는 방어기제.

가 아닌 미래의 나라면 얘기가 달라진다. 삶에 대한 의지를 고취시켜 생존을 도모하기 위한 일이라면, 환상은 미성숙한 방어기제가 아니라 일종의 진통 요법이자 생존 기술이 될 수 있다.

상상이 행동이나 구체적인 목표와 연결되지 않으면 도피적인 망상에 그치지만, 끊임없이 행복한 미래를 상상하며 내가 살아야 할 이유이자 원동력으로 삼는다면 이는 단순히 현실을 도피하는 게 아니다. 능동적이고 의도적으로 활용된다는 점에서, 단순한 스트레스 회피가 아닌 심리적 대응 전략에 속한다.

그리고 현실 도피 성향이 있으면 어떤가? 죽을 만큼 괴롭다면 오히려 현실에서 벗어나려는 태도가 필요하다. 애초에 이 대응법은 벼랑 끝에 내몰린 인생에 활용되는 것이니까. 문제를 명확히 자각하고 있다는 전제하에, 상상 속 미래로 피신하는 것은 오히려 전략적으로 현명한 선택이다.

현재의 불행을 모두 보상받을 것이라 믿는다면 삶을 갈망하는 마음은 더욱 커진다. 그리고 삶에 대한 갈망이 커질수록 더 큰 고통에 대항할 수 있게 된다. 결국 상상이 현실이 되는지 여부는 중요하지 않다. 핵심은 그 미래가 올 것이라고 굳게 믿음으로써 삶의 의지를 북돋는 것이다. 그러면 그건 더 이상 터무니없는 환상이 아니게 된다. 가슴이 아리도록 절절한 꿈으로 바뀌고, 그 간절함은 삶의 의지를 관철할 수 있게 해 준다.

문제를 노력으로 개선할 수 없어서 그저 시간이 해결해 주기만을 기다려야 하는 상황이라면 어떤 방법으로든 고통을 줄이는 게 중요하다. 상상 속으로 도피하는 것은 마음에 상당한 진통 효과를 발휘하니 이를 적극 활용할 필요가 있다. 만약 문제를 능동적으로 해결할 수 있더라도, 동기를 강화한다는 측면에서 유의미한 도움이 될 수 있다.

그렇기에 더욱 행복한 미래를 상상해야 한다. 오랜 우울감에 빠져있는 상황에서는 행복을 떠올리기가 쉽지 않기 때문에, 행복을 간접적으로 느낄 수 있는 무언가를 갈망해야 한다. 자신이 좇는 것을 바라보며 언젠가 꼭 이루겠다고 스스로 다짐해야 한다. 죽도록 열망하고 때로는 병적으로 집착해야 한다. 인생의 의미를 찾을 수 없는 상황에서 그 꿈은 삶을 지탱하는 유일한 기둥이기에.

삶의 동력은 행복이다. 그러나 한 줌의 행복도 존재하지 않는 인생이라면, 꿈이라는 비상 동력 장치를 최대 출력으로 가동해야 한다. 행복한 미래를 꿈꾸지 않는다면 우울감과 무력감에 짓눌려 무너지는 것은 시간문제다. 그러니 간절한 소망을 품어 미래에 대한 갈증을 키워야 한다. 무언가를 절실히 바랄수록 삶에 대한 집념도 강해지기에, 그걸 반드시 쟁취하겠다고 다짐하며 삶의 의지를 불태워야 한다.

갈망은 수없이 바뀔 수 있으며 그게 무엇이든 상관없다. 염원을 품는 게 핵심이기 때문에, 효율이나 현실성은 고려하지 않아도 된다. 그저 꿈이 갖는 상징성만으로도 충분하다. 이루고 싶은 것, 갖고 싶은 것, 느끼고 싶은 것, 변화시키고 싶은 것을 끊임없이 찾아 떠올리며 그것을 이미지화해야 한다. 그러면 감내할 수 있는 고통의 크기도 비약적으로 증가하게 된다. 상상 속에서 미리 맛본 성취감은 마음의 고통을 줄여주고, 그걸 실현하고 싶은 욕망은 자살 충동과 싸워주기 때문이다.

사실 무언가를 극도로 갈망하는 것은 행복의 측면에서 결코 바람직하지 않다. 현실과 이상의 괴리감으로 인해 심리적으로 결핍한 상태가 되어버리기 때문이다. 그것을 갖지 못했다는 사실에 불만족을 느끼고 이는 삶을 불행하게 만드는 원인으로 작용한다. 하지만 죽도록 괴로운 상황이라면 얘기가 다르다. 미친듯이 열망하고 꿈꾸며 욕망을 최대치로 끌어올려야 한다. 지독한 고통에 대항하기 위해서는 그보다 큰 꿈을 품는 수밖에 없으니까.

무언가에 행복 이상의 가치를 부여하는 건 잘못된 일이지만, 그게 고통을 견디기 위한 대응책이라면 예외적으로 허용할 수 있다. 꿈에 큰 의미를 부여해 삶에 대한 갈망을 느끼고 그로써 고통에 맞설 힘과 살아갈 이유를 얻는다면 충분히 행복 이상의 가치를 부여할 수 있다. 그게 가치 판단의 오류라는 것을 알지만 생존을 위한 일이기에 애써 묵인하는 것이다. 행복한 미래는, 지독하게 불행한 인생에서 찾을 수 있는 유일한 삶의 의미니까.

하지만 이 방법에 의구심이 드는 것은 어쩔 수 없다. 행복한 미래를 떠올리고 그 안에서 살아가는 것을 과연 이상적인 대처라고 볼 수 있을까?

절대 일어날 수 없는 상상에 빠지는 건 망상에 불과했기에 나는 고통에 대응하는 전략을 확장했다. 환상이라는 방어기제의 진통 효과를 그대로 유지하면서, 성숙한 방어기제*에 해당하는 승화(Sublimation)와 결합하는 것이었다.

승화란 부정적인 감정이나 스트레스를 생산적인 활동으로 변형하는 것을 의미했다. 고통, 결핍, 불만족을 억압하는 게 아니라 가치 있는 방식으로 전환하여 발산하는 일이었다. 실제로 지그문

성숙한 방어기제: 스트레스 상황에서 나타나는 심리적 대처 방식 중 하나. 현실적이고 건설적이라는 점에서 이상적인 대응법으로 평가된다.

트 프로이트*는 승화가 인류 문명을 발전시키는 원동력이라 평가하기도 했으니, 그 효과만큼은 의심의 여지가 없었다.

 내가 그림에 전념한 것이나 수아가 임사치료에 집착한 것도 전부 승화의 한 형태였다. 이러한 방식이 표면적으로는 발전적인 일처럼 보이지만 그게 마냥 좋은 현상이라 볼 수는 없었다. 눈물을 감추려 어릿광대짓을 하는 피에로의 몸짓처럼, 실상은 고통을 억누르려는 노력에 불과했다. 그렇게라도 하지 않으면 아픔을 감당할 수 없기에 사실상 선택의 여지가 없었다. 결국 그 모든 성취는 노력의 결과물이 아닌 고통의 산물이나 마찬가지였다.

 방어기제는 의도하지 않더라도 자연스럽게 일어나는 게 일반적이었다. 하지만 그게 의도적으로 활용할 수 없다는 뜻은 아니었다. 불행을 진취의 동기로 삼거나, 스트레스에 대항하기 위해 자신만의 대응법을 발전시키는 것은 얼마든지 가능하며 실제로 효과도 막강했다. 무의식적인 반응이지만 전략적으로 활용하는 것도 충분히 가능했다.

 나는 환상으로 통증을 줄이면서 삶의 의지를 증폭시켰고, 동시에 승화로 발전을 도모하며 낙관의 근거를 확보했다. 그래서 버틸 수 있었다. 지나치게 발전 지향적인 태도가 때로는 나를 더 힘들게 만들기도 했지만, 미치도록 열망하고 꿈꿨기에 죽지 않는 데에는 성공했다. 살고 싶었던 과거의 나로서는 최선의 대응법을 찾은 셈이었다.

 물론 아플수록 발전을 도모하기는 어려운 일이었다. 모든 발전은 희생을 필요로 하고, 그 희생은 고통을 가중시키기 때문. 하루에도 몇 번씩 생사를 오가는 상황에서 미래를 위해 현재를 희

지그문트 프로이트: 정신분석학의 창시자. 심리학의 발전에 크게 공헌하였다.

생한다는 건 말도 안 되는 얘기였다. 그렇기에 고통이 일정 수준을 넘어서면 불가능한 방법인 것도 사실이었다.

 실제로 하루에 한 걸음도 나아가지 못하는 날이 대다수였다. 하지만 내가 이상을 추구하고 있고, 그 꿈을 실현하기 위한 구체적인 미래상을 설계하고 있다는 사실만으로도 내 상상은 망상이 아닐 수 있었다. 계획을 면밀히 세우고 방향을 잡아가는 것으로 충분했다. 그 꿈은 고통을 전부 보상받고자 하는 심리가 작용해야만 품을 수 있는 방대한 꿈이기 때문이었다. 언젠가 상황이 개선되며 응축된 열망을 열정으로 치환할 수 있는 시기가 온다면 그때가 남다른 성취의 시작점이 될 테니, 현실이 아닌 이상을 좇는 것만으로도 낙관의 근거를 어느 정도 확보할 수 있었다.

 하루 한 걸음씩 내디딜 수 있는 날이 온다면 그때부터는 현실과 타협한 인생들과 완전히 다른 길을 걷게 될 것이라 굳게 믿었다. 인생이 상승기류를 타기 시작하면 끊임없이 추락하던 흐름도 한순간에 바뀌는 것을 충분히 기대할 수 있었다. 시간이 조금 걸릴 뿐 언젠가 내 현실이 될 것이라 믿어 의심치 않았다.

 물론 더없이 행복한 미래가 올 것이란 믿음은 생존 본능에 기인한 낙관이었다. 그렇기에 그 미래가 실현될지는 알 수 없었다. 하지만 분명한 건, 내가 완벽에 가까운 미래를 꿈꿨기에 견딜 수 있었다는 사실이었다. 내 과거는 행복한 미래를 확신하지 않는다면 절대 견딜 수 없는 시간들이었으니까.

* * *

수아의 그림을 그렸다. 꽃이 만개한 연구소의 정문을 배경으로, 그녀가 몸을 숙여 보더콜리에게 손을 내미는 그림이었다. 그림 속 수아는 랩코트를 걸친 채 반묶음 머리를 한 모습이었다.

액자에 넣어 그림을 선물하자 수아의 눈이 휘둥그레지더니 입을 막고 놀란 표정을 지었다. 내가 민망해질 정도로 그녀의 반응은 기대 이상이었다.

"너무 잘 그렸다. 진짜 고마워!"

기뻐하는 수아의 모습을 보자 뿌듯한 마음에 새어 나오는 웃음을 감출 수가 없었다. 이 그림을 위해 공들인 시간이 그녀의 표정으로 전부 보상받는 느낌이었다.

"원하는 그림 있으면 말해. 언제든지 그려줄게."

"사실 오늘 물어보려고 했어. 혹시 초상화를 하나 그려줄 수 있는지."

"초상화?"

"강은영 박사님 따님이 한 달 뒤에 조력자살 예정이거든. 박사님이 그 마지막 모습을 간직하고 싶다고, 그때 와서 초상화를 그려줄 수 있는지 물어봐달라고 하셨어."

"내 실력으로 괜찮을까?"

"당연하지. 이렇게 잘 그리는데."

수아는 그림을 다시 내려다 보며 마음에 드는 듯 미소를 지었다. 내가 보기에도 수아의 느낌을 잘 표현한 그림이었다.

십수 년간 그림에만 매진했으니 초상화를 그리는 게 어렵지는 않았다. 하지만 강은영 박사의 부탁은 단순한 그림이 아니었다. 죽어가는 딸의 마지막 표정을 남겨달라는 부탁이었기에, 나로서는 그 무게감에 망설여질 수밖에 없었다. 그러나 위험을 무릅쓰고 임사치료를 도와주는 조력자의 요청을 거절할 수는 없었다.

 다음 날, 나와 수아는 이른 새벽부터 나갈 채비를 마쳤다. 나의 네 번째 임사치료를 위해서였다.

 폐공장에 도착한 뒤 나와 수아는 차에서 나와 공기를 쐬었다. 나는 제대로 잠들지 못했고 수아는 일찍 준비를 마친 상태였기에 30분이나 앞서 도착한 상황이었다.

 한없이 음울하게 느껴지던 이 공간도 이제는 익숙해져서 그 우울감이 중화된 느낌이었다. 그렇게 나란히 차에 기댄 채 주차장을 바라보던 중, 수아가 고개를 돌려 나를 쳐다보았다.

 "무슨 생각해?"

 "그냥. 뭐랄까, 이 치료가 한순간에 물거품이 될 것 같은 느낌이어서."

 "아직도 불안해?"

 "이렇게 단기간에 좋아진다는 게 비현실적인 느낌이야."

 "그런 생각 말고 더 좋은 걸 떠올려보자. 치료가 다 끝나면 꼭 하고 싶은 일 있어?"

 "잘 모르겠어. 분명 하고 싶었던 건 많았는데…."

 "너무 어렵게 생각하지 말고, 작은 것부터 하는 게 어때?"

 그녀의 말에 오랜 꿈을 하나씩 떠올렸다. 그렇게 생각에 잠겨있던 와중에, 주차장에 버려진 수십 대의 고철 더미 중 유난히 돋보이는 차 한 대가 눈에 들어왔다.

 "아, 생각났다. 나 운전하고 싶어."

 공황이 시작된 이후로 차를 모는 건 꿈도 꿀 수 없었다. 나는 바람을 쐬며 운전하고 싶다는 마음에 무심코 내뱉은 말이었지만, 수아의 부모님을 떠올리자 내가 말실수를 한 게 아닌지 후회가 밀려왔다.

다행히 그녀는 내 말에 크게 개의치 않는 모습이었다.

"그거 좋네. 혹시 타고 싶은 차도 있어?"

"음, 저건 어때?"

내 손끝을 따라가던 수아의 시선이 멀리 세워져 있는 한 대의 차에서 멈춰 섰다. 빨간색 머스탱 컨버터블이었다.

지붕을 열고 수아와 함께 해안 도로를 달리는 모습을 상상해 보았다. 그 모습을 떠올리는 것만으로도 가슴이 뛰는 느낌이었다. 하지만 그 행복한 미래에 대한 기대감과 함께, 이번 임사치료에서 죽을지도 모른다는 걱정이 강하게 밀려왔다. 지난번 임사치료 때 큰 위기를 겪었기에 생길 수밖에 없는 불안감이었다.

내가 이대로 죽는다면 후회될 만한 게 무엇인지 생각해 보았다. 그중 한 가지가 떠오르자 나는 지금이 아니면 안 되겠다는 생각이 들어 조심스레 입을 열었다.

"수아야. 나 부탁 하나만 들어줄 수 있어?"

"그게 뭔데?"

말은 꺼냈지만 차마 입이 떨어지지 않았다. 혹시라도 이 부탁 때문에 수아가 나를 불편해하지는 않을지 걱정이 되기도 했다.

"대체 뭔데 그래? 그냥 말해봐."

내가 뜸을 들이자 수아가 손을 잡고 흔들며 보챘다. 나는 눈을 질끈 감고 내 안에서 수백 번 맴돌던 그 말을 내뱉었다.

"한 번만 안아 봐도 돼?"

수아의 당혹스러운 표정을 보자 내가 실수했다는 것을 깨달았다. 나에게는 백의의 천사지만 그녀에게는 내가 연민의 대상이라는 걸 잠시 잊고 있었다. 나를 쳐다보는 수아의 시선에, 시간이 한없이 느리게 흐르는 듯했다.

이내 수아가 미소를 지으며 팔을 벌렸다. 나는 머뭇거리다 몸을 바짝 붙이고 그녀를 껴안았다. 수아가 두 팔로 내 등을 감싸자 순간 울컥한 마음이 북받쳐 올랐다. 나는 그녀의 어깨에 얼굴을 파묻었다. 이대로 놓고 싶지 않았다.

이 상황이 너무나 원망스러웠다. 임사치료가 아닌 다른 이유로 수아를 만났다면 우리는 연인이 될 수 있지 않았을까 하는 생각에 마음이 아파왔다. 내가 가진 것이라고는 보이지 않는 지병과 변변찮은 그림 실력뿐이었기에, 내가 그녀에게 어울리는 사람이 될 수 없다는 건 알고 있었다. 하지만 내가 아프지만 않았더라면 조금은 가능성이 있지 않았을까 하는 아쉬움이 생기는 건 어쩔 수 없었다.

잠시 뒤, 내가 수아를 놓아주었지만 그녀는 내 몸을 두른 팔을 놓지 않았다. 내 팔이 갈 길을 잃고 그대로 허공에 어색하게 떠있었다. 그녀의 속마음을 알 수가 없었다.

그렇게 몇 분이 흘렀다. 그 정적을 참을 수가 없어서, 나는 저질러 버린 김에 마음에 맺혀있던 말까지 전부 그녀 앞에 꺼내놓았다.

"만약 임사치료가 다 끝나도 집에서 조금만 더 지내도 돼? 절대 오래 안 있을게. 내가 다른 집을 구하기 전까지만이라도…."

수아는 나를 더 세게 껴안으며 나지막한 목소리로 답했다.

"그냥 계속 같이 있으면 안 돼?"
 내가 숨김없이 드러낸 마음. 이에 대한 긍정의 표현이라 확신할 수는 없었지만, 적어도 나라는 존재가 그녀에게 도움이 될 수는 있는 듯했다. 그녀의 의도가 무엇이든 나는 수아와 함께 있을 수 있다는 것만으로도 충분했다.

* * *

 네 번째 임사치료는 여느 때와 달랐다. 언제나 임사체험은 내가 오래도록 꿈꾸던 장소를 배경으로 이루어졌지만, 이번 임사치료에서 마주한 세상은 현실과 똑같은 공간이었다. 이 집도 수아도 모두 그대로였다. 물론 임사체험에서는 내 꿈이 모두 실현되기에 실제와 다른 점도 있었다. 그렇기에 현실과 어느 정도 거리감은 있었지만, 공황장애가 완치된다면 충분히 도달할 수 있는 현실이기도 했다.
 상상 속 낙원에서 현실로 임사체험의 배경이 바뀌었다는 점은 내게 시사하는 바가 컸다. 내가 더는 먼 이상이 아닌 가까운 미래를 꿈꾸게 되었다는 증거이기 때문이었다. 또한 그 임사체험을 수아와 함께했다는 점은, 내가 정말 바라는 게 무엇인지 다시 한 번 상기시켜 주었다. 신기루를 바라보듯 아득하게만 느껴졌던 행복은 어느새 나의 삶에 뿌리를 내린 채 자라나는 중이었다.
 현실이 투영된 임사체험에는 큰 부작용이 뒤따랐다. 현실을 너무 완벽히 복제한 나머지, 내가 기억을 되살리기 위해 그린 그림까지 똑같이 구현한 것이었다. 임사체험에서 나는 그걸 발견하면서 현실의 모든 기억을 떠올렸고 이내 그 세상이 가짜라는 사실을 알아차리고 말았다. 그로 인해 예정보다 빠른 시간에 깨어나면서 치료의 효과는 미미한 수준에 머물렀다.

 나는 다음 임사치료를 위해 그림과 유서를 숨겨두었다. 돌돌 말아서, 수아에게 받은 자동차 모형 안에 숨겨두고 초콜릿 상자에 넣어두었다. 그리고 상자는 쉽게 발견할 수 없는 공간에 숨겨두었다. 다음 임사체험에서 또 현실을 구현해 낸다면 거기서 이 그림들을 발견하지 못하게 하려는 의도였다.

 그렇게 또 한 달이 흘렀다.

 다섯 번째 임사치료를 앞두고 나는 수아와 함께 연구소를 찾았다. 오늘은 강은영 박사의 딸 최이라의 조력자살 예정일이었다.

 수아가 설명한 바로, 그녀는 다발성 신경병증*으로 조력자살을 희망하지만 그 조건을 충족하지 못한 상황이었다. 3년간 병세가 꾸준히 악화된 탓에 다리마저 서서히 마비되고 있었다. 다양한 치료법을 시도했지만 큰 차도는 없었고, 투병 기간이 길어질수록 치유될 가능성도 낮아졌기에 과감히 자살을 결심한 상태였다.

 그녀가 희망을 품으며 손발이 불타는 듯한 통증을 수년간 버텨낸 결과는 연구소에서 맞이하는 죽음이었다. 가장 행복해야 할 20대에 자살을 준비해야 하는 잔인한 운명이었다.

 연구소로 들어서자 최이라 환자는 이미 도착해 있었다. 막대 형태의 액틱 구강정*을 입에 문 채 휠체어에 앉아 있는 모습만 보더라도 그녀의 병세가 얼마나 심각한지 알 수 있었다.

 나와 수아, 강은영 박사와 그녀의 딸은 조력자살이 시행되는 지하층으로 이동했다. 이후 최이라는 부축을 받아 침대로 몸을 옮

다발성 신경병증: 신체 여러 부위의 말초 신경이 손상되는 신경계 질환. 심한 통증과 함께 감각 및 운동 기능에 장애를 일으킨다.

액틱 구강정: 입안에서 녹여 사용하는 펜타닐 성분의 진통제. 통증이 극심한 중증 환자에게만 제한적으로 처방된다.

겼다. 매번 저 자리에 누워 천장을 올려다보던 내 시선이 침대 위의 다른 사람을 향하자 괜히 이상한 기분이 들었다. 자살을 관망하는 입장이 되니 나를 보던 수아의 마음을 조금은 알 것 같기도 했다.

수아는 최이라 환자의 머리에 EEG캡을 씌우고 몸에는 수십 개의 전극을 차례대로 연결했다. NVM에서 생체 데이터가 제대로 표시되고 있는 것을 확인한 뒤, 약물을 투약할 수 있는 주삿바늘을 팔에 꽂았다. 각종 센서와 의료 장비에 둘러싸인 채 누워있는 최이라의 모습은 안락한 죽음과 거리가 멀어 보였.

모든 준비를 마치자 수아는 최이라에게 나를 소개했다.

"임사체험을 여러 번 경험한 분이에요. 궁금한 게 있으면 물어보세요."

그녀가 고개를 살짝 돌려 나를 쳐다보았다.

"그 세상은 어떤 모습이에요?"

"꿈이 전부 실현된 세상이에요. 제 경험상으로는, 죽는 순간에 가장 간절히 바라는 게 무엇인지에 따라 배경이 달라졌어요."

"제가 원하는 곳으로 갈 수도 있어요?"

"시도해 본 적은 없지만 충분히 가능할 거라고 생각해요. 임사체험에 진입할 때, 최이라 씨가 가장 바라는 곳을 떠올린다면 그 세상을 구현할 수 있을 거예요."

"거기서 벌어지는 일들은요? 거기서 겪을 일도 제가 미리 계획할 수 있어요?"

"아쉽게도 임사체험 속 사건들마저 통제하는 건 불가능해요. 그래도 아프거나 힘들 일은 없으니 걱정하지 않아도 돼요."

그녀가 전부 이해했다는 듯 고개를 끄덕이고 수아를 쳐다보았다. 수아는 그녀에게 가까이 다가가, 절차상의 마지막 질문을 시작했다.

"마지막으로 다시 확인하겠습니다. 당신은 조력자살을 위해 이곳을 찾았습니다. 알고 있나요?"

"네."

"조력자살 과정에서의 임사 연구에도 동의하셨습니다. 맞나요?"

"네. 맞아요."

"조력자살에 대한 의지는 지금도 변함이 없나요?"

그녀가 답하지 않았다. 깊은 환멸만이 가득하던 얼굴에 이제야 슬픔이 보이기 시작했다. 오랜 투병으로 초췌해진 모습이었지만 죽고 싶은 표정은 절대 아니었다. 삶을 애증하는 그 마음을 잘 알기에 나에게는 너무나 선명히 보였다.

한동안 무거운 침묵이 흐르고 그녀가 입을 열었다.

"제가 왜 죽어야 하는지 모르겠어요. 너무 억울하고 무서워요…."

그녀의 입술이 떨리며 눈가에 눈물이 맺혔다. 옆에 있는 강은영 박사도 입을 틀어막은 채 소리 죽여 울고 있었다. 그걸 보는 내 심장도 아파오기 시작했다.

수아가 나지막이 말했다.

"원하지 않는다면 바로 중단할게요."

최이라가 잠시 눈을 감더니 굳은 의지를 보이며 고개를 내저었다.

"아니에요. 죽는 것보다, 이대로 사는 게 더 무서워요."

수아는 곧바로 바르비탈 계열의 진정제를 가리키며 최이라에게 자살 방법을 알려주었다.

"이 약물은 치사량의 진정제예요. 투약이 시작되면 몇 분 내로 잠에 들면서 심장이 멈추게 돼요. 혈관에 연결된 이 밸브를 올리면 주입이 시작될 거예요."

"고통 없는 게 확실하죠?"

"네. 편안히 잠들면서 떠날 수 있어요."

최이라도 이제는 운명을 받아들인 듯 체념하는 표정을 지어 보였다.

"준비는 모두 끝났어요. 마지막 말씀 나누시고 준비되면 밸브를 올려 주세요."

수아는 자리를 비켜 NVM 앞에 위치했다. 이내 강은영 박사가 다가가 바닥에 무릎을 대고 최이라 환자와 눈높이를 맞췄다. 두 사람 모두 이미 눈물범벅이 되어 있었다.

강은영 박사는 영원히 떠나려는 딸의 손을 조심스레 잡았다.

"마지막으로 하고 싶은 말 있어?"

최이라가 죽음을 준비한 시간 동안 퇴적된 그 심정을 말로 표현할 수는 없을 듯했다. 이를 알기에 표정으로 대신하려는 의도일까, 한없이 미안하면서도 고마운 마음이 그녀의 얼굴에서 드러났다.

"엄마도 나 때문에 힘들었지?"

강은영 박사는 고개를 떨구며 아니라 말했지만 그건 새빨간 거짓말이었다. 누군가를 사랑하는 만큼 그 사람의 고통도 그대로 전해지기에, 아파하는 딸을 지켜보는 게 힘들지 않았을 리 없었다. 3년이란 투병 기간은 가족들에게도 피 말리는 시간이었을 게 분명했다.

"아픈 딸이어서 미안해."

"아니야, 엄마가 미안해. 해줄 수 있는 게 이것밖에 없어서."

딸에게 안락한 죽음을 선물하는 게 어떤 심정일지 나로서는 상상조차 할 수가 없었다. 사랑하는 이의 자살을 돕는다는 게 모순된 행동처럼 보였지만, 이는 극한의 고통과 사랑이 만났을 때 충분히 벌어질 수 있는 사건이었다. 어쩌면 이 조력자살은 최이라보다 강은영 박사에게 더 잔혹한 일인지도 몰랐다.

"엄마는 나 없어도 행복해야 돼. 알았지?"

최이라가 과감히 밸브를 올렸다. 진정제가 관을 타고 그녀의 체내로 스며들기 시작했다. 행복한 미래에 대한 유일한 가능성을 앗아갈 독약이자, 1g의 고통도 남김없이 사라지게 해줄 마법의 치료제였다.

"엄마. 나 전부 나으면 제주도 여행 가기로 했던 거 기억나?"

"그럼. 당연히 기억하지."

한없이 슬픈 표정으로 최이라가 눈물을 떨어뜨렸다.

"약속 못 지켜서 미안해."

희망을 꿈꾸던 약속은 결국 이루어지지 못한 채 쓰라린 기억 속으로 사라질 예정이었다. 흐느끼는 강은영 박사의 뒷모습에서는 형용할 수 없는 아픔이 전해졌다. 얼굴은 보이지 않았지만, 그녀가 얼마나 괴로운 표정을 짓고 있을지는 알 수 있었다.

"왜 자꾸 미안하다고 하는 거야…."

허공을 바라보는 최이라의 눈동자에는 수많은 감정이 드러나 있었다. 이미 죽어 있는 그녀의 눈은 아픈 마음으로 그늘져 안광이 완전히 사라진 상태였다. 마치 과거의 나를 보는 듯했다. 관성적으로 투병하며 느끼던 공허감, 매일 스스로와 싸우며 느끼던 피로감, 세상과 격리되며 느끼던 소외감, 삶에 대한 미련과 환멸까지, 과거의 내 번뇌가 그녀의 공허한 눈을 통해 한꺼번에 드러났다.

 잠시 뒤, 최이라의 눈이 감겼다. 이제는 규칙적으로 울리는 기계음으로만 그녀의 심장박동을 들을 수 있었다.

 수아가 링거의 밸브를 조작하자 약물 주입 속도가 현저히 느려졌다. 천천히 죽음에 이르게 만듦으로써 임사체험 속 시간을 최대한 늘려주려는 의도로 보였다.

 방금 임사체험에 진입했다는 수아의 말을 듣고 나는 서둘러 펜을 집어 들었다. 그리고 최이라의 얼굴을 보며 초상화를 그렸다. 안락한 죽음에 어울리지 않는 의료 장치의 연결선들은 제외하고, 아픈 과거를 보여주는 그녀 얼굴의 짙은 그림자도 지우고, 오로지 편안하게 눈을 감은 모습만 담았다.

 뒤에서는 매정하게 데이터를 수집하는 기계음이, 앞에서는 강은영 박사의 흐느낌이 들려왔다. 나는 그림에 온전히 집중하기 위해 잠시 귀를 닫았다.

 그렇게 얼마나 지났을까, 무표정이던 최이라의 입가에 미소가 번지기 시작했다. 그 모습을 보자 그녀가 현명했다는 생각이 들었다. 미련을 남기지 않도록 수많은 치료를 시도했고, 자살의 근거를 확보할 만큼 투병했고, 희망에 농락당하지 않도록 미래를 과감히 놓아주었으니까. 고통을 연장하지 않고 행복한 죽음을 조기에 맞이할 수 있었던 건 전부 그 결단력 덕분이었다. 조력자살이 아니었다면 그녀가 살아생전 이토록 평온한 표정을 짓는 건 불가능하지 않았을까 싶었다.

 최이라는 임사체험 속에서 자유롭게 유영하며 행복을 만끽하고 있었다. 비록 그녀가 지금 보는 게 허상이라고 해도, 심장이 멎으면 사라져 버릴 세상일지라도 그건 더 이상 그녀에게 중요하지 않았다. 이 순간만큼은 임사체험이 그녀의 현실이었으니까.

 나는 계속 펜을 놀리며 그녀의 마지막 모습을 표현하기 위해 노력했다. 손이 이토록 무겁게 느껴지는 건 처음이었다. 그녀가 느끼고 있을 행복과 미련의 크기가 너무나도 방대했기에 이를 도화지 한 장에 전부 담으려는 것은 매우 모험적인 시도였다.

 온 정신을 펜 끝에 집중하며 실수하지 않으려 노력한 덕에 그림은 성공적으로 마무리할 수 있었다. 그림 속 최이라는 옅은 미소를 띠며 눈물을 흘리고 있었다. 이는 가장 불행한 순간에 그녀가 보여줄 수 있는 가장 행복한 표정이 분명했다.

 이 초상화는 지금껏 내가 그린 그림들 중 제일 슬픈 그림이었다. 고통을 묘사한 그림은 지금껏 수도 없이 그려왔지만 이 초상화의 무게에 비할 바는 아니었다. 보는 것만으로도 가슴이 메이는 탓에 눈물을 지워야 할지 잠시 고민했지만, 아픔과 기쁨이 뒤섞인 그녀의 표정을 그대로 남기는 게 강은영 박사를 위한 일이라고 나는 판단했다.

 펜을 내려놓고 고개를 들자 강은영 박사가 보였다. 입을 틀어막은 그녀의 손가락 위로 눈물이 강을 이루고 있었다. 천천히 뒤를 돌아보자 수아는 빨려들어갈 듯 모니터를 응시하고 있었다.

 나도 수아의 시선을 따라 NVM에 눈을 고정했다. 아까까지만 해도 잔잔히 일렁이던 뇌파가 모니터에 날카로운 그래프를 그리고 있었다. 아무것도 모르는 내가 보더라도 정상적인 움직임이 아니라는 것을 단번에 알아차릴 수 있었다.

강은영 박사는 딸의 이마에 입을 맞추고 고개를 들어 눈물을 닦았다. 옷매무새를 가다듬고 가슴에 손을 올리는 게 힘겹게 마음을 추스르려는 것처럼 보였다. 그제야 불규칙적인 기계음을 인지한 듯, 그녀는 나와 수아가 있는 방향으로 시선을 돌렸다.

수아도 이를 알아차린 듯했다.

"감마파를 방출하고 있어요."

수아가 NVM을 조작하더니 3D로 표현된 실시간 두정엽의 상태를 모니터에 띄웠다. 대부분이 진한 색으로 나타났지만 그중 한 부위만이 옅은 색으로 표시되어 있었다.

"모서리위이랑* 외측 상부의 활성도가 극도로 떨어졌어요. 시간 왜곡이 극대화된 상태예요."

뇌파는 더욱 격렬하게 요동쳤다. 이내 기계음이 점점 빨라지고 요란해지기 시작했다.

잠시 뒤, 최이라의 눈 끝에서 굵은 눈방울이 흘러 베개를 적셨다. 순간 심전도*가 표시된 화면에 빨간 불이 들어오며 그래프가 일직선으로 바뀌었다. 이를 모두에게 확실히 인지시키려는 듯, NVM이 긴 소리를 내며 그녀의 심장이 멈췄다는 사실을 다시 한 번 알렸다.

저 눈물에는 삶이 끝났다는 슬픔이 담겨있을지, 아니면 임사체험에서 느끼는 행복의 기쁨이 담겨있을지 알 수 없었다. 그러나 그 안에 서러운 투병 생활이 응축되어 있다는 사실만큼은 분명해

모서리위이랑: 감각 정보 통합에 주요한 역할을 하는 두정엽 하부 영역 중 하나.
심전도: 심장의 전기 신호를 기록한 그래프.

보였다.

 NVM에는 0 bpm이라는 글자가 선명하게 나타나 있었다. 분명 심장이 멎은 상태였지만 뇌파를 표시하는 그래프는 여전히 강렬한 굴곡을 보이며 움직이고 있었다. 뇌파는 40헤르츠를 넘어서 계속 증가했다. 그렇게 50헤르츠까지 돌파하고 마침내 60헤르츠에 이르렀다.

 "임사체험 막바지에 다다랐어요."

 곧 기능이 완전히 멈춰버릴 뇌는 혼신의 힘을 다해 마지막 에너지를 쥐어짜고 있었다. 몸은 미동도 없었지만 의식은 미친듯이 날뛰고 있었다.

 잠시 뒤, 한없이 치솟았던 뇌파가 급속도로 추락하기 시작했다. 50, 40, 30, 20…. 행복에 카운트다운을 하듯 뇌파는 빠르게 줄어들었고 마침내 0 Hz라는 글자가 모니터에 나타나며 그녀의 마지막 여정은 끝이 났다. 침대 위에는 아픈 영혼이 여전히 온기를 간직한 채 누워있었다.

 최이라의 자살은 결코 오늘 벌어진 사건이 아니었다. 그녀는 이미 3년 전부터 눈 뜬 채로 서서히 죽어가던 중이었다. 죽음을 향해 곤두박질치던 인생이 오늘 임계점을 넘기며 외부로 표출되었을 뿐이었다. 사람들은 오늘을 그녀의 기일로 여기겠지만, 내 기준에서 그녀의 사망일은 죽음을 꿈꾸기 시작한 바로 그날이었다. 죽음을 갈망하며 하루씩 연명하는 인생은 이미 죽은 상태나 마찬가지였으니까.

 살아도 사는 게 아니고, 매 순간이 악몽의 연속인 그 기분은 내가 누구보다 잘 알고 있었다. 자살을 결심하기까지 얼마나 많은 고뇌가 있었는지를 나만큼 명확히 볼 수 있는 사람도 없었다. 그렇기에 나는 최이라의 죽음을 애도하기보다, 어려운 결정을 내린 그녀에게 경의를 표하고 싶었다. 자살의 딜레마에 빠져 13년이나 방황한 나로서는 그녀의 결단력을 우러러볼 수밖에 없었다.

과거의 발자취

내가 바꾼 세상

 공황과 함께 사라진 기억은 시간 여행이라는 착각을 만들어냈다. 그림과 유서를 통해 되살아나기는커녕 왜곡된 미래 뒤로 더 깊숙이 숨어들었다. 임사치료의 부작용이 기억을 지우는 데 그치지 않고 내 이성까지 잠식해 버린 결과였다.
 임사치료로 완전히 떨쳐낸 줄 알았던 공황장애도 나를 끈질기게 붙잡고 늘어졌다. 완치된 이후에도 공황의 잔재가 마음에 너울을 일으켜, 예정되지도 않은 불행을 두려워하도록 만들었다.
 때문에 매일 밤이 지독한 고뇌의 연속이었다. 물건을 발견한 첫째 날에는 펜로즈의 계단이 그려진 그림을 해석하느라 밤을 지새웠고, 다음날 밤에는 타로카드 텐 오브 소드의 뜻을 파헤쳤다. 또 그 다음날에는 임사치료에 대한 힌트를 얻기 뜬눈으로 밤을 보냈다. 그리고 오늘에 이르러서야 이 모든 게 과거였다는 사실을 알게 되었다.
 나는 기지개를 켜며 휴대폰을 확인했다. 시간은 새벽 한 시를 넘어가고 있었다.
 그림을 해석하며 며칠 밤을 새운 피로가 이제야 몰려오기 시작했다. 미래의 자살을 막아야 한다는 위기감이 뿜어내던 아드레날린이 급격히 줄어드는 느낌이었다. 그동안 얼마나 긴장하고 있었는지, 모든 문제가 해결되고 나서야 내 몸도 마음도 탈진한 상태였다는 것을 알 수 있었다.

 나는 초콜릿 상자를 집어 들고 물건을 하나씩 정리했다.

 물건을 전부 주워 담고 상자를 덮으려던 찰나, 문득 떠오른 기억 하나가 나를 다급히 불러 세웠다. 연구소장의 강연에서 들은 임사체험자의 증언이었다.

 인터뷰에서 그는 임사체험에서 보낸 며칠간의 이야기를 들려주었다. 임사체험은 자신이 바라던 게 전부 실현된 세상이었고, 그 모든 것이 가짜라는 사실을 깨닫고 나서야 기억이 되돌아왔다는 설명을 했었다. 기억이 왜곡되며 그 세상에 동화되기에 현실과 구분할 수 없었다는 증언이었다.

 그는 임사체험이 현실과 다른 점에 대해서도 설명해 주었다.

 "임사체험에서는 잠을 자지 않았어요. 사흘간 한숨도 자지 않았는데 피곤하거나 졸리다는 느낌이 전혀 들지 않았어요."

 나는 어쩌면 이 모든 게 임사체험일지 모른다는 생각을 해보았다. 며칠간 한숨도 자지 않고 이토록 멀쩡하다는 점만 본다면 충분히 해 볼 수 있는 상상이었다. 하지만 시간 여행이라는 착각에서 이제 막 벗어났는데, 다시 터무니없는 생각에 매몰될 이유는 없었.

 "이제 그만 좀 하자."

 생각을 정리하고 일어섰지만 또 다른 기억이 떠오르자 나는 자리에 되앉을 수밖에 없었다. 그가 인터뷰에서 남겼던 말은 내가 가볍게 넘길 수 있는 내용이 아니었다.

"임사체험에서는 날짜가 멈춰있었어요. 해가 지고 밤이 오기는 했지만, 자정이 지나면 다시 그날이 반복됐어요."

나는 날짜가 기록된 지난 며칠의 기억을 천천히 더듬었다.
초콜릿 상자를 처음 발견한 날, 연구소로 향하며 들었던 일기 예보에서는 분명 그날을 '절기상 가장 추운 날'이라 말했었다. 일년 중 가장 추운 날을 뜻하는 절기의 날짜는 1월 20일이었다.
그 다음날에 보았던 뉴스의 내용이 연이어 떠올랐다. 설 연휴와 주말 사이에 낀 27일이 임시공휴일로 지정되었다는 내용이었는데, 뉴스에서는 그 날짜를 분명 '일주일 뒤'라 언급했었다. 27일로부터 일주일 전이라면 그 뉴스를 본 날은 1월 20일이었다.
어제인 연구소장의 강연 날짜도 1월 20일, 그로부터 하루가 지난 오늘도 1월 20일이었다.
"진짜, 장난하지 마…."
정신이 혼미해지는 기분이었다. 내 기억이 잘못된 것이라 생각하며 무시하려 했지만 내 몸은 진실을 외면하지 않으려는 듯했다. 심장이 빠르게 뛰기 시작하더니 손끝이 희미하게 떨렸다. 난데없이 오한이 느껴지고 숨이 막혔다.
그의 증언이 지금의 내 상황과 완벽하게 일치했지만 나로서는 쉽사리 받아들일 수가 없었다. 내 눈앞의 모든 게, 죽어가는 뇌가 만들어낸 환상이라는 사실을 단번에 수긍할 수는 없는 노릇이었다. 이게 현실이 아닐 수 있다는 정황이 시간 여행보다 더 비현실적으로 느껴졌다.

 나는 이게 임사체험인지 확인할 수 있는 방법을 떠올렸다.

 임사체험에는 현실과 구분할 수 있는 확실한 기준이 있었다. 그건 바로 자신의 꿈이 모두 실현된다는 점이었다. 그중 대표적인 형태는 자신이 염원하는 존재를 만나는 것이었는데, 주로 자신이 믿는 신이나 그리워하는 사람, 꿈에 그리는 이상형 등이 임사체험에 등장하는 게 일반적이었다.

 나는 과거의 내가 꿈꾸었을 만한 대상을 하나씩 떠올렸다. 그러다 불현듯, 마지막 그림에 적혀 있던 암호가 떠올랐다. 나는 곧바로 그림을 꺼내 그 안의 메시지를 확인했다.

NDE: w/ Selene

 NDE는 임사체험을 의미했고, 콜론(:)은 보통 앞말을 설명할 때 쓰는 문장부호였다. 그 말인즉슨 이 암호를 내 임사체험에 대한 힌트로도 볼 수 있다는 뜻이었다.

 w/는 with를 뜻하는 축약 표현이었다. with는 '~와 함께'라는 뜻의 전치사이므로 그 뒤에 위치한 단어는 명사일 가능성이 높다. 즉 w/는 Selene라는 단어가 특정 대상을 지칭한다는 사실의 간접적인 증거였다. 따라서 Selene는 내 임사체험에 등장하는 존재, 혹은 임사체험에서만 볼 수 있는 누군가를 의미하는 것으로 추정할 수 있었다.

 나는 떨리는 손으로 여섯 자의 알파벳을 검색창에 입력한 뒤, 셀레네에 대한 짧은 설명을 확인했다.

셀레네(Selene)는 그리스 신화에 등장하는 달의 여신입니다. 달을 의인화한 존재로, 로마 신화에 등장하는 달의 여신 루나와 동일 인물입니다.

 이 글을 읽는 순간, 해마에 뒤엉킨 채 제멋대로 흩어져있던 파편들이 단번에 제자리로 돌아가며 모든 기억이 되살아났다. 동시에, 루나를 처음 만난 순간도 선명히 떠올랐다.
 과거 내 꿈에 등장하여 이름을 지어주었던 보더콜리. 꿈속에서 함께한 시간이 너무 행복했던 나머지, 내 무의식은 임사체험에서도 매번 그 녀석을 불러냈다. 임사체험은 갈망이 투영된 세상을 배경으로 하기에, 내가 꿈꾸는 미래의 일부가 된 루나가 등장하는 것도 자연스러운 일이었다.
 돌아온 기억에는 이 암호를 만들 당시도 포함되어 있었다. 이건 루나를 회상함으로써 임사체험의 기억을 되살릴 수 있도록 남겨둔 메시지였다. 거듭되는 임사치료로, 언젠가 임사체험에 대한 기억마저 모두 잊어버린다면 그 세상을 떠올릴 수 있도록 만든 장치였다. 루나를 기점으로 임사치료의 기억만큼은 확실히 복구할 수 있을 것이라 판단한 셈이었다.
 게다가 나는 가장 중요한 단서 하나를 놓치고 있었다. 바로 물망초였다.
 초콜릿 상자에서 여전히 생생한 물망초를 확인하자 비로소 모든 퍼즐이 완벽하게 들어맞았다. 이 꽃을 발견한 지 며칠이 지났음에도 여전히 시들지 않은 이유는, 임사체험 속 날짜가 흐르지 않기 때문이었다.

또한 물망초가 겨울에 개화하지 않는 꽃이라는 점은 시간 여행의 증거가 아니었다. 그저 현실에서 임사체험으로 이동하며 날짜가 바뀐 것뿐이었다. 내 인생에 가장 어울리는 배경이자, 죽는 순간까지도 벗어날 수 없는 계절로 되돌아온 것뿐이었다.
 결국 모든 게 가짜였다. 꿈에서 만난 루나, 빨간색 머스탱 컨버터블, 봄처럼 따뜻한 날씨까지 전부 내 염원이 반영된 환상에 불과했다. 현실을 똑같이 구현한 임사체험이자, 내가 열망하던 것들을 손에 넣은 의식 속 낙원이었다.
 내가 목숨을 걸고 임사치료를 시작할 때, 삶에 대한 집착은 진작 버린 줄 알았다. 마지막으로 시도해 볼 수 있다는 점에 의미를 두었을 뿐, 치료 도중 죽더라도 아쉬울 것 없다고 생각했었다. 하지만 희망이 보이자 행복에 대한 기대감과 열망도 점차 커질 수밖에 없었다. 그리고 마침내 내가 품게 된 꿈은 공황장애를 치료하고 수아와 행복한 현실을 사는 것이었다. 임사체험이 현실을 배경으로 하는 것은 죽고 싶지 않은 내 진심이 투영된 결과였다.
 이 모든 것은 뇌가 만들어낸 환영일 뿐, 아무리 사실적으로 구현해도 현실이 될 수는 없었다. 그렇기에 루나를 놓아주고 당장 죽어야만 현실에서 깨어날 수 있었다. 임사치료를 거듭하며 자살도 능숙해졌으니 이제는 어려울 것도 없었다. 하지만 되돌아온 기억에는 내 마지막 순간도 포함되어 있었기에, 이번 임사체험에서는 깨어날 필요가 없다는 사실도 떠올릴 수 있었다. 살아나기 위해 지금껏 임사체험에서 다섯 번을 자살했지만 이번만큼은 그럴 이유가 없었다. 이건 내 마지막 임사체험이고, 내가 여기 온 이유는 임사치료가 아니었으니까.

* * *

  임사치료는 신경 가소성에 의해 뇌의 신경 회로를 재구성하면서 정신 질환을 치료하는 원리였다. 이는 반대로, 임사치료가 신경 기능에 이상을 일으키거나 신경계 질환을 유발할 수도 있다는 의미이기도 했다. 그만큼 내가 행복을 탈환하기 위해 시도한 이 치료법은 극도로 위험한 일이었다.

  병세가 심각했기에 나는 임사치료를 여러 차례 반복해야만 했다. 임사체험은 뇌에 과부하가 걸리는 일이었던 만큼, 임사치료를 반복하는 나로서는 부작용이 발생할 위험성도 매우 높았다. 이를 예방하려 임사치료를 한 달 간격으로 시행했지만 그것만으로는 과도한 자극이 누적되는 것을 피할 수 없었다. 공황으로 십수 년간 담금질한 뇌이기에 버틸 수 있을 것이라 생각했지만, 여섯 번의 죽음을 견뎌낼 만큼 단단하지는 못했다.

  결국 내 뇌의 시상* 일부 영역에 신경 손상이 발생하고 말았다. 이후 나는 체성감각피질*이 비정상적으로 활성화되었다는 검사 결과와 함께, 의사로부터 CRPS*를 진단받았다. 반복되는 임사치료로 뇌의 감각 처리 시스템이 망가진 상태였다.

  수아가 경고한 임사치료의 역효과는 결국 현실이 되고 말았다. 이미 자살을 시도한 나이기에 더는 두려울 게 없다고 생각했는데, 내가 마주한 현실은 죽음과 비교할 수 없을 정도로 무서웠다. 공황장애가 늘 비이성적인 공포로 나를 괴롭혔다면 CRPS는 실재하는 공포로서 내 몸과 정신을 마구 짓이겼다.

  CRPS는 임사치료로 해결할 수 있는 문제가 아니었다. 발병과

시상: 뇌에서 감각 정보의 중계 역할을 하는 기관.
체성감각피질: 온도나 압력 등의 감각 정보를 처리하는 대뇌의 일부 영역.
CRPS: 복합부위 통증 증후군. 난치성 희귀 질환으로, 신경계의 기능 이상으로 인해 극심한 통증이 지속된다.

치료의 메커니즘이 일치하지 않으니 동일한 방식으로는 해결할 수가 없었다. '조립은 분해의 역순'이란 말은 신경망에 적용되지 않는 원리였다. 같은 방식으로 신경을 자극하는 것은 오히려 증상을 악화할 가능성이 높았다.

 희귀성 난치병인 CRPS에도 치료법은 존재했지만 사실상 완치가 불가능한 병이기에 그 치료도 통증을 줄이는 수준에 머무를 수밖에 없었다. 처음에는 사태의 심각성을 알지 못했지만, CRPS의 조력자살 조건을 보고 나서야 내가 위기에 처했다는 사실을 알 수 있었다.

 조력자살을 시행하기 위해 CRPS 환자가 충족해야 하는 최소 투병 기간은 36개월이었다. 다른 질병들의 조력자살 요건과 비교하면 독보적으로 짧은 기간이었고 이는 CRPS가 얼마나 끔찍한 병인지 단적으로 보여주는 증거였다. 그리고 이 병을 앓으며 내가 뼈저리게 체감한 것은, 3년은 절대 짧은 기간이 아니라는 사실이었다.

 온종일 왼발에서 찌릿한 통증이 느껴졌다. 희미한 작열감이 계속되면서 매 하루가 지날수록 정신도 걷잡을 수 없이 피폐해졌다. 돌발통*이 찾아올 때면 공황발작을 일으키던 때처럼 사경을 헤매기도 했다.

 공황장애가 형량을 알 수 없는 징역형이라면 CRPS는 가석방 없는 종신형이었다. 평생의 불행이 확실시되었다고 해도 과언이 아니었다. 기적을 바라며 투병하기에는 내가 앞으로 마주해야 할 고통의 크기가 상상을 초월했다. 그걸 견뎌낼 자신도 없을뿐더러 견뎌야 할 이유도 찾을 수가 없었다.

돌발통: 예고 없이 발생하는 극심한 통증으로, CRPS 환자에게 흔히 나타나는 증상 중 하나. 심한 경우에는 골절이나 출산의 통증을 상회하는 수준에 이른다.

그렇기에 나는 결단해야만 했다. 희망을 품고 더 견뎌볼 것인지, 내가 13년의 투병을 후회했던 것처럼 이 또한 더 큰 후회로 돌아오지 않도록 조기에 단념할 것인지.

결국 내가 택한 건 자살이었다. 진통제로 연명하는 게 전부인 삶은 무의미하다는 판단에서였다. 나 때문에 불행해지는 수아의 모습을 볼 자신도 없었고, 근거 없는 낙관으로 투병하는 인생을 더는 살고 싶지 않았다. 그리고 무엇보다, 내게 희망이 썩은 동아줄이라는 확신이 들었기에 단념할 수밖에 없었다.

어느 날의 미래

자살의 종식

 다섯 번째 임사치료는 내 신경계를 완전히 망가뜨렸다. 임사치료는 뇌를 재조직화하며 공황장애를 치료했지만, 신경 회로를 비정상적으로 연결하며 더 큰 문제를 가져오고 말았다. 이건 수아가 우려한 최악의 상황이었다.
 중추신경계가 오작동을 일으키자 감각을 처리하는 과정에 문제가 생겨났다. 작은 자극도 큰 고통으로 느껴지는가 하면, 왼발에서는 지속적인 통증이 나타났다. 그 감각에 속은 말초신경계는 부종을 만들어내고 혈류 조절 기능에 장애를 일으키면서 왼발을 차갑게 만들었다.
 의사의 소견은 CRPS였다. 나는 연구소장의 도움을 받아, 그가 과거 몸담았던 병원에서 빠르게 치료를 진행할 수 있었다.
 처음에는 약물치료, 물리치료와 함께 교감 신경 차단술을 시행했다. 이는 왼발로부터 느껴지는 통증이 뇌로 전달되지 않도록 신경을 차단하는 시술이었다. 다만 차단된 신경은 다시 회복되기에 큰 효과를 바랄 수는 없었다. 단기적인 통증 완화에 그칠 가능성이 높지만, 초기에 통증을 조절하는 게 중요한 CRPS 치료에서는 반드시 거쳐야 하는 과정이었다.
 나는 두 달간 일곱 차례에 걸쳐 교감 신경 차단술을 받았다. 시술 직후 며칠 동안 통증이 개선되는 듯싶더니 금세 원상태로 돌아가는 일이 반복되었다.

페인스크램블러*에 기대를 품어 봤지만 이 또한 변화가 없기는 마찬가지였다. 효과를 장담할 수 없다는 것은 의사가 미리 설명한 부분이었기에 크게 낙담하지는 않았다. 그저 치료를 위해 사용할 수 있는 카드 중 일부를 소진했다는 점에서 위기감이 느껴질 뿐이었다.

그렇게 매 하루가 지날수록 내 몸이 무너지는 게 보였다. 통증이 점차 심해지고 돌발통의 빈도가 늘며 병세는 급속도로 악화되었다. 초기의 돌발통이 뜨거운 물체에 데이는 느낌이었다면, 증상이 심해진 뒤에는 달군 칼로 피부를 벗겨내는 듯한 통증이 느껴졌다. 설상가상으로 왼발에서 시작된 통증도 서서히 다리를 타고 올라오기 시작했다.

통증만이 문제가 아니었다. 마약성 진통제를 비롯해서 내가 하루에 수십 정씩 복용하는 약들이 위장, 간, 신장을 차례대로 망가뜨렸다. 그럼에도 약을 줄일 수는 없었기에, 내 인생은 항불안제에 서서히 무너지던 과거와 같은 노선을 탈 수밖에 없었다.

4개월이 지나자 일상이 완전히 무너져 병원에 입원할 수밖에 없었다. 그렇게 공간만 바뀌었을 뿐, 단칸방에 갇혀 하루씩 연명하던 시간이 재현되었다. 수아와 함께했던 짧은 즐거움은 수백배의 고통으로 갚아야만 했다.

내가 가장 큰 기대를 품은 것은 SCS* 삽입술이었다. 척수 신경에 전기 자극을 흘려보냄으로써 왼발의 통증이 뇌로 전달되는 것을 방해하는 원리였다. 감각의 통로인 척수에 일종의 변조 장치

페인스크램블러: 전기 자극으로 통증 신호를 교란하여 통증을 완화하는 의료기기.
SCS: Spinal Cord Stimulator. 척수 신경 자극기.

를 설치하고, 통증 신호를 전기 신호로 변환하여 고통을 줄일 수 있는 치료법이었다.

통증 신호를 교란한다는 점에서 페인스크램블러와 유사하지만 이는 훨씬 강력한 치료법이었다. 페인스크램블러는 피부 위에 패드를 부착하고 자극을 주는 비교적 간단한 치료였다. 반면 SCS 삽입술은 등을 일부 절개하고 척수 근처에는 전극을, 복부에는 배터리를 삽입하는 고난도 수술이었다. 적극적인 방식의 치료이기에 그만큼 큰 효과를 기대할 수 있었다.

가장 큰 차이는 지속적으로 통증을 조절할 수 있다는 점이었다. 리모컨으로 전기 강도를 수시로 조절할 수 있기에, 고통이 심해지면 그에 맞춰 전기의 강도를 높이면서 통증에 대처할 수 있었다.

내 치료 과정은 이례적으로 빠르게 진행되었다. 비정상적인 속도로 악화되는 내 상황에 맞춘 대처였고 이는 수아와 연구소장의 도움이 있었기에 가능했다. 그렇게 통증이 나타난 지 반년 만에 나는 척수 신경 자극기를 임시로 삽입했다. 약 일주일간 효과를 테스트한 뒤, 통증이 줄어드는 게 확인되면 반영구적으로 배터리를 삽입하는 방식이었다.

척수 신경 자극기를 삽입하고 경과를 지켜보았지만 이마저도 효과가 작았다. 돌발통을 잠재우기 위해 펜타닐*까지 투약하는 나에게는 미약한 변화였다. 전기 자극을 상회하는 고통은 모든 치료에서 실패한 악몽을 상기시키며 나를 더 깊은 심연으로 끌고 내려갔다.

차라리 다리를 떼어내고 싶었지만 절단하더라도 문제가 될 여지

펜타닐: 환자에게 사용되는 진통제 중 가장 강력한 마약성 진통제. 모르핀보다 50~100배 강한 진통 효과를 지닌다.

는 많았다. 통증이 다른 부위로 전이되거나 절단부에서 통증이 지속될 가능성이 높았다. 게다가 환상통*의 위험까지 있었다. 그렇기에 절단은 CRPS 환자에게 거의 시도하지 않는 방법이었고 그 수술을 시행하는 것도 쉬운 일이 아니었다.

공황장애가 기약 없는 질환이라면 CRPS는 평생을 기약한 질병이었다. 그렇기에 병이라기보다 저주라는 이름이 더 어울렸다. 치사량의 고통을 동반하지만 인간을 죽이지는 못하도록 설계된 저주였다. 창조주가 악마가 아닌 이상 이 세상에 존재할 수 없는 절대악이었다.

솔직히 견딜 자신이 없었다. 내가 공황장애와 맞서며 목숨을 지켜낸 것도 기적이었지만, 이 병이 치유되는 것은 그보다 더 큰 기적이 필요한 일이었다. 이대로라면 회복기를 맞이하기 전에 의지가 먼저 바닥날 게 분명했다. 나 스스로도 이미 죽을 이유가 살 이유를 넘어섰다고 생각했지만 그 판단에 확신은 없었다. 그렇기에 결론을 내릴 수가 없었다.

나는 그 답을 오늘도 찾지 못한 채, 병실에서 펜을 잡았다 놓기를 수없이 반복 중이었다. SCS 삽입술이 부적합하다는 판정을 받고, 임시로 삽입한 전극을 제거한 뒤였다. 수술을 진행해도 효과가 미미할 것이라는 의사의 판단에서였다.

수아는 오늘도 퇴근 후에 곧바로 병원을 찾아왔다. 날이 갈수록 어두워지는 그녀의 표정을 볼 때마다 내가 짐이 되는 것처럼 느껴졌다.

수아가 내게 치료 설명서 하나를 건넸다.

환상통: 절단된 신체 부위에서 통증이 느껴지는 감각 이상 현상.

IDDS* 삽입술 (척수강 내 약물 펌프 삽입술)

척추뼈 내에는 척수를 보호하는 공간이 존재한다. 그 안에는 뇌척수액이 흐르는 '척수강'이 존재하는데, 이는 신경계와 직접 연결되어 있기 때문에 약물을 효과적으로 전달할 수 있는 최적의 경로이다. 주사보다 훨씬 적은 양의 약물로도 강력한 효과를 발휘하며 약물이 전신으로 퍼지지 않기에 부작용도 줄어든다.

'척수강 내 약물 펌프 삽입술'은 척수강에 약물을 투약할 수 있도록 체내에 펌프를 삽입하는 수술이다. 리모컨으로 펌프를 작동시키면 약물이 투약되는 방식이며 주로 마약성 진통제가 사용된다. 이는 통증이 극심한 환자에게만 시행되는 고난도 수술로, 척수강에 직접 약물을 주입하므로 큰 진통 효과를 기대할 수 있다.

이건 내게 남은 마지막 치료 옵션이었다. CRPS 치료의 최종 단계인 만큼, 이마저도 실패한다면 더 이상 방법이 없었다. 끝까지 시도해야 한다는 생각을 하면서도, 완치가 불가능한 병을 달고서 삶을 붙잡는 게 맞는지 의문이 들었다.

이 수술 또한 원인을 제거하는 게 아니라 급한 불을 끄기 위한 조치에 불과했다. 약물의 반응도에 개인차가 존재하는 만큼, 통증이 크게 줄어들 수 있지만 효과가 제한적일 가능성도 있었다. 내게 약이 잘 들더라도 통증에서 완전히 자유로울 수는 없었다.

"이 수술이 의미가 있을까?"

"당연하지. 이 수술을 받고 일상으로 돌아간 환자가 많대."

모르겠다. 나는 회의적이다.

IDDS: Intrathecal Drug Delivery System. 척수강을 통해 체내에 약물을 주입할 수 있는 장치.

수술 이후에 가벼운 활동이 가능해졌다고 해서 그게 일상을 되찾은 것이라고 말할 수 있을까? 그 무엇도 제대로 할 수 없었던 것과 비교한다면 분명 큰 변화겠지만, 그 일들을 어렵지 않게 해낼 수 있는 사람은 적을 게 분명했다. 그 일상에서 행복을 느끼는 환자 또한 극소수에 불과할 게 뻔했다.

환자가 일상을 유지하기 위해 매 순간 견뎌내는 고통은 눈에 보이지 않는다. 그렇기에 남들은 물리적으로 가능하다는 사실에만 집중할 뿐, 그것을 가능하게 만드는 노력에는 관심을 갖지 않는다. 그러나 막상 환자의 삶을 들여다보면, 고통은 줄었어도 삶이 괴로운 것은 그대로인 경우가 너무나 흔하다. 그 일상은 사람들이 생각하는 일상과 전혀 다른 모습이다.

"이 수술을 받으려면 최소 5개월 정도는 대기해야 한대. 내가 최대한 빨리 수술할 수 있도록 방법을 찾아볼게."

나를 위해 이토록 애쓰는 수아를 볼 때마다 미안한 마음뿐이었다. 내 탓이 아니라는 걸 알면서도, 그녀의 불행이 오로지 내 잘못처럼 느껴졌다.

어쩌다 이렇게 되었을까?

이 삶을 붙잡으면서 의미를 찾으려 애쓰는 건 내가 바라던 모습이 아니었다. 죽고 싶지는 않지만, 그런 인생을 원하지도 않았다. 이미 재기에 실패한 인생에서 희망을 찾으려는 노력이 이제는 무의미하게 느껴졌다.

내 마음을 읽기라도 한 듯, 수아가 가까이 다가와 나를 위로하며 등을 쓰다듬었다.

"조금만 더 힘내줘. 수술 받고 좋아져서 집으로 돌아가자."

어떻게든 살려고 마음먹는다면 연명은 가능할 테지만, 그 삶에는 보람도, 즐거움도, 그 어떠한 가치도 없을 게 분명했다. 수아와 행복한 일상을 살아가는 게 가능할까 생각해 보았지만 그게 마치 허황된 꿈처럼 멀게만 느껴졌다. 그녀가 나를 사랑하게 되는 상황까지도 떠올렸지만, 이 병을 짊어진 채로는 전혀 행복할 것 같지가 않았다.

"수아야. 나 이제 그만하고 싶어."

내 말에 그녀의 얼굴이 한순간에 얼어붙었다. 굳은 표정에는 당황한 기색이 역력했다.

"그게 무슨 말이야?"

"나 공황장애로 조력자살 승인된 상태잖아. 조금 늦었지만 이제라도 할 수 있을까?"

"갑자기 왜 그래? 그동안 잘 견뎌왔잖아."

수아의 목소리가 희미하게 흔들렸다.

"많이 고민한 거야. 오래전부터 바라던 일이기도 하고."

오랜 바람이 죽음이라니, 이보다 처량한 소원이 있을까 싶었다. 나도 죽음 따위를 꿈으로 두고 싶지 않았다. 덜 아픈 내일이 아니라 더 행복한 내일을 바라고 싶었다. 불행에서 도망치는 게 아니라 행복을 쫓아가는 그런 소원을 갖고 싶었다. 그저 남들처럼, 유럽 여행이나 결혼 같은 평범한 꿈을 꾸고 싶었다.

많은 걸 바라지도 않았다. 평범하게 일하고, 취미도 즐기고, 때로는 친구도 만나면서, 그냥 그렇게 살 수만 있다면 그걸로 충분했다. 하지만 그마저도 내게는 아득한 꿈이었다. 그 누구보다 최선을 다해 살아왔건만 행복의 기회는 나를 제외한 사람들에게만 주어졌다.

 모두가 당연하게 누리는 걸 왜 나만 가질 수 없는지, 평범하게 살고 싶다는 바람이 내게는 왜 소원이어야 하는 것인지 그저 억울할 따름이었다. 진부한 꿈을 가질 수 있는 인생들이 부럽다 못해 원망스러울 지경이었다.

 나를 붙잡으려는 듯 수아가 내 손 위로 자신의 손을 얹었다.

"아직 해 볼 수 있는 게 남아있잖아. 이 수술을 받아보고 나서 결정하자."

 나는 천천히 고개를 저었다.

"진통제로 연명하는 인생은 살고 싶지 않아. 지금까지 시도한 걸로 충분해."

 수아는 나를 쳐다보며 아무 말도 하지 않았다. 그렇게 정적이 흐르며 그녀의 눈시울도 점차 붉어졌다.

"여기서 포기하면 분명 미련이 남을 거야. 적어도 후회는 하지 않게, 할 수 있는 데까지 해보면 안 돼?"

 이 고통을 버티는 시간이 누적되다 보면 13년을 지속한 공황장애처럼 아득한 세월이 흐르게 될 게 분명했다. 내가 조력자살을 결심하며 뼈저리게 후회했던 과거는, 불행이 시작되었을 때 자살을 결단하지 못한 것이었다.

 오랜 투병 생활로 내가 깨달은 게 있다면, 고통은 익숙해지지 않지만 불행한 삶을 사는 것은 익숙해진다는 사실이었다. 그렇기에 불행을 삶의 일부로 받아들이지 않도록 경계해야만 했다. 절망적인 상황을 외면하고 살고 싶다는 갈망에만 집중한 나머지, 고통이 한없이 길어지는 것을 주의해야 했다. 똑같은 실수를 두 번이나 반복할 수는 없었다.

"어떤 자살이든 후회는 남을 수밖에 없어. 지금 죽지 않으면 분명 더 큰 후회로 돌아올 거야."

내 단호한 의지에 수아의 눈가에 고이던 눈물이 마침내 뺨을 타고 흘러내렸다. 울먹이는 듯 어깨가 들썩거리며 그녀의 목소리도 크게 떨렸다.

"앞으로의 인생을 통틀어서 가장 괴로운 순간은 지금일 거야. 미래가 아무리 힘들어도 지금만큼은 아닐거고. 그러니까 다시 한번 생각해 보면 안 돼?"

내 손을 잡은 채 애원하듯 바라보는 수아의 모습에 마음이 흔들렸다. 나는 살고 싶은 마음을 억누르고 이를 악물었다.

살기로 결정한다면 이 고통은 등뒤에 딱 붙어 나를 따라다닐 게 분명했다. 또다시 기약 없는 희망에 의지한 채, 지독한 고통을 삶의 일부로 여기면서 이 불행을 받아들이고 사는 수밖에 없었다. 겨우 그런 인생을 살기 위해 이 지옥 같은 시간을 연장하고 싶지는 않았다.

"아니야. 아무리 생각해도 이게 최선이야."

잠시 눈을 감았다. 지금 이 순간에도 느껴지는 통증이 너무 괴로워서. 그리고 수아의 우는 모습을 보고 있으면 나도 쏟아질 것 같아서.

"수아야, 나 마지막으로 한 번만 더 도와줘. 부탁할게."

수아는 대답하지 않았다. 그렇게 시간이 흐를수록 그녀의 손아귀에서 전해지는 힘도 점점 더 강해졌다.

얼마 뒤, 그녀가 고개를 들자 그 얼굴에는 아픔과 결심이 뒤섞여 있었다. 수아는 잠시 망설이다, 내 눈을 똑바로 바라보며 입을 열었다.
"그렇게 원한다면 도와줄게. 정말 괜찮겠어?"
 수아의 말에 애써 참았던 눈물이 쏟아지고 말았다. 왼발의 통증보다 더 큰 아픔이 내 가슴 안으로 밀려들어왔다.
 내 자살의 조력자가 되어달라는 게 얼마나 무리한 부탁인지 알기에 한없이 미안한 마음뿐이었다. 하지만 나는 그녀 앞에서 눈물만 떨어뜨릴 뿐 아무 말도 할 수가 없었다.

* * *

 자살에 대한 의지는 세 단계를 거쳐 확고해진다.
 첫째는 죽음을 초월한 고통으로, 모든 미래를 포기할 만큼의 아픔이 자살의 시작이다. 자살을 정죄하는 사람일지라도 막상 이 난관을 마주하면 신념이 흔들리게 된다.
 둘째는 감정적 사고이며 이는 주로 우울감이 증폭시킨 비관에 해당한다. 감정적으로 내다본 미래는 암울할 수밖에 없으니 비관이 자신을 죽음으로 이끄는 것은 당연한 결과다. 그만큼 성급한 자살도 대개 이 단계에서 이루어진다.
 마지막은 희박한 개선 가능성이다. 감정을 철저히 배제하고 이성적으로 판단하더라도 비관을 피할 수 없는 경우에 해당한다. 일반적인 사례와 자신의 경험이 모두 암울한 미래를 전망하는 상황을 뜻하며 이는 자살의 주요 근거로 활용된다. 다만 대부분의 불행은 개선 가능성이 미지수이기에 이 조건을 충족하는 경우는 많지 않다.

이 모든 과정을 거친다면 비로소 자살의 합리성에 대한 반추* 단계에 접어들게 된다. 이때 자살이 타당하다는 명쾌한 결론을 내릴 수는 없지만, 자살이 합리적이라는 주장과 근거는 충분히 제기할 수 있다. 객관적 지표와 주관적 경험이 대표적이며 그 외에도 근거로 제시되는 것 중 하나가 바로 후유증이다.

상황이 언젠가 개선될 수도 있지만 문제가 해결된다 한들 높은 확률로 여파가 남는다는 사실을 간과해서는 안 된다. 고통받은 기간이 길수록 몸과 마음을 원상태로 복구하는 데에도 상당한 시간과 노력이 필요하다. 하물며 개선 가능성마저 희박하다면 기대 이익이 예상 손실에 미치지 못할 것이라는 합리적 추론이 가능하다.

이처럼 자살의 근거가 갖춰진 상황에서 설득력까지 갖추기 시작한다면 자살을 제지하는 게 사실상 불가능해진다. 더 이상의 노력이 불행을 연장하거나 자살을 유보하는 수준에서 벗어나지 못할 것이라 판단하기 때문이다.

물론 나도 이 모든 과정을 거쳤다. 비현실적인 고통을 겪고, 감정적인 비관도 거치고, 최종적으로는 자살의 정당성마저 확보했다. 만성화된 정신 질환자들의 사례와 나의 경험이 하나같이 암울한 미래를 전망하고 있기에 자살이 합리적이라는 결론을 내릴 수 있는 상황이었다.

그럼에도 불구하고 나는 죽지 않았다. 행복을 향한 갈망이 너무나도 컸던 탓에 삶을 포기할 수가 없었다. 일말의 가능성에 베팅하는 게 맞는 선택이라 믿었고, 그렇게 죽음을 배격하며 삶을 붙

반추: 어떤 생각이나 감정을 끊임없이 되새기는 것.

잡으려 노력했기에 목숨만큼은 지켜낼 수 있었다. 하지만 내가 자살을 결심하게 된 결정적 계기는 따로 있었으니, 그건 바로 비이성적인 낙관을 바로잡은 것이었다.

비관은 자살을 지지하고 낙관은 삶을 추종하지만, 그렇다고 비관이 잘못되었다거나 낙관이 옳다고 말할 수는 없었다. 이성적 비관이라면 지극히 합리적인 전망이고, 감정적 낙관이라면 이는 편향된 전망이기 때문이었다. 비관이나 낙관은 추론의 결과일 뿐, 예측의 타당성을 판단하는 잣대가 될 수 없었다.

행복해질 가능성이 미약하게나마 존재한다는 사실을 낙관의 근거로 삼을 수는 없었다. 미래를 갈망한다는 이유만으로 희망을 품는 것도 잘못된 일이었다. 흔히 자살을 극단적인 선택이라 말하지만, 가망 없는 인생을 지속하는 것 또한 극단적인 선택이라는 점을 알아야 했다. 기약 없는 고통과 맞서야 하는 일이기에, 개선 가능성이 희박할수록 삶은 죽음보다도 위험한 선택이 될 수 있었다.

나는 항상 고정관념을 경계했지만 죽음에 있어서는 남들처럼 편협한 생각을 떨쳐낼 수가 없었다. 대부분의 사람들은 죽음을 극도로 배척하는 가치관을 가졌고 이는 과거의 나도 다를 바가 없었다. 절망적인 상황에서도 눈과 귀를 막고 오로지 미래만 바라보며 죽음으로 등 떠미는 모든 상황을 외면해 왔다.

내가 그럴 수밖에 없었던 이유는 단 하나, 살고 싶어서였다. 살고 싶은 마음이 편향된 태도를 조장하며 나로 하여금 자살을 기피하도록 만들었다. 심지어는 기억마저도 강한 자성을 띠며 내게 연명할 것을 지시했다. 행복한 기억은 삶에 강한 인력을, 과거의 꿈은 죽음에 거센 척력을 만들어내며 나를 한 방향으로 유도했다. 나로서는 편견에 갇힐 수밖에 없는 상황이었다.

 그러나 철학을 공부하며 굳어 있던 관념도 조금씩 변하기 시작했다. 내 편견을 자각하면서 중립적인 태도로 삶과 죽음을 인식할 수 있게 되었다. 그렇게 어느 쪽에도 치우치지 않은 시선으로 바라보자 죽음이 지닌 본연의 가치가 하나둘 모습을 드러내기 시작했다.

 오명을 벗은 죽음은 비극적인 사건이 아니었고, 그 너머의 세계도 꽤나 매혹적이었다. 무색무취한 곳이지만 암흑으로 뒤덮인 내 세상에 비하면 더없이 밝고 투명했다. 괴로움에 몸서리치는 인생에게는 질병, 장애, 슬픔, 가난으로부터 완전한 독립을 보장받는 이상향이었다. 그곳에 닿을 수 있는 죽음은 비극이 아니라 비극의 종식이었기에 나로서는 삶을 붙잡으려 애쓸 이유가 전혀 없었다.

 그렇게 삶에 대한 집착을 버리자 죽지 않을 이유가 사라지며 지독한 회의감이 내 정신을 잠식하기 시작했다. 인내력이 사라지고 투지가 무너지더니 행복을 쟁취하겠다는 각오마저 순식간에 꺾였다. 내 안에 투쟁심은커녕 허무감만이 가득 들어차서 내 모든 노력에 제동을 걸었다. 모진 인생에서, 죽음에 대한 반감을 거둔다면 살 이유가 사라지는 것은 당연한 결과였다.

 이건 딜레마였다. 냉정히 판단해야 하지만 삶과 죽음을 중립적인 태도로 바라본다면 목숨을 부지할 수가 없었다. 삶과 죽음 양쪽에 한 발씩 걸치고 있는 상태는 서서히 죽음 쪽으로 몸이 기울 수밖에 없었다. 반대로 편협한 시선을 갖는다면 나를 살릴 수는 있지만, 삶을 택한 게 지극히 감정적인 판단이 된다는 문제가 있었다. 이는 삶과 죽음 사이에서 고뇌하는 문제를 넘어, 논리를 포기하는 게 합리적인 결정이 될 수 있는지에 대한 의문까지 가중시키는 격이었다.

고민 끝에 내가 내린 결정은 중립적인 태도를 버리고 죽음에 대한 반감으로 머릿속을 가득 채우는 것이었다. 삶을 지켜내려면 죽음을 경멸하는 편협한 시야를 가져야 했기에, 나는 진실이 아닌 편견을 받아들이기로 했다. 자살이라는 선택지를 원천 봉쇄한 채로 생각을 옭아매는 것이 내가 살 수 있는 유일한 방법이기 때문이었다.

살고자 하는 입장에서, 자살 충동에 맞서기 위해서라면 논리 따위는 얼마든지 포기할 수 있었다. 투쟁심의 원천은 정신력이 아니라 자살을 죄악시하는 편견이었으니, 목적을 달성하기 위해 편견을 자처하는 것은 불가피한 일이었다.

생사의 갈림길에서 균형을 유지하며 나아가는 것은 불가능했다. 그렇기에 반드시 하나를 택해야만 했다. 살기 위해서는 삶에 집착하며 자살 자체를 머릿속에서 완전히 지워야 하고, 죽기 위해서는 자살의 근거를 확보하며 일말의 미련까지 전부 털어내야 했다. 어느 한 길을 택해서 가야 하는 것이지, 언제든지 돌아설 수 있다는 마음가짐은 후회를 키우거나 고통을 연장할 뿐이었다.

여기서 마지막 의문이 남는다. 그렇다면 과연 어느 쪽을 택해야 하는가?

살기 위해서는 죽음을, 죽기 위해서는 삶을 배척해야 하지만 어느 쪽을 택해야 할지 모른다는 게 문제다. 어떤 선택이든 반론의 여지가 존재한다는 점이 자신을 더 혼란스럽게 만든다. 그 상황에서 어느 길이 옳다는 확신을 얻을 수는 없지만, 적어도 자신이 가야 할 방향을 찾을 수는 있다. 그 방법은 바로 죽음을 향한 '갈망'에 대해 이해하는 것이다.

 무언가를 바라는 마음, 즉 갈망은 크게 '감정적 갈망'과 '이성적 갈망'으로 나뉜다. 감정적 갈망은 대부분 현재를 위한 갈망으로, 본능적이고 일차원적인 욕구가 이에 해당한다. 대체로 비이성적이지만 결코 거부할 수 없을 만큼 강렬한 열망이다. 반면 이성적 갈망은 대개 현재보다 미래의 행복을 위한 갈망으로, 목표를 추구하고 이상적인 미래를 도모하는 합리적 욕망이다.
 감정적 갈망을 충족하면 즉각적인 쾌락으로 보상받게 되지만 그것을 무작정 좇아서는 안 된다. 무언가를 바라는 강력한 욕구가 피어나도, 그 행동의 타당성을 평가하며 감정을 견제해야 한다. 그리고 이를 실천하려면 이성적 갈망과 감정적 갈망의 차이를 수용하여 최선의 타협 지점을 모색해야 한다. 만약 감정적 갈망과 이성적 갈망이 일치하는 지점이 존재한다면 그곳이 바로 자신이 가야 할 길이다.

 이건 자살을 앞둔 시점에 반드시 명심해야 할 내용이다. 죽음을 바라는 마음이 감정적 갈망은 아닌지, 그렇기에 비이성적이고 또 심하게 왜곡되어 있는 것은 아닌지 돌아봐야 한다. 성급한 자살은 그동안 감내해 온 모든 시간을 무의미하게 만들 위험이 있기 때문이다. 반대로, 삶에 대한 갈망에만 귀 기울인다면 이 또한 아픈 인생을 무기한 연장하는 최악의 결과를 만들어낼 수 있으므로 매우 신중해야 한다.

 모든 행동에 있어서 냉철한 검증 단계는 반드시 거쳐야 한다. 무언가에 대한 갈망이 생겨나면, 그 갈증을 해소하는 게 옳은지 가늠하는 과정이 필요하다. 이후 감정적 갈망과 이성적 갈망의 불균형을 최소화하는 방안을 궁리해야 한다.

 따라서 죽고 싶은 마음이 생기면 자살이 정말 최선인지 검토해야 하는데, 그 과정의 핵심이 바로 개선 가능성을 가늠하는 것이다. 이때는 감정을 철저히 배제한 상태로 이성적 추론을 거쳐야 하며 그로써 죽음에 대한 갈망을 충족할지 여부를 판단해야 한다.

 그러나 대부분의 불행은 개선 가능성이 미지수라는 점에서 한계와 직면한다. 앞날이 어둡다면 자살의 정당성을 어느 정도 확보할 수는 있겠지만 그게 자살이 옳다는 것을 의미하지는 않는다. 반대로, 문제가 해결될 확률이 높다고 해서 무조건 버티는 게 정답이라 말할 수도 없기에 아무리 이성적으로 접근해도 명쾌한 해답은 얻을 수가 없다. 감내의 기간이 길어질수록 예측의 정확도는 올라가지만, 개선 가능성에 대한 최종 판단은 주관에 의지하기에 확신을 얻을 수 없다는 사실은 변하지 않는다. 이게 바로 이성적 추론의 한계이자 자살의 딜레마에 빠지는 이유다.

 정답이 없는 문제에서 최선을 찾으려는 시도는 좋지만, 개선 가능성에 대한 예측의 오차 범위가 너무 크다는 게 문제다. 이처럼 더 이상의 고뇌가 무의미한 지점에서 자살의 타당성을 판단할 수 있는 기준은 단 하나, 바로 삶과 죽음을 향한 갈망이다.

 죽고 싶은 마음을 자세히 들여다보면 답을 찾을 수 있다. 자살에 대한 의지가 감정적 갈망이라면 재고해야 하는 상황이고, 그게 이성적 갈망이라면 자살이 충분히 합리적일 수 있는 상황이다. 결국 죽음을 향한 갈망이 어디서 비롯되었는지에 따라 자살의 정당성이 판가름 나기에 갈망의 근원을 우선적으로 파헤쳐야 한다.

이성적 갈망: 자살에 대한 갈망과 삶에 대한 갈망의 대치 구도
감정적 갈망: 자살에 대한 갈망과 삶에 대한 회의감의 결합 구도

 죽고 싶은 마음이 이성적 갈망이라면, 죽고 싶은 마음과 살고 싶은 마음이 대치하는 상태다. 삶을 바라지만 행복을 기대하기 어려운 현실 때문에 자살을 생각하는 상황이다. 반면 죽고 싶은 마음이 감정적 갈망이라면, 죽음에 대한 갈망에 삶에 대한 회의감이 더해진 상황이다. 인생을 비극으로 인식한 나머지 삶에 대한 갈망 자체가 증발해 버린 상태다.
 자살하려는 이유로 '삶을 원하지 않는 것'과 '삶을 원하지만 그게 불가능한 것'은 전혀 다른 일이다. 감정에 휘둘리지 않고 삶과 죽음을 올곧게 인식한다면 삶에 대한 갈망은 반드시 존재할 수밖에 없다. 행복을 경험한 입장에서, 아픔을 극복하고 미래를 쟁취하고 싶은 마음이 드는 것은 지극히 당연한 일이기 때문이다. 즉 살고 싶은 마음 자체가 사라졌다는 것은 비이성적인 비관이 인생을 비극으로 단정 지었다는 증거로 볼 수 있다.
 삶에 대한 갈망은 스스로 통제할 수 없는 영역에 자리잡고 있다. 마음이 기억하는 삶의 의미는 아무리 밀어내고 지우려 노력해도 소용이 없다. 과거에 경험했던 행복을 미래에도 누리고 싶은 마

음이 잔존하는 이상, 삶을 열망하는 일말의 마음까지 청산하는 것은 불가능하다. 그렇기에 행복한 미래를 포기해도, 죽고 싶은 마음과 살고 싶은 마음은 최후의 순간까지 대립하며 공존할 수밖에 없다.

생각은 감정의 영향을 크게 받기 때문에, 힘들고 우울한 상황에서 내다본 미래는 실제보다 더 어두운 경향을 띤다. 괴로운 감정이 머릿속을 지배하면 생각도 한 방향으로 쏠리게 된다. 특히 자살을 둘러싼 문제에서, 이성은 자신의 생각에 대해 끊임없이 반론하지만 감정은 비관을 쉽게 받아들이고 단정짓는다는 게 문제다.

이성은 경우의 수를 따지며 자신의 생각이 틀렸을 수도 있음을 받아들이지만 감정은 미래를 단언하며 비관적 추론에 확신을 부여한다. 그 착각에 매몰되지 않기 위해서는 감정적 사고를 경계해야 한다. 물론 감정적인 판단이 언제나 틀린 것은 아니지만, 논리와 근거가 빈약하기에 잘못된 판단을 내릴 확률이 높은 게 사실이다.

감정적 비관의 특징은, 현재 직면한 고통뿐만 아니라 사회적 문제와 세상의 온갖 불행들까지 자살의 근거로 삼으려 한다는 점이다. 언젠가 마주하게 될 수 있는 수많은 가능성들을 끌어들이고, 그 불행으로 가득한 인생은 살 이유가 없다는 식의 논리를 펼치는 셈이다. 이는 미래를 전망할 때 현재의 우울감을 투영하기 때문에 벌어지는 일이다.

이처럼 삶에 허무감을 유발하며 투지를 갉아먹는 게 감정적 비관의 전형적인 패턴이다. 인생의 비극적인 일들에 초점을 맞추고, 그로 인해 암울한 미래를 그린다면 그건 자신이 감정적 비관에 빠졌다는 증거다. 따라서 죽고자 한다면 그 이유는 오로지 자신이 현재 마주한 문제 때문이어야 한다. 아직 닥치지도 않은 불행을 자살의 근거로 삼아서는 안 된다.

 요약하자면, 삶에 대한 갈망은 있지만 그걸 아득히 넘어서는 고통으로 인해 자살을 생각하는 사람은 최대한 이성적인 판단을 내리기 위해 노력하는 중이다. 반면 인생 자체를 비극으로 바라보는 사람이라면 감정에 잠식당한 상태이기에 자살이 충분한 정당성을 갖추지 못했을 가능성이 높다. 도저히 버틸 수 없어서 죽는게 아니라 살고 싶지 않아서 죽는 것은, 미래의 불행을 단정지은 감정적 편향의 주된 양상이기 때문이다.

 이처럼 죽고 싶은 마음의 발원지를 추적하다 보면 죽음의 이정표가 모습을 드러낸다.

 자살의 철학은 끊임없이 제자리를 맴돌며 답이 없다는 결론으로 되돌아오지만, 그게 이성적인 자살이 불가능하다는 뜻은 아니다. 기적을 꿈꾸며 버티는 게 무조건 비이성적이라는 뜻도 아니다. 죽음을 바라는 마음이 이성적 갈망인지를 먼저 판단한다면 자신이 가야 할 길을 명확히 할 수 있다.

 삶과 죽음을 바라는 마음이 이성적 갈망이라는 전제하에, 수많은 고뇌를 거쳐 하나의 길을 택한다면 그게 바로 정도(正道)이다. 그게 옳은 길이라 확신하기는 어렵겠지만, 자신이 가고자 하는 그 길이 명확하다고 판단된다면 그걸로 충분하다. 이후 다른 하나의 선택지에는 눈길조차 주지 말아야 한다. 삶을 택한다면 굳은 의지로 투쟁을 지속할 수 있도록. 그리고 죽음을 택한다면 해방의 기쁨을 미련이 방해하지 않도록.

* * *

 연구소 지하층의 묵직한 공기가 나를 강하게 짓눌렀다.
 그동안의 자살과 크게 다를 것은 없었다. 생체신호를 수신하는 수십 개의 연결선, 나를 안락하게 임사체험으로 데려다줄 고농도 바르비탈, 내 뇌를 들여다보는 NVM, 아픔을 끝내기 위해 이곳을 찾은 내 상황까지도 모든 게 같았다. 달라진 게 있다면, 행선지가 바뀌었다는 점과 두 조력자가 함께하지 않는단 점이었다.
 이번만큼은 수아와 나 둘뿐이었다. 매번 내 죽음을 함께하던 연구소장과 강은영 박사가 없는 탓에 그 빈자리가 고독감을 가중시키는 느낌이었다.
 "준비는 다 끝났어. 혹시 마지막으로 남길 말 있어?"
 수아는 덤덤한 표정을 짓고 있었다. 하지만 감정을 감추려는 그 서투른 노력은 그녀의 슬픔을 숨기기에 역부족이었다. 이 암울한 분위기는 나 혼자 만들어낸 게 아니었으니 모를 수가 없었다.
 나는 잠시 망설이다 입을 열었다.
 "너는 내 꿈이었어."
 고개를 살짝 돌려 그녀를 쳐다보았다. 온몸에 부착된 선들 때문에 머리를 움직이는 것조차 쉽지 않았다.
 "임사체험에서 우리는 연인이었거든."
 늦은 고백이었다. 이제는 아무 의미도 없는 하소연에 불과했지만, 그래도 내 마음은 확실히 전할 수 있었다.

"신수아라는 사람이 나한테 어떤 존재였는지 너는 절대 모를 거야."

내가 처음 들었던 그녀의 목소리는 희망이었다. 수아의 손은 내가 잊고 있던 감정을 되살려 주었고, 그녀의 아픔은 내 마음속에 높이 세워져 있던 벽을 허물어주었다. 장난스러운 태도도, 내게 해주었던 위로도 모두 낯설지만 한없이 따뜻한 자극이었다. 그렇게 함께 지낼수록 좋아하는 마음도 커져, 수아는 내 임사체험을 함께하기에 이르렀다.

만약 수아와 내가 다른 이유로 만났다면 그게 현실이 될 수도 있었을까?

이제 와서 이런 생각이 아무 의미 없다는 것을 알면서도 미련이 남는 건 어쩔 수 없었다. 수아의 마음은 알 수 없지만, 내가 그녀를 얼마나 좋아했는지는 확실히 알 수 있었다.

한동안 아무 말 않던 수아가 내 눈을 바라보며 입을 열었다.

"솔직히 너를 처음 봤을 때에는 안쓰러운 마음뿐이었어. 그런데 기억을 잃어가는 모습을 보면서, 걱정보다는 나를 잊을까 봐 불안한 마음이 앞섰어. 그게 얼마나 복잡한 심정인지 알아?"

그녀의 목소리가 희미하게 흔들렸다.

"그게 낯선 느낌이어서 확신이 없었어. 연민이라고 하기에는 네 모습이 자꾸 떠오르고, 사랑이라고 하기에는 너를 볼 때마다 마음이 너무 아파서."

수아는 잠시 말을 멈추고 아랫입술을 깨물었다.

"그러다 너를 안았을 때 분명하게 알 수 있었어. 나도 너랑 같은 마음이었어. 이제야 말해서 미안해."

당장이라도 그녀를 끌어안고 싶지만 몸을 움직일 수조차 없는 내 상황이 원망스러웠다. 더 이상 수아를 볼 수 없다는 것도, 죽어야만 그녀의 얼굴을 제대로 볼 수 있다는 것도 너무 잔인한 현실이었다.

이대로 가능성이 완전히 사라져 버린다는 게 더없이 괴로웠다. 임사체험에서 잠시나마 그 꿈을 이룰 수 있다는 사실에 위안을 받아야 할지, 현실에서는 절대 불가능한 일이라는 사실에 슬퍼해야 할지 알 수가 없었다.

그렇게 한동안 우울한 정적이 주변을 맴돌았다.

"나 이제 준비 됐어."

수아를 떠나고 싶지 않았지만, 이 슬픔을 한시라도 빨리 끝내고 싶은 마음이 더 컸다. 그 마음은 수아도 마찬가지인 듯했다. 그녀는 곧바로 NVM에서 몇 가지를 조작하더니 다시 내 옆에 다가와 조력자살의 최종 절차를 시작했다.

"마지막으로 다시 확인하겠습니다. 당신은 조력자살을 위해 이곳을 찾았습니다. 알고 있나요?"

정말 끝이라는 게 실감났다. 최이라 환자의 마지막 순간을 그릴 때, 그 모습이 내 미래가 되리라고는 상상조차 하지 못했다. 부정하고 싶지만 이제는 받아들일 수밖에 없는 현실이었다.

"네."

"조력자살 과정에서의 임사 연구에도 동의하셨습니다. 맞나요?"

흔들리는 목소리를 통해 그녀가 슬픔을 참고 있는 게 그대로 드러났다. 살짝이라도 건드리면 눈물이 쏟아질 것처럼 위태로워 보였다.

그 심정은 나도 마찬가지였다. 내가 조금이라도 마음을 내비치면 수아도 참지 못할 것 같아서 이를 악물고 눈물을 틀어막았다.
"네."
"조력자살에 대한 의지는 지금도 변함이 없나요?"
 수아는 고개 숙인 채 나와 얼굴을 마주치지 않았다. 그녀의 눈은 보이지 않았지만, 눈물을 감추려는 의도는 너무나도 선명히 보였다.
"그동안 고마웠어."
 내 말에 그녀의 눈물샘이 넘치고 말았다. 그 모습을 보자 나도 눈물을 더 이상 참을 수가 없었다.
 수아가 내 손을 붙잡고 울먹였다. 그녀의 몸이 공황을 앓던 나처럼 가늘게 떨리고 있었다.
"내가 괜히 임사치료를 제안해서 너만 힘들게 만들었어. 정말 미안해."
 나는 임사치료로 정신 질환을 멸절하고 싶다던 수아의 꿈을 이뤄주고 싶었다. 정신병으로 자살을 앞둔 사람이라면 심정지와 다를 게 없는 응급 환자이기에, 내가 치료가 성공한다면 언젠가 임사치료도 제세동처럼 일종의 응급 처치로 인정받을 수 있을 것이라 생각했었다. 하지만 성공 사례로 보답하기는커녕, 내가 그녀에게 남긴 것은 죄책감과 아픈 기억뿐이었다.
"미안해하지 마. 나를 치료하려고 얼마나 노력했는지 알고 있으니까."
 수아가 몸을 기울여 내 손에 이마를 가져다 댔다.
"이렇게 된 건 다 내 잘못이야."

처음 자살을 시도했을 때, 내 죽음을 애도해 줄 사람이 없다는 사실이 쓸쓸하게 느껴졌었다. 하지만 이제 와서 돌이켜보니 그건 오히려 다행스러운 일이었다. 나의 죽음으로 인해 아파할 사람이 있다는 건 내게 더 괴로운 일이었다.

"수아야, 이건 전부 내가 선택한 일이야. 그러니까 자책하지 마."

나는 망설임 없이 밸브를 올렸다. 병을 말끔하게 낫게 해 줄 기적의 치료제가 몸에 스며들기 시작했다. 약물이 혈관을 타고 온몸으로 퍼지자 순식간에 힘이 빠지면서 정신이 나른해지는 게 느껴졌다.

나는 파도처럼 밀려오는 졸음에 의식을 맡겼다.

진정제는 거센 풍랑을 일으키며 나를 세상의 끝으로 강하게 밀어냈다. 이내 아픈 과거들이 수면 위를 넘실거리며 눈앞에 나타났다 사라지기를 반복했다. 동시에, 굽이치는 투병 기억 사이로 행복했던 순간들이 드문드문 모습을 드러냈다. 전부 수아와 함께한 기억들이었다.

수아와 체스를 두던 때가 자꾸만 떠올랐다. 그녀와 함께 산책하던 해변도 눈앞에 선명했다. 나를 격려할 때마다 손으로 전해주던 온기마저 여전히 생생하게 느껴졌다. 그녀와의 소중한 추억들이 나를 배웅하려는 듯, 내 삶 끝자락의 기억을 촘촘히 수놓았다.

지긋한 인생이었지만 영원히 떠날 생각에 벌써부터 그리운 마음이 들었다. 후련하면서도 미련이 남았다. 분명 이게 최선이라 믿었었는데, 막상 죽음을 앞두니 끝까지 해보는 게 어땠을까 하는 생각이 밀려왔다.

나는 살며시 눈을 뜨고 수아의 모습을 마지막 기억에 담았다. 그녀는 여전히 고개를 숙인 채 눈물을 쏟아내고 있었다.
"마지막으로 부탁할게. 내가 긴 임사체험을 할 수 있게, 가능한 한 천천히 죽게 해 줘."
 그리고 하나만 더 부탁할게. 이번 임사체험에서 내 앞에 나타날 때에는, 내가 그 세상이 가짜라는 걸 눈치채지 못하게 도와줘. 마지막 순간만큼은 아픈 현실을 모두 잊고 행복할 수 있도록.

과거의 발자취

나의 오랜 바람

 한 해의 24절기 중 겨울의 절기는 총 여섯 가지로 분류된다. 겨울이 시작되는 입동(立冬), 첫눈이 내리는 소설(小雪), 큰 눈이 오는 대설(大雪), 밤이 가장 긴 동지(冬至), 한파가 시작되는 소한(小寒), 가장 큰 추위인 대한(大寒).
 내 인생은 줄곧 대한에 멈춰있었다.
 겨울을 알리는 입동은 공황이 시작되던 어느 날이었다. 하늘에서 저주가 내리며 소설이 찾아오더니 이내 눈보라가 휘몰아치며 내 인생은 대설로 치달았다. 그렇게 폭설이 온 하늘을 가리자 어둠과 함께 동지가 밀려오는 것을 나는 막을 방법이 없었다. 볕이 들지 않는 세상이 소한을 맞이하는 건 당연한 수순이었고 이에 추위가 끊임없이 더해지자 내 인생은 마침내 대한에 도달했다. 한 절기만 더 흐르면 입춘이었지만, 나는 그 한 단계를 넘지 못했다.
 그렇게 전부 포기하려던 때, 수아를 만나며 멈춰 있던 내 시간이 흐르기 시작했다. 혹한으로 뒤덮인 삶에 해가 들더니 한파가 서서히 물러났다. 임사치료는 얼어붙은 내 몸과 마음을 녹였고, 수아는 엄동설한에 고립되어 있던 나를 꺼내주었다. 그렇게 기적처럼 내게 입춘이 찾아왔다.

하지만 강제로 피운 꽃은 금세 시들어버렸다. 이 빌어먹을 인생은 애초부터 행복이 뿌리내릴 수 없는 척박한 땅이었다. CRPS는 내게 어울리는 계절은 봄이 아니라 말하듯, 더 큰 냉기를 몰고 오며 내 삶을 대한으로 돌려놓았다.

내 임사체험이 멈춘 날은 1월 20일, 바로 대한이었다. 나는 죽는 순간까지도 대한에서 벗어나지 못하는 운명이었다. 벗어나기 위해 아무리 노력해도, 봄으로 위장한 대한에서 최후를 맞이할 수밖에 없는 인생이었다.

이게 임사체험이라는 사실을 알아차린 게 더없이 후회스러웠다. 내가 마지막 임사체험을 앞두고 바라던 것은 모두 잊고 잠시나마 행복한 시간을 보내는 것이었고 그 꿈은 실제로 이루어졌다. 수아, 루나와 함께하며 가장 행복한 죽음을 맞이할 수 있게 되었다. 그러나 내가 전부 망쳐버렸다. 숨겨놓은 유서를 애써 찾아내고 그림을 해석하면서 이 소중한 시간을 허투루 소비했다. 내게 허락된 마지막 행복의 기회를 허비하고 말았다.

이 후회는 금세 다른 후회로 이어졌다. 그건 바로 공황장애를 완전히 치료하기 위해 욕심부린 것이었다.

처음 임사치료를 시작할 때, 완치가 아니면 의미가 없다고 생각했었다. 하지만 임사치료로 인해 줄어든 고통은 일상의 즐거움으로 상당 부분 중화할 수 있었다. 힘들긴 해도 일상생활을 어느 정도 유지할 수 있을 만큼 호전된 데다 내 곁에는 든든한 조력자까지 있으니 충분히 버틸 수 있었다. 그 점을 간과한 채, 공황장애를 내 삶에서 완전히 지우겠다는 욕심이 모든 걸 망쳐버렸다.

죽음을 경험하고 돌아오는 데 익숙해진 터라 임사치료의 위험성을 과소평가한 게 실수였다. 적당히 치유된 것에 타협했다면 충분히 미래를 꿈꿀 수 있었다. 하지만 이 모든 생각은 이제 와서 해봐야 아무 의미 없는 후회였다.

 초콜릿 상자 속 물건들이 눈에 들어왔다. 물망초는 여전히 생생하지만 내 마음은 완전히 시들어버린 상태였다. 이제는 들로리안도 살기 위해 죽을 수밖에 없었던 과거의 흔적으로밖에 보이지 않았다. 그림과 유언장은 임사체험의 짧은 행복까지 빼앗아버렸다. 결과적으로 이 물건들로 기억을 되찾는 데 성공하기는 했다. 문제는 내 의도와 전혀 다른 방식으로 기억이 되살아났다는 점일 뿐.

 나는 허탈한 마음으로 자동차 모형을 바라보았다. 영화 백 투더 퓨처를 떠올리자 나도 과거로 돌아가서 모든 걸 바꾸고 싶다는 생각이 들었다. 그럴 수만 있다면 임사치료를 네 번째에서 멈출 수 있을 테고, 그러면 나는 죽음이 아닌 내일을 준비할 수 있었을 테니.

 후회가 너무 큰 탓인지, 아니면 지푸라기라도 잡고 싶은 심정 때문인지, 과거에 읽었던 책의 내용이 떠오르자 시간 여행이 가능할지도 모르겠다는 생각이 들었다. 물론 이게 말도 안 되는 생각이라는 건 나도 알고 있었다. 하지만 책에서 주장한 내용이 꽤나 그럴듯한 가설이었기에 시간 여행의 가능성을 완전히 배제할 수가 없었다.

 나는 임사체험을 통해 시간 여행을 할 수 있다던 그 책을 책장에서 꺼내 들었다.

양자역학에서 대중에게 가장 친숙한 개념인 슈뢰딩거의 고양이*. 고양이가 죽어있지만 동시에 살아있다는 설명은 양자역학의 핵심 원리인 양자중첩을 이해하기 쉽도록 만든 사고 실험이다. 여기서 양자중첩이란, 입자가 하나의 상태로 고정되어 있지 않고 여러 가지 상태로 중첩되어 있는 것을 뜻한다.

이러한 양자중첩 상태에서는 양자얽힘이 발생하곤 한다.

양자얽힘이란, 서로 연결된 입자 중 하나의 상태가 결정되면 다른 하나의 입자도 즉시 확정되는 구조를 의미한다. 양자얽힘 상태에서는 두 입자가 시간이나 거리와 관계없이 상호작용하게 되는데, 이러한 특성을 '비국소성'이라 부른다.

양자역학은 고전역학과 양립할 수 없을 것 같지만 서로 다른 영역을 설명하는 이론으로서 현대물리학의 토대를 이룬다. 기존 상식을 벗어나고 불가능해 보이지만 이 모순된 현상이 바로 세상을 지탱하는 기본 원리다. 그리고 이러한 양자역학의 기본 원리를 확장하면 새로운 상상이 가능하다.

만일 양자 영역에서 작용하는 비국소성이 의식에서 나타난다면 어떤 일이 벌어질까? 이 현상이 실제로 일어난다면 입자가 아닌 시간이 얽히게 되고, 특정 시간대가 연결되어 과거와 미래가 상호작용하는 시나리오를 가정할 수 있다. 쉬운 말로 표현하면 시간 여행이다.

터무니없는 것처럼 보이지만 현실에서도 시간의 경계가 무너지는 순간은 수없이 찾아온다. 모든 시공간의 제약이 사라지고 과거나 미래로 향할 수 있는 경우가 존재한다. 그건 바로 꿈과 임사체험이다. 거기서 자신이 원하는 시간대로 이동할 수는 없지만, 기적적으로 꿈과 임사체험의 시공간이 완벽히 일치한다면 서로 의식 안에서 만남으로써 정보

슈뢰딩거의 고양이: 물리학자 슈뢰딩거가 제시한 사고실험. 여러 가지 상태가 동시에 존재한다는 주장의 모순을 지적하기 위해 사용되었다.

를 주고받는 게 가능할지도 모른다.

 양자중첩이 아닌 이른바 '의식중첩'이 벌어진다면, 그로 인해 과거와 미래가 얽힌 상태가 된다면, 그리고 비국소성이 꿈과 임사체험에서 나타난다면 모든 가능성을 상정할 수 있다.

 시간 여행에 대한 기대감과 의구심이 교차했다.

 양자 중첩은 입자 수준에서 가능한 현상일 뿐, 뇌에는 적용될 수 없는 원리였다. 마찬가지로 양자 얽힘도 비국소적인 입자 현상이기에 의식에서 똑같이 작용할 수는 없었다. 그러므로 의식 안에서 과거로 정보를 보낼 방법은 없었다.

 그렇기에 시간 여행은 말도 안 되는 얘기였지만 자꾸만 가능할지도 모른다는 생각이 들었다. 만약 현재의 시간이 과거의 꿈과 완벽히 일치하는 시간선상에 있다면, 적어도 시도할 가치는 있지 않을까 싶었다.

 나는 시간이 뒤틀리는 경험을 이미 한 번 했다. 조력자살을 위해 캔즈에 방문하던 날, 폐공장에서 정체 모를 액체를 들이켜며 자살하는 꿈을 꾸었고 그 공간은 현실의 공간과 완벽히 일치했다. 실재하는 폐공장과 거기 버려진 머스탱을 꿈에서 미리 보았다는 점을 단순히 우연으로 치부할 수는 없었다. 어쩌면 그건 과거와 미래가 얽힌 흔적일 수도 있었다.

 나는 과거의 꿈을 상세히 떠올렸다. 당시 꿈에서 흘러나온 뉴스에서는 날짜를 간접적으로 알려주고 있었다.

 "어느새 새해의 스무 번째 날이 밝았습니다. 전국 각지에서는 설맞이

축제 준비에 한창인데요. 을사년의 의미를 담아 전년과는 다른 테마로 진행될 것으로 예상되며….”

 새해의 스무 번째 날이라면 1월 20일, 대한을 의미했다. 그리고 을사년에 해당하는 연도 중 하나가 바로 올해 2025년이었다. 이번 임사체험은 과거의 꿈과 연도, 날짜가 완벽히 일치했다.
 당시 꿈에서는 시간이 새벽 두 시였다. 날짜는 동일하므로, 시간과 폐공장이라는 장소마저 일치시킨다면 책에서 주장한 시간 여행의 조건을 완벽히 갖출 수 있었다.
 이게 정말 가능하다면 새벽 두 시가 되기 직전에 꿈속의 내가 폐공장에 나타날 게 분명했다. 그리고 꿈속 내가 모습을 드러낸다면 과거의 나에게 메시지를 전달하는 것 또한 가능했다. 만약 그 꿈으로 인해 과거의 내가 다르게 행동한다면? 임사체험에서 깨어난 뒤, 모든 게 달라진 현실이 펼쳐질지도 모르는 일이었다.
 이건 새로운 방식의 시간여행이었다. 직접 과거를 바꾸는 게 아니라, 꿈을 꾸는 과거의 내게 메시지를 전달해 주는 것이었다. 지금 내가 후회를 바로잡을 수 있는 유일한 방법은 단 하나뿐이었다. 과거의 내 꿈을 바꾸고, 그로써 모든 게 바뀐 현실에서 깨어나는 것. 어쩌면 이건 내게 주어진 마지막 기회였다.
 시간을 확인한 나는 부리나케 차키를 챙겨 밖으로 나섰다. 현재 시간은 새벽 한 시 41분, 폐공장은 차로 약 30분 거리였다.
 나는 신호를 무시하며 차를 미친듯이 몰았다. 연달아 교차로에서 적신호를 만났지만 이를 무시한 채 속도를 줄이지 않고 경적을 울리며 통과했다. 머스탱도 굉음을 내며 엄청난 출력을 뿜어냈다.

 이내 나를 피하려던 승용차 한 대가 중심을 잃고 중앙선을 넘어 반대편 차를 정면으로 들이받고 말았다. 그 뒤의 화물차가 속도를 줄이지 못하고 연달아 추돌하며 도로는 아수라장이 되었다. 나는 아랑곳하지 않고 가속 페달을 더 세게 밟으며 폐공장으로 향했다.

 과거의 내게 이 말을 꼭 전해야만 했다. 임사치료를 네 번째에서 멈추라고. 그걸로 충분하니 욕심부리지 말라고.

* * *

 네 번째 임사치료 때 겪은 임사체험은 현실을 완벽히 구현한 세상이었다. 거기서 내 그림을 발견하는 바람에 그 세상이 가짜라는 사실을 알아차리고 말았다. 그로 인해 모든 기억이 되살아나며, 행복하던 임사체험이 한순간 덧없는 환상으로 변모해 버렸다.

 CRPS를 불러온 다섯 번째 임사치료. 그때에도 내 무의식은 현실을 똑같이 구현해 냈다. 이는 수아와 함께 현실을 사는 게 나의 간절한 소원이 되었다는 증거였다. 그 바람이 너무나 분명했기에 다음 임사체험도 쉽게 예측할 수 있었다.

 조력자살하며 마주할 마지막 임사체험 때, 삶에 대한 미련과 이루지 못한 꿈이 또다시 현실을 투영할 것이라는 사실을 나는 알고 있었다. 그렇기에 나는 조력자살을 앞두고 그림을 전부 없애버리려 했다. 혹여나 그림을 통해 기억이 또 되살아난다면 마지막 임사체험을 망칠 여지가 있기 때문이었다.

하지만 나의 흔적이 사라지는 걸 원치 않았던 수아가 이를 말렸다. 그리고 한 가지를 제안했다. 조력자살이 끝나면 자신이 물건을 찾으러 갈 테니, 임사체험에서 절대 발견하지 못할 공간에 잠시 보관해 두자는 부탁이었다. 내키지는 않았지만 수아의 부탁이었기에 차마 거절할 수가 없었다.
 나는 그녀와 함께 물건을 잠시 보관할 장소를 모색했다. 그리고 고민 끝에, 조력자살을 위해 수아와 함께 연구소로 향하며 폐공장에 들렀다. 이후 버려진 머스탱의 글러브 박스에 내 인생이 담긴 초콜릿 상자를 넣어 두었다. 현실에서든 임사체험에서든 아무도 발견하지 못할 최적의 장소였다.
 내가 죽은 뒤에 물건을 찾으러 올 수아에게 나는 메시지를 남겼다. 하나는 그녀에게 전하는 짧은 편지, 다른 하나는 내가 입원했던 대학병원 추모관 화단에서 꺾어 온 물망초 다발이었다.
 나를 잊지 말라는 꽃말의 물망초. 그녀가 나를 떠올리며 아파하는 것은 바라지 않았지만, 그렇다고 나를 잊지는 않았으면 하는 복잡한 심정을 드러내는 꽃이었다. 그 마음을 수아도 이해해 줄 것이라 생각하며 나는 상자에 꽃을 넣어두었다.
 기억을 되살리기 위해 남긴 그림과 유서. 그리고 이를 숨겨두었던 폐공장. 현실과 똑같이 구현된 임사체험은 이마저도 완벽하게 복제해 냈고 나는 초콜릿 상자를 우연히 찾아냈다. 만약 내가 그 물건을 발견한 게 우연이 아니라면, 운명이 내게 과거를 바꿀 기회를 준 것인지도 몰랐다. 임사체험에서 내가 초콜릿 상자를 발견한 게 말도 안 되는 불행일지, 기적 같은 시간 여행의 시작일지는 곧 드러날 일이었다.

* * *

 새벽 두 시를 2분 넘긴 시간.
 폐공장에 도착한 나는 곧바로 건물 뒤편으로 차를 몰았다. 이후 버려진 수십 대의 자동차 중 머스탱이 주차되어 있던 쪽으로 상향등을 비추었다. 어둠을 뚫고 일직선으로 뻗어나간 불빛은 멀리 떨어진 자동차의 앞유리를 관통하며 그 내부를 환하게 비췄다.
 안에 누군가 있는 게 보였다.
 나는 차를 들이받을 기세로 가속 페달을 밟았다. 초조할 때마다 생겨나던 시간 왜곡은 이 순간에도 어김없이 벌어졌다. 찰나가 무한히 쪼개지며 더없이 긴 시간이 되고, 나는 타들어 가는 심정으로 그 위를 전력으로 내달렸다.
 차 사이의 거리가 좁혀질수록 내 심박의 간격도 더욱 짧아졌다. 그렇게 사람의 실루엣이 점차 선명해지며 마침내 정체를 알아볼 수 있는 거리까지 다다랐다.
 그 사람은 바로 나였다. 거울을 비추듯 나와 똑같은 모습으로 운전석에 앉아 있었다. 이 모든 상황을 단번에 뒤엎을 수 있는 과거의 내가 유리창 너머에서 죽어가고 있었다.
 나는 곧바로 차를 세우고 뛰쳐나가 머스탱의 문을 열었다. 그러나 방금 전까지 있었던 내가 흔적도 없이 사라져 있었다. 가쁜 숨을 내쉬며 차 내부를 살폈지만 나는 온데간데없었다. 빈 유리병 하나만이 발아래에서 뒹굴고 있을 뿐이었다.
 나는 황급히 과거의 꿈을 떠올렸다. 꿈에서 나는 폐공장을 거닐다 머스탱에 몸을 실었다. 이후 글러브 박스에서 병을 꺼내고, 그 안에 든 독약을 전부 들이켰다. 그로 인해 정신이 혼미해지던 와중, 멀리서 두 개의 불빛이 다가오는 것을 보았다. 거기서 인기척을 느꼈지만 의식을 잃는 바람에 그 사람의 정체는 알 수가 없었다. 그게 꿈에서의 마지막 기억이었다.

나는 순간 다리가 풀려 자리에 그대로 주저앉았다.

내가 꿈에서 보았던 건 바로 지금의 나였다. 이건 처음부터 예정된 실패였다. 내 자살도, 후회도, 다섯 번째 임사치료도 전부 바로잡을 수 없는 일이었다. 나로서는 시도할 수밖에 없지만 그 결과는 이미 정해져 있었다. 애초부터 바꿀 수 없는 운명이었다.

허탈한 마음에 헛웃음이 나왔다. 삶을 등진 뒤에도 나는 계속해서 희망 고문에 놀아나고 있었다. 헛된 희망을 품고 견딘 시간들을 그토록 후회하면서도, 마지막 순간까지 희망을 버리지 못한 내 모습이 한심하게 느껴졌다.

미련을 왜 버리지 못했는지, 행복할 수 없는 내 운명을 왜 받아들이지 못했는지 또다시 후회가 밀려왔다.

시간 역행마저 실패한 내게는 더 이상 방도가 없었다. 24시간이 지나면 다시 기회가 있겠지만, 이미 나흘이나 보낸 임사체험이 곧 끝난다는 사실을 나는 알고 있었다. 현재 수아가 보고 있을 NVM도 머지않아 내 의식이 완전히 끊겼다는 소식을 전할 게 분명했다.

비로소 현실의 수아가 떠올랐다. 비정상적으로 길었던 이번 임사체험은 수아가 약물 투약 속도를 최대한 늦추며 내게 준 마지막 선물이었다. 하지만 나는 임사체험을 망치며 그녀의 도움을 무의미하게 만들어 버렸다. 처음에는 미래를 바꾸겠다면서, 마지막에는 과거를 바꾸겠다면서 이 귀한 시간을 허비하고 말았다.

 어쩌면 내 곁에 있는 수아는 처음부터 알고 있었는지도 몰랐다. 이게 임사체험이라는 것도, 자신이 가짜라는 것도, 이 순간이 내 인생의 마지막이라는 것도.

 그러나 진실을 말해주지 않은 그녀에게는 아무 잘못도 없었다. 죽는 순간에, 임사체험이라는 사실을 눈치채지 못하도록 부탁한 것은 나였으니까. 더구나 나와 함께하는 사람은 진짜 수아도 아니었다. 내 기억에 남아있는 수아를 그대로 투영한 환영에 불과했다.

 수아는 내가 현실을 떠올리지 못하도록 그림으로부터 나를 떨어뜨리려 했다. 기억이 되살아날 것을 우려한 탓인지 임사치료에 대해서도 설명하지 않았다. 내 바람은 현실을 잊은 행복한 임사체험이었으니, 그녀는 그 소원을 이루어 주기 위해 노력했을 뿐이었다. 수아의 그런 태도도 결국 내가 만들어낸 것이었다.

 하지만 마음에 남아있는 미련은 그녀가 나를 완전히 외면하지 못하도록 만들었다. 수아는 이게 임사체험이라는 사실을 넌지시 알려주고 있었다. 수아가 체스를 두며 했던 말, 그 의미심장한 말들은 나에게 전해준 힌트였다. 내가 알아차리지 못했을 뿐이었다.

"힌트를 줄게. 필생즉사, 필사즉생이야."

 이건 스테일메이트를 말하는 게 아니었다. 임사체험에서는 죽어야 살 수 있고, 여기서 살겠다고 결심한다면 죽을 수밖에 없었으니 이는 내게 전해준 최소한의 암시였다.

 또한 임사체험을 시작할 때, 체스를 두며 나에게 했던 말도 사실은 다른 의미였는지도 몰랐다.

"낙장불입이야. 무르는 건 없어."

 이건 시간 여행을 시도한 내게 전하는 말처럼 들렸다. 애초에 과거를 바꾼다는 것 자체가 말도 안 되는 일이었다. 어쩌면 폐공장에서 본 나의 모습마저 가짜일 수 있었다. 공황장애를 완치하려 한 과거가 너무 후회된 나머지, 그 후회를 바로잡는 꿈이 임사체험에서 구현된 것인지도 몰랐다.

 죽음에는 미련이 남고 자살에는 후회가 남는다지만, 그 아쉬운 마음이 마지막까지 나를 이토록 괴롭힐 줄은 몰랐다. 끝내 행복에 도달하지 못한 설움이 임사체험까지 나를 뒤쫓아 올 것이라고는 생각하지 못했다.

 나는 다시 머스탱에 몸을 싣고 차를 돌려 폐공장을 빠져나왔다. 내게 남은 시간까지 이렇게 버릴 수는 없었다.

* * *

 새벽녘의 푸르스름한 빛이 수평선을 비추며 오늘의 반복을 알렸다. 이곳에서는 내일도, 모레도 오늘이 계속되겠지만 내가 볼 수 있는 하루의 시작은 이번이 마지막이었다. 내게 시간이 얼마 남지 않았다는 것을 본능적으로 알 수 있었다.

해변에 앉아 먼 바다를 바라보았다. 이제는 다 알아챈 수아와 아무것도 모르는 루나가 내 옆을 지키며 임사체험의 마지막을 함께 준비했다. 혼자가 아니라는 사실에 위안을 받아야 했지만 내 마음은 한없이 공허했다.

 그 와중에도 상쾌한 공기는 나를 더 괴롭게 만들었다. 새벽빛이 만들어내는 몽환적인 풍경도 나를 조롱하는 느낌이었다.

 그동안 굳게 믿었다. 이토록 아름다운 세상을 등지는 건 잘못된 선택이라고. 끝까지 버티면 언젠가는 황홀한 배경에 어울리는 인생을 살 수 있을 것이라고. 하지만 내가 간과하고 있던 건, 현실에도 존재하는 이 아름다움은 어쩌면 악마가 창조했을지도 모른다는 사실이었다.

 세상의 밝은 모습은 사람들이 자살하지 못하게 만들려는 악마의 속내를 드러냈다. 행복도 희망도 없는 인생을 억지로 살아가는 사람들만 보더라도, 그 잔인한 설계가 완벽하게 성공했다는 걸 알 수 있었다. 천국으로 위장한 지옥의 겉모습에 속고 있었다는 것을 나는 너무 늦게 깨달아버렸다.

 역시 이 풍경은 내 인생에 어울리지 않는 배경이었다. 맞지 않는 옷을 입은 듯 융화되지 않는 느낌이었다. 내 인생은 언제나 햇빛이 아닌 그림자 아래에 있었으니, 나도 맑은 안개보다는 매캐한 담배연기가 더 익숙했다.

 "이게 임사체험이라는 거, 내가 부탁했으니 숨긴 거 이해해. 그래도 답은 알려줄 수 있었잖아. 나한테는 자살이 최선이라고 왜 말해주지 않은거야?"

 수아는 한동안 답을 하지 않았다. 그렇게 파도가 다섯 번쯤 밀려오고 난 뒤, 그녀가 조용히 고개를 돌려 나를 보며 입을 열었다.

"내가 답을 알려줘도 그건 답이 될 수 없잖아."

"그게 무슨 말이야?"

"네가 그 누구보다 잘 알지 않아? 철학에서 과정을 생략한 결론은 의미가 없다는 거."

내 오랜 자살의 철학을 관통하는 말이었다. 계산기를 두드리는 게 수학이라 말할 수 없는 것처럼, 사유를 건너뛴 결론이 철학이 될 수는 없었다. 중요한 것은 내가 사유하고 반증하며 자살의 합리성을 갖추는 일이었다. 자살이라는 결론은 그 모든 사색의 결과일 뿐, 자살이라는 선택 자체가 정답이 될 수는 없었다.

어쩌면 마지막 순간에 가장 바란 것은 내 선택에 대한 확신이었는지도 몰랐다. 수아와의 행복한 일상보다는 자살이 옳다는 믿음을 더 갈망한 셈이었다. 이번 임사체험은 즐거움보다 자살의 시비를 판단하는 데 초점이 맞춰져 있었으니, 이는 완벽한 마침표를 찍고 싶다는 내 진심이 투영된 결과일 수 있었다. 그렇다면 이건 내 꿈을 완벽하게 이루어 준 임사체험이 아니었을까.

"아직도 모르겠어. 자살이 정말 최선이었는지."

후회도 미련도 아쉬움도 이제는 모두 부질없는 감정이었다. 하지만 미래가 없는 상황에서 내 생각이 과거에만 머무르는 것도 어쩔 수 없는 일이었다.

"이제 그런 건 중요하지 않잖아."

그나마 다행인 것은 삶에 대한 미련보다 살지 않아도 된다는 안도감이 더 크다는 점이었다. 만약 내가 편히 눈을 감지 못하는 이유가 있다면 그건 나의 죽음을 지켜보고 있을 수아 때문일 게 분명했다. 끝까지 나를 치료하기 위해 애쓴 그녀에게 보답하기는 커녕 제대로 된 사과조차 하지 못한 게 자꾸만 마음에 걸렸다.
"수아에게 미안하다는 말을 못 했어."
 내가 남긴 물망초를 보며 슬퍼할 그녀를 떠올리자 가슴이 더 메어왔다. 초콜릿 상자에 넣어 둔 편지가 그녀의 죄책감을 조금이나마 줄여 주기를 바라는 수밖에 없었다.
"수아라면 분명 미안해하지 말라고 할 거야. 네가 그랬던 것처럼."
 수아도 나도 참 기구한 인생이었다. 죽음을 사이에 둔 채, 서로를 안쓰러워하고 서로에게 미안해하는 상황이었다. 현실의 수아 곁에는 내가 있고 지금 내 옆에는 수아가 있지만 서로 아무 말도 전할 수가 없었다.
 나는 그녀와 나란히 앉아 하염없이 바다를 바라보았다. 수평선 너머의 빛이 밝아지며 어둠은 걷혔지만 내 눈앞은 서서히 흐려졌다. 죽음이 몰려오고 있는 탓인지, 눈물이 고이며 앞을 가린 탓인지 알 수가 없었다.
 돌연 졸음이 쏟아졌다. 이내 의식이 흐릿해지며 임사체험에 진입할 때처럼 세상이 나로부터 멀어지는 느낌이 들었다. 그렇게 지겨운 인생을 마무리하려던 찰나, 수아의 목소리가 나를 살며시 붙잡았다.
"다음 생이 있다면 뭘로 태어나고 싶어?"
 다른 존재가 나일 수는 없기에 다음 생이라는 건 성립할 수 없는 개념이었다. 하지만 이런 논리를 떼고 단순하게 생각해 본다면 내 답은 하나뿐이었다.

"안 태어날래."

이제는 그저 쉬고 싶은 마음뿐이었다. 행복하기 위해 발버둥치는 삶은 한 번으로 충분했다. 지금의 나에게는, 무한한 행복의 가능성보다는 불행을 확실하게 피할 수 있는 미래가 더 절실했다.

대한에 멈춘 시간

초판 1쇄 발행 2025년 8월 28일

지은이 유랑운
펴낸곳 새벽출판사

ISBN 979-11-985231-1-2
출판등록 제2023-000029호

책값은 뒤표지에 표시되어 있습니다.
저작권법에 의해 보호받는 저작물이므로 무단 전재와 무단 복제를 금합니다.